赵冬梅 ◎著

溯源与比较

当代海峡两岸的小城小说

北京大学出版社
PEKING UNIVERSITY PRESS

图书在版编目(CIP)数据

溯源与比较:当代海峡两岸的小城小说/赵冬梅著.—北京:北京大学出版社,2011.6

ISBN 978-7-301-19202-3

Ⅰ.①溯… Ⅱ.①赵… Ⅲ.①城市文化-小说研究-中国-当代
Ⅳ.①I207.42

中国版本图书馆 CIP 数据核字(2011)第121878号

书　　　名:溯源与比较——当代海峡两岸的小城小说
著作责任者:赵冬梅　著
责 任 编 辑:魏冬峰
标 准 书 号:ISBN 978-7-301-19202-3/I·2369
出 版 发 行:北京大学出版社
地　　　址:北京市海淀区成府路205号　100871
网　　　址:http://www.pup.cn
电　　　话:邮购部62752015　发行部62750672　编辑部62750673
　　　　　　出版部62754962
电 子 邮 箱:weidf02@sina.com
印　刷　者:三河市富华印装厂
经　销　者:新华书店
　　　　　　965毫米×1300毫米　16开本　**21.25**印张　302千字
　　　　　　2011年6月第1版　2011年6月第1次印刷
定　　　价:42.00元

本书为国家社科基金青年项目“当代海峡两岸的小城小说”(05CZW016)的结项成果。

本书由中央高校基本科研业务费专项资金资助。

目　录

引论　都市文学、乡土文学、小城文学：地域的，抑或文化的

谈小城文学，似乎无可避免地首先要同都市文学、乡土文学进行区隔，这样做的目的，一方面是为了说明何为小城文学，另一方面是为了证明研究小城文学的价值之所在，这对任何自认为尚有新意的研究来讲，都概莫能外。我在写《中国现代文学中的小城小说》时，“引言”部分所做的主要工作，就是把小城小说从通常意义上的都市文学和乡村题材的乡土文学中区别出来，并将小城新旧并存、城乡交汇的包容性与中介性，视为小城小说的独特价值之所在。如今，当我面对“当代海峡两岸的小城小说”时，尽管研究的对象仍为小城小说，但是由于时间的变更——由现代转为当代（即以 1949 年中华人民共和国成立、国民党政府迁台为界），地域的扩展——由中国内地延至海峡对岸的台湾，其中涉及都市文学、乡土文学的界定亦有相应的变化、出入，是以仍有将三者进行区隔的必要，而这时的区隔，已不仅仅是为明“正身”似的说明与证明。

城市/都市与文学的纠葛

检视两岸当代的文学论述，可以发现，在台湾，通常用都市文学、都市小说、都市诗、都市散文等来作为一种文类的命名，大陆的台湾文学研究也是如此。而在大陆，都市文学、都市小说与城市文学、城市小说经常处于一种混用的状态，两者之间有时似乎是等同的，如有论者认为“我们现在讨论的‘城市文学’更侧重于那些表现大都市的作品，关于大都市的生活经验具有更强烈的城市感，小城市与乡村相去未

远，其现代感并不强烈，正因为这些，城市文学也经常被称之为'都市文学'。"[①]还有一种更为简单的逻辑推理则认为，城市化一开始就表现出都市化的特点，真正对文学产生重大影响的也只是那些国际化的大都市，因此有理由将"城市文学"置换为"都市文学"。[②] 当然，对于许多将两者混用的使用者来讲，也许并未有如此明确的意识，并且都市文学、都市小说与城市文学、城市小说在使用过程中的微妙区别，仍是显而易见的，如前所述，使用都市文学、都市小说者所讨论的对象往往是"那些表现大都市的作品"，如现代文学中的上海，20 世纪 90 年代后的上海、北京、广州、深圳等；而使用城市文学、城市小说者所指涉的范围则相对比较广，既包括那些表现大都市的作品，也包括那些表现一般城市、古都（城）甚至是小城镇的作品。这一区别的根源，主要在于城市与都市含义的不同，即无论中外，城市古已有之，都市却是人类进入工业化阶段后的产物，而所谓国际化大都市、城市群、城市带等，更是晚期资本主义或后工业化时代的产物，在那些热切呼唤大都市化、呼吁都市文学应该如都市化一样蓬勃发展的论者看来，"城市文学"这一称谓已不能体现大都市化的趋势及特性。

其实有关城市文学或都市文学的命名，不仅关涉城市与都市的不同、作品涵盖范围的宽窄，还关涉究竟什么是城市/都市文学的问题，而对此最为用力的，当属 20 世纪 80 年代的台湾文坛。

台湾文坛对都市文学的论述，被后来的研究者经常引用的观点主要集中在由孟樊、林燿德主编的《世纪末偏航——八〇年代台湾文学论》一书中。如郑明娳在《八〇年代台湾散文现象》中提到："广义的都市文学包含两个层次：以城市生活为描写题材的市民文学以及掌握社会变迁并运用新的思考方式创作的狭义的都市文学。前者是因应工商业社会发展、城市兴起而导致文学题材的转变，它主要反映城市化后的社会变貌"、"都市散文的'都市'二字，其实象征意义较大。它所指的'都市'并不是指具体可见的地点，更不是高楼大厦堆叠组合而成的布景。'都市'其实是社会发展中，因各种不同力量的冲击而不

① 陈晓明：《城市文学：无法现身的"他者"》，《文艺研究》2006 年第 1 期。

② 钱文亮：《都市文学：都市文化语境中的文学变革》，《求是学刊》2007 年第 3 期。

停的处于变迁状态的情境”。几乎可以称为台湾都市文学代言人的林燿德，在其《八〇年代台湾都市文学》的论述中也不断地对“都市文学”进行界定，鉴于对于“都市”的诠释牵动到对于“八〇年代台湾文学”的诠释，林燿德将都市定义为“流动不居的变迁社会”（这与郑明娳的界定非常类似），他所认为的都市文学“是在旧价值体系崩溃下所形成的解构潮流”，主要表现为“质疑家国神话、质疑媒体所终结的资讯内容、质疑因袭苟且的文类模式，甚至意图颠覆语言本身”，这些既是新世代作家对于二元对立模式观点不遗余力地质疑和颠覆的例子，也正是“八〇年代台湾都市文学”的重要特征；从空间的角度看，他则认为“‘都市文学’并非一种题材为特定地域所隔绝的次文类；‘都市文学’和田园模式下所誊写的现代主义或乡土派写实文学之间，所存在的区别并非由素材、主题、情节所设定的不同‘地点’背景之间的‘对立’，而是世界观和文体的‘差异’”。陈思和《但开风气不为师——论台湾新世代小说在文学史上的意义》一文在论及希代版《新世代小说大系》的“都市卷”时，引用了诗人痖弦为林燿德的散文集《一座城市的身世》所写的序中对林燿德都市文学概念所做的论断：“资讯发达的国家，事实上整个国家已经形成一个城市，再与其他国家的都市系统构成连线，这种人类生活的新结构关系，应该是现代都市文学的内容”，“不一定写摩天大楼、地下道、股票中心、大工厂才是都市文学，凡是描绘资讯结构，资讯网络控制下生活的文学，都是都市文学”，“新都市文学主要是表现人类在‘广义的都市’下的生活情态，表现现代人文明化、都市化以后的思考方式、行为模式，它的多元性、复杂性以及多变性”[①]。

通过以上不厌其烦的引述，大致可以了解以林燿德为代表的台湾文坛对都市文学的体认，陈思和在前述的《但开风气不为师》一文中，曾根据痖弦的序推出林燿德或者说台湾都市文学的新含义：一、后工业时代的资讯结构是体现现代都市文学特征的主要标志；二、新都市文学与传统工商题材的关系不在于扩大了后者的外延，而是标志了一

---

① 以上引用的三篇文章皆收录于孟樊、林燿德主编：《世纪末偏航——八〇年代台湾文学论》，台北：时报出版公司，1990，分别为第13、327、361页。

个新的美学原则的崛起;三、现代都市文学着重现代审美意识的把握,并不限定于写都市,原来"城市"的概念被打破。陈思和的概括基本上涵盖了前面引述的郑明娳、林燿德等对都市文学的界定,需要进一步加以说明的是,无论是将都市看做"流动不居的变迁社会"(也即原来城市概念的被打破),将表现"资讯结构、资讯网络控制下的生活"、"人类在'广义的都市'下的生活情态"的文学看做都市文学的主要标志,还是强调都市文学所体现的"新的思考方式"、"新的审美意识"、对旧价值体系的解构等,其实都是试图在为后工业社会下、"全岛都市化"下的台湾文学勾勒出一个清晰的新面容,"都市文学"只是其中的一个命名,也就是说当"都市"的内涵不断外延、处于漂浮不定的状态时,"都市文学"也可以用"新世代文学"、"后现代文学"等置换,从而有可能沦为林燿德所极力要避免的"一种无关宏旨的主题学游戏",也正是鉴于此,林燿德在上述文章中一再强调,都市文学"是一种观察的、经验的角度,而非一种先验的理论框架或者具体的文学运动"。不管怎样,以上论述既是我们认识台湾 80 年代后文学生态的一个切入点,也是思考与都市文学相关的问题时的一个参照。

如同对都市文学、都市小说与城市文学、城市小说不加明晰的混用,在大陆许多以城市/都市文学为研究对象的文章中,对什么是城市/都市文学基本上也是存而不论、不言自明式的只管使用,而对城市/都市文学做出定义式说明的,也是围绕着城市/都市这样一个具体的地理空间展开的,很少有上述台湾文论中内涵不断衍生的"广义的都市"。如深圳的《特区文学》于 1994 年举起"新都市文学"的旗帜时,部分评论者所下的定义无外乎改革开放的背景、城市化进程、新都市的风貌、新都市人的观念等;另如赵园在《北京:城与人》中特意区分的"城市文学"和"写城市的文学"(即城市题材)的不同:"一般地取材于城市生活经验与意在呈现城市文化形态;仅仅被当作空间范围的城市,与被作为文化性格的城市;以城市为生存空间的人们,以及属于城市,一定程度上为城市所规定的人们——即'写城市的文学'与'城市文学'的区分。"[①]而陈晓明在《城市文学:无法现身的"他者"》一文中

① 赵园:《北京:城与人》,上海:上海人民出版社,1991,第 261 页。

则写道："准确地说，只有那些直接呈示城市的存在本身，建立城市的客体形象，并且表达作者对城市生活的明确反思，表现人物与城市的精神冲突的作品才能称之为典型的城市文学。"①

与单纯按题材划分的界定相比，赵园与陈晓明强调的是城市/都市文学中城市的文化性格、独立存在以及人与城市的相互关系，并以此把城市/都市题材的文学与城市/都市文学区别开来。需要注意的是，不管是怎样的界定，大陆的研究者较少从艺术手法、审美观念等文学特性的角度来谈城市/都市文学，也很少涉及前述台湾文论中的后工业社会的资讯结构、解构的潮流等新的内容及美学原则。尽管如通常所认为的，大陆与台湾的现代化、城市化存在着时间差，但这并不是形成上述差异性的关键所在，尤其是在20世纪90年代后这一差距在两岸逐渐缩小，并且即使是在全球化、都市化的今天，两岸作家的创作仍有其各自的关注点，并未因差距缩小或消除而完全步调一致，而两岸的文学研究亦是如此。因此，主要的原因一方面在于两岸对类似创作现象的命名有出入，比如大陆具有解构、颠覆特征的作品（不论其故事地点）往往被归入"先锋派"、"新历史主义小说"，具有后工业或后现代消费文化品格的作品则体现在以卫慧、棉棉为代表的"美女作家"，以及邱华栋为代表的"都市（北京）书写"的作家那里，而所谓的资讯结构以及对媒体所中介的资讯内容的质疑，似乎尚未进入大陆作家的创作视野中；另一方面也与文学研究/批评的某些特性相关，即当一种新的文学现象、美学原则出现时，为了将其定位而命名、诠释纷起，当"新"变得普泛化、常态化或更新的热点出现后，即使是尚有争议、未曾透彻的界定、诠释，也会搁置不议或少议，具体到两岸的都市文学研究，大陆研究界在很少或无意于对城市/都市文学下定义的同时，更为关注的是城市/都市与城市/都市文学在中国（大陆）现当代文学中的地位，以及城市与文学的关系、文学对待城市的态度等问题。

城市与文学古已有之的渊源关系、城市对文学的决定性影响等，已成常识性的公论，在此不必赘言，那么城市与中国现当代文学又是怎样的情形呢？

---

① 陈晓明：《城市文学：无法现身的"他者"》，《文艺研究》2006年第1期。

李欧梵在《论中国现代小说》一文中曾谈到“城市为西方现代诗歌和小说提供了主要艺术源泉和背景(例如波多雷和乔依斯),而中国现代小说所描写的中心却是农村”,他认为19世纪下半叶后,虽然出现了上海这样日益世界主义化的大都会,但在中国较大的范围内,城市只不过是些“孤岛”,被传统乡村现实的海洋包围,虽然也有像郁达夫、鲁迅、茅盾、钱钟书、张爱玲、施蛰存这样的城市作家,虽然正是在上海这样的沿海城市,中国现代文学得到了培育和发展,但是“城市从来没有为中国现代作家提供像陀思妥耶夫斯基在彼德堡或乔依斯在都柏林所找到的哲学体系。从来没有像支配西方现代派那样支配中国文学的想象力”①。李欧梵的这一观点在现当代文学研究界非常具有代表性,可以说后来的许多研究者大都沿用、采纳了他的观点。与城市在现代文学中的地位相关的,还有现代文学或作家对待城市的态度,以及城市在现代文学中的形象。现代文学中那些大多出身农村或小城镇又在城市受教育、生活的作家,普遍存在着被论者称之为“道德困境”的对城与乡爱恨交织、有时甚至自相矛盾的复杂情感,在这一道德困境下出现的城乡形象或“构形”,张英进将其概括为“光明之城”、“黑暗之城”、“幻灭之城”、“牧歌般的乡村与‘骄傲的乡下人’”、“无望的乡村”等。② 而城市在现代文学中的矛盾形象并不是一个特殊的个案,博顿·帕克在《文学中的城市形象》一书中曾指出,在欧洲文学中,早期的城市表现为天堂和地狱的正负两性的形象,这些城市形象在西方历史中一直具有一种隐喻力量,表现出某种情感的一贯性,使得这种矛盾态度一直延续到20世纪的文学中。③

在大陆的当代文学研究中,一种观点认为,在当代中国,虽然都市的文化权利无所不及,虽然都市文学“所挟带、所牵涉之庞杂宽阔,遍及中国现代化进程中几乎所有的基本问题”,但中国文学的观念重心直到本世纪却还没有完成向都市的转移,“恰恰相反,某种程度上,作

---

① 李欧梵:《论中国现代小说》,《中国现代文学研究丛刊》1985年第3期。

② 张英进:《中国现代文学与电影中的城市:空间、时间与性别构形》,秦立彦译,南京:江苏人民出版社,2007,第10页。

③ 参见陈晓兰:《二十世纪八九十年代英美都市文学研究一瞥》,《外国文学动态》2006年第6期。

为对都市化进程茫然无措的反应，我们实际上是在向旧的中心退守”[①]；或者“中国的城市文学始终是生不逢时，它遭遇乡土中国永不衰竭的历史力量”，“中国20世纪的文学主流就是乡土文学，城市文学只是作为一些若隐若现的片断，作为被主体排斥的边缘化的‘他者’偶尔浮出历史地表”[②]。而另一种观点则认为，“都市文学”并不是什么新的创作思潮，所谓的“主流”与“边缘”也尚待商榷，与西方相比，“在中国，从《海上花列传》到《子夜》，从张爱玲的海派风格到王安忆的《长恨歌》，都市题材的创作也同样经历了一条长长的创作道路，积累了丰富的创作经验”[③]。上述两种观点尽管有所区别，但它们还是从不同的面向反映了城市/都市与城市/都市文学在中国现当代文学中的命运，后一种观点虽然不同意城市/都市文学处于“边缘”位置，但文中所列举的作品，却都是以上海为背景的，这其实也间接说明了与城市/都市文学研究相关的某些问题。

如果加以分析，可以发现，上面两种观点分歧的根本原因仍在于对城市/都市文学的界定。前面曾列举了赵园、陈晓明对什么是城市/都市文学所作的说明，依照他们各自设定的标准，赵园认为老舍的文化意味浓郁的京味小说就是典型的城市文学，那些仅仅取材于城市经验、把城市作为人们生存空间的作品则只属于“写城市的文学”，但与其相反的是，有不少论者将老舍的小说归入乡土文学，或者和张爱玲的小说一起归为市民文学，而市民文学是否属于城市/都市文学则又存有争议；陈晓明则悲观地认为，在大陆的当代文学史中，真正的城市文学“少之又少”，甚至被王德威称为“海派传人”的王安忆的上海书写，如《纪实与虚构》、《长恨歌》等，也无法归类为城市小说，其根本原因在于“代表了中国现实主义小说的高峰”的王安忆的小说叙事中，“‘城市’很难从人物关系的叙事中凸显出来”，因为“她的目光不会投向人物以外的世界”。可以与陈晓明的观点形成对比的，是在陈思和

① 李敬泽：《在都市书写中国——在深圳都市文学研讨会的发言及补记》，《当代文坛》2006年第4期。

② 陈晓明：《城市文学：无法现身的“他者”》。

③ 陈思和：《关于“都市文学”的议论兼谈几篇作品——“三城记”之上海小说卷序》，《当代作家评论》2005年第6期。

编辑的《三城记》之“上海卷”中，他所挑选的作品的作者都是与上海有关联的，但他们所创作的世界又未必是直接写上海这个都市的（其中就包括被归为本书所界定的小城小说的薛舒的《小镇生活》），因为他所看重的“仍然是文学中的人性力量与审美精神的独特”，而其中直接描述上海的“都市文学”，如李肇正的《城市生活》、王安忆的《发廊情话》、彭小莲的《回家路上》，都有意识地绕开了单一化的虚伪的都市形式，表达了“多元性和无主调性”的上海都市文化。[①] 这里无意也无力为城市/都市文学下一个普世性的定义，可以确定的是，只要存在着对城市/都市文学不同的理解，关于中国有无真正意义上的城市/都市文学、关于中国当代的城市/都市文学史，都会重新引发讨论或重新组合，而不管怎样的讨论与重组，依然不会影响形形色色的城市书写和由此衍生的对与城市相关的作品的研究，所以不妨暂且保留台湾文坛在谈及都市文学时类似“流动不居的变迁社会”式的弹性空间。

无论城市/都市文学是否如现代文学时期一样处于一种被乡土文学的汪洋大海包围的孤岛状态，无论论者怎样呼吁城市/都市文学的主体化、主流化，当代文学对待城市的态度却与现代文学有着某种延续性。

尽管有论者认为进入后工业社会、信息化时代后，文学对待都市呈现出多元化的现象，而所谓的“70后”、“80后”或台湾的新世代、新人类作家，基本上都是在持续的现代化或城市化的进程中成长，如陈思和在《但开风气不为师》一文中所言“他们的成长完全与现代都市精神融为一体，他们深深了解，都市的罪恶也就是他们自身的罪恶。因此他们在批判现代都市文明罪恶的时候，绝不会产生类似沈从文那样的‘固执的乡下人’的局外人眼光，也不会产生浪漫派文学那样对田园牧歌式的怀念”。但求诸作品，可以发现，基于城乡二元对立或爱恨交织的价值取向的城市批判，依然存在于不同风格的城市书写中，在大陆，诚如陈晓明不乏夸张却也击中要害的“城市在他的厌弃者那里获得存在的肉身”；在台湾，即使是在对现代都市充满审美意识的新世

---

① 陈思和：《关于“都市文学”的议论兼谈几篇作品——“三城记”之上海小说卷序》，《当代作家评论》2005年第6期。

代作家的笔下,在他们的解构潮流和狂欢化的文体实验中,仍存在着对于都市的现代主义式的深刻反思——如林燿德在其《八〇年代台湾都市文学》中所写到的:"资讯的无远弗届,包括了人类身体的旅行和抽象信息的传动,更改了知识的储存方法和情感的表现模式,也'残害'了历史性的'感伤'和地域性的'乡愁'。"与这城市批判和"有憎恨也有歌颂,有拒斥也有拥抱的"的双面或矛盾情感相关的,则是关于城市/都市的一些刻板形象,比如被林燿德等新世代作家所极力区隔的"田园模式下所謄写的现代主义或乡土派写实文学",却又正如众多论者所共论的,无论是在王文兴、七等生等现代主义作家笔下,还是陈映真的"华盛顿大楼"系列、黄春明的"乡下人进城"系列,都市都是以罪恶的负面形象出现;而被称为大陆城市文学"枯水季"的延安文学时期到70年代后期,城市基本上也都是以负面的形象出现,如腐蚀革命或特务出没的罪恶、危险之地;另一方面,"物质"、"欲望"、"时尚"、"消费"、"堕落"、"颓废"等,则几乎成为论述台湾新世代作家以及大陆90年代以来城市/都市文学的象征符码;此外,从被台湾都市文学自动"归队"其下的30年代"新感觉派"小说,到90年代以"美女作家群"为代表的都市书写,在一些论者看来,都是"妖魔化"的城市/都市文学传统的体现。

城市/都市在中国现当代文学中的被压抑或被批判、被妖魔化,如果说在现代文学时期,是由于新文学作家大都来自农村、由于中国的都市文明是随着帝国主义侵略的屈辱历史等而形成的;在新时期之前,则与1942年延安整风运动后对城乡问题的重写,以及新中国成立后工业化与城市文明之间的矛盾——一方面大力推动以工业化为核心的现代化进程,一方面压抑以城市文明为代表的现代生活方式、审美意识——等问题相关[①];那么在新时期尤其是90年代后,城市/都市在中国文学中的这一命运,除了前一时期的遗留影响外,既与城市自身的特性相关,也与大的社会文化语境以及作家的创作惯性、审美惯性等主客观因素相关,如上面提到的文学对于城市的(刻板)形象与观

① 相关论述可参见张英进:《中国现代文学与电影中的城市:空间、时间与性别构形》;李洁非:《现代性城市与文学的现代性转型》,收入陈晓明主编:《现代性与中国当代文学转型》,昆明:云南人民出版社,2003。

念的塑造，再加上批评研究的推波助澜，反过来会影响城市对自身的定位和人们对城市的理解认识，自然也会影响到作家对城市的写作。这里特别要注意的，是在城市/都市文学的“拔尖”（如只关注上海、香港、台北等国际化大都市）研究与写作中，在一片后工业资讯时代、后现代消费主义的喧闹声中，那些与国际化大都市的时尚元素无关、甚至因此既不被归入都市文学也不被“时尚”批评关注的城市/都市书写，这些作品似乎超越了城市与文学之间的渊源深远的种种纠葛，其中的优秀者能够深入到城与人内在的文化肌理，展示了城与人在急遽变迁的社会漩流中的平常心和那些被视为都市的地域性、地方性或乡土性的东西，正是这些城市/都市书写的存在，构成了与城市/都市相关的文学史的坚实基础，也才使得众说纷纭的关于城市/都市文学的界定、研究，不至于成为昙花一现的文学泡沫。

不堪重负的“乡土”

如前所言，在一些研究者看来，城市/都市文学在20世纪的中国（大陆）是边缘的、被压抑的、无法现身的“他者”，乡土文学或乡土叙事则始终是强大的在场者，从而构成文学地域的另一极，与城市/都市文学相互比照、相互参照。例如与城市文学“没有一部完整的历史”、只是“若无若有地以不完全的形式和幽灵化的方式在不同阶段显现”（陈晓明）不同，乡土文学则有着一条完整的相对清晰的发展线索，这可见于众多相关论文及史论式的专著；与城市文学与都市文学使用的含混及界定的缺乏不同，大陆学界对乡土文学则有着不少经典界定以及在其基础之上的重新界定，但这并不意味着关于乡土文学的种种已达成统一的认识、不再有争论，乡土与文学之间就不会有类似城市与文学之间的纠葛。与城市/都市文学的界定、论争相似，有关乡土文学的界定、论争，也都是围绕着“乡土”以及附着其上的种种内涵而不断展开的。

提到“乡土”，经常被引用的，是费孝通先生写于20世纪40年代后期的《乡土中国》的开篇“乡土本色”中讲到的“从基层上看去，中国社会是乡土性的”，这个乡土性的社会是由“靠农业谋生的人”组成的，他们有着“向土里讨生活的传统”[①]。尽管费孝通先生在同文中指出“中国乡土社区的单位是村落”，但是在其《乡土中国》的论述中、在当代中国的文化语境中，“乡土”一词仍有着十分宽泛的内涵，它不仅指乡村以及“被称为土头土脑的乡下人”，还包括与乡村相关同时又与城市相对的生活方式、礼仪习俗、道德价值、文化传统等，而“乡土中国”在当代文化、文学研究中，所指代的依然是与城市文明、现代化进程、经济全球化等相对的另一个中国社会，以及它所代表的生存状态、文化状态。

由此来观照大陆的乡土文学研究，在相当长一段时间内，“乡土”则往往是与“乡村”等同的，这可见诸那些已成经典的乡土文学界定，如严家炎在《中国大百科全书·中国文学Ⅱ》中所撰写的“乡土文学”的条目是：乡土文学，通常指的是以农村生活为题材，具有较浓的乡土气息与地方色彩的一部分小说创作。[②] 而在20世纪80年代初大力倡导乡土文学的刘绍棠，则提出了乡土文学的“四项基本原则”，即“中国气派，民族风格，地方特色，乡土题材”，他所指的“乡土题材”是写“农村和农民”，但并不是所有写农村和农民的作品都可看做是乡土文学，只有兼具了“中国气派，民族风格，地方特色”的“乡土题材”，才是他所认为的乡土文学。[③] 在丁帆的《中国乡土小说史论》中，所阈定的乡土文学的边界是：乡土文学一定是要不能离乡离土的地域特色鲜明的农村题材作品，其地域范围至多扩大到县一级的小城镇。[④] 上述的三个界定其实是大同小异，基本都是将乡土文学首先限定于“农村题材”，只是丁帆将乡土文学的地域范围由农村扩大到县一级的小城

① 费孝通：《乡土中国·生育制度》，北京：北京大学出版社，1998。

② 见中国大百科全书总编委会《中国文学》编委会编：《中国大百科全书·中国文学Ⅱ》，北京：中国大百科全书出版社，1986，第1077页。

③ 参见刘绍棠为刘绍棠、宋志明主编的《中国乡土文学大系》写的“总序”，北京：农村读物出版社，1996。

④ 丁帆：《中国乡土小说史论》，南京：江苏文艺出版社，1992，第25页。

镇，[①]但这并不意味着由于地域范围的扩大使得更多的作品可以纳入到乡土文学的麾下，实际的情形是那些强调农村题材的论者所讨论的作品，经常也包括那些以小城镇为背景的作品，最具代表性的如鲁迅的“鲁镇”、萧红的“呼兰河”、沈从文的“边城”等，也许在他们看来，这些小城镇仍是乡村或乡土中国的一部分，因此没有厘清的必要。另一方面，如这些研究者所强调的，并不是所有的农村题材都是乡土文学，它还必须同时兼具地方色彩或鲜明的地域特色，这两者即“农村题材”与“地方色彩”结合的作品，才可以称为乡土文学，而这里的“乡土”，实际上与上述《乡土中国》及当代文化语境中内涵宽泛的“乡土”是类同的。

大陆乡土文学研究中的“乡土”固然有着宽泛的文化内涵，但它的立足点即地域范围则限于农村或至多扩大到小城镇，尽管有论者从“乡土意识”的角度，提出把非农村题材甚至是城市题材作品都纳入乡土小说，[②]但也只不过是学界的一家之言，而在台湾20世纪70年代的第二次乡土文学论战中，对“乡土”内涵的冲击或者说所赋予“乡土”的诸种内涵，已远远超出了大陆学者在界定时字斟句酌的“农村题材”和“地方色彩”的范围。

诚如众多研究所指出的，第二次乡土文学论战不仅是对台湾乡土文学的再定位，论战的内容更是远远超出了“文学”的范畴而涉及政治、经济、思想、文化等多个领域，被看做是台湾战后因“国际情势及社会、经济的巨大变貌”而导致的不同意识形态之间的大较量，是关涉台湾现状和台湾未来的两个不同立场间的纷争，但尽管如此，这场论战毕竟是一次文学事件，参与论战的乡土文学作家及理论家一方面追溯、接续台湾乡土文学创作的历史渊源，一方面也在不断地对“乡土文学”的名称、内涵进行阐释、修订，其中的一个主要观点就是反对将“乡土”及“乡土文学”狭隘化——因为“用一种比较广泛的眼光来看，所有的文学作品都是乡土的，没有一件文学作品可以离开乡土”、“作家

---

① 李玉昆在1986年对乡土文学的界定中已提到乡土文学是指“表现作者家乡的农村或小镇的特殊生活风貌和作者乡情的小说”，参见崔志远：《乡土文学与地缘文化——新时期乡土小说论》，北京：中国书籍出版社，1997，第4页。

② 木弓：《“乡土意识”与小说创作》，《文论月刊》1990年第10期。

写东西必须有一个立脚点，这个立脚点就是他的乡土。或者，我不如说，那是一种风土”（钟肇政语，转引自王拓：《是“现实主义”文学，不是“乡土文学”》）；或“凡写的是以中国的某一土地为背景，是当地社会发生的现实，都是中国的乡土文学，何必过敏说有地域观念”、“其实所谓乡土，都市也是乡土”（杨青矗：《什么是健康的文学?》）；或“‘乡土文学’，就是根植在台湾这个现实社会的土地上来反映社会现实、反映人们生活的和心理的愿望的文学。它不是只以乡村为背景来描写乡村人物的乡村文学，它也是以都市为背景来描写都市人的都市文学。……这样的文学，我认为应该称之为‘现实主义’的文学，而不是‘乡土文学’”（王拓：《是“现实主义”文学，不是“乡土文学”》）；或“乡土文学也就不是专指写农村或工厂生活的作品了，只要是爱国家、关心民族前途的作品，都是乡土文学”（尉天骢：《乡土文学与民族精神》），等等。鉴于此，有论者认为“‘乡土文学’已成为一个空的概念，它已被一个更大综合性的潮流吸入肚腹”（南亭：《到处都是钟声》），而这个“综合性的潮流”，就是乡土文学作家及理论家所倡导的回归民族、回归乡土、回归写实主义传统的社会文化与文学潮流。

将乡土文学的内涵无限扩大，由乡村扩大到“都市”、“中国的某一土地”、“台湾这个现实社会的土地”以及“爱国家、关心民族前途”等，是这次论战有关“乡土文学”界定的一个主要特征，这里不妨再看一下参与论战的另一方对乡土文学的抨击或定性，如彭歌的《不谈人性，何有文学》、余光中的《狼来了》等文章，攻击乡土文学“不辨善恶，只讲阶级，不承认普遍的人性”，是共产党“文学统战的阴谋”，是“工农兵文艺”，针对上述说法，王拓、尉天骢等在反击中强调呼吁作家和知识分子多关心下层社会工人、农人、军人的生活，并不等于大陆的“工农兵文艺”；胡秋原、徐复观则认为在当时台湾的政治环境中，被戴上“工农兵文艺”的帽子是要坐牢、是会人头落地的。

乡土文学内涵的无限扩大以及被戴上的政治帽子，都间接反映了这次论战的庞杂性以及乡土文学所承载的种种意识形态色彩，与此相关的，是一些参与者在对乡土文学进行界定时对台湾在地或本土精神的强调，如上述王拓所谓的“根植在台湾这个现实社会的土地上”，另如针对“具有地方特色情调”的“一般的乡土文学”，有论者提出还有一种"特殊的乡土文学",即反抗外来文化压制侵蚀、反对崇洋媚外而"落实到本土精神的文学",台湾70年代的乡土文学就是"特殊的乡土文学"(齐益寿:《乡土文学之我见》)。[①] 需要注意的是,这里所强调的文学的本土性或本土精神,可以说类似于大陆学者在界定乡土文学时提出的深蕴着历史、文化及现实内涵的地域或地方特色,同时也是所有处于特殊情势下——如日据时期的台湾或"外来文化压制侵蚀"或方兴未艾的全球化——文学为寻求自身定位的一种努力,这与体现在叶石涛《台湾乡土文学史导论》中的"分离主义"倾向是不同的。尽管研究者普遍认为第二次乡土文学论战埋下了乡土文学作家内部的分裂,陈映真与叶石涛最初的分歧(陈映真认为"所谓'台湾文学史',其实是'在台湾的中国文学史'",叶石涛则认为台湾的乡土文学应以"台湾为中心"、具有"台湾意识"),也逐步演化为后来的"统独"之争,但在论战期间,针对某些人攻击乡土文学有褊狭的地域观念和"台独"倾向,以陈映真为代表的乡土文学作家是普遍加以否定的,这从上面列举的部分作家对乡土文学的界定就可看出。

在谈到此次论战的影响时,与上述对文学本土精神的强调以及叶石涛所谓的"台湾为中心"、"台湾意识"等密切相关的,还会提到台湾文学"本土化"的加强,如认为"乡土文学运动最大的意义是本土意识的觉醒……政治上从大陆意识转变到台湾意识……文化上从西化意识转变到本土意识",有研究者指出,"本土化"取向固然促进了台湾乡土文学创作的蓬勃发展,但乡土作家内部分裂与"统独"之争根苗的埋下,与"本土化"的两种内在含义的分歧不无关系。[②] 基于此,有研究认为,以叶石涛为首的台湾文学论,在80年代后逐渐"篡夺"了乡土文学的解释权,把乡土文学"改造"成"本土"文学,再改造成"台独"论

---

① 齐益寿的这篇文章与前引的有关"乡土文学"讨论的所有文章都收入尉天骢主编:《乡土文学讨论集》,台北:远景出版社,1978。

② 参见朱双一:《"乡土文学论战"述评》,《台湾研究集刊》1994年第4期。朱双一在其他著述中还谈到:"在70年代的台湾文坛,'本土化'代表着弃现代主义的'恶性西化'而回归中国传统本位,但到了80年代,却从以'中国'对抗'西方'而被扭曲为以'台湾'对抗'中国','本土化'成了与'中国'相悖逆的'台湾化'。"见朱双一、张羽:《海峡两岸新文学思潮的渊源和比较》,厦门:厦门大学出版社,2006,第492页。

的“台湾文学”。[1] “本土化”与“本土文学”被“台独”论者所扭曲，使其在台湾文学研究中成为非常敏感的词汇，但台湾文学在80年代后的“本土化”取向又确实是不争的事实，正如许俊雅在其《光复后台湾小说的阶段性变化》一文中谈到的：进入80年代后，随着美丽岛事件、乡土文学论争的尘埃落定，“乡土”概念衍化为“本土”，台湾文学迈进一个新的阶段，传统意义的乡土文学，转化为涵括历史与现实、都市与乡村的“本土文学”，文学对政治现实的关心，对生存环境的注意，对弱小族群的关怀，事实上结合了对人民与土地之关怀及参与，是落实台湾社会全貌的文学格局，可谓有效开发了“本土”之空间。[2]

台湾第二次乡土文学论战对“乡土”内涵的延伸、衍化，在大陆的台港文学研究以及乡土文学研究中也存在着程度不同的体现。如在赵稀方的《小说香港》一书中，香港文学的本土经验、本土性演变是该书论述的重要一部分，乡土文学不仅被看做香港文学的地域性标志，也是香港文化身份构成时期两种重要的文学形式之一（另一种为现代主义）；与此同时，该书中所分析、论述的香港文学的本土性与香港的乡土派文学，其主要标识仍然是大陆乡土文学研究中所一再强调的地方色彩、地域特色，以及本土作家（生于斯长于斯）对待城市的认同态度等。[3] 与这一研究思路一脉相承，有研究者提出了“都市乡土”的概念，认为中国文学中的乡土形态包括故乡视野、本土视野与都市在地视野，凡是能够体现出主体情感认同、地方色彩、日常性与市井性的都市文学，都具有“都市乡土”的特性。[4]通过上述两个个案可以看出，大陆的台港文学研究者一方面为了体察、贴近研究对象而接受、使用对方相关的种种观点，一方面又受到所在的大陆文化场域的影响而运用、糅合现有的研究成果，并反过来丰富或再启发现有的研究，上述研究对“本土”、“乡土”及“乡土文学”的再思考，都反映了这一研究特性；而大陆的两岸乡土文学研究，则既具有这一双向运作（自大陆观照

---

① 吕正惠、赵遐秋主编：《台湾新文学思潮史纲》，北京：昆仑出版社，2002，第295页。

② 许俊雅：《台湾文学论——从现代到当代》，台北：南天书局，1997，第240、241页。

③ 赵稀方：《小说香港》，北京：三联书店，2003。

④ 详细论述见章妮：《三城文学：都市乡土的空间想象》，山东大学2006年度博士论文。

台湾、由台湾回顾大陆)的特性,同时也会考虑大陆具体的语境而保有某种稳固性。

如在丁帆等著的《中国大陆与台湾乡土小说比较史论》一书中,在分析大陆80年代的乡土小说时,著者一方面从地域文化的角度勾勒了中国大陆的乡土小说群落;一方面又从思潮、流派的角度网罗或落实不同形态的乡土写作,如“乡土伤痕小说”、“寻根小说”;而莫言的《红高粱》等乡土小说、残雪的《苍老的浮云》等“乡镇小说”、马原与扎西达娃的“西藏小说”、苏童的“枫杨树”系列等,则统一在“‘先锋’的激进”的名下;刘恒与刘震云则属于“新写实小说”中的“乡土写实”等。且不说从这两个角度对乡土小说的归类存在着重合,被归入乡土文学旗下的作品也尚待商榷,有意味的是,当著者从新时期的各个思潮、流派中搜寻“乡土写作”时,所依据的依然是乡村及乡镇的地域背景,与“地方色彩”、“异域情调”及“家园之思”等“乡土”的文化内涵,只是针对不同的作家作品侧重、取舍有所不同。但是在分析台湾的乡土小说时,研究者的视界就不再局限于这两个架构,或者说对两个基本架构的解释变得非常灵活。如论及台湾50年代的乡土小说时,既包括随国民党迁台作家所写的“怀乡”小说、“反共”小说,也包括被狭隘的本土文学论者或“台独”文学论者视为正宗的台湾本土作家所写的关注台湾历史与现实的作品;在论及60年代的乡土小说时,将白先勇、聂华苓、陈若曦等作家称作“现代派中的乡土作家”,已不再拘泥于乡土文学论战时强调的写实主义传统,而在白先勇、聂华苓的怀“乡”作品与白先勇、於梨华抒写“无根的一代”的“留学生文学”中,“乡土”是以一种“更内在也更抽象的方式”表现出来的,它毋宁说是一种“思乡情结”,“一种对于故乡祖国的深沉归属感和对于传统文化的深情眷恋”,在这里,“‘传统’与‘故乡’是‘乡土’的两个不可分的翅翼”①。这里的“故乡”或怀“乡”,如著者所言,是老一辈台湾作家所谓的“原乡”,是大乡土、精神乡土,同时也是大陆乡土文学研究中经常提到的文化怀乡、精神怀乡。

---

① 见丁帆等著:《中国大陆与台湾乡土小说比较史论》,南京:南京大学出版社,2001,第292页。

尽管著者在绪论中特意指出“无论作者站在何种立场上来书写乡土小说，都应该遵循地域题材这一乡土小说的特定内涵的阈定，否则乡土小说将与一切小说创作失去临界线”，并由此特别强调“地域文化色彩”对乡土小说的重要性，尤其是在大陆“漫长的尚未消失的农耕文明历史时空中，在广袤的地域乡土空间中”①。但在梳理两岸的乡土小说时，该书对乡土文学的阈定因着研究对象的不同而相应变化，这既可以说是表明了著者的灵活性，但也显露出了“乡土文学”在面对许多创作现象时无法切中要害的牵强与无力，比如仅从“地方色彩”和“异域情调”角度考察，认为寻根小说在总体上也“堪称百分之百的‘乡土小说’”，或者仅从“乡镇”背景或“家园之思”，将残雪与洪峰、苏童的作品归入乡土小说，无疑都会将他（它）们简单化并遮蔽其更为丰富的内涵。在大陆的当代文学界，不仅许多作家拒绝被归入某一创作潮流，越来越多的研究者也有这样一个共识，即思潮与流派之间如“寻根”文学、“先锋”小说、“新写实”小说、“新历史”小说等常常是相互交叉缠绕的，并不仅仅是单一的直线性的文学史秩序，在这样的情势下，又怎能用一个“乡土文学”的名号将不同形态的创作“一网打尽”呢？就台湾的乡土文学而言，如前所述，经由第二次乡土文学论战，乡土文学之转化为“落实台湾社会全貌”的“本土”文学，实际上意味着对乡土文学的消解，尽管其内涵一度被无限延展，但 80 年代后兴起的都市文学以及政治、性别、生态、原住民等多元创作主题，无论是台湾还是大陆的研究者都较少用“乡土文学”来名之，也很少如大陆研究者那样依着乡土的地域与文化内涵，从不同创作主题中甄别出乡土书写的存在。在前述的这本专著中，较详细论述的乡土作家仅止于陈映真、王拓、王祯和与杨青矗，这可能与该书的写作时间（20 世纪 90 年代中期）有关，但也间接说明了从乡土文学角度研究 80 年代后的台湾文学的困难甚至是不合时宜。

乡土文学（而非涵容一切的本土文学）在台湾的式微（但并不是消失），除了上述台湾复杂的政治历史原因外，还与社会文化大环境的

① 见丁帆等著：《中国大陆与台湾乡土小说比较史论》，南京：南京大学出版社，2001，第 18 页。

变迁以及文学潮流自身兴衰更替的规律相关。林燿德等人在90年代之始为80年代的台湾文学定位时就曾谈到,80年代之所以是一个新的世代,因为它意味着一个新的社会及文化环境的崛起,其中影响文学最巨者,"厥为媒体与资讯的'第三波革命'以及全岛都市化的形成,简言之,即'后工业社会'的隐然成形"①。而"第三波革命"所依附的以及"后工业社会"的核心仍是都市,这就是何以林燿德等人纷纷对都市文学进行阐释,何以众多论者将都市文学视为台湾80年代的文学主流,至90年代,都市"既渗透于各种题材的作品中,也为各种书写所建构,由具体的结构化身为话语与权力的抽象组织,光怪陆离地拼贴出世纪末的生存世界"②。进入新世纪后,则有论者认为"如果说城市进一步国际化、世界化,乡村则几如异国那般被置于分岔小路的尽头,在山的包围里,河的另一岸,隧道的那一头,在都市之外的另一个空间里",或许如此,在那些多出生于70年代的年轻写手笔下,以早年的生活经验为灵感来源,营造出了"具有魔幻般的乡土"。③ 这些年轻写手所写的"魔幻般的乡土",被台湾学者范铭如称为"新乡土小说",既名为"新",自然同前行代如黄春明等作家的作品存在着比较,她用"轻质"来概括这些"新乡土小说",指出虽然同样"书写乡间市井黎民故事,甚至更大量地描写民间习俗信仰",但新乡土小说却并不"反映(后)资本主义入侵下的社会问题",也不"偏好以畸零人或特殊经历里行业者为叙述角度",多是"少年和青年的眼光",在叙述形式上,新乡土小说既因袭了"乡土小说既有的写实与现代主义,兼且融入魔幻、后设、解构等当代技巧以及后现代反思精神,但又不若90年代小说在形式与文字上的繁复"④。

与乡土文学在台湾的式微、转变一样,在大陆,乡土文学同样面临

---

① 孟樊、林燿德主编:《世纪末偏航——八〇年代台湾文学论》"总序",台北:时报出版公司,1990,第9页。

② 许琇祯:《台湾当代小说纵论·解严前后(1977—1997)》,台北:五南图书出版公司,2001,第117页。

③ 黄锦树:《序·撕裂年代的小说》,收入黄锦树主编:"三城记"之台北小说卷《打个比方》,上海:上海文艺出版社,2006。

④ 范铭如:《轻,乡土小说蔚然成形》,收入范铭如:《像一盒巧克力——当代文学评论》,台北县:INK印刻出版有限公司,2005。

着以都市化及都市文明为表征的现代化进程所带来的社会文化环境的急遽变迁，在这样的背景下，如果说作家所面临的是乡土经验、审美经验、思想资源、创作方法等的承继与创新，如贾平凹在《秦腔》出版后就曾谈到，在社会巨变时期，解放以来形成的农村题材的写法已经不合适了，因此只能用一种“密实的流年式的叙写”来为行将消失的故乡树一块碑子①；研究者所面临的则是理论话语的重构。尽管有论者认为作为一个整体性的文学现象，乡土文学在当今的中国已经“终结”，但也有论者认为只要乡村存在，乡土文学就不会消失，许多研究者更是针对社会文化语境的转变，对乡土文学的特性、概念、内涵进行了重新概括和厘定。

如一直致力于乡土小说研究的丁帆在其论文《中国乡土小说生存的特殊背景与价值的失范》（《文艺研究》2005 年第 8 期）与著作《中国乡土小说史》（北京大学出版社 2007 年）中，就对之前的《中国乡土小说史论》与《中国大陆与台湾乡土小说比较史论》等书中关于乡土文学的阈定重新修正。在丁帆看来，随着农耕文明和游牧文明形态的逐渐衰微以及城市容积的不断扩张，越来越多的农民离乡背井进入城市，既然作为乡土的主体的人已经开始了大迁徙，乡土的边界就开始扩大和膨胀，乡土文学的内涵也就相应地要扩展到“都市里的村庄”中去，扩展到“都市里的异乡者”的生存现实与精神灵魂的每一个角落中去。在大量的文本阅读及乡土文学新阈定的基础上，丁帆将乡土小说的题材范围分为三类：其一是以乡村、乡镇为题材，书写农耕文明和游牧文明生活；其二是以流寓者（主要是从乡村流向城市的“打工者”，也包括乡村和城市之间双向流动的流寓者）的流寓生活为题材，书写工业文明进击下的传统文明逐渐淡出历史走向边缘的过程；其三是以“生态”为题材，书写现代文明中人与自然的关系。

丁帆所概括的乡土小说的题材范围，第一类应是传统意义上的乡土小说题材，最后两类则属于新的文化语境下的乡土小说的新题材。就阈定标准而言，第一类所依据的仍是地域范围，而上述台湾的“新乡土小说”也是以乡村而非内涵曾经一度无限延展的“乡土”作为界定

---

① 贾平凹、郜元宝：《关于〈秦腔〉和乡土文学的对谈》，《上海文学》2005 年第 7 期。

的基础。第二类不再受地域的限制，所依据的是“乡土的主体”农民也即离乡的打工者，这类以农民工或打工者为描写对象的小说创作，是近年大陆文坛的一个写作热点，甚至有论者认为作家们现在仅仅关注的就是在城乡之间那条高速公路上奔跑的农民，这类小说同表现城市下岗工人以及乡村衰败苦难的作品等被统称为“底层写作”，同时也是评论界近来比较关注的一个热点。需要进一步思考的是，尽管越来越多的研究者将第二类题材纳入到乡土文学的研究范畴，但是当作家的创作扩展到“都市里的村庄”、“都市里的异乡者”时，一定要用乡土文学来命名吗？这就如同前面谈到的乡土文学面对某些文学现象时的牵强与无力，应该不仅仅是乡土文学内涵扩展的问题，边界的无限扩展意味着对主体的消解，这里是不是暗含着某种“乡土文学情结”或批评定势（如同“无边的现实主义”式的“现实主义”情结），也未可知。与此类似的是“生态”题材的乡土小说，生态文学或自然写作在两岸的被关注，与全球性的环境保护及生态批评的兴起相关，虽然有论者认为乡土文学是极其生态化的，乡土文学中的还（怀）乡情结也充满着生态意味，反之生态文学与自然又是密不可分的，但是否因此就可以将那些表现“人与自然的关系”的作品称为“生态”题材，并将表现乡土社会“生态”题材的作品归为乡土小说，都是值得进一步探讨的。其实丁帆在《中国乡土小说生存的特殊背景与价值的失范》一文中，也对将第三类乡土小说笼统地概括为“生态小说”表示疑虑，尽管他的出发点是中国现有的发展状况同西方后现代意义上的生态文学并不在同一物质层面和文明层面。

前面曾经谈到，都市与乡土在20世纪中国（大陆）社会与文学中的关系一直非常微妙，都市一方面在中国现当代文学的发生发展过程中扮演着重要角色，在改革开放后的中国快速发展并在政治、经济、文化等方面获得“覆盖性的宰制地位”，有论者甚至认为，百年中国的乡土文学是“城市性”的，无论是写乡村还是写城市，都可看做是“城市人作为主体叙述者的文学”①；另一方面“中国文学的观念重心直到本

① 施战军：《论中国式的城市文学的生成》，《文艺研究》2006年第1期。严家炎有与此类似的观点，他认为乡土文学“题材是乡村的，视角却属于城市的”。

世纪还没有完成向都市的转移”，“村里的事”依然是各大文学奖项的生力军，甚至中国当代文学是没有“城市”的。但不应忽略的是，在中国的现当代文学中，城市固然经常被表现为罪恶的渊薮、批评的对象，但作为现代文明的表征或理想形态仍有其“天堂”般光明的一面，吸引着无数的人“向城求生”；而乡村或乡土中国也不全是牧歌般的田园风光和永远的“原乡”，它既是来自城市的知识者启蒙、反思的对象，也是在时代的变迁与城市的扩张中无望、衰败的存在，这也是何以在 90 年代尤其是新世纪以来的乡土文学批评中，充满了“挽歌”、“终结”、“破碎”、“乌托邦幻灭”等词汇。与此相关的是，“都市文明的审美心理”在文学传统中固然缺乏建设，当下的都市写作中固然存在着追逐时尚的符号化倾向，但如前所述，乡土叙事同样面临着审美经验、艺术手法等等的挑战，比如有论者指出，在维系乡村社会的传统精神资源正在耗竭的情形下，我们的文学仍在极力榨取“由乡土提供合法性的一系列观念形态”①，因此贾平凹的《秦腔》既被视作乡土中国的一曲挽歌，也被视作中国传统乡土叙事的终结；同时有论者认为，乡村在 20 世纪中国文学中始终摆脱不了“现代性焦虑的魅影”（也有称之为“现代性”压抑下的乡土叙事，但在 20 世纪的中国，“现代性”焦虑又岂止是乡村呢），要么被“启蒙”与“革命”话语所建构，要么在“寻根”、“先锋”等文学潮流中成为文化、哲学、历史与思想观念等的“练兵场”，从而遮蔽了真正的乡村现实。②

相对于都市写作与研究中的符号化倾向，“乡土”在某种意义上也是一个不断被建构、被赋予种种内涵的符码，很多时候，作家或研究者们是在借它以及它所负载的意义体系，来整理或表达对许多问题（大到国家民族小到个人情感）的思考，而这些思考，已远非“乡土”及作为写作潮流的乡土文学所能承担，因此，兜兜转转之后，文学研究最后所能做的仍是将文学的归为文学。

---

① 李敬泽：《在都市书写中国——在深圳都市文学研讨会的发言及补记》，《当代文坛》2006 年第 4 期。

② 李勇：《面对苦难的方式——评新世纪以来的乡村小说叙事》，《武汉科技大学学报（社会科学版）》2009 年第 2 期。

由“地域”而“文化”

前面在对都市文学与乡土文学研究的简略梳理中，都曾涉及小城或小城镇，现在的问题是，既然小城镇已包含在都市文学与乡土文学的研究视野中，那么将小城文学从都市文学与乡土文学中区隔出来的意义何在呢？这其实仍关涉到小城文学的价值之所在，在越来越多的研究者及作家认识到小城文学的重要性、小城在文学创作中的重要性，并致力于小城文学研究的今天，小城文学的价值在某种意义上讲也是不言自明的。①

前面已经提过，我在《中国现代文学中的小城小说》一书中的主要观点，是将小城镇连接城市和乡村的中介性看做小城文学的独特价值之所在。中介性使小城镇拥有了与城市和乡村既相同又相异的社会、生活场景和文化特性，或者说它调和了处于鲜明对比中的城市与乡村，那些大多由农村小集市、小村落发展起来的小城镇，必然与广大的乡土中国血脉相连，保留了更多传统的民族、民间文化，拥有丰富而复杂的地域文化；而介于城乡之间的独特位置，也必然使小城镇比乡村有更早和更多的机会、途径，接触到来自城市的新生事物与文化。所以，在中国走向现代化的过程中，小城镇便以兼容并包的多元化特征标明和汇集了整个国家发展的趋势以及必然会产生的种种现象，而当现代文学关注和反映中国的现实状况时，小城文学在这些方面比都市文学和乡村题材的乡土文学更集中更明显也更有代表性地体现了时

---

① 与小城文学相关的研究，如栾梅健的《小城镇意识与中国新文学作家》(《中国现代文学研究丛刊》1997 年第 4 期)；发表于《湛江师范学院学报》2003 年第 5 期，由杨剑龙、熊家良、逄增玉参与笔谈的“小城文化与小城文学”系列论文《小城文学的价值与研究方法谈》、《三元并立结构中的小城文化与小城文学》、《文学视野中的小城镇形象及其价值》；熊家良的《现代中国的小城文化与小城文学》(中国社会科学出版社，2007)；以及赵冬梅在 2001 年通过答辩的博士论文《中国现代文学中的小城小说》的基础上修改、出版的《小城故事——中国现代文学中的小城小说》(人民文学出版社，2006)，等等。作家对小城的阐述，如魏微的《都市、小城、乡村——小说的资源》(《作品》2005 年第 3 期)；陈应松的《文学乡土及写作的理由——在长江大学的演讲》(《长江大学学报》(社会科学版)2009 年第 3 期)等。

代的、社会的、民族的、作家的、文化的种种特性，从而成为我们认识中国社会、中国文学的一个独特窗口。而小城文学于中国现当代文学史及学术史的意义，诚如孙玉石先生在该书序中所指出的，小城小说观念与意象的提出，“解决了都市文学与乡土文学、城市题材小说与农村题材小说‘二分法’理论研究解释不了或交错矛盾的两难问题，因而也使得这一发现与研究，可以促进我们对于现代小说探索作新思维的尝试”，我想也是在这个意义上，有论者将小城文学同都市文学、乡村文学之间的关系，看做是“三元并立结构”或文学叙事三维空间的另一维。我曾借用赛义德的理论，认为小城与都市、乡村，或者说小城文学与都市文学、乡村题材的乡土文学，正是互为关系的“他者”，它们需要彼此来确认自我、寻找和发现自我的价值和意义，而它们自身的价值和意义、它们自身的独特性，也就在相互的关系中得以突显，并非是孤立和绝对的。

就具体的研究而言，之所以要将小城文学从都市文学与乡土文学中区隔出来，除了小城文学自身的价值外，还有一个非常现实的理由，即在两者的研究中，小城或小城镇都处于附带的位置。尽管鲁迅的“鲁镇”系列、萧红的《呼兰河传》、沈从文的《边城》等，一直是乡土文学研究必谈的经典；20 世纪 90 年代中期兴起的“现实主义冲击波”文学中的乡镇题材小说，既被看做为“20 世纪中国乡土文学提供了独异的审美形态和文化景观”①，也和其他关注改革开放、国计民生的“主旋律”作品一起，被看做城市文学中的“问题小说”。② 但如前所述，无论都市文学与乡土文学的界定怎样延展，它们的研究重心或者说大多数研究所关注的始终都是都市（甚至是国际化大都市）与乡村，即使是丁帆所谓的流寓题材的乡土小说，其分类的依据也是乡村的主体——农民。在这样一个被城市或乡村所笼罩的研究视阈下，即使被经典化，小城文学的独特价值也会被淹没在都市或乡土的宏大研究中，何况那些众多的非经典化、与国计民生等社会大问题无太多关联的小城

---

① 许志英、丁帆主编：《中国新时期小说主潮》上卷，北京：人民文学出版社，2002，第 602 页。

② 杨经建：《90 年代“城市小说”：中国小说创作的新视角》，《文艺研究》2000 年第 4 期。

叙事。与此相关的是,小城既可以被都市文学收纳也可以被乡土文学涵盖,也意味着它可能同时被两者所忽略,因此有相当多的作品通常既不被归入都市文学也不被归入乡土文学,比如我在《中国现代文学中的小城小说》中提到的茅盾的《林家铺子》、《动摇》、《多角关系》、《霜叶红似二月花》等作品,描写的都是发生在小城里的故事,但很少会有人从都市文学或乡土文学的角度对它们进行研究;同样的情形也存在于台湾文学中,如陈映真的《铃铛花》、七等生的《沙河悲歌》、王幼华的《两镇演谈》、朱天心的《淡水最后列车》、李昂的《杀夫》、李永平的《吉陵春秋》、舞鹤的《悲伤》等等众多以小城为背景的作品,也未见论者从都市文学或乡土文学的角度展开论述。[①]当然,这些作品不被都市文学或乡土文学所关注,并不意味着就缺乏对它们的研究,有的作品甚至有相当多的研究与解读,只是视角不同而已。

那么,这些于都市文学、乡土文学之外被不同研究视角所关注的作品,与那些被纳入乡土文学、都市文学或被两者同时纳入的作品,除了它们自身于作家创作于文学史的意义外,还有一个可以放在一起进行讨论或者说归类的基础,那就是故事发生的地点——小城。尽管"类"的研究会掩盖单个作家作品的丰富性,但也有另一种可能性,即某些作家作品在获得"类"的价值和意义的同时,因着这"类"的观照,会拓展出一个未曾有的阐释空间。因此,当以"小城"为归类的基础,并且将小城文学的独特价值,以及有论者所谓的小城文学同都市文学、乡村文学之间"三元并立结构"的成立,都基于小城这一独特的地域空间时,就有必要对什么是小城以及什么是小城文学加以说明。

如前所述,在大陆的都市文学研究中存在着都市与城市的混用,但其中却有着微妙的区别,即使用都市文学者所讨论的对象往往是那些表现大都市的作品,而使用城市文学者所指涉的范围则比较广,既包括那些表现大都市的作品,也包括那些表现一般城市、古都(城)甚至是小城镇的作品,张英进包括小镇、古都、现代都市在内的"城市构形"就是典型的代表。而在现有的小城文学研究中,也存在着小城与

---

① 具体可参见赵冬梅:《社会文化变迁与当代台湾的小城叙事》,《中国文化研究》2009 年春之卷。

小城镇混用或并用的情形，但实际上两者是有区别的。对于“小城镇”概念的具体阐释，应该是始于费孝通先生写于20世纪80年代初期的《小城镇 大问题》一文，他在这篇文章中谈到：“我早年在农村调查时就感觉到了有一种比农村社区高一层次的社会实体的存在，这种社会实体是以一批并不从事农业生产劳动的人口为主体组成的社区。无论从地域、人口、经济、环境等因素看，它们都既具有与农村社区相异的特点，又都与周围的农村保持着不能缺少的联系。我们把这样的社会实体用一个普通的名字加以概括，称之为‘小城镇’。”在随后的论述中，他又提到小城镇的三层分级：县属镇（即县行政中心所在地，也是我们通常所说的县城），乡属镇，村镇。[①] 在《中华人民共和国城市规划法》中，费孝通先生所概括的“小城镇”除了那些并非依法设立的建制镇即农村集镇外，其他都属于国家按行政建制设立的直辖市、市（包括大、中、小城市）、镇中的镇，在城乡二元社会结构中它们属于城市范畴。我在研究现代文学中的小城小说时，所依据的就是费孝通先生对小城镇的概括与分类，也就是说我所谓的“小城”并不是“小城市”，也不仅仅是国家城市规划法中的建制镇，而是费孝通先生所概括的“小城镇”。[②] 之所以称为“小城小说”而未称为“小城镇小说”，我当时的解释是“是取其简洁，也是取其诗意的一面，因为这毕竟是在谈现代文学中的小城，而不仅仅是地理意义上的小城”，其大意类似于钱锺书先生所说的“特举大概而言，为称谓之便”。需要进一步加以说明的是，在这篇文章的最后，费孝通先生还提出一个疑问，即用“小城镇”来指作为农村中心的社区是否妥当？同时他也指出“‘小城镇’应当划归在城、乡的哪一边，还是一个可以研究讨论的问题。把它说成城乡的纽带，只说明了它的作用，而没有表明它是一个具体的社区。我主张把农村的中心归到乡的一边。但也可以考虑在城乡之间另立一格，

① 费孝通：《小城镇四记》，北京：新华出版社，1985，第10页。

② 鉴于对“小城镇”的理解不同，如在顾朝林的《中国城镇体系——历史·现状·展望》（商务印书馆1992年）一书中，将新中国成立后城镇体系的等级规模分为五个层次：首都—省会—地区中心或省辖市—县城或县级市—建制镇，县城和建制镇是分开的，书中所提到的小城镇也不含县城；如果从行政管理角度讲，只有建制镇才属于小城镇；从城镇建设来看，小城镇既包括建制镇和农村集镇，也包括那些规模较小的县级市，因此本书中所使用的“小城镇”指的都是费孝通先生对小城镇的概括与分类。

称之为镇”，最后，他甚至提议用“集镇”来代替小城镇。而我在使用“小城镇”这个概念时，如前所述，是将它看做不归入城与乡任何一边的“另立一格”，同时也是在这个意义上，将小城小说看做既不归入都市文学也不归入乡村题材的乡土文学的“另立一格”。

而在一些研究者的使用中，所谓的小城文学或小城叙事中的“小城”的涵盖范围则较大，即包含小城市和小城镇，但从其具体研究中所列举的（小说）作品来看，可以发现与我所谓的“小城小说”的研究对象甚至于相关社会、文化、文学现象的分析等都是大致重合的，因此讲，这涵盖范围较大的“小城”在具体的文本分析中，基本上仍然属于小城镇的地域范围。此外在一般的观念中，“小城”则往往指的是与大城市或大都市相对而言的中小城市，并不包括那些通常只有一两条街道的村镇、乡镇或较为繁华的县城，比如蒋韵在其长篇小说《隐秘盛开》中，就将女主人公潘红霞所生长的古城同时也是省会的太原称为“小城”，潘红霞因此便是“小城女儿”；另如我在博士论文开题以及一些研讨会中谈起“小城小说”时，有学者马上会提到当代文学中高云览以厦门为背景的《小城春秋》（人民文学出版社 1956 年初版），但《小城春秋》显然并不归入我所谓的“小城小说”，因为作为对外老港口的厦门显然不属于费孝通所概括的小城镇，尽管作者称之以“小城”。由于本书的研究范围已由大陆的现代文学转移到当代的大陆与台湾文学，也就是说随着社会时代的变迁，需要思考的是“小城”或“小城镇”的界定是否也应该有相应的变化。

随着改革开放尤其是国家对小城镇建设的大力提倡，今天的小城镇与现代文学时期相比，在数量、人口规模、市政建设等方面都有相当大的变化。参照顾朝林《中国城镇体系——历史·现状·展望》一书，到抗日战争时期，中国大陆的市镇数已增加到 1106 个，在 1933—1936 年的“近代城市体系等级规模结构”统计表中，5 万以上的大中小城市 189 个（厦门当时属于人口在 10—20 万之间的城市），这就意味着在上述 1106 个市镇中，其余的皆为人口在 5 万以下的小城镇；在 1985 年的“城镇体系层次系统表”中，当时已有 75 个县级市（人口规模以 10—20 万为主）、1921 个县城（人口规模绝大多数在 1—5 万）、5656 个建制镇，建制镇约当时占我国城镇总数的 71.4%，其人口规模以

1—3 万为主体，约占小城镇总数的 50% 左右，其中人口规模大于 5 万者占小城镇总数的 4%。[①] 然而到了 2002 年，全国建制镇数量达到 20601 个，其中人口超过 20 万的有 43 个，50 万以上的有 3 个。[②] 尽管如此，由于中国大陆的城镇分布与发展存在着不均衡的状况，即顾朝林所概括的“东密西疏”、“城市偏集中纬地带”，也如一些学者指出的中国大陆自东向西并存着后现代、现代、前现代三种文化模态，以及发达地区、发展中地区、落后地区的经济景观，上述的 3 个人口规模（50 万以上）已达到大城市水平的镇——东莞的虎门镇、长安镇和深圳的布吉镇，就集中在经济发展前沿的东南沿海地区。而这种不均衡发展在现代文学时期已经存在，我在《中国现代文学中的小城小说》中，曾将茅盾、施蛰存、罗洪等作家笔下东南沿海、沿江地区呈现出“城市化”、“都市风”的小城，同沙汀笔下的四川乡镇作过比较，两者之间的差距同今天小城镇之间的不均衡发展是相同的，不同的只是人口规模与市政建设。

由于经济、文化与城镇发展的不均衡存在，本书在界定大陆当代的小城小说的地域范围时，所依据的基本上仍是费孝通先生对小城镇的概括与分类，只是将一些由县城晋升为市的县级市纳入了进来。因此，在大陆当代文学中小城小说的“小城”，包括县级市、县城、建制镇和非建制镇的农村集镇，它们因地理位置、规模大小，或更“近”于城市、或更“近”于乡村（这里的“近”既包括小城与城市、乡村的地理距离，也包括小城在布局构成、发展情形等方面与两者之间的距离），但都因其中介性而同时具有异于两者的独特性，如前所述，这种独特性既不是单纯的城市化也不是单纯的乡土色彩，而是体现于小城的建筑格局、日常生活、文化习俗、人情伦理中的传统与现代、新与旧、城与乡、常与变的杂陈互渗。

也许会有这样的疑问，既然谈的是文学小城，又何必一定要有明

---

① 顾朝林的《中国城镇体系——历史 · 现状 · 展望》，北京：商务印书馆，1992，第 148、151、229、231、234 页。

② 朱之鑫：《用科学发展观指导小城镇试点健康发展——在小城镇发展改革试点工作座谈会上的讲话》，转引自“中国城市和小城镇改革发展中心”网站 http://www.town.gov.cn/。

确的界限，如果依照这样的界限，一座东南沿海的建制镇，无论是人口规模还是城市建设，也许比西北内陆的一些大中城市还要现代和繁华，那么这样的镇是否还能体现出小城的中介性，反过来讲，是否一些不发达地区的城市比发达地区的一些镇更能体现这一中介性？依据现有的阅读积累和前面对都市文学研究的介绍，我有如下仍可继续探讨的判断，其一，是在现有的当代文学的小城书写中，大多数作品所描写的"小城"都是处于"常态"（即体现出小城所特有的多元共存、融合的超稳定结构状态）或社会变迁背景下的县城、小镇，只有少部分会涉及县级市和正在发生翻天覆地变化的县城或小镇，由于中国的现代化建设仍是一项"未竟的事业"，所谓的"翻天覆地"也更多表现为外在的物质层面；其二，在当代的城市文学中，一方面存在着只关注上海、北京、香港、台北等国际化大都市的"拔尖"现象，一方面有更多的城市也在进入作家和研究者的视野，如天津、西安、武汉、苏州、南京、广州、深圳等，有研究者将现当代文学都市或乡土地名景名的如实叙写——如出现在众多作品中的上海或鲁迅笔下的咸亨酒店、古轩亭口——称为"识名"现象，识名现象除了强化真实性意味外，还能够增强阅读的亲切感和认同度，并有效地渲染都市的文化韵味，在都市的识名性描写中，上述几座城市的识名性就非常高也即很容易进入作家的作品，有些城市如成都、重庆等则与文学的因缘很浅。[①] 这里想借以说明的是，一些不发达地区的城市和其他的大多数城市一样，由于在文学创作中的"识名性"不高，因此很少进入作家的作品，即使进入也往往无名或被隐匿去实名及现实中的城市景观，如海男《县城》中的"省城"，林白《致一九七五》中的"N 城"，鬼子《学生作文》、《瓦城上空的麦田》、《上午打瞌睡的女孩》等作品中的"瓦城"，根据作家的背景也许可以推测它们分别是昆明、南宁、桂林，但作者却不愿以实名示人，前面提到的蒋韵《隐秘盛开》中的内陆古城及省城太原，在作品中也没有具体的名字，由于书中涉及太原的人文历史，加之作家的背景这才推出城市的实名；与之相关的是其三，即使是那些识名性不高以无名、匿

① 朱寿桐：《论现代都市文学的期诣指数与识名现象——兼论上海作为都市空域的文学意义》，《社会科学辑刊》2009 年第 3 期。当然，这一识名现象也存在于小城文学的写作中。

名或如《小城春秋》中的厦门、《隐秘盛开》中的太原以“小城”之名进入文学的城市，也许它们中的大多数还缺乏国际化大都市的现代感、时尚感，但它们却有着新兴的摩登小城镇所未有的历史感，这份历史感同被称为“都市乡土”的地方色彩、市井性等一样，都是属于城市的、而非乡土中国也非与乡土中国血脉相连的小城镇的集体记忆与文化韵味，因此，它们并不能体现小城的中介性。

基于以上几点的考虑，本书的研究主体必然是前述的包括由县城晋升为市的县级市、县城、建制镇和非建制镇的农村集镇在内的文学“小城”，那么这一基于大陆当代文学而界定的“小城”，是否也适用于台湾文学呢？

由于历史、政治、地理等多方面因素的影响，台湾城镇体系的发展与大陆并不尽相同。台湾学者章英华指出，自清末以来，台湾的都市体系迭经转变，先是清朝时的双峰模式（台南与台北市分据南北）之下领有人口大致相当的地区都市（鹿港、嘉仪、彰化、基隆、新竹、宜兰），由于台湾在清朝时为中国新开发的边陲地带，都市发展历史短，并无太大的都市，如第一大城台南在19世纪末人口尚不及5万，可是台湾的都市化程度却高于中国其他省份或地域，其特征是分散各地的1万人左右的小都市发展甚为普遍。日据之后，逐渐转为单峰（台北）之下领有人口相近的地区都市（台南、基隆、高雄、嘉义、台中、新竹），日据时代的台湾，在农业经济的发展上，比大陆各地有着长足的进步，农业商业化促成小型乡村都市（即：乡街）的形成（以之为货物集散中心），但人口到5千至1万时又趋停滞，使得清末的一些河、海港都市，在日据时期仍保持着仅次于地区大都市的地位。1949年国民党政府迁台后，台北市的首要地位大为提高，[①]60年代以后，台湾由大小都市一并成长的情形，转变为地区性大都市成长趋慢而小型都市（指人口在10万以下的都市）快速成长，承续了日据时期地区大都市的基础，台湾已有着发展 Rondinelli 所谓的次级都市（指最大都市以下人口在十万以

① 陈绍馨指出，1949年之后，台北市成为政治及经济活动中心，加上交通与通讯的发达，到1960年，台北市与其卫星市镇及郊区连成一体，形成了台北都会区域。见陈绍馨：《最近十年间台湾之都市化趋势与台北都会区域的形成》，收入陈绍馨：《台湾的人口变迁与社会变迁》，台北：联经出版公司，1979，第537页。

上的都市）的良好基础，而区域内卫星都市的成长更有助于次级都市的发展，这种发展促成了北中南的三个都市化地带，在次级都市发展和都会区域扩张之下，台湾几乎进入全面都市化的阶段，但其中除了东部落后地区之外，还有着嘉南平原的低度发展，但不论如何变化，地区性的空间分布模式大致类似于清末的雏形。[①]

从上面的引述可以发现，被章英华纳入到台湾都市体系中的，除了自清朝起一直居于首要地位的台北和高雄、基隆、台中、台南、新竹、嘉义等地区性大都市外，还包括区域内的卫星都市、小型都市以及清末那些人口一万左右的“小都市”、日据时期的“小型乡村都市”等。在现行的台湾行政区划中，台北、高雄属直辖市，基隆、台中、台南、新竹、嘉义属省辖市（人口在50万以上），那些人口在10万以下的小型都市则主要是区域内的卫星都市或县下面的乡、镇，而处于小型都市和省辖市之间的，是在台湾省境内（并不适用于金门县和连江县）制订的“县辖市”行政区，最初，县辖市的人口规定为10万，1977年升为15万，1981年将县政府所在地（镇）亦改制为县辖市，因此，在台湾的县辖市中，既包括那些人口超过10万或15万的卫星都市或县下面的乡、镇（如台北县的三重市、新庄市、新店市等）、县政府所在地（如台北县的板桥市、高雄县的凤山市、花莲县的花莲市等），也包括一些人口不及15万的县政府所在地（如嘉义县的太保市、台南县的新营市、澎湖县的马公市等）。[②] 如果参照前述顾朝林的新中国城镇体系等级规模：首都—省会—地区中心或省辖市—县城或县级市—建制镇，台湾的都市体系可分为：直辖市—省辖市—县辖市—乡、镇，其中能够与费孝通先生所概括的“小城镇”相对应的，是台湾的乡、镇和章英华谈到的小型乡村都市即乡街，能够与顾朝林的县城或县级市、建制镇相对应的，是台湾的县辖市和乡、镇，但是大陆的县级市地位与县相等，而台湾的县辖市地位则与乡、镇相等，尽管在实际的市政建设中，台湾的一些县辖市如板桥市、三重市、桃园市等，更接近于大陆的一些中小城市。另外需要注意的是，在台湾的文本中经常出现的“市镇”或“小

---

① 章英华：《清末以来台湾都市体系之变迁》，收入瞿海源、章英华主编：《台湾社会与文化变迁》，台北：中央研究院民族学研究所，1986，第233页。

② 有关县辖市的内容参考“维基百科”的“县辖市”条目，http://zh.wikipedia.org/zh/。

市镇”，也类似于本书所谈论的小城或小城镇，而非城/都市和镇的简称。当然，在已进入“全面都市化”的台湾，仍然存在与大陆相同的城镇分布与发展的不平衡状态，即章英华所谈到的“东部落后地区”与“嘉南平原的低度发展”，这从台湾设立的县辖市也可见一斑，如上述嘉义县的太保市人口只有 4 万左右，是台湾人口最少的县辖市，而台北县的板桥市人口已超出县辖市上限达 55 万之多，是台湾人口最多的县辖市；此外，在台湾现有的 32 个县辖市中，仅台北县就拥有 10 个县辖市，占总数的近三分之一，而花莲、宜兰、苗栗、南投、云林、台东、屏东、澎湖等县，则仅有一个属县政府所在地的县辖市，其余皆为乡、镇。

尉天骢先生曾经指出，在陈映真、黄春明等同时代作家的小说中“都呈现着两个世界，一个是台湾首善之区的台北，一个是他们生于斯、长于斯的小市镇。只不过陈映真笔下的小市镇是台北不远的莺歌，王祯和是台湾东部的花莲，七等生是台湾西部的通宵，而黄春明则是台湾东北部的宜兰”①。在台湾文学研究中，陈映真等以上述小市镇为背景的小说，经常被归入乡土文学的研究范畴（这与大陆的乡土文学研究非常相似），然而在前面谈到的台湾的行政区划中，其中的花莲、宜兰应属于县辖市，但可能是因为它们处于发展比较落后的东部地区，或者是由于这些作品的写作或描写年代多是台湾经济尚未或刚刚起飞的五六十年代，花莲、宜兰等市的市貌、规模等尚未发生大的变化，②便被研究者同王拓笔下位于台湾北部基隆附近的小渔港八斗子一起，视为台湾“小市镇的典型”。③ 这里也涉及台湾文学中的识名现象，在当代台湾的文学创作中，识名性最高的当属台北市，此外还有曾

---

① 尉天骢：《小市镇人物的困境与救赎——黄春明小说简论》，《世界华文文学论坛》1998 年第 4 期。

② 参照章英华《清末以来台湾都市体系之变迁》一文中的图表，在 1958 年台湾的前 20 名都市排名中，凤山排名 12，人口为 4 万；宜兰排名 13，人口为 3.5 万；花莲排名 14，人口为 3.2 万；鹿港排名 20，人口为 2.6 万，在 1972 年的前 20 名都市排名中，凤山仍排名 12，人口为 11.6 万；花莲排名 18，人口为 9.2 万，宜兰与鹿港则已退出前 20 名，在 1980 年的前 20 名都市排名中，凤山排名 11，人口为 21.2 万，花莲排名 20，人口为 10.2 万。

③ 李丰楙：《台湾乡土小说中的社会变迁意识——60、70 年代乡土小说的主题：贫穷、命运与人性》，收入龚鹏程主编：《台湾的社会与文学》，台北：东大图书公司，1995，第 169 页。

作为府城的台南市,出现在杨青矗工厂小说中的高雄市,以及在历史上一度辉煌但因多种原因而衰落为小市镇的施叔青、李昂两姊妹笔下的鹿港,和许俊雅曾经论述过的自日据时代开始便被众多作家关注的淡水,①上述黄春明、陈映真、王祯和、七等生等作家笔下的宜兰、莺歌、花莲、通宵等,则是台湾乡土文学创作中识名性非常高的市镇。因此,本书在论述台湾的小城小说时,"小城"的具体所指除了与大陆的小城镇大致对应的乡、镇、乡街外,也会兼顾台湾学者的研究传统和作品所描写的年代,将花莲、宜兰、凤山等县辖市也纳入到"小城"的范畴,但并不是将所有的县辖市都纳入进来,因为在具体的创作中,台湾的许多县辖市与大陆一样因为"识名性"不高而较少进入作家的作品,或以无名、匿名等方式出现。

那么,是否所有以小城为背景的作品都可称为小城文学呢?检视前面对都市文学与乡土文学研究的引述,可以发现,所有与两者相关的界定与论争(证)的基本理路,都是在"地域"与"文化"之间徘徊,通常是先确定地域范围,在此基础上强调文化属性的重要性,而当文化内涵被无限扩大并掩盖地域范围时,又会回头重新强调地域属性。我在研究现代小城小说时基本也遵循了这一思路。虽然并未对小城文学作明确的界定,只是在说明了什么是"小城"即小城的涵括范围后,便依此来搜集现代文学中所有与小城相关的作品,但在对这些作品具体的分析研究中,还是区分了小城在作品中的不同功能,在论述小城文学的独特价值时,则着眼于小城连接城市与乡村的中介性,并依此探讨小城文学与文学小城所独具的文化特性、社会特性和文学特性。

因此,当研究对象转为当代文学时,为了避免陷入都市文学与乡土文学反反复复、有时甚至是徒劳无益的界定与论争中,同时也是为同两者相比刚刚起步的小城文学研究摸索、积累更多的文本及经验,我仍然沿用了现代文学时期的这一研究思路,即暂且搁置对小城文学

---

① 许俊雅:《台湾文学中的淡水书写》,收入许俊雅:《见树又见林——文学看台湾》,台北:渤海堂文化公司,2005。

的界定，在上述“小城”界定的基础上搜集相关的小城写作，[①]并在文本阅读的基础上，概括作为“类”的小城写作的共性与差异性，以及它所具有的社会、文化、文学特性。所不同的是，现代文学时期的研究基本上是在一个封闭的时间和空间内展开的，当代文学的研究面对的则是当代海峡两岸的小城写作，时间与空间的转移不仅改变了原有研究的封闭性，也带来了许多亟待解决的问题，比如随着研究范围的变化，小城文学与文学小城的价值、特性、功能等是否会有变化？对于被一些研究者称之为“都市岛”的台湾而言，除了规模大小、人口多少的不同，在交通、资讯、生活方式以及精神文化等方面，“小城”与大都市之间究竟有哪些差异？将当代大陆与台湾的小城写作进行比较，其意义何在？又会有怎样的收获？它们分别在各自的文学史中处于怎样的位置？又与中国现代文学以及整个华文文学存在着怎样的关系？等等，这些问题既是本书的起点，也是重点。

---

① 需要加以说明的是，所谓的“以小城为背景”指的是以小城为故事发生、人物活动的主要场域，在一些作品中，比如路遥的《人生》、贾平凹的《浮躁》，随着情节的发展、主要人物的活动场域偶尔会由小城延及农村或城市，但居于作品场域中心对人物、情节有着向心力、推动力的始终是小城。

第一部分　发展脉络及溯源

第一章　当代大陆小城小说的谱系

我在这里列下这三个地方，是因为它囊括了一个广阔的文学空间，我们身处其中，或欢乐开怀，或黯然神伤；是缘于今年我回家过年，从广州到南京，再从南京回到家乡小城，沿途经过不知名的乡镇村庄，看到冬天的杨树像风一样从车窗掠过，知道我对这些地方从来都充满感情，知道它们是我的，然而我于它们却是陌生人；看到一车厢的人，和我一样风尘仆仆的脸，有生命……，我喜欢它们，亦知道自己其实是个局外人。

——魏微《都市、小城、乡村——小说的资源》①

第一节　作家与作品

作家

当把当代文学中那些写过小城小说的作家汇集在一起时，会有两个特别突出的特点，一是作家年龄的跨度大，从出生于20世纪20年

① 魏微：《都市、小城、乡村——小说的资源》，《作品》2005年第3期。需要特别指出的是，在鬼子的小说创作中，除了《学生作文》、《瓦城上空的麦田》、《上午打瞌睡的女孩》等以"瓦城"为背景的作品外，另外还有《农村弟弟》中的"瓦村"、《大年夜》中的"瓦镇"，这三者不仅构成了他具有关联性的文学空间，也代表了他对当下中国的城市、小城及农村社会的关注，在这一点上，他与魏微的思路是相同的，也非常接近现代文学时期茅盾在创作《子夜》时的那个试图将城市、小市镇、乡村都囊括在内的宏大写作计划，这个写作计划最后虽然没有完成，但他还是分别写了《春蚕》、《秋收》、《残冬》等"农村三部曲"和《林家铺子》、《多角关系》等小市镇题材的作品，来表达他对半殖民地半封建社会尤其是处于经济大崩溃中的20世纪30年代中国社会的思考。作家们在创作中对三个地域空间的区分，说明他/她们也同样意识到了三者之间存在的差异。

代、现代文学时期已开始写作的汪曾祺和50年代已崭露头角的林斤澜，经出生于40、50、60年代并构成新时期文学（部分作家依然活跃于新世纪文学中）以及小城小说写作主力的古华、路遥、贾平凹、张炜、王安忆、陈世旭、苏童、余华、格非、池莉、迟子建、陈染、林白、毕飞宇等，到被称为"70后"、"80后"的魏微、徐则臣、韩寒等，都或多或少地创作过与小城相关的作品；另一个特点是女作家撑起小城写作的半边天，在现代文学时期，女作家中似乎只有一个萧红（丁玲和罗洪等虽然也有一两篇小城小说，但无论是在文学史还是其个人创作中，都不及萧红的作品影响大），同鲁迅、茅盾、废名、沈从文、沙汀、师陀、李劼人、叶圣陶、张天翼等众多男作家一起参与"小城故事"的讲述，但是在当代文学时期，王安忆、铁凝、蒋韵、迟子建、池莉、孙惠芬、陈染、林白、海男、魏微、姚鄂梅、鲁敏、薛舒、郭小橹等女作家不仅与男作家平分秋色，而且形成了小城写作中一道绮丽而独具特色的风景线。

小城小说写作者的这两个特点——年龄跨度大与女作家的平分秋色，必然会影响甚至在某种程度上决定了当代小城小说的写作风格、小城形象的塑造以及文学小城的种种特性。这是因为"年龄跨度大"便意味着有来自于不同时代、不同创作潮流的作家，带着各自的生活背景、时代印记、艺术特色参与到小城小说的写作中，尽管对于一些作家而言，小城写作只是其创作中的"偶一为之"或"意外"，当然这"偶一为之"或"意外"也不尽相同，有的小城小说可视为作家整体创作水平、风格的延续或代表，如以写"汉味"小说著称的池莉的"沔水镇"故事，被称作"私人写作"的陈染的"魔幻"小镇；在一些作家的创作中，小城几乎成为其所有作品（包括城市题材和农村题材）或浓或淡的背景，如贾平凹的"商州"、毕飞宇的断桥镇、林白外省偏僻小城中的沙街、徐则臣的花街；也有作家甚至因小城写作得以成就其文学理想，如创作了"陈州笔记"和"小镇人物"系列的孙方友，作品被称作具有浓厚江南"小镇文化"气息的薛舒。而众多女作家的加入，不仅打破了现代文学时期几乎由男作家一统小城文学天下的局面，是否也将以其女性写作而改写基本由现代文学推论出的小城文学的某些定评？这自然是一个值得探讨的有趣问题。

故乡一直是古今中外作家创作的不尽源泉，小城小说的写作亦不能例外，无论是将小城作为背景还是作为描述对象，呈现于作品中的与小城相关的地理环境、建筑格局、日常习俗、方言传说等，大多都取材于作家的故乡（这也从另一方面说明了当代小城小说的写作者与现代文学时期一样，有相当一部分都来自小城镇）或其曾经生活过的地方，对于许多作家来讲，这曾经生活过的地方，或者是其作为知青插队的地方，如王安忆当年插队的安徽省五河县；或者是父母或个人工作过的地方，如生于杭州的余华3岁时随父母迁往浙江海盐县，并一直在那里生活、工作、写作到80年代末，余华在一篇文章中曾经写到“如今虽然我人离开了海盐，但我的写作不会离开那里。我在海盐生活了差不多有三十年，我熟悉那里的一切，在我成长的时候，我也看到了街道的成长，河流的成长。那里的每个角落我都能在脑子里找到，那里的方言在我自言自语时会脱口而出。我过去的灵感都来自于那里，今后的灵感也会从那里产生。”[1]尽管文学小城不必然亦没有必要坐实于现实中的某个原型，如同余华在谈到《兄弟》中的“刘镇”时所讲到的“关于刘镇，毫无疑问是一个江南小镇，可是已经不是我的故乡了，我家乡的小镇已经是面目全非[illegible]尽管如此，只要我写作，我还是自然地回到江南的小镇上，只是没有具体的地理了，是精神意义上的江南小镇，或者说是很多江南小镇的若隐若现。”[2]但小城写作中的这一特点：作品取材与作者的故乡或自身经历之间的种种关联，既形成了小城小说的一个主要创作特性即带有某种自传性或成长小说特点的第一人称叙述，也形成了小城小说的一个主要特性即地域文化，而地域文化同时也是小城文学研究的一个主要视角。[3] 鉴于此，有必要勾勒一下当代文学小城的“地形图”，而这一“地形图”所依据的一方面是作品所体现出来的地域特点，但由于前述的类自传性，以及作家经常在创作谈或直接在作品中点明小城的“原型”或出处，所以更主要的

---

[1] 余华：《最初的岁月》，收入余华：《没有一条道路是重复的》，上海：上海文艺出版社，2004，第65页。

[2] 洪治纲、余华：《回到现实，回到存在——关于长篇小说〈兄弟〉的对话》，《南方文坛》2006年第3期。

[3] 当然，地域文化对作家创作的影响、在文学作品及文学史中的意义等，同时也是整个文学研究的一个热点，相关的研究成果也非常多，在大陆现当代文学研究中，最具代表性的当属由严家炎主编、湖南教育出版社出版的“二十世纪中国文学与区域文化丛书”。

参照是作家的故乡或其曾经生活过的地方,因此所谓文学小城的"地形图",事实上也是作家分布的"地形图"。

东北地区。萧红以《呼兰河传》、《小城三月》等作品,使呼兰成为现代文学中识名性非常高的小城形象,在当代文学中,东北小城的主要写作者仍是两位女作家——迟子建和孙惠芬,她们的创作除了在语言、情调、叙述手法等方面与萧红有着某些承继外(在迟子建的一些作品中表现得尤为明显),还有一个共性即题材都涉及城市、乡村、小城,这其实也是许多作家的写作共性,即在中国现当代文学中,很少有纯粹的小城文学作家,与此相关的,是小城的写作者并不一定都来自小城,也有一些作家生长于城市中如王安忆、苏童或乡村中如古华、孙惠芬等。这一地区的文学小城有迟子建那有着北极光的漠河小镇、出现于许多作品中的礼镇,孙惠芬一再写到的大连庄河县城、古镇青堆子以及与歇马山庄相连的歇马镇等。

西北地区。"陕军"不仅在当代文坛有着举足轻重的地位,路遥、贾平凹、杨争光、温亚军等作家的小城写作,也扭转了现代文学时期西北地区小城小说最少的局面(在现代文学时期,我所搜集到的仅有的两篇小城小说即梁彦的《磨麦女》、丁玲的《县长家庭》,也并非出自西北作家的创作)。此外,山西蒋韵笔下的山西小城,北京王梓夫笔下处于陕甘丝绸之路上的古县城模阳,由北京到山西插队并于山西开始从事写作的柯云路笔下早在春秋时代已存在的古陵县城,贾平凹位于"商州"的大大小小的镇子、《废都》(中篇)中曾在远古岁月里做过国都的土城等,都是属于西北地区的文学小城,这些文学小城也反映了黄土高原地区深厚的历史文化积淀。而温亚军笔下位于新疆喀什附近的桑那镇虽然也在西北地区,但和王梓夫、柯云路笔下的小城一样都不是取材于自己的故乡,而是他们曾经生活过的地方。

东、南沿海地区。江浙地区不仅是诞生现代作家最多的地方,在现代小城小说的作者中,这一地区的作家也占了多数,这一情形也延续到当代,写作过小城小说的汪曾祺、林斤澜、王安忆、李晓、苏童、余华、格非、韩东、毕飞宇、荆歌、魏微、徐则臣、薛舒、郭小橹、鲁敏、韩寒等作家都来自江浙地区,也是因为他们的创作,使得"江南小镇"、"水乡小镇"或"南方小城"等几乎成为小城形象的代名词。为了论说的简便，这里也将来自东部临海地区的山东的张炜、刘玉民、李贯通等也归入这一地区，虽然都处于东、南沿海地区，张炜笔下的洼狸镇、棘窝镇显然不同于前述作家的江南水乡，即使是同在江浙地区，汪曾祺笔下的高邮、林斤澜笔下的矮凳桥、王安忆笔下的华舍、余华笔下的刘镇、格非笔下的梅城、毕飞宇笔下的断桥镇、魏微笔下的“我们小城”、鲁敏笔下的东坝镇、薛舒笔下上海近郊的刘湾、郭小橹笔下的渔港石头镇、徐则臣“故乡”系列中的花街等，[①]也都有其各不相同的风貌。

西南地区。现代文学时期，西南地区的小城小说及其作者主要集中在四川省，而在当代文学中，四川的雁宁、贵州的何士光、云南的海男以及广西的林白、鬼子、凡一平等，也都塑造了不少的小城形象，如雁宁笔下位于大巴山区的乡场小镇，海男笔下的“县城”，林白、鬼子、凡一平等作家笔下的广西小城。

中、南部地区。也许是由于中、南部地区涵盖的省份比较多，使得这一地区也有着一个庞大的小城小说的写作群体，他们包括北京的陈染，河北的铁凝、何申、关仁山、贾兴安，河南的刘震云、墨白、孙方友，湖北的刘醒龙、池莉、姚鄂梅，湖南的古华、何立伟，江西的陈世旭等，这些作家同时也塑造了众多各具特色的小城形象，如贾兴安的阖岚镇、关仁山的福镇、墨白和孙方友的位于豫东的颍河镇、刘醒龙的位于大别山区的天门口镇、池莉的位于江汉平原的“沔水镇”、姚鄂梅的位于长江上游的雾落、古华的坐落在湘粤桂三省交界的芙蓉镇、陈世旭的位于庐山脚下的“将军镇”等，而陈染笔下具有魔幻和异域色彩的罗古镇、乱流镇、木月镇等地理坐标却并不明确。

从上面的分类中可以看出，这里的“地形图”不仅仅是从区域文化的角度来划分的，比如上述的“西北地区”就包括三秦文化、三晋文化和新疆文化区，“东、南沿海地区”的山东和江浙地区分属于齐鲁文化和吴越文化，“西南地区”包括巴蜀文化、八桂文化和云贵高原文化区，“中、南部地区”则有燕赵文化、中原文化、荆湘文化，等等，更何况有所

---

① 邵燕君在《徐步向前——徐则臣小说简论》一文中（《当代文坛》2007年第6期），将徐的小说分为“京漂”系列，如《啊，北京》、《我们在北京相遇》、《跑步穿过中关村》等；包括“花街”传奇和成长记忆的“故乡”系列，如《花街》、《花街上的女房东》、《奔马》、《伞兵与卖油郎》、《苍声》等；以及在“京漂”和“故乡”间游移、难以归类的“谜团”作品，如《西夏》。

谓的“百里不同风，千里不同俗”。之所以要如此划分，主要是想将小城小说的写作者及其故乡与他（她）笔下小城的位置更为直观地呈现出来，为后面的相关研究做个铺垫。另一方面也是想加以说明，虽然地域文化在作家成长过程中具有巨大的精神辐射力，虽然地域文化是小城文学及小城文学研究的一个重点，但从某种意义上讲，地域文化之于小城文学作者的影响与之于乡土文学、都市文学的作者的影响并无特别之处，小城文学所反映的地域文化，与小城所处的文化区内其他文学题材所体现出来的地域文化，亦无本质的不同，因此，小城及小城文学的文化价值并不仅仅在于其地域文化，更在于由小城的中介性所体现出来的多元文化杂糅互陈的独特性，因此地域文化将不再是本书的特别关注对象，当代小城小说中的地域文化的重要性或特性，主要是通过两岸的比较而体现出来的。

作品

前面对当代文学小城及作家分布的“地形图”的简单勾勒，显然并不能囊括当代文学中所有写作过小城小说的作家，事实上也很难做到这一点，一方面是由于主客观条件所限，不可能搜集到所有与小城相关的作家与作品，此外对于“当代”这一未有终点的文学创作而言，将会不断有新的作家、新的作品出现。所以现有研究所能做的，就是在一定作品“量”的基础上，进行“类”的概括和归纳，这可以说是一种“典型性”研究，或类似于普洛普研究俄国民间故事时“从一组拥有近似造型的一百个故事中，努力抽取一个原始故事的结构。这个原始故事的 31 个功能包括了在这整组故事中的全部结构可能性”，[1]但本书既无法做到普洛普研究的精准与细致，也无意于“为某种叙事体裁制定一部语法和句法”，这里所谓的“典型”，既包括作家在文学史中的位置，也包括作品所体现出来的该文类的共性或独特性，也就是说本书所论述的小城小说，或者是有一定知名度的作家的作品，或者是作家并不知名但作品却具有某方面的代表性、能够丰富小城小说的创作，前者主要考量的是整个文学史，后者更为注重的是小城文学自身

① 〔美〕罗伯特·休斯：《文学结构主义》，刘豫译，北京：三联书店，1988，第 105 页。

的发展脉络。

基于以上考虑，本书在论述当代文学中的小城小说时，首先就是根据每部小城小说（不论长、中、短篇及艺术水准的高低）所表现出来的主题倾向而将它们进行分类，这样做的初衷，是想将作为一种文学现象的小城小说从作家的整体创作及当代小说的汪洋大海中甄别出来；而之所以称为“主题倾向”，表明被归入某一类型的作品只是属于该“类”的倾向比较明显，并不代表它没有其他“类”的特性，也不排除不同的“类”共存于同一部作品中的情形。当然，对小城小说进行分类的角度有很多，比如写作手法、人物形象、审美风格等，之所以要先从主题着手，是为了大致考察一下当代小城小说关注的主要有哪些问题，而这些问题所涉及、引发的其他现象、问题，无疑将是本书的研究重心。

描写日常生活琐事、见人情风俗或乡野传奇的作品。这类作品以中、短篇居多，在当代小城写作中占有很大的一部分，承接的是废名、沈从文以及师陀的《果园城记》、萧红的《呼兰河传》等作家作品的叙事风格。在这类作品中，无论是田园牧歌般的温情诗意，小人物日常生活中的家长里短、喜怒哀乐、悲欢离合，还是小城往昔岁月中的名人逸事、奇谈怪闻等，历史事件、社会变革等“大叙述”虽然程度不一地影响着小城人物的命运，但它们往往只是作品的一个或清晰或模糊的背景，那些人情、人性、风俗始终是作品关注的重心。

这类作品主要有汪曾祺的《岁寒三友》、《鉴赏家》、《八千岁》、《晚饭花》、《七里茶坊》、《陈小手》等，何立伟的《小城无故事》，雁宁的《小镇风情画》，何士光的《乡场上》，迟子建的《亲亲土豆》、《清水洗尘》、《腊月宰猪》、《岸上的美奴》、《洋铁铺叮当响》、《葫芦街唱晚》等，蒋韵的《想象一个歌手》，毕飞宇的《哺乳期的女人》，魏微的《大老郑的女人》、《姊妹》，鲁敏的《逝者的恩泽》，韩寒的《小镇生活》，陈世旭的《将军镇》（这部作品虽是长篇，但和师陀的《果园城记》一样是以一个个人物串联全篇，每一个人物故事都可独立成篇，比如单独发表的《小镇上的将军》、《镇长之死》、《李芙蓉年谱》等都是其中的一个章节），林斤澜的“矮凳桥”系列，贾平凹的“商州”系列（即《商州三录》中与小城相关的作品）、《废都》（中篇），孙方友的“陈州笔记”和“小镇人物”系列，徐则臣"故乡"系列中的《古代的黄昏》、《石码头》、《花街》、《花街上的女房东》、《失声》、《大水》、《人间烟火》等。

描写社会改革、反映官场生活的作品。这类作品一方面以出现于20世纪90年代中期的"现实主义冲击波"以及与其类似的作品为代表，它们的共性是都涉及县、乡、镇的基层政府运作及官场生活，如刘醒龙的《分享艰难》，何申的《年前年后》、《穷县》、《乡镇干部》、《七品县令与办公室主任》，关仁山的《大雪无乡》，彭瑞高《本乡有案》，王梓夫的《幕僚》，陈世旭的《救灾记》，凡一平的《县长逸事》，毕四海的《乡官大小也有场》等。同时，这类作品也包括80年代初期被称为"改革文学"的柯云路的《新星》（长篇）、路遥的《人生》、贾平凹的《腊月·正月》，或反映、反思社会改革、商品大潮冲击下的生活、问题的作品，如贾平凹的《浮躁》（长篇），刘玉民的《骚动之秋》（长篇），以及90年代后以市场经济为代表的社会改革对文化、教育等事业单位的影响，如李贯通的《天缺一角》、刘醒龙的《菩提醉了》等。

描写昔日生活、具有成长小说特点的作品。这类作品多是第一人称叙述、具有某种自传性，通过对童年、少年等往昔生活的回忆，记录叙述者"我"或主人公在成长过程中所经历的人事变迁，以及生理、心理、情感的种种成长、蜕变的轨迹，如迟子建的《原始风景》、《东窗》，林白的《寂静与芬芳》（长篇）、《致一九七五》（长篇），海男的《县城》（长篇），姚鄂梅的《出山记》、《雾落》（长篇），郭小橹的《我心中的石头镇》（长篇），薛舒的《记忆刘湾》、《小镇故事》等"刘湾"系列，韩东的《小城好汉之英特迈往》（长篇），荆歌的《爆炸》、《夏天、夏天》（长篇），徐则臣的《苍声》、《伞兵与卖油郎》等。此外，王安忆的《小城之恋》、《荒山之恋》、《妙妙》、《临淮关》、《上种红菱下种藕》（长篇）以及迟子建的《秧歌》等，虽然并非是第一人称叙述，但作品所表现出的成长主题与上述作品却是一致的。

描写底层生活的作品。对这类作品的划分主要是源于近些年兴起的"底层文学"（论者一般将2004年看做"底层文学"崛起的起始），那么什么是"底层文学"呢？一直致力于底层文学研究的李云雷曾做过如下概括：在内容上，它主要描写底层生活的人与事；在形式上，它以现实主义为主，但并不排斥艺术上的创新与探索；在写作态度上，它是一种严肃认真的艺术创作，对现实持一种批判、反思的态度，对底层有着同情与悲悯之心，但背后可以有不同的思想资源；在传统上，它主要继承了20世纪左翼文学与民主主义、自由主义文学的传统，但又融入了新的思想与新的创造。[①] 综观近些年被归入底层文学的作品，所谓“底层生活的人与事”，主要是指那些在政治、经济、文化等方面都处于社会底层的下岗工人、农民、农民工、矿工以及女性（如以身体作为商品交换的下岗女工、农村女性）、儿童等弱势群体的生存状态，如曹征路的《那儿》、《霓虹》，陈应松的《马嘶岭血案》、《太平狗》，胡学文的《命案高悬》，罗伟章的《大嫂谣》，刘庆邦的《卧底》，范小青的《父亲还在渔隐街》，孙惠芬的《民工》，尤凤伟的《泥鳅》等，经常被论者视为这方面的代表作。因此，底层文学虽然描写的也是小人物的故事，但与前述的描写日常生活琐事的小品型的作品在叙事风格、对待现实生活的态度等方面有着很大的不同，它基本上是一种苦难书写，虽然有着作家人道主义式的同情与悲悯，并且最终指向的是对社会现实的批判。

在小城小说中，可以被归为“描写底层生活的作品”（但并非是上述严格意义上的“底层文学”，况且关于底层文学的命名及内涵目前仍存有争议，这里所依据的只是上述“底层文学”中的底层人物与苦难书写）有迟子建的《世界上所有的夜晚》，鬼子的《大年夜》，格非的《戒指花》，温亚军的《赤脚走过桑那镇》、《地衣》，徐则臣的《最后的猎人》，张锐强的《在丰镇的大街上嚎啕大哭》，方格子的《李市的早晨》等。至于为何特别要将这些作品从其他同样描写底层人物苦难生活的小城小说中单列出来，在随后的论述中将会有所说明。

描写社会变迁、时间跨度较大或具有历史沧桑感的作品。这类作品在许多方面可说是上述几类小城小说的综合，它们涉及人物的成长或生命历程，以及小城的四季风物、日常习俗、乡野传奇，也会涉及社会改革、官场权谋，但无论是个人恩怨、家族故事，还是中华民族在整个20世纪的风云变幻，无论是对历史的反思（主要是中国的革命史以

① 李云雷：《“底层文学”在新世纪的崛起——在乌有之乡的演讲2007年9月16日》，转引自“左岸文化”网站的“左岸特稿”，http://www.eduww.com/。

及新中国成立到“文革”结束的这段历史),还是对当下生活的关注,这类作品在结构上都具有一个共通性,即不以单纯的人物、事件为叙述中心,而是在个人恩怨、家族故事中往往融入了重大的历史事件、社会变革,在气势磅礴的史诗性叙述中也不乏个人的成长史和小儿女的爱恨情仇,在对当下生活流水账式的描摹中依然可见出社会、文化、历史的沧桑巨变。

这类作品以长篇居多,有古华的《芙蓉镇》,张炜的《古船》、《刺猬歌》,贾平凹的《秦腔》,余华的《兄弟》,刘醒龙的《圣天门口》,格非的《山河入梦》等,另外也有一些中短篇小说具有上述的特点,如池莉“沔水镇”故事中的《你是一条河》、《预谋杀人》、《凝眸》,贾兴安的《阖岚镇沿革》等。

对人性、命运、生存等进行探讨的作品。之所以要把这类作品单列出来,并不意味着前面的几类小城小说就不关注人性、命运、生存这些问题,也可以说对人性、命运、生存等的关注是所有作家创作的出发点,只是在对这些问题关注的同时,其他的一些问题(比如社会改革、历史变迁、个人的成长历程等)也许更能引起作家的注意、是作家更急于表达的,因此在主题倾向上表现得更为明显、突出;或者由于作家散文化、诗化的语言、风格以及对风物习俗的关注,冲淡了原本也许极有特色的人性刻画,使人性融入或化入到琐碎的日常生活及作品的整体氛围中,比如前述汪曾祺、迟子建、魏微、徐则臣等作家的一些中短篇小说。

而这里单列的这些作品,要么如陈染的《小镇的一段传说》、《纸片儿》、《塔巴老人》、《不眠的玉米鸟》、《空心人诞生》,墨白的《航行与梦想》、《民间使者》等,在魔幻、怪诞或叙述的迷离恍惚中呈现人性、生存的某种象征或隐喻;要么如孙惠芬的《伤痛故土》,铁凝的《阿拉伯树胶》,余华的《河边的错误》、《许三观卖血记》(长篇),刘震云的《一句顶一万句》(长篇),苏童的《私宴》、《表姐来到马桥镇》,毕飞宇的《玉秀》,曹征路的《真相》,薛荣对经典样板戏进行改写的《沙家浜》等,依然在写实的基础上来探讨、表现人性、生存中或难以捉摸或具有普遍性的某一侧面。虽然余华的《许三观卖血记》、刘震云的《一句顶一万句》也可以说是描写社会变迁或底层生活的作品,但与那些注重历史事件、社会变革或重在记录人生苦难、社会不公的作品相比,这两部作品所蕴涵的丰富内容已不仅限于某个时代或某个人,这其实也是这类作品的共性,它们同时也表明对人性、命运、生存的某种形上思考,已不仅仅是某些知识分子形象的专利。

第二节 时代与史

作品的年代

所谓作品的年代,既包括小城小说的写作年代也包括小城小说所描写的年代,前面从主题倾向的角度在对小城小说进行分类时,已经多多少少涉及这个问题,这里将接着从不同作品所属的类型来谈一谈小城小说的"年代"问题。

就作品的写作年代而言,前面所划分的六类小城小说的写作年代主要集中在"文革"结束到本世纪初这段时间。当然有些类型的作品的具体写作年代会比较明显,如上面提到的"描写社会改革、官场生活"一类作品中的"改革文学"和"现实主义冲击波"文学,与此相关的是一些不属于此类作品但根据其反映的社会现象、思考的问题也可大致推出它们的写作年代,如贾平凹、余华、张炜分别写于本世纪的三部长篇《秦腔》、《兄弟》和《刺猬歌》,都涉及经济快速发展中小城镇的衰落或翻天覆地的变化,以及世道人心的变化如对利益、对经济效益追求的最大化,同时也涉及近些年社会比较关注的问题如三农问题、生态问题。另如由于"描写底层生活"的一类作品划分的依据是本世纪兴起的"底层文学",因此它的写作年代也是比较清楚的。此外,由于受到文学思潮的影响而出现的作品,也会有相对明确的写作年代,如受到以马尔克斯为代表的拉美魔幻现实主义影响的张炜的《古船》、陈染的《小镇的一段传说》等,都是写于魔幻现实主义最为流行的 80 年代初;或者对于那些知名度较高的作家来讲,某些作品由于属于他/她不同的创作时期,写作年代因而也会比较明显,如上面提到的贾平凹、余华、张炜以及王安忆等。但是其他更多的、分属不同类型的小城小说,都并无明显(其实也不必然有)的写作年代,这是因为无论是日常生活、历史沧桑还是个人的成长、不同的人性,都有着不受时间限制的某些恒常性,这些恒常性使得属于某一类型的作品必然会出现于不同的写作年代。

与前述作品的写作年代相对集中不同,当代小城小说所描写的年代则跨度比较大,基本上包括了整个20世纪直到本世纪初的各个不同年代,只是不同类型的小城小说所描写的年代会有所不同。

比如"描写社会变迁、时间跨度较大或具有历史沧桑感"的一类作品,所涉及的年代便主要是整个20世纪的中国历史,如1949年之前的革命史,新中国成立后的土改、"文革"、改革开放、市场经济兴起等不同历史时期。与此相似的,是"描写日常生活琐事、见人情风俗或乡野传奇"的一类作品,这类作品的时间跨度大,并不是指单个的作品所涉及的年代,而是所有作品加在一起所描写的年代,如有反映民国时期生活的汪曾祺的《岁寒三友》、《鉴赏家》、《八千岁》等,迟子建的《秧歌》、《香坊》;有写"文革"时期的如陈世旭的《将军镇》;有反映改革开放初期生活的如林斤澜的"矮凳桥"系列、贾平凹的"商州"系列、雁宁的《小镇风情画》、何士光的《乡场上》等;也有反映90年代以后生活现象的如毕飞宇的《哺乳期的女人》,魏微的《大老郑的女人》、《姊妹》,韩寒的《小镇生活》等。当然,也有一些作品虽然篇幅短小但由于内容涉及人或物的历史沿革,所涉及的年代因而也比较多,比如孙方友的"陈州笔记"、"小镇人物"系列。对于"描写昔日生活、具有成长小说特点"的一类作品来讲,它所涉及的年代通常与作家的年龄相关,如出生于五六十年代的林白、韩东、荆歌、姚鄂梅等人的往昔回忆,必然会涉及"文革"时期。而"对人性、命运、生存等进行探讨"的一类作品,无论是年代不详的陈染的《小镇的一段传说》等,还是具体反映"文革"时期的毕飞宇的《玉秀》,以及跨越年代比较长的余华的《许三观卖血记》等,由于"人性、命运、生存"等问题并不仅限于某个时代或某类人,因此作品具体所反映的是哪个年代,对于作品的主旨而言有时并不重要。

此外,还有一些作品的写作年代与其所描写的年代是大致对应的,这主要是指那些及时反映社会现象、问题的作品,如前面曾多次提到的"改革文学"以及反映改革开放初期生活的作品;同时也指在某一创作潮流中出现的作品,如"现实主义冲击波"和一部分"描写底层生活"的作品,前者以被称作"三驾马车"的关仁山、何申、谈歌的作品为代表,后者如反映矿难的迟子建的《世界上所有的夜晚》、张锐强的《在丰镇的大街上嚎啕大哭》等。

时代与文学

如前所言,在当代文学中,作为一种创作现象的小城小说的出现与存在(这是一种没有终点的存在)的时间主要是在"新时期"之后,本书所将讨论的当代大陆的小城小说也主要在这一时期,这与现代文学时期小城小说出现于每一个年代有很大的不同,那么是什么原因造成了当代小城小说写作的这一现象?对这个问题的回答其实将关涉到许多重要的问题。

本书在"引论"中谈到都市文学时,曾提到一些研究者认为延安时期到70年代后期是大陆城市文学的"枯水季",在为数不多的城市题材作品中,城市基本上都是以负面形象或是被革命、被解放的对象而出现。与这一创作现象相对应的,是有研究者指出"在整个毛泽东时代中国的城市文化被压抑了",尽管建国后共产党由"农村包围城市"转移到"由城市领导农村",中国城市化比例较以前也有大幅提高,但50—70年代整个城市文明的水平反而下降了,城市的性质更多地回到以行政和军事为中心的前现代形态,一旦城市的文化功能被扼制,城市便再也不能像现代文学时期那样为文学创作提供滋养,因此城市文明水平的下降对文学的影响是"生态性"的,城市文化的被压抑不仅影响到城市文学的创作,而且影响到了整个中国文学的生命机能,直到80年代初,沉寂30年之久的城市文化露出了强劲的复苏势头,并非巧合的是,文学也出现了真正的复兴。① 之所以要在这里谈论城市文化与(城市)文学之间的关系,是想在这一思路上接着探讨小城小说在50—70年代间出现的"枯水季",是否与小城镇在此期间的状况有关。

在《小城镇 大问题》一文中,费孝通先生在分析吴江县的小城镇

① 李洁非:《现代性城市与文学的现代性转型》,收入陈晓明主编:《现代性与中国当代文学转型》,昆明:云南人民出版社,2003,第27页。

在解放后所发生的变化时指出,1970年代以前是小城镇的衰落和萧条时期,到了70年代初期,小城镇才有了转机,党的三中全会以后才呈现出发展、繁荣的景象。在分析小城镇衰落的原因时,费孝通先生认为"由传统的重农轻商思想出发的'左'倾政策"是根本原因,具体表现为"化消费城为生产城",在此政策下,小城镇的个体和集体商业逐步受到限制、打击(最经典的画面就是农民提个篮子在镇上卖几只鸡蛋也要作为"资本主义尾巴"被割掉),大大削弱了小城镇作为农村地区商品集散中心的地位,有的镇最后只剩下几家供给开水的茶馆和点心店;同时,商业渠道的统一国营化,也引起了小城镇的巨大变化,凡是设置行政机构的小城镇(如县城和公社机构)都有国营的流通渠道,因此在总的衰落趋势中还有挣扎的余地,那些没有设置行政机构的小城镇大多数被吞掉了,而商业国营化也使得小城镇原有的许多经商者无以为业,这些无以为业的人口不得不向城市和农村两面泄放,小城镇本身日见萧条冷落。[①] 其实,费孝通先生在社会调查研究基础上分析的吴江县小城镇的衰落和萧条以及转机和发展,是非常具有普遍性的,如在古华的《芙蓉镇》中就有与其相应的体现,位于湘、粤、桂三省交界的芙蓉镇在解放初期尚能保持逢圩日子里的万人集市,但因受"限制农村集市贸易,批判城乡资本主义势力"等极左政策的影响,芙蓉镇的圩期一改再改,还专门有"圩场治安委员会"负责打击投机倒把,查缴私人高价出售的农副产品、山货水产,没收国家规定不准上市的一、二、三类统购统销物资,使得山里人赶圩像赶"黑市",加之集市上物资贫乏、客商也渐渐绝迹,芙蓉镇的逢圩集市元气大伤,而到了小说结尾的1979年,芙蓉镇已呈现出新的气象,逢圩的集市又恢复了昔日万头攒动的热闹场景。

如同城市文明的水平在50—70年代下降一样,小城镇在这一时期也处于衰落和萧条时期,但这并不意味着就可以将小城文学的"枯水季"与小城镇的衰落直接画上等号,表面上看来,城市文学与小城文学在50—70年代的"枯水季",和城市文明水平的下降与小城镇的衰落是同时出现的,似乎就可以得出一个逻辑推理:后者的下降、衰落导

① 收入费孝通:《小城镇四记》,北京:新华出版社,1985。

致前者“枯水季”的出现，但这其实并不是更深层的原因。城镇文化的下降、衰落或复兴固然会影响到文学创作，但这种影响应该与文学创作的多少即作品的数量没有太大的关联，真正影响文学创作或某一文类兴衰的是这个时代的主流意识形态与文艺政策。

新中国成立后，在文艺要为无产阶级政治服务、为工农兵服务的文艺政策的指导下，在文学创作上形成了这一时期特有的并且是严格的题材分类，如工业题材、农业题材、军事题材、革命历史题材、知识分子题材等，并且不同的题材之间有着等级上的区分，如工农兵生活优于知识分子或非劳动人民的生活，重大题材（一般指政治运动、“中心工作”）优于非重大题材的“家务事、儿女情”等。[①] 尽管有不少研究表明在这样一个类型化、规范化或者一体化的时代，还是出现了1956—1957“百花时代”的对文学艺术界简单化、庸俗化的反思，1960—1966年间一批学者型作家如陈翔鹤等的知识分子话语，以及孙犁、茹志鹃等有艺术个性的作家。[②] 但这些都不能影响整个时代的文学主流，因此它/他们往往又被研究者称为“艺术变奏”或时代的“不和谐音”，并且它/他们所涉及的题材所反映的生活，大部分也是在上述的题材范围内，不同的只是艺术细节或作家的个人风格。那么，这些如洪子诚所言基本上按照社会生活空间（如农村、工厂、军队）划分并被赋予不同等级的文学题材，怎样体现与其题材相对应的地域性，也即另外一种划分题材的标准如都市文学、乡土文学，既关涉到小城小说的创作，也关涉到对这一时期与小城相关的作品的搜寻。

在50—70年代的城市题材作品中，除了经常被提及的表现革命干部进城的萧也牧的《我们夫妇之间》、邓友梅的《在悬崖上》，革命历史题材的欧阳山的《三家巷》、高云览的《小城春秋》、杨沫的《青春之歌》、李英儒的《野火春风斗古城》，反映“资本主义工商业的社会主义改造”的周而复的《上海的早晨》等，还有属于“百花文学”的一部分作品如王蒙的《组织部新来的年轻人》、李易的《办公厅主任》、宗璞的

---

① 也许是因为无论是作家人数还是作品数量与质量，农业题材的小说创作都居于首位，从而以农村叙事为主体的文学便被许多研究者看做是1949年后中国文学的主流叙事，其实在文艺政策制定者的主观愿望里，工业题材、军事题材等与农业题材是并重的。

② 参见董之林：《旧梦新知："十七年"小说论稿》，桂林：广西师范大学出版社，2004。

《红豆》、陆文夫的《小巷深处》、李国文的《改选》等，以及一部分“工业题材”的作品，如洪子诚认为“对于左翼文学来说，城市有其重要的表现对象，这就是作为‘领导阶级’的工人的劳动和生活，工厂、矿山、建设工地的矛盾斗争”，但由于描写范围被严格窄化，“工业题材”小说即使是出自萧军、艾芜、周立波等有经验的作家手里，大多也显得乏味。[①] 同样是在洪子诚的《中国当代文学史》中，他直接以“农村小说”来称呼那些以农村生活为题材的作品，并且特意指出这时的“农村题材”，其含义与“五四”新文学以来的“乡土小说”、“乡村小说”有了不容混同的区别。尽管洪子诚并未进一步指出两者区别之所在，但如本书在“引论”中曾指出的，大陆研究者在界定乡土文学时大都会特别强调——并不是所有的农村题材作品都可以称为乡土文学，它还必须同时兼具地方色彩或鲜明的地域特色，“农村题材”与“地方色彩”于乡土文学而言是缺一不可的，失去地方色彩的农村小说只能称为“农村题材”的作品而不能称为“乡土文学”。尽管农业、工业、军事等题材的划分所强调的都是这些领域的社会政治活动，但在整个50—70年代的文学创作中，“乡土文学”依然存在着与自然风物、日常生活、民情习俗等相关的地域色彩，这既程度不等地体现在赵树理、孙犁、周立波等作家的农村题材的写作中，也体现在《上海的早晨》以及《三家巷》、《小城春秋》等革命历史题材的城市书写中。[②] 但诚如洪子诚所指出的，在一波又一波的文艺批判运动中，“乡村的日常生活，社会风习，人伦关系等，则在很大程度上退出作家的视野，或仅被作为对‘现实斗争’的补充和印证”[③]。或者在上述的城市书写中，“城市总是在行使

---

① 洪子诚:《中国当代文学史》，北京:北京大学出版社，1999，第131页。许多研究者在讲到这一时期“为数不多的”城市文学时，很少提到“工业题材”的作品，这可能与这一题材着重于表现“工厂、矿山、建设工地的矛盾斗争”有关，城市基本上处于被淡化的状态。

② 也有研究者认为，赵树理等山西作家无视地域风情（如认为赵树理们感兴趣的是地形地貌以及各种日常之物的描写），孙犁、周立波以地域风情描写见长而实则又在很大程度上牺牲了地域风情的美学价值，因此50年代的乡土小说最终沦为政治的传声筒，而60年代以柳青的《创业史》为代表的从真正现实主义道路上的偏移，还导致了乡土小说风俗画美学特征的丧失，从而把乡土小说降到事实上的与“农村题材小说”相等同的地位，乡土文学发展陷入了畸形的退化，这同样也体现在李准、王汶石、浩然等乡土作家的作品中。见丁帆等著:《中国大陆与台湾乡土小说比较史论》，南京:南京大学出版社，2001。

③ 洪子诚:《中国当代文学史》，第92页。

批判性的叙事意向时才作为背景存在，而本质上与城市相关的人物总是被驱除的对象，必然连同城市一道被驱除”，而那些与资产阶级或小资产阶级生活方式联系在一起的城市情调则要“附身于革命出场”①。

这里需要进一步辨析的是，在50—70年代的“乡村小说”中，是否暗含着丁帆所谓的、但是被一些研究者与乡村等同的“地域范围至多扩大到县一级的小城镇”？在包括“工业题材”、“革命历史题材”、“百花文学”以及知识分子与工商业改造等在内的城市书写中，是否也有小城镇的位置？在上述的城市题材的作品中，像《上海的早晨》、《三家巷》、《小城春秋》、《青春之歌》、《红豆》、《小巷深处》等，都有着明确的“都市识名”，而其他的一些作品尤其是“工业题材”的作品，虽然“都市识名”并不明显，但根据其描写的内容也大概可以推断出一个若有若无的城市（不论是古城还是其他大中小城市）背景。就这一时期的“农村小说”而言，由于它的表现重心是农业合作化运动、“大跃进”、“人民公社”运动、农村的“两条道路斗争”等，而这些政治工作及运动又都是在农村进行的，加之能够辨识小城地域性的地方色彩及日常生活场景描写的缺少，因此在赵树理、周立波、柳青、孙犁、浩然等众多乡土作家的代表作中，很难辨识出暗含于“乡村”中的小城镇。现已搜集到的与小城镇相关或者说能够辨识出小城镇特征的几篇作品，大都写于1956—1957的“百花时代”，其中有属于革命历史题材的王愿坚的《粮食的故事》（发表于《人民文学》1956年第7期，描写老革命郝吉标为革命牺牲儿子的故事）、陈登科的《活人塘》（发表于《人民文学》1950—1951年第3卷，描写浙江集镇的抗日故事），属于揭露现实矛盾的“百花文学”的李准的《灰色的帆篷》（发表于《人民文学》1957年第1期），以及反映农村新旧冲突、妇女思想觉醒的骆宾基的《父女俩》（发表于《人民文学》1956年第10期）等，在这些作品里，关于小城镇的描写大都是一笔带过，如《灰色的帆篷》只在开篇交代了故事背景“清早，县文化馆里冷清清的”。另如《粮食的故事》第一句话是“吃罢了晚饭，我到县人民政府去找郝吉标”，关于县城市容的描写也只有一句“这个小城里的大街本来就不宽，路中央又平铺着晒上了稻谷，显得

---

① 陈晓明：《城市文学：无法现身的“他者”》，《文艺研究》2006年第1期。

更拥挤了”。只是在骆宾基的《父女俩》中，则用一些篇幅描写了一个位于沂蒙山区的农村市集的热闹场景，为在老槐树底下摆豆腐摊的主人公香姐儿的出场做了铺垫(《芙蓉镇》的开篇描写与此非常相似)。

尽管可以从上述作品中辨识出小城镇的特征，但是作为文学场景的小城镇在这些作品中的功能仅仅是指明故事的发生地点，小城镇所具有的新旧并存、城乡交汇的中介性与独特性，在这些作品中并没有体现出来，这与地域风情及日常生活场景描写在作品中的缺少以及小城镇所具有的审美功能的缺失有很大的关系。上面列举的作品，可以说都出自当代文学史中占有一席之地的作家之手，《粮食的故事》与《灰色的帆篷》也是所属题材中有代表性的作品，但在小城小说自身的发展脉络中，一方面如上所言，这些作品未能体现小城镇所具有的中介性与独特性；另一方面小城镇在这些作品中仅仅起到指明故事发生地点的情形，也存在于现代文学和新时期之后的小城写作中，这使得这些作品既不具有某方面的代表性也未能丰富小城小说的创作，加之数量又少，因此前面在论述当代小城小说的作家与作品时，没有将他/它们列入进去。不过从文学所拥有的不同时代的创作特性的角度来讲，这些为数不多但能够反映50—70年代文学及时代特性的小城写作，也可以看做是小城小说发展脉络中的一种类型。

这里也可以回答本小节一开始提到的问题：为什么小城小说在50—70年代间会出现“枯水季”？笼统的讲这与整个时代的治国方针、意识形态、文艺政策等有关，具体又体现在两个方面，一是小城镇在此期间的衰落、萧条；一是此一时期严格的、被窄化的题材分类，以及能够体现文学小城特性的地域色彩“在很大程度上退出作家的视野”。反映在文学创作中，前者影响的是小城日常生活场景在作品中的呈现，后者影响的则是作为地域标识的小城的地理环境、建筑格局、日常习俗、方言传说等在作品中的基本缺失，而后者的缺失使得无论是衰落还是繁荣的小城场景在作品中都无从体现，前面之所以讲小城镇的衰落并不是小城小说创作出现“枯水季”的深层原因，就在于此。同样，也可以以此解释何以小城小说的创作乃至整个当代文学都在新时期之后开始了复兴，这依然与此一时期的政治、文化环境密切相关，而文学的复兴伴随着的是城镇的发展与繁荣，因此才可以说新时期之后是小城小说在20世纪中国文学史中最为繁盛的时期。

文学潮流

小城小说虽然在50—70年代间出现了“枯水季”，并不表示当代文学中涉及或反映这一时期的作品就少，在前面划分的几类小城小说中，除去像“底层文学”这样有具体的时代特征的作品外，大部分作品都或多或少地涉及这一时期，它出现于新时期之后不同的写作潮流中，也出现于不同年龄段及写作风格的作家笔下，就像小城小说一样，它固然有自身的发展脉络，但这一发展脉络并不是孤立的，它还有着不同的参照，从纵向的角度讲，是不同时代/时期小城小说之间的关系，从横的角度讲，是同一时代/时期不同写作潮流、不同作家笔下的小城小说之间的关系。前面所分析的小城小说的写作者与类型、小城小说的写作年代与反映的年代、时代与文学创作之间的关系等，其实都是将小城小说置于当代文学史的大背景中加以讨论的，涉及文学史写作中的时代背景与作家作品。同时，在前面的论述中也已多少涉及当代文学史中的一些写作潮流，如50—70年代的探索社会新的矛盾的“百花文学”，而所谓的“革命历史题材”既是一种题材类型、也是当时一个非常重要的写作潮流，它不仅有自己的代表作家与作品，也形成了一套独有的艺术模式与审美模式。由于这两个写作潮流中的几篇小城写作，在前面已有介绍，这里主要梳理的是“文革”结束后与小城写作相关的文学潮流。

从“文革”结束到80年代初期这段时间，经常被当代文学史提到的创作潮流有“伤痕文学”、“反思文学”、“改革文学”以及“知青文学”，而这段时间参与到这些创作潮流中的作家主要由两个群体组成，一是被称为“归来者”的“右派”作家，一是被称为“四五”一代的“知青”作家，不论这两个作家群体之间的差异有多大，这些创作潮流所基于的都是50—70年代这一时期的社会政治生活，尤其是被称为“十年浩劫”的“文革”时期，既是这些创作潮流得以产生的肇因，也是由对它的揭露、批判、反思，引发对整个50—70年代的极“左”路线、官僚主义、封建主义等的批判和反思，以及对社会改革的热切呼唤与表现。在这些创作潮流中，与小城写作相关的有前面曾多次提到的“改革文学”，此外还有被归入“反思文学”的古华的《芙蓉镇》、陈世旭的《小镇上的将军》，被归入“知青文学”的孙宝发的《月亮小镇》(《上海文学》1980年第4期)。这里要特别谈一下有“知青”身份的赵振开(北岛)的《波动》，这篇小说的初稿在1974年已写成，属于当时的地下手抄作品或陈思和所谓的“潜在写作”，直到1981年才公开发表于《长江》第1期，这篇小说的独特之处，一方面是有论者所言“它是反映这些知青处于乡村与大城市之间——小城镇——亚文化区的已知的唯一一部小说”①。更重要的，是这篇小说同作为诗人的北岛的“现代派”诗风相似的表现手法，如跳跃性与复调的叙述、象征的意象、非理性的生存氛围等，这些现代派的表现手法可以说是首次出现于当代小城小说的写作中，因此在此前(鲁迅的一些小城小说中尽管有象征手法的运用，但作品的整体风格还是写实的)与此后基本以写实为主的小城小说的创作中，《波动》显得别具代表意义。

从作品的数量上看，上述几个创作潮流中的小城写作并不多，但它们基本上都是这一时期影响较大的作品，也是所属潮流中的代表作。由于这些创作潮流都有一定的时间性，如在研究者看来，作为一种文学思潮和创作现象的“改革文学”、“知青文学”，在80年代中期后因已失去它们得以形成的实质意义而告结束，但文学思潮的结束并不代表参与其中的作家的创作生命的终止，大多数作家仍然会有新作推出，尤其是那些“知青”作家，将是此后许多新的创作潮流的引领者。就小城写作而言，一些“知青”身份的作家在此后的不同时期也仍然创作了与知青岁月有关或无关的小城小说，如李晓的《小镇上的罗曼史》，王安忆的《小城之恋》、《荒山之恋》、《妙妙》、《临淮关》、《上种红菱下种藕》等。因此，尽管文学潮流及其在某一潮流中出现的作品有其时间或时代性，但那些创作力旺盛的作家却可以历经不同的时期，也许他/她的审美意识、创作精神不会改变，但他/她所反映、所思考的

---

① 杨健：《文化大革命中的地下文学》，转引自许志英、丁帆主编：《中国新时期小说主潮》上卷，北京：人民文学出版社，2002，第256页。今天看来，这位论者所言的“唯一一部小说”应该针对的是这篇小说的写作年代。关于《波动》的相关研究，还可参见陈思和主编：《中国当代文学史教程》，上海：复旦大学出版社，1999，第182页；许子东：《为了忘却的集体记忆——解读50篇文革小说》，上海：上海三联书店，2000。

社会现象、问题必然会不同，这就如同小城小说自身的发展。

出现于80年代中后期的“寻根文学”、“先锋小说”、“新写实小说”，是新时期文学中非常重要的三个文学思潮，它们在认知形式、艺术形式、思想观念、美学原则等方面使新时期文学完成了真正的嬗变，尽管它们的创作诉求各不相同。

与“寻根文学”密切相关的一个关键词就是“文化”，因此寻根也称为“文化寻根”，有研究者曾对寻根文学所寻的“文化”做了一个大致的概括：一是指地域文化，特指边缘化的地域文化，这是对“文化”的地理空间定位；二是指传统（历史）文化，特指具有原生态、原始性的传统文化，这是对“文化”的纵向时间（历史性）界定；三是指民族或族群文化，特指少数民族或弱势族群（尤其是蛮荒未开化且处于封闭状态的人群）的文化，这是对“文化”的族别身份的认定；四是指乡土（民间）文化，特指日常世俗生活中不规范的文化形态，即未被“现代文明”所侵扰或改造过的乡土生活文化，这是对“文化”的呈现形态的规定；五是指业已失落了的文化，特指游离于现有文明社会以外的文化遗存，相对于主流“文明社会”而言，这是一种“已经消失”了的文化。① 这位研究者还认为第五点即失落的文化便是寻根文学所寻的“文化”，而前四点则构成其文学表现的具体背景或内容，也正是这“失落了的文化”导致了对寻根文学的一个主要批评观点，即认为寻根文学缺乏时代精神的观照，或者说无法“作为一种文化力量介入当代的实际生活”，尽管寻根文学的初衷是为了寻求现代意识与民族文化的融合、并以此来重塑民族形象和文学。这里暂且不论寻根文学所寻的文化是否就是那些边缘的、原始的、闭塞蛮荒的、粗犷神秘的或“失落了”的文化（韩少功就曾指出，寻根文学对待中国文化传统的态度并不一致，有的作品倾向于“寻而护之”，有的更倾向于“寻而斩之”，介于这两者的兼容状态也有②），对于当代文学来讲，在“文化热”背景下出现的寻根文学对文化的大力倡导与张扬，使失落于50—70年代的绚丽多姿的

---

① 吴俊：《关于“寻根文学”的再思考》，《文艺研究》2005年第6期。

② 王尧：《1985年“小说革命”前后的时空——以“先锋”与“寻根”等文学话语的缠绕为线索》，《当代作家评论》2004年第1期。

地域文化又大规模地重新回到文学创作中，[①]不仅韩少功、李杭育、郑万隆、阿城等率先倡导文学寻根的作家都有一个自己的“文化根据地”，更多的同时及后起的作家也都在努力经营自己或大或小的“文化根据地”。也正因为对文化的大力倡导，以致出现了后来被论者所诟病的为文化而文学的创作程式，当然，这已是文学寻根的“末流”。

对于小城小说而言，虽然被归入寻根文学的作家（有贾平凹、王安忆，并且王安忆的小城小说与寻根文学无关）、作品（有贾平凹的《商州初录》）很少，但它也同样受惠于寻根文学对文化的大力倡导与张扬。当然，寻根文学的价值与意义并不仅止于此，如季红真认为新时期继起的文学新潮几乎都受到了它的影响；陈思和则认为它对民族文化之根的寻找过程，实际上也就是对民间的发现过程，对于中国文学后来的民间走向具有开拓性的影响。

在新时期文学中，“先锋小说”的具体所指是马原及其后出现的洪峰、余华、格非、孙甘露、苏童、叶兆言、北村等60年代出生（马原出生于50年代）的作家以“形式实验”为表征的小说创作（有研究者将残雪和莫言也包括在内），陈晓明曾将先锋小说或“先锋派”的“形式主义”实验归纳为“话语的欲望表达”、“叙事策略的运用”、“幻觉与暴力”、“语言的选择”、“人物与历史的死亡”等几个特征，[②]以区别于被称为“新潮小说”、“现代派小说”或“实验小说”的王蒙、宗璞、刘索拉、徐星等作家的借鉴西方现代派技法的小说创作，因为对于先锋派而言，形式主义策略不仅仅是其美学价值实现的手段，也是其目的。能够被归入先锋小说的小城写作只有余华的《河边的错误》（讲述发生在水乡小镇上的一桩凶杀案，类似于日本的《野性的证明》等风格的推理小说）、《夏季台风》（讲述的是因1976年唐山大地震而在小城中引起的种种“症候”）等，苏童那充满“南方”颓废美学的“香椿街”故事并不同于其后林白的“沙街”或徐则臣的“花街”，在苏童的一系列作品

① 当然，新时期对地域文化的描写并非始自寻根文学，汪曾祺的《受戒》、《大淖纪事》，贾平凹在1983年发表于《钟山》第5期的《商州初录》，王蒙1982到1983年间发表的《在伊犁》系列小说等，都有突出的地域风情，也被研究者视为寻根文学的先声。

② 陈晓明：《无望的救赎：从形式到历史》，收入王晓明主编：《二十世纪中国文学史论·第三卷》，上海：东方出版中心，1997，第420页。

中，位于城北地带的“香椿街”的背景类似于苏州这样的古城，而“沙街”与“花街”的背景则是小城镇。其他由先锋派作家创作的小城小说如余华的《许三观卖血记》、《兄弟》，苏童的《私宴》，格非的《戒指花》、《山河入梦》等，都是他们“转向”后的创作。如同寻根文学一样，先锋小说的意义不仅在于其革命性的形式探索，更在于它对同时（如寻根文学、新写实小说）及其后（如新历史主义小说、晚生代小说、私人化写作等）不同创作群体的影响与启发。

“新写实小说”是与“先锋小说”大概同时（80 年代中期）产生的一个创作潮流，由于存在着“实践在前、理论在后”的情形，因此给人留下了晚于先锋小说的印象。所谓的“实践在前、理论在后”，是指《钟山》于 1989 年第 3 期推出“新写实小说大联展”之前，后来被看做是新写实小说代表作的刘震云的《塔铺》、刘恒的《狗日的粮食》、方方的《风景》、池莉的《烦恼人生》等，在 1986 年前后都已经发表了，对这些作品的评论业已出现，只是在对这一写作倾向的概括或命名上还比较混乱，如被称为“现实主义的回归”、“后现实主义”、“现代现实主义”、“新写实主义小说”、“新小说派”等，直到《钟山》主动倡导“新写实小说”后，对这一新的写作倾向的命名便逐渐统一并确定了下来。那么“新写实小说”的“新”或独特之处是什么呢？综观众多对新写实小说的界定、概括与评论，可总结如下几点：一，其基本特征或经常被论者使用的“关键词”包括对生活原生态的还原、对现实生存状况和凡俗人生的关注、零度叙述、中止判断等；二，就其与现实主义的关系而言，有两种不同的观点，一种观点认为新写实小说已经从现实主义的概念范围内部对这一美学原则的各项规约（如典型性、倾向性、深刻性）作出了几乎一一对应的解构，[①]一种观点则认为新写实小说是中国文学在特定的时期对现实主义传统的回归和深化；[②]三，就其与现代主义的关系而言，无论是认为新写实小说属于现实主义的范畴，还是消解了现实主义的文学观念，都谈到了新写实小说对现代主义艺术技巧的借

---

① 张业松：《新写实：回到文学自身》，收入张业松：《个人情境》，济南：山东友谊出版社，1997，第 27 页。

② 杨剑龙：《新写实小说：现实主义传统的回归和深化》，《扬州大学学报》（人文社会科学版）1999 年第 1 期。

鉴,除此之外,有许多研究者认为,从表面上看新写实小说与先锋小说相去甚远(创作方法仍以写实为主),但在对传统的"真实性"原则和"现实"观的巨大冲击上,它被看做是先锋小说的一个分支或在特定阶段的一个变体。

也许是由于新写实小说同现实主义、先锋小说之间的"纠葛",被归入其旗下的作家便非常多,除了刘震云、刘恒、方方、池莉四位公认的代表作家外,还包括叶兆言、苏童、范小青、李锐、李晓、杨争光、迟子建、赵本夫、朱苏进、周梅森、王安忆、王朔等创作风格各不相同的作家(有意思的是,他/她们几乎都对这一命名方式持否定或无可无不可的态度),这也因此而令与新写实小说有关系的小城小说的作家(如刘震云、池莉、苏童、范小青、李晓、杨争光、迟子建、王安忆等)或作品显得较其他文学潮流多,但同先锋小说一样,这些作家的小城写作大都不是在新写实潮流中出现的,因而也称不上是典型的新写实小说,甚至与之根本无关。如果说上面被归入新写实小说麾下的这些作家之间有什么共性的话,那就是对"日常生活"的关注,有论者曾将"新写实小说"与"先锋小说"视为"寻根后"的创作现象,因为两者都"舍弃了'文化寻根'所追求的某些过于狭隘与虚幻的'文化之根',否定了对生活背后是否隐藏着'意义'的探询之后,又延续着'寻根文学'的真正的精神内核",即寻根文学所展示出来的"被政治权力话语和知识分子精英话语遮蔽的民间世界的信息,在新写实小说里得到了进一步的渲染,民间的日常生活场景正式地充斥了小说的主要画面"①。

对"寻根文学"、"先锋小说"、"新写实小说"的讨论,还涉及新时期文学中其他一些重要的现象或问题,比如外来的文学思潮及其对中国现当代文学的影响,这不仅关系到中国文学所存在的一个大的世界文化背景,也如论者所言中国文学必将努力以它自身的特性参与或丰富世界文学的创作,这也可以说明何以会有80年代"走向世界"的焦虑以及至今仍难以挥去的"诺贝尔奖情结"。对于上述的三个创作潮流来讲,几乎每一个都有其相对应的外来影响,比如前苏联吉尔吉斯族作家艾特玛托夫、以马尔克斯为代表的拉美魔幻现实主义小说、日

---

① 参见陈思和主编:《中国当代文学史教程》,上海:复旦大学出版社,1999,第306页。

本的川端康成、以福克纳为代表的美国“南方文学”、美国黑人作家哈利克斯的小说《根——一个美国家族的历史》等作家作品之于“寻根文学”，博尔赫斯之于“先锋小说”，存在主义、“新小说”、米兰·昆德拉等之于“新写实小说”，当然，这只是一种极其简略的列举，对于每一个作家而言，他所接受的外来影响必然是多元的。反之，对于每一个重要的外来思潮或作家而言，他的价值也不仅仅是启发或催生了某一创作潮流。苏童曾谈到好多作家创作的激情或者说对自己创作特色的捕捉，都是从效仿马尔克斯开始的，甚至连句式都模仿《百年孤独》（陈晓明也曾指出，有一段时间文坛上流行“许多年以前”、“许多年以后”的句式），而他自己从马尔克斯那里受到的启发主要是“写什么”，即“选取什么样的题材来写作”，那便是寻找自己故土的精神。[①] 并且这种影响并不局限在某一时期，就拉美魔幻现实主义而言，在90年代以后的许多作家的创作中，依然可以看到这种影响的痕迹，如青年作家范稳曾经说过“我们这一代作家都是魔幻现实主义的学生”，从他的《水乳大地》（2004）中的确也不难找到诸多与《百年孤独》相似的地方。与影响相关的还有创新的问题，也就是韩少功所讲的如何在经过模仿或接受影响之后写出自己的风格，而不仅仅是“移植外国样板戏”，从这个角度来看，被论者认为是一部成功的中国化了的魔幻现实主义作品的陈忠实的《白鹿原》，或对《百年孤独》的一次“漂亮的飞跃”的《水乳大地》，以及其他一些具有鲜明个人风格的作品，都可视作中国作家对外来影响的创造性借鉴。此外，随同马尔克斯、博尔赫斯或“新小说”等外来文学思潮而来的，还有一个大的西方现代主义与后现代主义文化思潮的背景，比如新时期文坛关于中国有无/需不需要“现代派”的论争，许多研究者指出的体现于先锋小说与新写实小说中的后现代主义特征等，都与之相关，它们同时也构成了前面提到的中国文学的世界文化背景。

具体到当代小城小说的写作，可以说也在一定程度上存在着两个非常直接的外来文学的影响。一个是前面曾提到的以马尔克斯的《百年孤独》为代表的魔幻现实主义（如果从故事背景来看，《百年孤独》

---

① 《苏童·王宏图对话录》，苏州：苏州大学出版社，2003，第117页。

也可以视作一部小城小说,作为故事背景的马贡多由一个小小的村落演变成一个市镇,被看做是整个拉丁美洲几百年风云变幻的缩影和象征),像陈染的《小镇的一段传说》、《纸片儿》、《塔巴老人》以及迟子建的《世界上所有的夜晚》、鬼子的《大年夜》等小城小说,就有着明显的魔幻色彩;另一个是福克纳的被称作"约克纳帕塔法世系"的小说创作,位于美国南方的约克纳帕塔法县,是以福克纳的家乡拉发耶迪县及县城奥克斯福镇为背景虚构的、并出现在他十几部长篇和大多数短篇中的文学小城,作为福克纳文学王国的象征,"约克纳帕塔法世系"影响了当代许多作家的创作(也包括当代台湾文学),①不仅使他们有了建造自己"文学王国"的强烈愿望,更重要的是怎么样去建造这个王国,当然这一影响并不仅限于小城写作,像莫言的"高密东北乡"、苏童的"南方写作"等都不属于小城小说,而是以一个或小或大的区域为主体,比如苏童的"南方"就包括"枫杨树村"和位于城北的"香椿树街";也不仅限于文学素材的选择,如前所述,包括福克纳的意识流、马尔克斯的魔幻现实主义在内的众多现代及后现代的艺术技法,都在多个层面上曾经及正在影响着包括小城小说在内的当代文学的创作。

就影响而言,并不仅仅存在着外来文学思潮的影响,同时也包括本国既有的文学资源,比如小城写作,尽管有许多当代作家为小城立传、对自己小城王国的建造或小城形象的塑造,受到上述福克纳或马尔克斯的影响,但也不应忽略现代文学时期鲁迅、萧红、沈从文、师陀等作家的小城写作对后来者的影响。另如对地域文化、民风民俗的兴趣并非是寻根文学的首倡,周作人曾在"五四"时期大力提倡"乡土文学",其中的一条理由就是"五四"新文学是从国外引进的,要在本国土壤扎根,就得提倡乡土文学,就得研究本国的民风民俗和地域特点,而由鲁迅所开创的乡土小说流派便体现了这样的创作特点,只是乡土小说流派中的民风民俗和地域特点要么是一种风格的体现,要么是用以对封建宗法社会的批判,并没有寻根文学那么强烈的使命感、明确的目的性和自觉的文化诉求,而在这些方面与寻根文学比较接近的应

① 哈代的"威塞克斯小说"与福克纳的"约克纳帕塔法世系"具有相同的性质,但是当代作家在谈到自己所受到的外来影响时,很少会提到他,倒是有论者将他与沈从文进行比较。

该是沈从文的创作。虽然韩少功在他那篇著名的《文学的"根"》中提到了湘西，却没有提到沈从文和他的湘西小说，人们将寻根文学追溯到汪曾祺那具有浓郁地域风俗的小说时，也很少谈他和沈从文之间的渊源，但还是有研究者指出，80年代初出现的"沈从文热"，对文坛发生过重要影响，与寻根文学也有着密切的关联。[①]

如果不去追究沈从文是否对寻根文学产生过直接或间接的影响，即使仅仅从平行比较的角度看，也可以发现二者有不少相似之处（对于当代小城写作同现代文学时期的小城写作之间的关系，亦可如此视之）。在寻根作家中，与沈从文比较接近的，是写"商州"系列时期的贾平凹，这来源于阅读两人作品时的最初感觉，比如在描写笔下的人物时，两人都用过"白脸长身"这样的词，只是沈从文是用来形容男主人公，贾平凹用来形容女主人公，这也是在阅读过程中经常出现的现象：某位作家的作品会让你想起另一位作家，当然这种现象无损于任何一位优秀的作家或作品。撇开遣词练句、谋篇布章不谈，如果比较一下沈从文的《湘西·题记》和贾平凹的《商州初录·引言》，可以发现，尽管写作的年代和社会背景不同（前者写于抗战爆发后的1939年，后者写于改革开放后的1983年），但作者写作的初衷、兴趣之所在却是相似的，两人都是有感于家乡的历史久远、物产富饶、山水优美、民风淳朴但却因地处偏僻，而不为世人所知以至有许多误解，因此，一个认为对于湘西的过去和当前，"我们是不是还应当多知道一点点"，一个认为商州过去、现在是什么样子，"已经成了极需要向外面世界批露的问题"；一个将自己的书当作是"一个湘西人对于来到湘西或关心湘西的朋友们所作的芹献"，一个"只当是铁路线勘测队的任务一样"。他们同时又都寄希望于未来，战争也许会使湘西变成一个战场甚至一片瓦砾场，但西南公路改变了它与世隔绝的历史，沈从文希望湘西人能改善"负气"、"自弃"、"保守"等弱点，珍惜天时地利的好机会，对地方、对历史、对民族兴衰负起应有的责任；贾平凹则相信，一旦铁路修通，"古老"、"落后"的商州与外面的世界便于交流，它对"这个

---

① 董之林：《从容中的焦虑与焦虑中的从容——沈从文创作与80年代部分"寻根小说"之比较》，《吉首大学学报》（社会科学版）2001年第2期。

社会的价值和意义”也就明白天下了。[①]

此外，不同的思潮、流派之间也存在着不同层次的影响，比如上面谈到的新写实小说、先锋小说同寻根文学之间的关系，另如韩少功曾坦言自己受到马原等非寻根作家的影响，或李陀的“先锋小说和寻根小说在中国是互为表里”的观点等，都涉及新时期文学的另一个重要现象，即思潮与流派之间常常是“多元共生、冲突交融、必然又偶然”，并不仅仅是单一的直线性的文学史秩序。[②] 这也说明了何以同一个作家或一部作品，会被不同的研究者归入不同的思潮、流派之下加以论说，或者何以同一个思潮与流派会被追溯到不同的生长点，比如有论者从上述新写实小说所进一步渲染的民间日常生活场景出发，认为家族小说、新历史小说是由新写实发展而来的创作现象，以民间的文化形态来淡化政治的意识形态，站在民间的立场上，从大量生存在野地里的文化形态中寻找历史的叙事点[③]；有论者则将莫言发表于1986年的《红高粱》，视为寻根文学的“终结”，和新的写作现象——新历史小说、家族小说——的起源；与此观点相似的，是王安忆在她的长篇小说《纪实与虚构》中写道：我想这场寻根运动由前后两个部分组成，一是文化传统上的，一是家族史上的，前者是抽象的、意图不明的，后者则是具体的、意向较为明确的；一时间我们纷纷来到民间，采集各种传说民谚，再逐字分析，演绎出无穷的内容，我们有多少年、多少代，就有多少故事的矿层，家族小说就是在此形势的深化发展中产生的，它是寻求根源的具体化、个人化的表现，是寻根从外走向内的表现，它还带有逆向寻找的形式，从一个具体的人的发展过程，推而广之去考查人类的历史，它不像前一类寻根小说那样，带有荒蛮时代天地混沌人神合一史诗般的恢宏气势，它的格局要缩小许多、更具有现实的气息，它在表面上带有一种回家的味道。[④] 而陈晓明则认为所谓先锋小说家的

---

① 沈从文：《湘西·题记》，《沈从文散文全编·上编》，杭州：浙江文艺出版社，1994，第421页；贾平凹：《商州初录·引言》，见《商州初录》，《钟山》1983年第5期。

② 王尧：《1985年“小说革命”前后的时空——以“先锋”与“寻根”等文学话语的缠绕为线索》。

③ 陈思和：《逼近世纪末的小说》，收入王晓明主编：《二十世纪中国文学史论·第三卷》，上海：东方出版中心，1997，第443页。

④ 王安忆：《纪实与虚构》，北京：人民文学出版社，1993，第406—408页。

"转向",是指1989年先锋派的形式实验日益锐减,取而代之的是"讲述那些古旧的或并不古旧的历史(家族)故事",也即从形式转向讲述"历史颓败的故事"。①

这里要特别谈一下基于寻根文学或新写实小说以及先锋"转向"后出现的家族小说与新历史小说。家族小说可说是中国现当代文学中一个重要的小说类型,巴金的"激流三部曲"、老舍的《四世同堂》、路翎的《财主的儿女们》、端木蕻良的《科尔沁旗草原》、欧阳山的《三家巷》、张炜的《古船》等,都是不同时期的代表作,之所以经常会将80年代中后期到90年代出现的家族小说如刘震云的《故乡天下黄花》、陈忠实的《白鹿原》、周大新的《第二十幕》等,同这一时期出现的新历史小说放在一起谈论或者一些作品被直接归入新历史小说,表明了这一时期的家族小说同此前创作的不同,而不同的原因则与新历史小说相关。最早给新历史小说命名的陈思和将其界定为"大致是包括了民国时期的非党史题材"的小说,这类小说"由新写实小说派生而来",因此其创作方法同新写实小说的基本倾向是相一致的。② 但是,从后来不断被归入新历史小说的作品看,许多都超出了"民国时期的非党史题材"的范围,其中包括"党史"如乔良的《灵旗》、"古代史"如苏童的《我的帝王生涯》、"当代史"如余华的《许三观卖血记》,其基本特征是通过稗官野史、民间传说、家族谱系以及个人的成长史,对正史、革命历史题材小说等进行反思、重写或解构。正是由于家族故事经常是反思、重写或解构"历史"的重要载体,使得这一时期的家族小说与新历史小说之间存在着交叉与重合,与此前的家族小说也存在着丰富的可比性。也有研究者从外来影响的角度,将20世纪中期以后在西方兴起的新历史主义,作为新历史小说颠覆、解构"历史"的理论依据。③对于小城写作而言,前面曾提到的张炜的《古船》、池莉的《预谋杀人》等"沔水镇"故事、余华的《许三观卖血记》等,都被看做是新历史小说

---

① 陈晓明:《无望的救赎:从形式到历史》。

② 陈思和:《关于"新历史小说"》,收入陈思和:《鸡鸣风雨》,上海:学林出版社,1994,第80页。

③ 张清华在《十年新历史主义文学思潮回顾》(《钟山》1998年第4期)一文中,曾将寻根文学、家族小说、先锋小说等,都归入80年代中后期到90年代中后期出现的"新历史主义"思潮。

的代表作品，而韩东的《小城好汉之英特迈往》、刘醒龙的《圣天门口》、格非的《山河入梦》等描写个人成长或社会变迁、时间跨度较大的一些作品，也都有着上述“新历史小说”的某些特征。

除了上述有着明显倾向性的文学或写作潮流外，有相当多的研究者，对90年代以来处于社会、文化转型期的中国文学，尝试着从不同的角度进行梳理、概括和评价。比如以新写实小说浓墨重彩的“日常生活”为出发点，将90年代出现的一批作家及作品串联在一起，这包括被称为“晚生代”或“60年代出生”（不包括同为60年代出生的余华、苏童等先锋作家）的作家韩东、朱文、李冯、鲁羊、何顿、述平、刁斗、邱华栋、毕飞宇、鬼子、东西、林白（1958年生）、陈染、徐坤等，这些作家同时分别还被称为“新状态”作家或女性“私人化”写作。[①] 也有论者认为上面提到的那些作家及其作品还体现了90年代小说创作的其他特性，如民间的意义、个人化或私人化，当然如果从这个角度来梳理90年代的小说创作，所包括的作家及作品的范围还要扩大。有论者甚至以现实主义的发展与流变为视点，将90年代以来的所有创作几乎都一网打尽，这既可以说是无法超越的“现实主义情结”的一种典型体现，但不可否认的是，在经过先锋小说极端的形式探索与大规模涌入的外来思潮的洗礼后，后来的写作者由最初的乱花迷人眼式的简单模仿逐渐进入自觉时期，并且随着中国经济的快速增长以及所谓的与世界接轨，现代与后现代意识已不再是纸上谈兵而成为许多人的现实体验，此时的写作者既不需要去“攻克形式主义的高地”（陈晓明），也不再需要刻意张扬激进的生活态度和价值观念，加之基于个人经验的“日常生活”成为关注的中心，许多作品便在创作手法、可读性等方面呈现出某种写实的风貌。但此时的“写实风貌”则有着更多的兼容性，并不完全等同于传统意义上的现实主义，比如上面提到的“晚生代”作家群，陈晓明认为他/她们的作品“是先锋派和新写实相调和的产物”，因此，所谓“写实风貌”其实隐含着作家艺术探索的努力，而形式技巧

---

① 有论者指出，这些作家最初多以诗歌写作为文坛瞩目，同样受惠于先锋派的艺术洗礼，当他们在90年代以小说写作成名之前，已经对形式技巧进行过长时期的潜心钻研，从而使他们在成名时就表现出相对成熟稳定又带有明显个人特征的技巧风格。见黄伟林：《叙事的风景——晚生代小说形式技巧分析》，《广西师范大学学报》（哲社版）2000年第4期。

的不同往往则源于文学观念的不同，这一多种技巧、观念的“相调和”性，同时也是90年代后许多作家创作的特性。

在一些研究者看来，兴起于1995年到1996年间的以刘醒龙、谈歌、何申、关仁山等作家为代表的“现实主义冲击波”，则是一种比较“传统”和“规范”的现实主义，但它和90年代以来的许多写作现象一样，如出现在94、95年间的被冠以“新”字号的写作现象或写作群体——“新状态”小说（以上述韩东、朱文等60年代出生的作家为代表）、新体验小说（以毕淑敏、陈建功、刘恒等为代表）、新市民文学、新都市文学等，在一度成为热门的话题后很快就沉寂了，再被提起时往往还伴随着批评之声。这就像论者对新写实小说的评判，如有研究者提出了“作为批评的新写实”和“作为创作的新写实”，以此来强调批评与创作的分立，并指出批评者对新写实的倡导，实际上是为了争夺话语权，为了使“寻根”和“先锋”的批评渐趋冷清的时候，再度引起公众及权力机构对文学的关注和兴趣。[①] 这实际上反映了作家创作与批评界的类型研究之间的矛盾和隔膜，也是当代文学创作/批评生态的一种表现。

在对90年代以来的小说创作进行梳理时，除了文学自身的发展演变外，无法绕开的还有整个社会环境，这是所有研究者在分析文学现象及创作时都必须加以说明的一项。在一些研究者看来，随着80年代后期中国社会的政治、经济结构和文化秩序的巨大变动，曾经构成了伤痕文学、朦胧诗、反思文学、知青文学、改革文学、先锋文学、寻根文学等存在的时空环境，并引起过一个又一个社会轰动效应的辉煌的“新时期”，也走向了终结，而在此背景下，文学版图与传播渠道、作家的创作心态、读者的接受心理等都发生了重大改变，当代文学从而进入了“新时期后期”或“后新时期”。较早提出“新时期后期”这一概念的陈晓明，把文学转变或新时期终结的开始定在1987年（也有研究者将这一时间定在1989年），标志则是先锋小说、新写实小说等步入文坛，然而时隔几年，当他面对韩东、朱文等“晚生代”作家的创作时，感觉到80年代末期的文学与90年代之间的不同甚至是大相径庭，因

① 李林荣：《作为批评的“新写实”》，《南方文坛》1997年第1期。

为不管先锋派和新写实多么的个人化,他们的写作依然是在文学精英主义的序列之下进行的,与经典权威话语构成紧张而持续的对话,而"晚生代"的写作没有任何形而上的乌托邦冲动,他们的个人化立场彻底向生存的直接性倾斜。[①] "后"与前面提到的"新"一样,也是 90 年代使用频率非常高的字,如用"后启蒙"、"后乌托邦"、"后结构"、"后革命"、"后知青"等,来描述 80 年代末或 90 年代以来的文学、文化,有研究者认为这是源于先锋批评家对西方"后现代"理论的引用。先锋批评家提出"后新时期"概念的一个最重要的依据,是对"新时期文学"体现出来的"现代性"倾向进行反思和追问,有论者认为"告别'现代性'的文化神话业已成为文学写作的重要潮流"、"作者神话的溃解、对知识分子的反思、拯救意识的批判和对西方文化与价值的失望,这些都是 20 世纪最后岁月中汉语文化对'现代性'的反思。这种反思和追问体现了 90 年代文化的特点,也显示了'后新时期'文化与'五四'以来的文学发展不同的趋向"[②]。但也有论者认为"现代性"在中国如哈贝马斯所言仍然是一个未竟的课题,以此来质疑"后新时期"理论的成立。

除去上面提到的先锋批评家在"后现代"语境下对"后新时期文学"的笼统阐释外,关于"后新时期文学"与"新时期文学"的区别,还有一些来自其他视阈的理解,如认为"后新时期"表明了当代文学由形而上的姿态如终极价值、人文精神、启蒙精神、历史理性等,彻底下落到形而下的日常生活姿态,由民族寓言、宏大叙事转向对个体性生存的多元书写等;另如在关于新写实小说的批评中,其中的一项是缺乏"理想观照"和"审美提升",与此类似的批评也出现在对 90 年代文学的评论中,一种观点认为"理想观照"和"审美提升"的缺乏就源于新写实小说的负面影响;此外,许多人还常用"妥协"、"后撤"、"逃亡"、"溃败"或"物质贫困"、"精神危机"等字眼,来描述"后新时期文学"的特征,或批评今天文学创作中的实用主义、功利化、世俗化,以及作家

---

① 陈晓明:《晚生代与 90 年代的文学流向》,收入陈晓明:《小说时评》,开封:河南大学出版社,2002,第 218 页。

② 张颐武:《对"现代性"的追问——90 年代文学的一个趋向》,《天津社会科学》1993 年第 4 期。

或知识分子对人文精神、艺术想象的放弃，一位研究者对这种写作的概括特别具有代表性——“在功利化和世俗化的审美趋势中，无论是对社会问题的聚焦式再现，对历史记忆的现场式演绎，还是对个人隐秘体验的迷醉式临摹，对另类时尚生活的狂欢性书写，大多数作品其实都在不厌其烦地拥抱着所谓的客观真实，并且将审美心智始终投置在形而下的生存形态中，已越来越远离必要的想象空间，越来越失去诗性的审美质感，越来越依赖于客观的现实生活作为阅读上的逻辑印证，在那些作品中，很少看到充满自由和梦想的叙事倾向，也很少发现具有某种开拓性的审美品格，很难让人们感受到思想漫游的亮光，领略到灵魂飞升的姿态。”[①]但这并不意味着对今天所有创作的否定，仍借用这位研究者的话：真正的作家永远都不会放弃对文学创新和艺术精神的探索，即使仅仅是一种并不成功的探索，也同样是难能可贵的。

这里不想去追究有关“后新时期”的提法和划分是否成立、是否合理，需要注意的是，外来的理论既可以为我们提供新的阐释角度，也会成为束缚甚至使研究对象简略化、或者仅仅成为印证理论的例子，这也是为什么包括作家在内的许多人对一些外来理论及理论操持者的拒斥、不信任的原因之所在。此外还需要注意的是，每一时期的文学特征并不是铁板一块，即使是归入同一写作群体的创作也各有千秋（甚至一位作家不同时期的创作亦是如此），例如同属“晚生代”作家群，陈染、林白的“私人化”写作，与韩东、朱文的“第一次书写”，与东西、鬼子的对弱势群体或底层小人物的苦难命运的描写，其间的差异也是显而易见的；另如同属“70 后”的以卫慧、棉棉为代表的“美女作家”，同魏微、鲁敏、徐则臣等作家的创作（尤其是他/她们的小城写作），也有着不同的风格。

在这样一个文学思潮淡化、文学创作多元化与边缘化的时代，还要重谈新时期以来已经被众多研究者反复论述过的文学潮流，无非是想还原当代小城小说所置身其间的文学生态环境，以便从一个更为开阔的“史”（包括文学史与作家的创作史）的角度来观照小城写作。而通过以上的梳理，其中一个重要的发现或收获，是能够直接归入到以

---

① 洪治纲：《想象的溃败与重铸》，《南方文坛》2003 年第 5 期。

上那些文学潮流中的小城小说，在当代整个小城小说的创作中并不是很多。这就意味着当代的小城写作更多的是在文学潮流之外或者说是出现于文学潮流落潮之后，但这并不表明那些在潮流之外的小城写作就不会受到潮流的影响，因为任何创作都无法脱离它所置身的时代与文学环境；也不表明那些在潮流之外的小城写作就没有或缺乏文学与史的价值，反之，也不表明那些可以直接归入潮流中的小城写作就一定有文学与史的价值，尤其是对于小城小说自身的发展而言更是如此；此外，更不表明小城小说的写作者都是当代文学史中的籍籍无名者，如前所言，许多曾是某一文学潮流领潮者或代表者的作家的小城小说，大都不是在潮流中出现的，而小城写作之多在潮流之外便与此相关。

任何时期都会有被处于主流的文学思潮所忽略或漏掉的作家作品，同样，许多有个性的作家很难也不愿被任何潮流收编，何况对许多文学潮流或写作现象的提法在当时及现在都仍有质疑，例如即使是已成共识的对新时期文学产生过重要影响的寻根文学，韩少功在后来的反思中也仍然认为“寻根”的提法过于简化，“浓缩了很多意识也掩盖了很多分歧”，甚至觉得“所谓流派是不存在的”①。更何况在文学潮流淡化代之以作家代际相区分的当今文坛，彰显的或者说更为被看重的是作家的个性或个人风格，也是因为以上原因，前面在谈及 90 年代以后的写作群体或写作现象时，只是将其放在 90 年代的大背景中，并未再一一指出其中的小城写作，所考虑的就是出于这些写作群体或写作现象（如属“晚生代”的韩东、毕飞宇、陈染、林白、海男、鬼子、姚鄂梅等，属“70 后”的魏微、鲁敏、徐则臣等，属“80 后”的韩寒，属“现实主义冲击波”的刘醒龙、何申、关仁山等）的小城写作，同这些作家其他题材（都市或乡村）的作品在其整体风格上是否并无区别，同样，这一情形是否也存在于曾有过明显潮流倾向的 50 年代出生的那些作家，以及余华等 60 年代出生的曾经的先锋们？此外，就小城小说而言，不同潮流的、不同代际的作家的创作又有着怎样的区别？这些问题，同

① 王尧：《1985 年“小说革命”前后的时空——以“先锋”与“寻根”等文学话语的缠绕为线索》。

一些既与小城写作也与文学潮流或写作现象相关的其他问题，比如小城小说之多在潮流之外是否正是小城写作的一个特点；占当代小城小说"半边天"的女作家的小城写作同已成显学的"女性写作"之间的关系等，都有待在后面的研究中加以探讨。所以说文学潮流也许是短暂的甚至是即兴的，但一些重要的文学潮流的影响以及曾被归入某一潮流的作家的创作却是没有时限的，尤其是一些历经诸多潮流却依然保持旺盛的创作力与稳定的艺术水准的作家，他/她们和那些不断以鲜明的个性或个人风格步入文坛的后来者一起，构成了当代文坛也是当代小城写作的主力。

第二章　当代台湾小城小说的谱系

> 鹿港本身是一个市镇，并非农村，三百年前它曾是台湾第二大都市，衰微后，它一直以一个小镇的形式存活。想要在"鹿城故事"里找到狭隘的乡土文学认可的对农村的反应，自然会失望。相信任何在台湾的市镇生活过的人，都能深切了解市镇与农村有这样巨大的不同，表现于文学中，自然有不同的风貌。
>
> ——李昂《写在书前》①

第一节　作家与作品

作家

就小城小说的写作者而言，在台湾也存在着与大陆相似的情形，即作家的年龄跨度大与女作家的平分秋色。当代台湾小城小说的写作者，既包括生于20世纪10年代的钟理和以及生于30年代的郑清文、陈若曦、陈映真、黄春明、七等生、王祯和（生于1940年）等跨越日据、光复和国民政府迁台等不同时期的作家，也包括台湾光复前后以及五六十年代出生的吕秀莲、施叔青、季季、李永平、萧丽红、东年、林双不、舞鹤、李昂、宋泽莱、黄克全、萧飒、吴锦发、朱天文、王幼华、林宜澐、羊恕、朱天心、蔡素芬、袁哲生、黄锦树等作家。与大陆不同的是，构成当代台湾小城小说写作主力的不仅仅是40—60年代出生的作家，郑清文、陈映真等30年代出生的作家亦是主要的写作者；而与大

① 收入李昂：《杀夫·鹿城故事》，西安：华岳文艺出版社，1988。

陆被称为"70 后"、"80 后"的魏微、徐则臣、韩寒等加入小城写作相同的是，在当代台湾的小城写作中也有 70 年代后出生的作家如许正平，尽管在作家人数、作品数量等方面都少于大陆。

在上述台湾小城小说写作者的名单中，陈若曦、施叔青、朱天心等女作家几乎占了近半，女作家之撑起小城写作的"半边天"，不仅是两岸小城小说写作的一个共性，其实也是两岸文学创作的一个共性，而台湾文学同时还有其自身的独特性。诚如众多研究者所指出的，在 20 世纪的中国大陆文坛，有过两次女作家大量涌现的时期，一次是"五四"时期，另一次是规模更大的 80 年代，而在台湾的文学创作中，如果说日据时期几乎是女作家创作的"空白期"①，那么自 50 年代开始，在台湾文学的每一个时期都有着足以与男作家抗衡的女作家们的精彩表现，比如在 50 年代的一片"战斗"、"反共"声浪中，林海音、郭良惠、孟瑶、张秀亚、琦君、徐钟佩等一大批女作家给文坛带来了一股清新、灵秀之气，也由她们开始了此后在台湾文坛经久不衰的描述家庭伦理、情爱故事、女性命运并注重个人经验的女性写作倾向，并且这批女作家在渡海去台之前大都在大陆接受过高等教育并接触过"五四"新文学，其中的苏雪林、谢冰莹在大陆时已有文名，因此她们与"五四"新文学及女作家的创作都有着某种承继。

日据时期台湾女作家创作的几近"空白"，也意味着女作家会缺席于当时的小城写作，事实上现在搜集到的几篇日据时期的小城小说，如吕赫若的《牛车》、《清秋》，龙瑛宗的《植有木瓜树的小镇》等，也的确全都出自男作家之手。但是，台湾女作家之参与到 50 年代后的每一个时期的创作，却与大陆 50—70 年代中期女作家比较少的局面形成了鲜明的对比（也许是巧合，本书搜集到的大陆此一时期的小城小说也未见女作家的作品），同时也影响到两岸参与小城写作的女作家的年龄构成，如果说大陆小城小说的女作者以五六十年代出生的占多数，而台湾则在以 50 年代出生的女作家占多数的情况下，同时还有 30、40、60 年代出生的女作家参与到小城小说的写作。如同本书曾讲过的，作家年龄的跨度大与女作家的崛起，必然会影响甚至在某种程度

① 可参见邱贵芬主编：《日据以来台湾女作家小说选读》，台北：女书文化，2001。

上决定了当代小城小说的写作风格、小城形象的塑造以及文学小城的种种特性，而台湾小城小说写作者异于大陆的年龄构成（如前所述，这不只存在于女作家中），对两岸小城写作的影响，都有待于进一步论述。

同大陆一样，构成台湾文学小城地域文化特色的地理环境、建筑格局、日常习俗、方言传说等，也大都取材于作家的故乡或其曾经生活过的地方（这同时也说明了台湾小城小说的写作者大多数也都来自小市镇或有小市镇生活的经历），比如经常被提起的陈映真笔下离台北不远的莺歌、王祯和笔下位于台湾东部的花莲、黄春明笔下位于台湾东北部的宜兰、七等生笔下位于台湾西部的通宵，另如郑清文笔下位于台北大水河畔的旧镇（即今天的新庄），施叔青、李昂两姊妹笔下位于台湾西海岸的鹿城，黄克全笔下位于金门的小镇，吴锦发笔下位于荖浓溪畔的美浓，黄锦树笔下位于马来西亚胶林深处的移民小镇等；而出现于宋泽莱众多作品中的台湾中南部小镇，朱天文、朱天心、舞鹤、蔡素芬等作家笔下的淡水等，则是他/她们曾经求学或生活过的地方。这些取材于台湾不同地理位置的文学小城，固然能够体现不同的地域文化特色，但是，如果从大的中华文化的角度讲，如有研究者曾借用费孝通先生提出的中华民族“多元一体”的概念（即中华民族是中国古今各民族的总称，汉族是多元基层中的一元，由它发挥凝聚作用把多元结合成一体，这一体便不再是汉族而成了中华民族，一个高层次认同的民族），指出台湾文学所体现出来的文化特征是“多元一体”的中华文化中的“一元”；如果从具体的区域文化的角度讲，台湾则属于闽台文化区，这方面的相关研究已非常多，不再赘言。[①]

尽管小城文学所反映的地域文化，与小城所处的文化区内其他文学题材（如都市文学、乡土文学）所体现出来的地域文化，并无本质的不同，而小城及小城文学的文化价值也不仅仅在于其地域文化，更在于由小城的中介性所体现出来的多元文化杂糅互陈的独特性，但就在比较基础上所展开的两岸小城小说的研究而言，地域文化仍有其无可替代的重要性，比如就现在搜集到的当代大陆小城小说来看，几乎未

① 相关研究，可参见朱双一著、鹭江出版社于2008年出版的《台湾文学与地域文化》；由刘登翰主编、福建人民出版社出版的“闽台文化关系研究丛书”等。

见与闽台文化区相关的作品(这一情形同样也存在于现代文学时期的小城写作中),但如果从上述区域文化的角度看,台湾的小城写作无疑弥补了大陆小城写作中所存在的这一缺憾,当然,这并不意味着台湾小城小说所体现出来的地域文化就完全等同于大陆的闽台文化,其中的历史、政治等原因所参与的台湾地域文化的形塑是不言自明的,并且具体到台湾小城小说的文化特性,除了这里提到的地域文化以及由小城的中介性所体现出来的独特性外,还不得不提由不同族群所带来的一些文化形态。

比如福佬人聚集的鹿港,被论者认为是“被艳称为保存着浓郁中原文化的鹿港斜阳……就像一切没落的沙文主义一样,它的早已式微的、徒具形式的传统,反而更加虚张声势,恐怖骇人”,体现于文学作品中,便是“鬼故事、禁忌和传统成了认识上和文化归属上的基本思想材料”[①]。而在吴锦发“青春三部曲”中的“烟楼”和“伯公下”(即:土地公庙),由于分别代表着客家人由“换工”而加深的凝聚力与向心力、和作为安定与传统文化的象征,因而被看做是“客家庄典型”的美浓的精神文化象征。[②] 除去福佬人和客家人这两个早期自闽粤移民台湾的汉族族群外,还有1949年后随国民党迁台的数百万新的来自大陆各地的移民,在研究者看来,这些新移民的到来使得台湾“成为汇集全国各区域文化最丰富最完全的地区,为中国其他任何一个省份所无法相比”,也使得台湾文学中出现了大陆的“北国风情与南域景致”[③]。在台湾的新移民中,还有一部分来自马来西亚的华人留学生,其中的不少人寄情于创作,如参与小城小说写作的李永平、黄锦树等,久之竟形成了一个小传统,也给台湾文坛带来了“浓得化不开”的南洋风情。[④] 在台湾文学的作家构成中,除去原住民作家外,还包括不同时期来自

---

① 施淑:《论施叔青早期小说的禁锢与颠覆意识》,收入施淑:《两岸文学论集》,台北:新地文学出版社,1997,第167页。

② 参见钟宜芬:《乡关何处?梦遗美浓——论吴锦发〈青春三部曲〉》,收入“青年文学会议论文集”《2006:台湾作家的地理书写与文学体验》,台北:“国家”台湾文学馆筹备处,2007,第143页。

③ 朱双一:《台湾文学与地域文化》,厦门:鹭江出版社,2008,第226页。

④ 王德威:《在群象与猴党的家乡——张贵兴论》,收入王德威:《当代小说二十家》,北京:三联书店,2006,第323页。收入该书中的还有《坏孩子黄锦树——黄锦树论》。

大陆的福佬、客家以及所谓的外省(也包括朱天文等外省第二代)作家与马华旅台作家,而当代台湾小城小说的写作者,也是由这些有着各自族群所属的相同或不同的历史文化记忆的作家组成的,他/她们给台湾小城小说所带来的种种文化形态,必然会与大陆的小城小说形成非常有意义的对比,尽管外省籍作家与马华旅台作家只占台湾小城小说写作者的极少数,并且在现已搜集到的小城小说中,尚未见原住民作家的创作。

由体现于台湾小城写作中的族群文化,来重新审视大陆的小城小说,会有许多新的发现,比如族群或民族文化问题在大陆小城小说的研究中,似乎很少被关注。[①] 这一方面与大陆的文学研究中,一些民族文化特性往往被融合在地域文化的范畴内加以论述有关,比如常被论者称道的体现于林白小说中的亚热带小镇的"异域色彩",也是从地域文化而非少数民族文化的角度来谈的,这就如同林白或者她作品中的那个有着"橄榄色皮肤和典型的马来人种的五官"的女人,之所以谎称自己是越南人,也只是将此作为一种异域文化标记。另外,也许与大陆小城写作中较少关注这个问题有关,比如温亚军笔下的桑那镇虽然位于新疆喀什附近,但作品中却并无多少与当地人情风俗相关的地域文化特色,这一情形同样也存在于其他一些涉及少数民族文化区的小城写作中,如来自八桂文化区、云贵高原文化区的海男、鬼子、凡一平等作家的小城写作,这其中固然与大部分作家为汉族人有关,但更深层的原因也许与大陆 56 个民族更多地表现为"多元一体"中的"一

---

① 我在《中国现代文学中的小城小说》一书中,提到了骆宾基《幼年》里那座满、汉、回、朝等民族杂居共处的珲春,是多民族文化碰撞、融合的典型的边域小城。实际上在大陆现当代文学中,像《幼年》这样表现多民族文化碰撞、融合的小城小说非常少,《幼年》几乎是唯一的一部。这里特别要谈的是范稳的《水乳大地》(北京:人民文学出版社,2004),这部长篇小说除了涉及宗教文化和信仰问题外,还蕴涵着丰富的彼此相关的地域文化和民族文化,后者如藏文化、纳西族的东巴文化,但作品描写的重心同时也是上述多种文化依存的地点,是位于滇藏交界地区的澜沧江穿过的一个大峡谷,它包括江西岸的信奉藏传佛教的藏族村庄卡瓦格博村,江东岸的主要由信奉东巴教的纳西族组成的左盐田、由信奉基督教的藏族人组成的右盐田,尽管民国后这一地区被称为盐田县,县政府也一直设在左盐田,书中也写到了善于经商的纳西人使这个由山体坍塌而造就的小村庄逐渐变成了一个有着客栈、酒馆、杂货店的小镇,但作为县政府所在地的左盐田镇在作品中并不具有核心的地位,作者所关注的始终是澜沧江边的这个大峡谷,因此这部小说不属于本书所界定的小城小说的范畴。

体"相关。而族群问题或族群文化之所以在台湾特别敏感、特别被关注,除了历史、文化等因素外,与近些年政党或政客有意挑动省籍、族群矛盾也不无关系。

在台湾的作家研究中,除了按族群或社会政治事件进行划分外,还有黄凡、林燿德在《新世代小说大系》中提出的"新世代"。所谓"新世代",是"一个因时空转移而产生相对诠释的名词,在此我们以出生序在一九四九年之后的小说家作为编选的主轴,并以四五至四九年间出生者为弹性对象,换言之,就是一般而言'战后第三代以降'的小说作者群",而被归为台湾"新世代"作家的地域范畴虽然以台湾为核心,但也包括那些出生于侨居地而现居或未居台湾者如李永平、温瑞安,以及虽出生于台湾而现居他地者如郑宝娟,因为这几位作家的共性是"都在台湾的文化环境中长期浸濡甚至引领风潮",编选者认为,他们对地域范畴的看法"采取的是文化视角而非泛政治化的血缘论,因此更无所谓'省籍'问题存在"[①]。那么,如果从黄凡、林燿德提出的"新世代"的角度看,当代台湾小城小说的写作者可以以1945年为界分为两个群体,即以陈映真等为代表的主要出生于30年代的作家,以及施叔青等40年代中期以后出生的新世代作家,从人数上看后者无疑占多数。大陆学者黎湘萍在"新世代"概念的基础上,针对海峡两岸的作家提出了"新生代"的概念,台湾的"新生代"指的是"战后纯粹在台湾出生,又受到新式大学教育的新一代人"(即除去了"新世代"中非台湾出生的作家),大陆的"新生代"既包括战后出生、经历过上山下乡的"知青"一代作家如张承志、王安忆等,也包括60年代出生的余华、苏童等。[②] 如果从黎湘萍所概括的"新生代"的角度看,构成大陆小城小说写作主力的就是他所谓的"新生代"作家,尽管在大陆的当代文学研究中,很少将"知青"一代作家同余华等60年代出生的作家作为一个群体来研究,同时他也未提被称为"晚生代"的韩东、陈染等另一些60年代出生的作家,但他的"对于新生代的研究就意味着对战后一代人、对在冷战与民族分裂时代成长起来的一代人的生活方式与价

① 黄凡、林燿德主编:《新世代小说大系·总序》,台北:希代书版有限公司,1989。

② 黎湘萍:《文学台湾——台湾知识者的文学叙事与理论想象》,北京:人民文学出版社,2003,第188页。

值观念的研究”的思路，对大陆的当代文学研究以及两岸的小城小说研究，无疑是一个有益的鉴照。

无论是“新世代”还是“新生代”概念的提出，依据的虽然是作家的出生年代，但论者更加强调的是由出生年代不同而带来的异于前行代或前辈作家的写作风貌。但诚如论者所指出的“‘新生代’永远是一个相对的概念”，任何时代都有新生代的出现，每一个新生代都会成为后来者的前行代，对于研究者而言，他/她所提出的概念的年代也必然会决定他/她对“新”的界定，这也是何以大陆的一些研究者在提出“后新时期”的概念后没过几年，会惊诧于“晚生代”等90年代的文学创作同80年代末期的不同甚至是大相径庭，何以“80后”的亮相会成为文坛的“事故”；何以有论者在从“代”的角度研究台湾文学时，会把60年代后期至70年代初出生、90年代成名的台湾作家，称为“更新世代”或“新人类”。[①] 如前所言，作家的不同归类方式所彰显的是“代”与“群”的写作风貌，对于两岸的小城小说来讲，对写作者归类的梳理所要探求的是小城写作与时代、与不同的文学潮流及写作群体的关系，是一个大的文学史的观照角度。

作品

本书在分析当代大陆的小城小说时曾讲到，由于各种条件所限，不可能搜集到所有与小城相关的作家与作品，这对于海峡对岸的小城小说的搜集来讲尤其如此。因此，当分析现已搜集到的当代台湾的小城小说时，基本的思路，仍是在一定作品的“量”的基础上，进行“类”的概括和归纳，需要加以说明的是，作为搜集的标准，本书所列举的当代台湾的小城小说，以在台湾出生的作家的小城写作为主，因此也包括陈若曦描写大陆“文革”灾难的《尹县长》。此外也将一些非台湾出

---

① 朱双一：《近二十年台湾文学流脉——“战后新世代”文学论》，厦门：厦门大学出版社，1999。台湾学者李瑞腾则用“新生代”来命名这一批崛起于90年代的年轻作家，见李瑞腾：《九〇年代崛起的新生代小说家》，收入陈义芝主编：《台湾现代小说史综论》，台北：联经出版社，1998。张诵圣曾指出“新世代”这个用语源自日文，专指1965年及其后出生的年青一代，见张诵圣：《文学场域的变迁》，台北：联合文学出版社，2001，第83页。当然，上述命名的差异也许与翻译有关，因此，为了统一起见，本书所指的“新世代”采用的是黄凡、林燿德的界说，“新人类”则指60年代中期以后出生的作家。

生但与台湾社会文化关系密切并在台湾文坛有一定影响的作家作品如李永平的《吉陵春秋》等包括在内。

在当代台湾的小城小说中,最引人注意的,是一些回忆昔日与小城生活相关的作品,这些作品不论篇幅长短、创作年代、创作者所属的世代,以及又有着怎样不同的内容、诉求与写作风格、艺术成就等,它们都有一个相同的基本要素,那就是叙事结构中回忆的视角。尽管这一回忆角度存在着叙事方式、人称与聚焦的不同与变换,但"回忆"无疑是这些作品得以展开的根本,并经由回忆所展示或讲述的种种小城往事,往往蕴含着作品的主人公、叙述者或者说是作者(毋庸置疑,其中的许多作品都有着某种自传性质或与作者本人的经历有着密切的联系)的某些情怀,诸如对往昔生活、对生于斯长于斯的小城既怀念又疏离的复杂情感,这种既怀念又疏离的情感取向,形成了叙事结构中与回忆视角并存的现在视角。

这类作品以中短篇居多,其中有以第一人称回忆或以第三人称视角讲述的童年或青少年往事,具有成长小说的特点,前者如郑清文的《大水河畔的童年》、《寂寞的心》,陈映真的《故乡》、《铃铛花》,七等生的《大榕树》、《散步到黑桥》,施叔青的《壁虎》、《火鸡的故事》、《那些不毛的日子》,季季的《属于十七岁的》,李昂小说集《花季》(台北:洪范书店,1985)中的作品①,羊恕的《太平市场大事记》,吴锦发的《春秋茶室》,袁哲生的《秀才的手表》、《天顶的父》、《时计鬼》等;后者如七等生的《圣月芬》,朱天文的《安安的假期》、《童年往事》,黄克全的《洞中的脸》、《太人性的小镇》、《公审》等。这些小城往事所讲述的,大都是"我"或(小)主人公昔日生活中的片段经历、留下或深或浅印迹的某些人事与习俗,其中既有贫困生活中的暖暖亲情与关爱如《大榕树》,青涩的少年情愁、成长的忧伤与烦恼如《童年往事》、《春秋茶室》、《属于十七岁的》,也有在"鹿港斜阳"的"鬼故事、禁忌和传统"与西方现代派思想、技法的双重影响下,一个个充满变形、荒谬、梦魇、诡异的"畸零人"的世界与少女的内心世界如施叔青、李昂两姊妹早期以

---

① 包括《花季》、《婚礼》、《零点的回顾》、《混声合唱》、《有曲线的娃娃》、《海之旅》、《长跑者》。

鹿港为背景的作品;既有对已逝的童年生活的眷恋、对岁月流逝中人事变迁的慨叹如《大水河畔的童年》、《散步去黑桥》,也有通过不谙时事的童稚之眼展示着小镇生活、成人世界的难以理解与神秘离奇如《安安的假期》、《铃铛花》、《洞中的脸》、《秀才的手表》。

另一些对昔日小城生活的回忆之作,则不仅仅限于单纯的童年或青少年往事,作品的重心是以第一或第三人称所讲述的成人世界的爱欲悲欢、沧桑变迁以及人生的种种无奈与追寻,如陈若曦的《尹县长》,七等生的《沙河悲歌》,施叔青的《行过洛津》(长篇),李昂的“鹿城故事”系列以及收入小说集《鸳鸯春膳》(台北:联合文学,2007)中的部分作品[①],吕秀莲的《小镇余晖》,东年的《落雨的小镇》,林宜澐的《王牌》,郑清文的《水上组曲》、《最后的绅士》以及收入小说集《沧桑旧镇》(台北:时报出版公司,1987)中的作品[②],宋泽莱的《港镇情孽》、《花城悲恋》以及收入小说集《蓬莱志异》(台北:前卫出版社,1988)中的一些作品[③]。在这些作品中,既包括第一或第三人称叙述者对昔日小城人事的回忆,前者如《尹县长》、《小镇余晖》,后者如李昂的“鹿城故事”,郑清文的“旧镇故事”,舞鹤的《悲伤》、《舞何淡水》(长篇)[④];同时,也包括作品中的主人公对往事的历历回首,如《沙河悲歌》以李文龙在深夜对着“浅流潺潺”的沙河的意识流动串联起昔日生活的回忆,《行过洛津》则以泉州七子戏班的鼓师许情第三次渡海到洛津(即:鹿港的古名)时,对自己前两次以七子戏班旦角月小桂的身份到洛津的回忆为串联;而上述宋泽莱的作品则有一个相似的叙述结构,

---

① 前者包括《辞乡》、《西莲》、《水丽》、《舞展》、《假期》、《蔡官》、《色阳》、《新旧》,后者包括《果子狸与穿山甲》、《咖喱饭》、《珍珠奶茶》、《素斋》,这几篇以鹿城为背景的“饮食小说”,如作者所言,主要是通过生命之中“华丽”的饮食来勾陈起往昔的悠然时光与亲情人事。

② 包括《故里人归》、《死狗放水流》、《叔》、《旧路》、《圆仔汤》、《割墓草的女孩》、《结》。

③ 包括《京镇的孝廉》、《许愿》、《春城的重逢》、《小镇之姻》、《杜里的故事》、《挫伤》、《剑痕》、《在港镇》、《白鹭镇的回忆》、《苏包》、《棲鹰山城行脚》、《回来》、《婚嫁》等。

④ 之所以将郑清文“旧镇故事”看做都是对昔日的回忆之作,是因为出现于郑清文作品中作为故事背景的“旧镇”早已成为台北市一个叫“新庄”的卫星市镇,当作者或叙述者再讲述旧镇故事时,必然会带着回溯视角,也是出于同样的原因,将舞鹤自闭淡水十年后自比为“纪念碑”的“淡水书写”也归入回忆视角的行列。

即第一或第三人称叙述者来到某镇，听叙述者的朋友或作品中的一个人物讲述小镇上曾经发生的故事，例如《港镇情孽》的叙述者“我”来到南台湾的一个渔港，和朋友“徐”蹲踞在码头闲聊时因看见一位佝偻的老人，引得“徐”讲起发生在港镇20年前的一段往事，那位老人便是故事里为了情人甘心遭受20年牢狱之灾的主人公，整部作品则以“我”听完故事后的感慨“人世原是多孽情啊！”而结束。

在这些叙事结构中回忆视角与现在视角并存的作品之外，自然是一些非回忆视角的小城小说，这些作品有被归入“乡土文学”反映小人物生存困境的，如黄春明的《锣》、《儿子的大玩偶》，王祯和的《鬼·北风·人》、《来春姨悲秋》、《伊会念咒》、《香格里拉》等；被归入“探亲文学”、“政治小说”等反映社会政治议题、省籍问题以及具有社会批判意识的作品，如陈映真的《第一件差事》、《归乡》、《忠孝公园》，林双不的《黄素小编年》，宋泽莱的《糜城之丧》、《乡选时的两个小角色》、《最后的一场战争》、《在太阳下》以及《蓬莱志异》中的一些篇章①；被归入“闺秀文学”、“新女性主义小说”或关注女性处境、情感婚姻等问题的作品，如萧丽红的《桂花巷》（长篇）、《千江有水千江月》（长篇），萧飒的《小镇医生的爱情》（长篇），李昂的《杀夫》，季季的《菱镜久悬》，蔡素芬的《橄榄树》（长篇）；也有反映社会变迁及其世风伦理的作品，如王幼华的《两镇演谈》（长篇），朱天心的《淡水最后列车》，林宜澐的《人人爱读喜剧》；有的作品则因独特的艺术风格以及对人性的探讨而引起特别的关注，如七等生的《来到小镇的亚兹别》、李永平的《吉陵春秋》（长篇）。

当然，那些回忆视角的作品也有着不同的主题倾向与艺术风格，比如陈映真的《铃铛花》被看做是“政治小说”的代表作，黄克全的《洞中的脸》也涉及“匪谍”等政治问题，曾经积极倡导“新女性主义”的吕秀莲的《小镇余晖》无疑应属“新女性主义小说”的范畴，而施叔青、李昂两姊妹的“鹿港”小说不仅以艺术个性见长，同时亦是女性写作的代表。如前所言，这些作品的丰富性之所以被暂时搁置，是因为首先关

---

① 包括《搭档》、《砾镇的保生会》、《督察》、《丁俭来了》、《一九七八、十二月京镇》、《一九七八、十二月砾镇》等。

注的是它们叙事结构中的这一共性,此外这些作品于回忆视角中所表现出的对往昔生活、对生于斯长于斯的小城既怀念又疏离的情感取向,也形成了文本中或隐或显的今与昔的对比关系,所谓"显",是指叙事者"我"或作品中的人物通常直接在文本中表达这种今昔之比;所谓"隐",是指一些作品并未在最后对过往的人事一一有所交代,也没有时过境迁之后的反思或叙事过程中的不断介入,但是透过叙事的语言、语调,可以捕捉到基于个人的成长与社会的变迁而产生的青春不再时光不再的伤感又眷恋的情愫,其中所暗含的也是一种今与昔的对比。而成长与变迁不仅意味着今昔对比,还包含着与之相关联的另一组二元模式:现代与传统、都市与乡土,也正是这一组包含今昔对比在内的二元模式,使得非回忆视角的小城小说与回忆视角的小城小说之间具有了某种共性。

之所以说回忆视角与非回忆视角的小城小说之间具有某种共性,是因为这组二元模式构成了上述所有小城小说的思想层面。黄俊杰在《战后台湾的社会文化变迁:现象与解释》一文中,将战后台湾社会变迁的主轴或基本方向归纳为"由农业社会向工业社会的发展",并由此带动了许多社会变迁现象,如"都市化的快速发展、人口的成长与迁移、社会阶层间流动的趋于活泼、教育的扩张及妇女的兴起等";在这个基本变迁方向的牵引之下,他又用"传统性与现代性的对蹠、本土化与国际化的抗衡、中国文化与西方文化的激荡"三个架构,来归纳战后台湾的文化变迁。[①] 在这样一个社会文化变迁的大背景下,无论是作家还是作品,必然会受其影响而呈现出某种时代特性。如就作家而言,正是由于教育的扩张和人口的流动,使那些出生于乡镇的作家有更多的机会得以离乡读书、在城市工作,而生活的迁移,也使得他们对社会的变迁以及城与乡、现代与传统的体认,要比那些出生于都市或从未离开乡镇社会的人来得更为深刻。反映到包括小城小说在内的文学创作中,则有前面曾谈到的作者或叙述者对故乡既怀念又疏离的复杂情感;或者如刘登翰在评论施叔青早期的小说创作时谈到的:她

① 黄俊杰:《战后台湾的社会文化变迁:现象与解释》,收入黄俊杰:《战后台湾的转型及其展望》,台北:正中书局,1995。

以自己经验世界中的乡土世俗生活，作为创作的素材，却又以后来观念世界中来自西方的现代眼光，予以审视和表达。她所给予读者的，既不是纯粹的乡土作品，也不是典型的现代主义小说，而是一个渗透着现代病态感的传统乡俗世界，是代表着两种文化形态的现实和观念冲撞与交融的产物。[①] 此外，还有已成共识的在论及乡土文学或具有社会人文关怀的作品时，经常提到的对现代性或者说以都市为代表的工商文明的批判与反思，对以乡土社会（其中亦包括那些散布于台湾各处的小市镇）为代表的文化传统、伦理价值的眷恋和它们被侵蚀的"悲伤"；反之，也包括以现代观念对乡土社会、传统文化的反思与批判。

同时，这组二元模式也构成了文本中非常具体的现实层面，即小市镇的自然风貌、建筑格局、生活方式或风俗世情，以及它们在现代（后）工业社会、在都市文明的高速扩张中缓慢却又无可更改甚至是面目全非的变迁。当然，现代与传统、都市与乡土的对比关系在一些文本中体现得并不明显，如李永平的《吉陵春秋》，不仅"时空坐标不很明确"，其主题寓意亦令研究者多方探讨，但就其叙事结构之缜密，以及被众多研究者所推崇的语言来讲，作者对古典、纯熟的白话文字的着力经营，对纸上故国的一往情深，又怎么不是同芜杂、混乱的吉陵镇的生活以及现代生活形成了鲜明的对比。因此，思想层面的二元模式，既体现在文本之中，也通过文本反映了作者的价值取向。另如在"新人类"作家袁哲生的以"烧水沟"为背景的《秀才的手表》、《天顶的父》、《时计鬼》等一系列作品中，有论者认为"'烧水沟'里的时间没有进程与未来展望，也没有原乡式的过去怀旧，只有不圆满的现在周行运转"[②]。袁哲生作品中所体现出的二元对比关系的缺失或弱化，与《吉陵春秋》中现代甚或后现代技法的运用有关，但更与作家的时代背景、艺术观念等相关，这同时也昭示着作家所属世代对小城写作的影响。

---

① 刘登翰：《在两种文化的冲撞之中——论施叔青早期的小说》，收入施叔青：《那些不毛的日子》，台北：洪范书店，1988。

② 范铭如：《轻，乡土小说蔚然成形》，收入范铭如：《像一盒巧克力——当代文学评论》，台北：INK印刻出版有限公司，2005。

第二节 时代与史

作品的年代

本书在分析大陆的小城小说时曾经谈到,50—70年代是当代大陆小城写作的"枯水季",与其形成鲜明对比的,则是当代台湾小城写作非常密集地出现于此一时间段内,尤其是写于六七十年代(其中又以70年代为最多)的作品几乎占台湾小城小说的半数以上,其中包括钟理和写于1960年的绝笔之作《雨》,陈映真、黄春明、王祯和等被归为乡土文学的作品,施叔青、李昂早期的"鹿港"小说,前述陈若曦、七等生、宋泽莱、季季、东年等作家的所有小城小说,以及萧丽红的《桂花巷》、郑清文《沧桑旧镇》中的部分作品。

这些小城小说之所以如此密集地出现在这一时间段内,与作者的年龄或所属的世代有很大的关系。前面曾提到当代台湾小城小说的写作者可以1945年为界分为两个群体,如研究者曾指出的,30年代出生的作家基本上成为60年代至70年代台湾文坛的中坚,或者说这时恰好是他/她们步入文坛后的一个创作高峰期;40年代中期至50年代出生的作家,则在80年代驰骋于台湾文坛,但是对于那些早慧或从事文学创作比较早的作家来讲,如上面提到的施叔青、季季、东年、宋泽莱、李昂等,往往在十几岁就已写下处女作,二十多岁已写下文学生涯中的代表作或大部分作品,而这一时间段又正好是60与70年代。这与大陆老中青几代作家在经过"文革"的沉寂之后,于70年代末集体涌向文坛有很大的不同,这也是为什么主要集中在"文革"结束后的当代大陆的小城写作会有老中青几代作家的同时参与。

此外,台湾小城小说之密集出现于六七十年代,也与这一时间段内的创作倾向有关。在两岸的当代台湾文学史研究中,最为通行的就是"断代+主流"的方式,即每十年为一个世代、每一个世代有一种主流文学,分别为50年代的"反共怀乡文学"、60年代的"现代主义文学"、70年代的"乡土写实主义文学"、80年代的"多元化或后现代主义”等，既然是每一个世代的“主流”文学，便意味着在某一时期的主流之外仍有其他非主流的写作存在，也意味着某一时期的主流并不会随着一个世代的结束而销声匿迹。由此来看上面提到的这些作家在六七十年代的小城写作，无论是被视为现代主义代表作家的七等生的作品，还是被视为“闺秀文学”或女性文学代表的萧丽红、李昂等作家的作品，一个共同的倾向就是对以自己故乡为代表的台湾乡土的关注与反映（陈若曦的《尹县长》除外），并且就写作手法而言，除去李昂《花季》中现代主义倾向比较明显的作品，以及一些作家作品中诸如象征、意识流、心理分析等现代主义手法的运用外，这些作家在这一时间段内的小城写作基本以写实为主。因此，上述的写作倾向，与以《台湾文艺》（1964 年创刊）为代表的对日据以来台湾写实、批判文学传统的承继，由 70 年代初期关于现代派文学论争所涌现的乡土文学的创作风潮（而黄春明等作家的乡土小说写作在 60 年代已经开始），经历 1977 至 1978 年间乡土文学论战所确立的乡土文学写实主义传统以及此后出现的乡土文学创作高潮，以及陈映真、黄春明、王祯和等乡土文学写作实绩的影响等，都有一定程度的关联。而前面提到的写于这一时期的小城小说，除去陈映真、黄春明、王祯和、宋泽莱等被归入乡土文学阵营的作家的作品外，其他作家的作品大多也被归入乡土文学的范畴，或如七等生、施叔青等被称做“现代的乡土”，这里又涉及小城小说同乡土文学之间的关系，如前所述，台湾乡土文学论战期间有关乡土文学的内涵是非常宽泛的，但在具体的乡土文学研究中，同大陆一样，研究者也通常将那些以小市镇为背景的作品归入乡土文学，至于小城文学同乡村题材的乡土文学之间的区隔，本书的“引论”中已有专门论述，这里不再重复，但是也不必讳言台湾小城写作同乡土文学创作潮流之间的密切关系，两者之间的合纵连横也有待进一步的辨析。

台湾小城写作另一个相对繁荣的时期是 80 年代，如陈映真的《铃铛花》，林双不的《黄素小编年》，朱天文的《安安的假期》、《童年往事》，朱天心的《淡水最后列车》，萧丽红的《千江有水千江月》，王幼华的《两镇演谈》，萧飒的《小镇医生的爱情》，李昂的《杀夫》，吕秀莲的

《小镇余晖》,李永平的《吉陵春秋》,吴锦发的《春秋茶室》,[①]都写于这一时期,同时,这些小城小说无论是于台湾文学史还是于作家本人的创作史,都是具有代表性或转折性的作品。就作家的构成而言,参与六七十年代小城写作的作家全部是台湾本土作家,而这一时期则有被称为"外省第二代"的朱天文、朱天心、王幼华,以及非台湾出生的李永平等也参与到小城小说的写作,可以说在台湾小城小说的发展脉络中,只有到这一时期才出现了非本土或非本省作家的小城写作。虽然活跃于50年代台湾文坛的是随国民党迁台的外省第一代作家,但是在那些基于大陆经验的"反共"、"怀乡"作品中,与小城相关的写作,只有姜贵创作于1951年的《旋风》是以山东诸城附近的方镇为背景的,其他作品的主要故事背景或者是城市如潘人木的《莲漪表妹》、或者是农村如陈纪滢的《荻村传》,并且在一些作品中随着主人公的颠沛流离,背景也在不断改变,如果说要探究这批作家创作中小城小说非常少的原因,这就是其中的一个,此外就那些活跃于五六十年代且创作量极大的女作家而言,如论者所指出的,她们中的许多都来自中产家庭,创作题材也多是都市男女的爱情婚姻,自然也鲜有小城写作。

90年代之后的小城写作,有相当一部分作品出自曾写作过小城小说的文坛宿将之手,如陈映真、施叔青、李昂分别写于2000年前后的《忠孝公园》、《归乡》、《行过洛津》、《看得见的鬼》、《鸳鸯春膳》,以及舞鹤隐居淡水十年后的"淡水书写"《悲伤》(1995)与《舞鹤淡水》(2002)。这一现象也再次说明了小城写作所具有的某种"惯性"。前面在分析大陆的小城小说时曾将小城小说的写作者分为三种类型:其一,小城写作只是一些作家创作中的"偶一为之"或"意外";其二,小城几乎成为一些作家所有作品(包括城市题材和农村题材)或浓或淡的背景;其三,有的作家甚至因小城写作得以成就其文学理想。所谓小城写作的"惯性"就体现在后两类小城小说写作者的文学创作中。

---

① 吴锦发的"青春三部曲"包括《春秋茶室》(1988)、《秋菊》(1990)、《阁楼》(1997),这三部独立成篇的作品虽然都是以美浓为背景,但只有《春秋茶室》明确指出以小镇为故事背景,《秋菊》的场景是在高雄和美浓的村庄之间切换,《阁楼》的故事背景则是美浓溪畔的客家村庄,因此只有《春秋茶室》符合本书所界定的小城小说,但如果从地域文化或成长小说的角度看,这三部作品仍是一体的。

由此来检视台湾小城小说的写作者,能够体现这一写作惯性的,除了前面提到的四位作家外,另有郑清文、黄春明、王祯和、七等生、宋泽莱等,这几位作家的小城写作基本上都在80年代之前,由于各种原因(如王祯和的病逝)在80年代之后便很少参与小城写作,此外像季季、萧丽红、吴锦发等也在不同时期创作了几部比较有影响的小城小说,也具有一定程度的惯性。对于其他一些作家而言,通常在与小城相关的童年或青春往事的回忆结束后,在其创作历程中便很少再有小城写作,或者小城写作只是延续其整体创作水平、风格的"偶一为之",如朱天文、朱天心、萧飒等,同样,这两种情形也存在于90年代之后其他年轻作家的小城写作中。需要加以说明的是,小城写作的惯性固然能够塑造出如师陀所言"有性格,有思想,有见解,有情感,有寿命,像一个活的人"的小城形象,或者如黄春明所言"什么都不欠缺的完整世界",但不可否认的是,一些作家的"偶一为之"也一样创作出了有个性的小城形象,如李永平《吉陵春秋》中的吉陵,因此,小城写作的惯性于小城小说不仅在于质的保证,更关涉到小城小说自身发展脉络的维系。

也许是文坛宿将的再出发,90年代之后参与小城写作的这些作家几乎涵盖了当代台湾小城小说写作者的各个年龄段,即包括出生于30年代(如陈映真)、40年代(如施叔青)、50年代(如舞鹤、黄克全、李昂、羊恕、林宜澐)、60年代(如蔡素芬、袁哲生、黄锦树)、70年代(如许正平)的作家,其中仍以"新世代"作家占多数。这颇具象征性的不同世代小城小说写作者的共聚于世纪之交,显示出台湾的小城写作仍有相当的作家阵容,但是之所以称之为"象征性",实在是因为此一阶段的小城写作虽然包含了不同的年龄段,但无论是作家的人数还是作品的数量,与新人辈出、新作迭现、众声喧哗的世纪之交的台湾文坛相比,与大陆新时期之后绵延不断、蔚为大观的小城写作相比,同时也与台湾90年代之前的小城写作相比,都显示出90年代之后台湾小城写作的落寞与后继乏人,其中的原因,自然也值得深究。

与大陆的小城写作相似、与小城小说写作者的年龄跨度大相对应的,是当代台湾小城小说所描写的年代跨度也比较大,几乎涵盖了整个20世纪的各个不同时期,例如陈映真的《忠孝公园》,宋泽莱的《剑痕》、《在太阳下》、《最后的一场战争》等，都描写了日据时期被日军征调到南洋、在太平洋战争中做出无为牺牲的台湾青年的命运；林双不的《黄素小编年》则反映了在当今台湾已成政治“图腾”的“二二八事件”；钟理和的《雨》涉及50年代初期的土地改革，陈映真的《铃铛花》则涉及50年代的“白色恐怖”。由于回忆视角的作品都有着某种自传性质或与作者本人的经历有着密切的联系，因此这些作品所涉及的年代通常与作家的年龄相关，像郑清文、陈映真等生于30年代的作家对童年或青少年时代的回忆之作，所描写的无疑是60年代之前的人与事，“新世代”作家的回忆之作，描写的多是六七十年代的市镇生活，在那些“新人类”作家的回忆中，所反映的背景则主要是80年代；而在朱天心、舞鹤、蔡素芬等作家的“淡水书写”中，反映的也基本上是80年代台湾的社会变迁与个人变貌，许正平的《大路》反映的则是新世纪之初“新人类”的生活、情感状态。除此之外，一些时间跨度比较大的作品的故事时间还上溯到台湾被日本割据之前的清朝时期，如施叔青的《行过洛津》写的是清嘉庆年间到咸丰初年的故事，萧丽红的《桂花巷》则从清光绪十四年写到民国四十八年，而李昂的《看得见的鬼》更是从鹿城开港之初一直写到20世纪末期“大家乐”、“六合彩”兴盛之时。

当然，一些作品所描写的年代由于语焉不详而耐人寻味，并引起研究者的多方猜测，如李昂的《杀夫》只有在讲到林市13岁时阿母的失踪，才提及“是个打仗的年头”，此外再无任何与年代背景相关的直接交代，只能由一些零碎的细节来推测作品的背景，如由陈江水时常光顾的后车路有一幢两层楼的木造阁楼是“前清”的建筑，推测作品背景应是割据日本之后，但因未有与日本相关的任何描写，以及强奸林市阿母的军人的破损军帽和灰色绑腿，推测应是光复之后，但吊诡的是在小说开篇的“几则新闻”中，写到林市因杀夫而游街时，则有“相信妇辈看了能引以为戒，不至去学习洋人妇女要求什么妇女平权、上洋学堂，实际上却是外出抛头露面，不守妇戒”云云，仿佛又回到了“五四”新文化运动时期[①]；另如李永平的《吉陵春秋》，如余光中在序中所

① 引自李昂：《杀夫·鹿城故事》，西安：华岳文艺出版社，1988。

言,“长笙事件发生的时候,军阀刚走,铁路初通,镇上已有耶稣教堂和外国神父,可以推想该是民国初年”,但又因为从头到尾没有述及什么时事,“所以也难推断”①。其实,这些作品和大陆那些被归入探讨“人性、命运、生存”等问题的作品一样,无论反映的是女性的命运还是人性的诸种面相,都并不仅限于某个时代或某类人,因此对于作者而言,作品具体所反映的是哪个年代,都不影响作品主旨的表达。

当代台湾小城写作比较密集的时期是60—80年代,不仅如此,当代台湾小城小说所描写的年代虽然跨度比较大,但描写比较多的时期也是在此时间段内。通过对这些描写60—80年代市镇生活作品的分析,发现它们大致可以分为两类,一类是一些回忆视角的作品,如前所述,回忆视角的作品所涉及的年代通常与作家的年龄相关,而当代台湾小城写作的一个主要群体,就是由出生于40年代中期到60年代中期(其中又以50年代出生的最多)被称为“新世代”的作家组成的,他/她们正好在50年代末期到80年代初期度过童年到大学的这一段时光,因此当他/她们在作品中回忆自己的这一段时光时,所反映的年代必然是在此时间段内。另一类是一些反映台湾社会转型、文化变迁背景下的种种世相、问题的作品,由于对社会现实的关注,在这类作品中,一些小说所描写的年代与其写作的年代存在着大致对应的情形。

通过以上的分析,也大致说明了何以当代台湾小城小说所描写的年代会集中于60—80年代,即与作家所属的世代和作品对社会现实的关注相关,这与前面曾经分析的台湾小城写作之所以密集地出现于六七十年代的原因——作家的年龄和这一时间段内的创作倾向,基本上是吻合的,所强调的都是作家的出生年代与作品所体现出的某种倾向性,如果从文化或文学潮流的角度讲,那些基本由新世代作家于80年代所写的回忆童年或青少年往事的小城小说,与80年代台湾兴起的怀旧风也不无关系,与此相关的是,当代台湾小城小说的写作年代与描写年代集中于60—80年代,同时也体现出了台湾小城写作所具有的某种时代性。

---

① 余光中:《十二瓣的观音莲——我读〈吉陵春秋〉》,收入李永平《吉陵春秋》,台北:洪范书店,1986。

前面曾经提到，黄俊杰将战后台湾社会变迁的主轴或基本方向归纳为“由农业社会向工业社会的发展”，而这个由政府政策主导下的发展过程基本包括：50年代的土地改革，奠定了“以农业培养工业”的基础；60年代随着美援的终止，发展方向由“进口替代工业”转变为“以出口为导向”，其中最突出的是设置加工出口区，60年代中期，世界上第一个加工出口区在高雄设立；70年代虽然是台湾经历一系列政治、经济、外交等内外变局的时期（如“钓鱼岛事件”、退出联合国、中日与中美邦交正常化、世界石油危机等），但台湾的工业却急速发展，1973年，台湾农产品出口值的比例从1961年的59∶41变为15∶85，这标志着台湾社会已经完成由农业向工业的转变，同时由蒋经国于1973年提出的“十大建设”也于1978年陆续竣工，为80年代的经济起飞奠定了重要基础，1989年，全台湾已有一半以上的居民集中于23个人口10万以上的都市，标志着“全岛都市化”的形成。① 由此可见，当代台湾小城小说的写作年代与描写年代所集中的60—80年代，正是台湾由农业社会向工业社会发展的转型时期以及转型完成后的工商社会的确立与膨胀期，也即是社会发生巨变的时期，这一社会巨变不仅仅表现在经济起飞与社会转型的完成，同时还体现在政治结构（如党外运动的兴起、1987年“戒严”的解除）、文化秩序、思想观念的剧烈转变。

这样一个社会巨变的时代背景对小城写作的影响是多方面的，就作品而言，前述台湾小城小说叙事结构中所共有的今与昔、现代与传统、都市与乡土对比的二元模式，所基于的正是这样一个新旧交替、转型完成前后的时代背景；就创作而言，前述六七十年代小城写作所表现出的对以自己故乡为代表的台湾乡土的关注与反映的创作倾向，也无法脱离这一时代背景；就小城小说的写作者而言，前述90年代后小城写作的后继乏人，其中的一个原因应与此一时期都市化的快速发展或全岛都市化的形成相关，都市化不仅使那些出身于小市镇的乡土作家如陈映真、黄春明、王祯和等让自己笔下的小人物纷纷进城，从而在

---

① 相关研究可参见萧国和：《台湾农业兴衰四〇年》，台北：自立晚报社，1987；黄俊杰：《战后台湾的社会文化变迁：现象与解释》，收入黄俊杰：《战后台湾的转型及其展望》，台北：正中书局，1995。

创作中“有了两种表现，一种是对台北这样的大都市的生活作出冷静而无情的批判，一种是对于自己所自来的乡土作出新的反省”[①]，也必然影响了那些也许并非出生于都市但却在“广义的都市”（如以都市为核心的资讯的无远弗届）影响下成长、在都市渡过学生时代并大多在都市工作的“新世代”、“新人类”作家的创作取向。可以进一步思考的是，如果说台湾小城小说的写作年代与描写年代集中于60—80年代同此一时期社会转型完成前后的时代背景密切相关，那么大陆小城写作在新时期之后的蔚为大观，是否与大陆尚处于转型时期有一定的关联，如果有关，那么上述台湾小城写作所体现出的时代性，也应是两岸小城写作的共性，而对这个问题的解答，尚需要时间来验证。

文学潮流

前面着重谈的是小城写作同作家所属世代、所处时代之间的关系，本小节将主要从当代台湾文学的流变来梳理与小城写作相关的写作潮流，当然，谈任何文学潮流都无法脱离它所处的时代以及参与该潮流的作家，只是论述的重心有所不同。另外，在以通行的“断代+主流”的方式对当代台湾文学进行分期时，80年代被认为是多元化或后现代主义时期，其实也意味着台湾文学自此进入一个文学潮流淡化甚至逐渐消失的时代，但从另一个角度看，80年代后由不同作家群体所参与的不同的创作主题或创作类型如政治、性别、族群、生态、都市、眷村、后设等，仍可视为不同的写作倾向或潮流，只是不再像50—70年代那样有一个处于主流或主导位置的写作潮流，并且这些不同倾向的写作潮流不仅有着自身的发展衍变，同时与80年代之前的写作潮流之间也有着程度不等的承继与比照，因此，这里对与小城写作相关的写作潮流的梳理，注重的是不同写作潮流在时间链条上的发生、发展与衍变，同时兼顾彼此之间所存在的交集。

现代主义被看做是60年代台湾文学的主流，但它的发轫期却在“反共—怀乡”文学占据主流的50年代，其标志是1956年由台大外文

① 尉天骢：《小市镇人物的困境与救赎——黄春明小说简论》，《世界华文文学论坛》1998年第4期。

系教授夏济安创办的《文学杂志》，以及较《文学杂志》更早成立的“现代诗”、“蓝星”、“创世纪”等现代派诗社等，也正是它所发轫的时代背景，成为后来分析、评判现代主义的一个不容忽略的“发生学”。比如当论及现代主义的肇因时，论者都会提及当时的政治高压使得“追求内在世界的现代主义适时而起”，而随国民党政府仓皇东渡的知识分子的失落、无根与流亡意识、认同危机，以及本省知识分子无从宣泄的苦闷、彷徨等，“恰与现代主义传统的孤绝苍凉主题密相契合”，同时，“相对于反共抗俄文艺政策的八股，现代主义的确给予年青一代崭新的感受，同时符合他们所向往的叛逆、苦闷、漂泊、不安、焦虑的心境”①。同样，在对现代主义进行评判时，不论基于何种立场、采取何种态度，都会着眼于它同当时的时代背景的关系，肯定者认为现代主义在语言、艺术形式上的实验、革新是对僵化的政策教条的反抗，或者由于它取代了“反共八股”文学，客观上是从政治上和内容上对“反共八股”文学的彻底否定；批判者则认为现代主义的艺术至上、对内在世界的追求是对社会现实的一种逃避，并将其视为台湾接受美援、受美式意识形态影响和发展依赖性经济的副产品，等等，相关论述、研究非常之多，不再赘述。这里特别要谈的是一直致力于现代主义研究的张诵圣的一些颇具启发意义的观点，比如她认为谈台湾的现代派小说，必须仔细区分流行于一时的“现代主义风潮”和严肃的“现代主义美学”，这关涉到对严肃的现代主义美学在当代中国文学史上的意义作适当评估，而60年代台湾的现代派小说具有精英式的美学观念和“高层文化”倾向，借用布尔迪厄的“文化场域”理论，她认为“现代主义想要冲破的是个缺乏‘高层文化’成分的文化场域，当时在他们对面的，不是同源异流的第一代乡土小说家，而是主导文化中以传统抒情为经，五四新文艺写实为纬的中产作品”；鉴于现代主义作为本身在迅速演变中的当代思潮，“在扩散过程中，思潮本身的系谱学经常被隐藏，而其内容迅速被转化为绝对值”，因此，她特别探讨了现代主义对台湾小说影响的层次问题：表层结构的移植和对现代主义认知精神或美学

① 许俊雅：《光复后台湾小说的阶段性变化》，收入许俊雅：《台湾文学论：从现代到当代》，台北：南天书局，1997。

原则的渗透或认同，并将呈现于朱天文90年代作品中的“现代性”，作为现代主义逐渐扩散的例证，同时她还指出，从文学史的角度看，成熟的现代派作品在现代主义风潮消匿后才出现，如写于80年代的白先勇的《孽子》、王文兴的《背海的人》、王祯和的《玫瑰玫瑰我爱你》、李永平的《吉陵春秋》等。[①]

张诵圣的阐释，一方面为现代派小说的语言、形式实验提供了社会学、政治意识形态之外的文化视野以及美学与理论层面的解读，这些解读在论及80年代之后的某些创作现象时依然有效。另一方面她对现代主义及其作家所采取的动态观，从理论层面说明了本书在论及大陆小城小说时谈到的一些现象。依此来看台湾的小城写作，写于现代主义兴盛期并与现代派相关的小城小说，主要是施叔青、李昂早期的“鹿港”小说以及七等生的《来到小镇的亚兹别》，其他更多的具有现代主义风格或受现代主义影响的作家的小城写作，同样也是出现在现代主义落潮之后，如写于70年代的七等生的由尖锐的现代派风格归为平淡的《大榕树》、《沙河悲歌》、《散步到黑桥》等，东年的探讨存在的痛苦与意义的《落雨的小镇》；王幼华写于80年代的在每一章的开始都用一段描述音乐的语言表达抽象思想的《两镇演谈》，王祯和的《玫瑰玫瑰我爱你》、李永平的《吉陵春秋》，以及70年代以叛逆的“现代主义青年”步入文坛、90年代后用糅合着“现实的、幻想的、孤寂的、嘲讽的、无奈的、幽默的素质，配合着独特的语言所展开的象征、隐喻”（郑炯明）开始“淡水”书写的舞鹤等。

其中特别要提的，是曾经受到现代主义影响、后来被看做乡土文学代表作家的陈映真、王祯和、黄春明，在通行的台湾文学史论述中，乡土文学往往扮演着现代主义反对者的角色，所有与乡土文学兴起直至乡土文学论战相关的论述，都会由一系列对现代主义的批判谈起，而这三位作家可以说非常典型地体现了台湾现代主义与乡土文学之间的交叉与抗拒（并非是截然对立）的关系（并不完全等同于施淑所论述的“现代的乡土”）。

---

① 张诵圣：《现代主义与台湾现代派小说》、《朱天文与台湾文化及文学的新动向》，收入张诵圣：《文学场域的变迁》，台北：联合文学出版社，2001。

在这三位作家中，黄春明的现代主义色彩最淡，但他的小城小说却都写于60年代如《儿子的大玩偶》、《锣》，这些作品同时也是他乡土文学的代表作；与黄春明形成对比的，是被认为“运用了强悍的现代主义技巧从事创作，终其一生并未具体揭举任何有关乡土文学的创作理念”的王祯和，他包括小城小说在内的文学创作经历了60年代的现代主义时期、70年代的乡土文学时期、80年代的多元化时期；而陈映真不仅在创作上受到现代主义的影响（这一影响也体现在他写于60年代的小城小说中如《故乡》、《第一件差事》），并且参与过《剧场》杂志极端现代主义化的《等待戈多》（台湾翻译为《等待果陀》）的演出，但他同时又是现代主义有力的批判者。台湾学者江宝钗的观点则解释了现代主义与乡土文学之间交叉与抗拒的某些原因，她认为，在60年代创作境域中并存着两个潮流，一个是受现代主义影响的“都市型”的、具有“世界性”，一个是“民族的”、“国家的”/“乡村的”、“本土的”，至于两者的关系，则“由于台湾小说家童年期的生活经验泰半植根传统而古老的乡城传说，精神分析的思考便得以借本土的题材进行接枝育种”，早期“抵抗、压抑、潜意识、性生活的病理学意识”等较占优势，接着“幼儿期经验的重要性”却愈来愈清晰，白先勇、李昂、七等生、陈映真等不约而同在小说中出现相似的变化，而李昂的两个小说系列正好说明了此一文学创作思潮的隐然变化，由中、西“混声合唱”进入“鹿城故事”，另一个“典范兴替”开始。①

在台湾文学的断代史中，80年代被称为多元化或后现代主义时期，所谓的“多元化”，既体现在文学创作主题上，也应包括创作手法的多元化，但后现代主义既然又与多元化并称，也说明作为文学思潮及创作手法的后现代主义在80年代台湾文坛的突出地位。这里特别值得一提的，是于70年代曾遭到乡土文学猛烈攻击的现代主义在80年代台湾文坛的情形，大陆学者朱双一曾将80年代新世代作家作品中呈现出的一些现代主义因素如精神异化主题、抽象化、内向性、实验性等，称之为现代主义的“隔代遗传和新变”，甚至将林燿德的创作看做

① 江宝钗：《现代主义的兴盛、影响与去化——当代台湾小说现象研究》，收入陈义芝主编：《台湾现代小说史综论》，台北：联经出版社，1998，第128页。

"站立于后现代对于现代的乡愁"[①]，其中的思路，与前述张诵圣将呈现于朱天文90年代作品中的"现代性"作为现代主义逐渐扩散的例证比较接近；但在张诵圣看来，那些活跃于80年代文坛并大多数经由两大报（《联合报》与《中国时报》）文学奖而崭露头角的新兴作家，和这些主流文学体制也就建立了紧密的关系，这与现代文学作家出身于学院，而乡土文学作家深具政治颠覆性的较为自主的情况大不相同，即使新生代作家积极吸取现代文学的成熟写作技巧以及乡土文学的写作题材，但他们作品的基本旨趣却很明显地偏离了现代文学的智性取向和乡土文学标榜的社会主义政治实践。[②] 这段评论虽然针对的是新兴作家（即黄凡、林燿德所提出的"新世代"作家）在80年代的整体创作情形，其中亦涉及两个时代与现代主义相关的文学创作在作家背景与文学旨趣上的不同，除此之外，就两个时代所受到的外来影响，也可看出两者之间的差异。

60年代经由《现代文学》介绍的西方现代作家如卡夫卡、托马斯·曼、乔伊斯、劳伦斯、伍尔夫、萨特、加缪、海明威、福克纳、詹姆斯等，主要包括了意识流、表现主义、垮掉一代、存在主义、心理分析小说等20世纪中期以前兴起于西方的文学流派，如论者所指出的，存在主义与以弗洛伊德为代表的精神分析是当时影响较大的两个思潮；而新马克思主义、新历史主义、女性主义、后结构主义、后现代主义、后殖民理论，与马尔克斯、博尔赫斯、村上春树、米兰·昆德拉、卡尔维诺、艾柯、奈保尔等兴起于西方20世纪中期之后的理论与文学创作思潮及作家，则是台湾80年代文学如"后设小说"等的主要影响源，同时对80年代之后的小说创作也具有深远的影响。

在80年代的台湾文坛，与后现代主义相关的还有"新世代"与"都市文学"，这主要是因为被视为后现代主义代表作家的黄凡、张大春、林燿德等，同时也是"新世代"作家与"都市文学"的代表人物，而在80年代前后参与小城小说写作的宋泽莱、东年、王幼华、吴锦发等，同时

---

① 见朱双一：《近二十年台湾文学流脉——"战后新世代"文学论》，厦门：厦门大学出版社，1999，第361、369页。

② 张诵圣：《袁琼琼与八〇年代台湾女性作家的"张爱玲热"》，收入张诵圣：《文学场域的变迁》，第57页。

也创作了被归为“后现代主义”或“都市文学”的作品，就写作手法而言，这几位作家的小城小说基本上仍以写实为主，但在东年、王幼华的小城小说中也有着现代主义影响的痕迹，而宋泽莱则将自己80年代以前包括小城小说在内的创作分为“写实主义时期”、“浪漫主义时期”、“自然主义时期”。且不论这些新世代作家在其创作历程中有着怎样迥异的写作风格，这里想加以说明的是，80年代的后现代主义依然延续了现代主义同乡土文学之间的纠结，如许俊雅认为王祯和80年代的乡土小说即融合了现代主义的意识流和南美魔幻写实的技巧，但这一纠结更为普遍地体现在那些于60年代后期至70年代出生、于90年代步入文坛的“新人类”作家的创作中，如袁哲生、吴明益、甘耀明、童伟格、伊格言、张耀升、许荣哲等。本书在“引论”中曾谈到这一话题，如同为“新人类”作家的黄锦树指出上述作家以早年生活经验为灵感来源所营造的具有“魔幻般的乡土”，在宋泽莱的《血色蝙蝠降临的城市》中就预演了类似的乡土的着魔与灵异；而范铭如则用“轻质”来概括这些作家所写的“新乡土小说”，并指出它们同70年代甚至更早期的乡土小说的貌合神离或者是“打着乡土反乡土的后现代式小说”。[①] 这里可以进一步比较的，是黄凡、林燿德在《新世代小说大系》中谈到的新世代作家的乡土写作，他们认为在乡土小说逐渐退居边缘位置的80年代，部分新世代作家未坠入中生代所铺设的意识形态陷阱，乡土小说于是超越了以台湾本土为中心的“本位沙文主义”，进而包容了所谓的“蛮荒”、“南洋”和“离岛”，如来自马华的张贵兴、李永平，来自澎湖的王湘绮。[②]

也许是“新人类”作家对“魔幻、后设、解构”等后现代技巧及怀疑、颠覆等后现代精神的运用，使得作品的故事背景经常处于虚悬或模糊的状态中，比如关于童伟格从《王考》到《无伤时代》的故事背景，杨照认为是一个只有一条柏油马路、只有一班不断迟到的公车的“海

① 参见黄锦树：《序·撕裂年代的小说》，收入黄锦树主编：“三城记”之台北小说卷《打个比方》，上海：上海文艺出版社，2006；范铭如：《轻，乡土小说蔚然成形》，收入范铭如：《像一盒巧克力——当代文学评论》，台北县：INK印刻出版有限公司，2005。

② 黄凡、林燿德主编：《新世代小说大系·乡野卷》，台北：希代书版有限公司，1989。

滨荒村”，骆以军则认为是在“台湾另一个时空下存在的一个小镇”。[①]因此，尽管上述作家的许多作品中有大量民间习俗信仰的描写，但除去那些直接以村庄命名的，很难从这些“新乡土小说”中辨识出与小城相关的作品，只有袁哲生那个有着小火车站、糖厂、金源利西装社、教堂、幼稚园、老邮差和外公的剃头店的“烧水沟”是个例外，也许正因为是例外，他的小城小说仍留有令我们熟悉的写实面貌和乡土世界的“古意朴拙”。其实即使是被骆以军从其小说中“嗅到了”拉美魔幻的巴加斯·略萨与格拉斯、陀思妥耶夫斯基等，童伟格依然认为自己的方法是“捉襟见肘的写实主义”。这里又涉及外来影响的问题，与大陆在新时期之后大规模译介西方现代文艺思潮不同的是（这是继“五四”之后的又一次大规模译介），台湾对西方现代文艺思潮的介绍并没有如大陆那样经历50—70年代的中断，但在论者看来也同样存在着“时程压缩”的现象，即西方经过长期演化的文艺思潮在短短的时间里同时出现，因此每位作家所受的影响必然是多元而错杂的，尤其是那些作为后来者的“新人类”作家，这从骆以军从童伟格作品中“嗅”到不同时代、国别的名家，就可见一斑。有意思的是，童伟格自己所描述的“小说祖谱”则更为多元，包括托尔斯泰一代的俄国作家、石玉昆、罗贯中、曹雪芹、鲁迅、沈从文、马尔克斯的《百年孤独》等，这表明了“新人类”作家并不是一味的“西化”（如同对60年代激进现代派的批评），中国本土的文学传统亦是他们文学资源的组成部分。

如果说在与小城小说尚有关联的“新乡土小说”中，都很难寻到或辨识出与小城相关的写作，更遑论90年代之后“新人类”作家的其他创作题材，关于这个问题，李瑞腾曾在《九〇年代崛起的新生代小说家》一文中，分析这些“脉络不容易掌握”的新生代作家“都写了什么”：其一，上一代的“政治议题”已经不是他/她们所关心的，宋泽莱曾惊讶于吴明益的小说“没有第三代作家作品中常出现的二二八事件、中坜事件、美丽岛事件、五二〇事件”这些名词；其二，那种以宏观视野进入历史现场的小说书写还没在他/她们的小说中出现，不过写

---

① 见杨照：《“废人存有论：——读童伟格的〈无伤时代〉》，骆以军、童伟格：《暗室里的对话》，收入童伟格：《无伤时代》，台北县：INK印刻出版有限公司，2005。

长篇的风气已经形成，如朱少麟、吴菀菱、成英姝等；其三，关于青少年成长经验的小说比较多（黄锦树、范铭如也有相似的观点），主要是他们刚刚经历了那个人生阶段，如罗叶、王文华、骆以军等；其四，书写同性恋小说、强调暴力美学，如杜修兰、陈雪、邱妙津、洪凌、纪大伟以及被林燿德称为“恐怖分子”的陈裕盛等；最后，李瑞腾还特意提到了将“作者本人的知识性和上一代胶园的原始性交错于文理脉络”中的马华旅台作家黄锦树。[①] 诚如论者所言，由于年代、距离接近，对新生代作家全面评价言之过早，但通过李瑞腾的分析，也可大概了解“新生代”或“新人类”作家的创作脉络，前面曾谈到由于后现代技法与精神的运用，“新乡土小说”的故事背景经常处于虚悬或模糊的状态中，在上述的几类创作题材或倾向中，除了一些具有明显都市背景的作品外，对于那些涉及科幻、奇幻、漫画、电玩、网路、吸血鬼的作品来讲，更是丧失了具体的现实世界与社会关系的指涉，时空背景经常处于一种古今中外、天上人间的自由穿梭中，因此，对于前述的90年代后小城写作的后继乏人，除去“全岛都市化”的影响外，与新生代作家的创作题材、创作技巧也不无关系。

可以接着探讨的是，尽管台湾那些具有现代主义风格或受现代主义影响的作家的小城写作，与大陆一样也是出现在现代主义或后现代主义落潮之后（如上述新人类的“新乡土小说”大都写于上世纪末或本世纪初），并且大部分作品都以写实为主，但就整体而言，台湾小城写作对现代或后现代技法、观念的援用，要远远多于大陆的小城写作，即使是同样以基本写实为主，其间仍有区别，比如李永平的《吉陵春秋》既被视作台湾现代主义的经典之作，同时张诵圣还认为这本严格遵循现代小说写实法则的作品，所表出的小说叙述语言和指涉世界之间的不稳定关系也即意符和意旨的分离，与许多后现代小说的美学性质是相通的，求之于大陆的当代文学，似乎很难找到一部像《吉陵春秋》这样与写实法则渊源颇深、同时又是现代主义经典作品并兼具后现代美学性质的小城小说。另一个问题与作家的代际相关，大陆“70

---

① 李瑞腾：《九〇年代崛起的新生代小说家》，收入陈义芝主编：《台湾现代小说史综论》，台北：联经出版社，1998。

后”作家徐则臣曾谈到“70后”作家的所谓“尴尬”处境：当批评界和媒体还在盯着“60后”作家时，“80后”作家迅速成为耀眼的文化和出版现象，“70后”便被直接跳过，随之而来的批评是“70后”之所以被忽略是因为没写出像样的东西，之所以有这样的批评，是因为在文学质量上，批评者用“60后”的标准来要求“70后”，在市场效应上，又用“80后”的尺寸来度量。[①] 与大陆“70后”的尴尬处境形成鲜明对比的，则是台湾多经过文学奖而被文坛前辈、评论家、出版社、杂志社及其他媒体提携、关注、发掘的“70后”作家，其中的一个原因可能与这些“70后”作家是与另一些60年代后期出生的作家一起被作为“新生代”或“新人类”而得到关注相关，总之，两者之间的比较应是一个十分有意思的话题，这也反映了两岸在作家代际划分上的不同。就小城小说而言，与台湾几乎难以看到“70后”作家的小城写作不同，大陆不仅有多位“70后”参与小城写作，像徐则臣的“花街”系列不仅渐成气候，于小城小说自身脉络也有承继的意义。

在当代台湾文学中，与小城小说相关的，除了上述由不同世代作家参与的现代主义、后现代主义、乡土文学、新乡土小说等文学潮流外，还有经常以群体面目被论述并撑起小城小说半边天的女性写作和属于80年代后多元创作主题之一的政治小说，当然，不论是女性写作还是政治小说，都难免会与上述潮流有所交集，但由于它们不仅是台湾文学中广有影响的创作现象，同时还有着自身的发展脉络，因此特意分别加以论述。

谈到政治小说之所以被视为台湾80年代一个“崭新”的文学现象，或者说政治文学之所以在80年代兴起的背景因素，论者常常会提及当时政治结构的剧烈转变——诸如从戒严到解严，从蒋氏家族的威权统治到民主体制的重建，从中国国民党一党独大到“台湾国民党”与民进党、新党鼎足而立的新政局，高层政争的透明化、地方选举的恶质化等等，处于相互抗撷状态的“本土的”、“台湾的”与“中国的”、“两岸的”报纸副刊的推波助澜，以及以马尔克斯、米兰·昆德拉为代表的东

① 徐则臣：《70后的写作及可能性之一——在韩国外国语大学的演讲》，《山花》2009年第5期。

欧及拉美政治文学在80年代的大量输入，中国30年代小说解禁与80年代后期大陆政治文学在台的出版等。同时，论者还将张系国于1978年出版的分别探索留美学生保钓运动与1977年中坜事件前后台湾政治社会动向的《昨日之怒》、《黄河之水》看做80年代政治文学的先驱之作，将黄凡于1979年获得第二届时报文学奖的《赖索》看做开启80年代台湾政治小说史的序幕。用“崭新”来指陈一个并不陌生的文类，主要考量的是该文类的特殊时代背景以及与之前写作的比照，比如，有论者认为“50、60年代的政治小说是官方政策的产品，70年代的政治小说来自知识分子忧国的血性，80年代的政治小说则建立在思想与政治上双重禁忌的突破”①。

论者对80年代以降政治小说所作的不同分类，则体现了对政治小说的不同理解。比如，从题材上来划分，则有牢狱小说（如施明正的《喝尿者》）、人权小说（如林双不的《黄素小编年》）、历史小说（如东方白的《浪淘沙》）、政治寓言（如陈映真的《华盛顿大楼系列》）、选举小说（如张大春的《撒谎的信徒》）、环保小说（如宋泽莱的《抗暴的打猫市》）等；以事件来分类，则包含了岛内政治事件（如二二八事件、白色恐怖、反体制运动成长史、个别违反人权案例、地方政治活动、各级选举内幕）、涉外政治事件（如退出联合国、台美断交、保钓运动、海外政治谋杀）、两岸关系（解严前的怀乡文学与两岸冲突、解严后的探亲返乡文学）等三大类型；从意识形态上来看，则分为左翼统派（如陈映真）、怀疑论式（如黄凡、张大春）、右翼统派（如陈若曦、白先勇）、独派（如宋泽莱）。② 当然，上述不同类型的划分于作家、作品都难免有重合之处，如张大春的《撒谎的信徒》既属于选举题材也属于岛内政治事件和怀疑论式的政治小说，但不同角度的分类，也更为直观地体现了政治小说的创作盛况。至于90年代之后政治小说在台湾文坛的情形，论者普遍的观点是政治小说像其他许多小说一样没落了（林燿德用“80年代百花齐放的政治小说规模于是溃散于无形”来形容），其中

① 林燿德：《80年代台湾政治小说》，收入龚鹏程主编：《台湾的社会与文学》，台北：东大图书出版公司，1995。

② 参见上述林燿德的《80年代台湾政治小说》；古远清的《当今台湾文学风貌》，南昌：江西高校出版社，2004。

的原因，一方面是整个文学的发展受到出版界与传播媒体转向大众消费形态的挫折，使得抱持特定意识形态的政治文学泰半丧失了坚实的支撑点；另一方面，兴盛于90年代的传记类著述如政治人物的口述自传以及内幕性的新闻传记，其刺激性与标新立异远远超过政治小说，使得政治小说的“实用性”相形见绌；此外，也有论者认为由于政治小说的过度政治化导致作品在艺术上不求精进，使得读者对其感到厌倦。如果从作家的角度讲，如前所述，崛起于90年代的新人类作家不再关注政治议题，而一些活跃于80年代的代表性作家则逐渐淡出文坛，或“隐居灵修”如黄凡，或直接投身于各种社会政治活动如陈映真、王拓、林双不等，都影响了政治小说的创作。值得一提的是，陈映真、黄凡等在新世纪的回归文坛，使得政治小说在新世纪得以延续，而李昂写于90年代的长篇小说《迷园》与《戴贞操带的魔鬼系列》，则显示了女作家参与政治论述的独特魄力。

就小城小说而言，属于上述政治小说范畴的，有反映岛内政治事件的如陈映真的《铃铛花》、《忠孝公园》，林双不的《黄素小编年》，宋泽莱的《糜城之丧》、《乡选时的两个小角色》、《最后的一场战争》以及《蓬莱志异》中的相关篇章；也有涉及两岸关系的如陈映真的《归乡》。其实通过这些作家与作品，也可大致反映出台湾政治小说的一些特点，比如，上述的几位作家正好代表了参与政治小说写作的两大群体：以陈映真为代表的出生于光复前的前行代与以宋泽莱为代表的出生于光复后的新世代，在黄凡、林燿德主编的《新世代小说大系·政治卷》的“前言”中，编者曾指出两代作家的不同，如新世代作家不再独钟于一贯的“政治批判写实传统”，以其不受拘束的语言与形式技巧重新丰富了政治小说的面貌；不再背负上一代的历史梦魇，积极修正陈映真在《赵南栋》中对新世代的批判，也反动了中生代的政治观。此外，这几位作家及其作品也反映了政治小说与乡土小说、历史小说之间的叠合，这是因为被论者归入政治小说范畴的许多作品，在文学史论述中同时还归属于乡土小说如上述宋泽莱的作品和历史小说如陈映真反映50年代白色恐怖的《铃铛花》。当然，政治小说同其他小说文类或写作现象的叠合，还包括前面以题材划分的选举小说、环保小说，以张大春的《大说谎家》为代表的“新闻小说”，以及以李昂的《迷园》、《戴贞操带的魔鬼系列》、平路的《行道天涯》、《百龄笺》等为代表的女性写作等。政治小说同其他写作现象的叠合，既表明了台湾80年代后的社会政治环境对作家创作的影响，也说明仅仅用政治小说来命名上述被论者归入政治小说范畴的所有作品，无疑会掩盖许多作品更为丰富的内涵，更不必讲那些用狭隘的政治倾向来界定的政治小说。因此，政治小说在90年代之后的没落，与这一文类不能涵盖更多的作品内涵也不无关系。

与上述小说文类或写作现象叠合相关或相似的，是有论者指出80年代后期以降，小说的文类框限和刻板印象有了改变，所有不同的文类处于相互激荡、彼此影响的情境。[①] 前述新人类作家将漫画、电玩、网路等引入小说的写作方法，张大春将小说与新闻糅合在一起的“新闻小说”，朱天心的打破小说、散文界限被王德威称为“论说体”的《想我眷村的兄弟》、《古都》等，被朱天文自称为“博物志”写法的《巫言》，以及被张诵圣称为“伪百科全书”的叙述模式等，都反映了不同文类的相互激荡与影响，这既是作家寻求创新的一种体现，是对后现代拼贴的创新性运用，也如张诵圣所言，是“知识爆炸的后工业时代一种相应的美学形式”。也许是小城小说多写于60—80年代，因此很少见上述的“论述体”或“伪百科全书”的叙述模式，即使是那些写于90年代后的小城小说，也很少见这一不同文类糅合的现象，大概只有施叔青的《行过洛津》是一个例外。

本书曾谈到当代大陆的小城小说同80年代中后期出现的新历史小说之间的关系，以及新历史小说所具有的特点，即通过稗官野史、民间传说、家族谱系以及个人的成长史，对正史、革命历史题材小说等进行反思、重写或解构。由此来看台湾80年代以降与政治小说叠合的那些历史小说，无论是用写实手法来揭示二二八、白色恐怖等政治伤痕的如林双不的《黄素小编年》，还是用现代技法、观念描写一个家族政治遭遇的如杨照的《黯魂》，还是如东方白《浪淘沙》那样的大河小说，都具有上述某些特征。台湾学者彭小妍则用“历史寓言小说”来命

① 许俊雅：《光复后台湾小说的阶段性变化》，收入许俊雅：《台湾文学论——从现代到当代》，台北：文史哲出版社，2004。

名解严后尤其是90年代后出现的涉及“历史重建”主题的那些小说，如陈映真的《华盛顿大楼系列》、林燿德的《一九四七·高砂百合》、施叔青的《香港三部曲》等，并以此区别于解严前就已存在的以历史重建和认同问题为主题的作品，如吴浊流的《亚细亚的孤儿》、李乔的《寒夜三部曲》等，所谓“历史寓言小说”或“政治寓言小说”则指作者往往突破“写实”、“拟真”的格局，以寓言的架构传递某种信息或理念，叙事时间不一定遵循故事时间的次序，经常会凸显故事中的某一定点，由各个不同的角度和故事时间点，反复演绎其含义，在“写实”和“寓言”之间出入游移，这些作品以长篇或系列小说采取寓言架构者为主，有别于林燿德所谈论的大多为短篇小说的政治小说。[①] 由彭小妍对“历史寓言小说”的界定可以看出，台湾的“历史寓言小说”比较接近大陆在同一时期出现的新历史小说，命名的不同所显示的是各自不同的社会背景、文化语境与理论资源，就理论资源而言，大陆新历史小说所基于的是新历史主义与后现代主义的理论背景，而历史寓言小说的主要理论资源则是后殖民理论（彭小妍在论述陈烨的《泥河》、李昂的《迷园》时已明确点出）；而文化语境在某种程度上可以通过理论资源得以反映，如有论者指出90年代台湾的文化场域已由“后现代”转向了“后殖民”，导致这一转向的直接原因是关于90年代以后的台湾社会是处于后现代还是后殖民的论争，这一论争还包含着如何定义解严后的台湾文学——是后现代还是后殖民？[②] 这其实和大陆同一时期提出的“后新时期”概念一样，隐含着理论界对当下文学发展状况的判断与评价，不同的是，发生在台湾的相关论争有着明显的意识形态色彩，如论者所指出的，在90年代“本土主义”甚嚣尘上的历史时期，后殖民理论往往被本土化为“本土主义”的一种理论工具，承担着“发现台湾”甚至建构所谓“台湾民族主义”的重大政治使命，在这一时代语境中，主张“去中心”、“解主体”的后现代主义有存在和重建之必要，因

---

① 彭小妍：《历史、写实、寓言：解严后的历史寓言小说》，收入彭小妍：《“历史有很多漏洞”：从张我军到李昂》，台北：“中央”研究院中国文哲研究所筹备处，2000，第117页。

② 参见刘亮雅：《后现代与后殖民：解严以来台湾小说专论》，台北：麦田出版社，2006。

为它可以成为新的权力中心的一种制衡和批判的力量。① 这与大陆无论是后现代还是后殖民都处于学理与研究层面有很大的不同。

本章一开始就曾谈到，女作家不仅撑起台湾小城写作的半边天，更是当代台湾文学不可或缺的半边天，她们不仅参与了各个时期的主流文学创作，同时又每每于其中另发新声。邱贵芬在《日据以来台湾女作家小说选读》中，借用福柯主张"断裂"、"不连贯"的史学方法，质疑了传统文学史在论述策略上总向"完整性"、"连续性"这些史学概念靠拢，因此不再沿用台湾文学史通行的断代系统，提出了台湾女性小说史的断代方法，希望以此勾勒出台湾女作家的创作流程：日据时期、战后初期（以外省来台女作家为代表）、现代主义乡土时期（60年代初期—70年代中叶，以台湾本土出生的女作家陈若曦、欧阳子、季季、施叔青、李昂等为代表）、闺秀时期（70年代中叶—80年代中叶）、解严后（80年代中叶—90年代中叶），她同时指出，每一时期的女性文学在主导风潮之外还有着不同的创作现象，如在"闺秀时期"除了蒋晓云、朱天文、朱天心、袁琼琼、萧丽红、苏伟贞等女作家外，还有走社会写实路线的萧飒、廖辉英，和以风格独特而被视为80年代女性创作异数的李昂、平路；在解严后女作家小说的"政治化"转向中（诸如性别政治、认同政治、国族政治等），还有蔡素芬的《盐田女儿》、凌烟的《失声画眉》这样乡土气息浓郁的小说，以邱妙津的《鳄鱼手记》、陈雪的《恶女书》、洪凌的《异端吸血鬼系列》等为代表的女同志小说，曾是闺秀文学代表人物的朱氏姊妹、苏伟贞等越写越深沉并参与上述多种议题的精彩之作，以及被刘亮雅赞其小说"写法光怪陆离，别具荒谬讽刺感，为台湾女性书写注入了一个新的声音"、未来发展值得期待的新世代女作家成英姝等。②

可以补充或进一步展开说明的，是台湾的女性小说史固然有其自身的发展脉络，甚至成为一时代文学潮流与大众阅读口味的主导，如被许俊雅视作"女作家的年代"的80年代，既有以男女情爱见长、被认为具有中产阶级保守性格和都会品位的"闺秀文学"，也有受世界女权

① 刘小新：《上世纪末台湾文论的后现代论争与后殖民转向》，《华文文学》2008年第4期。

② 参见邱贵芬主编：《日据以来台湾女作家小说选读》，台北：女书文化，2001。

运动影响、彻底颠覆传统父权对于女性定位的“新女性主义文学”，这两个通常被论者认为并不相同的女性写作现象（一保守、一激进或一个属于大众文学、一个属于纯文学）的同处于一个时期，既改变了那种进化论式的女性文学发展观，也说明了台湾女作家于文学创作和文学市场的强大实力。与此同时，有着自身发展脉络的台湾女性小说史依然存在着与多种文学潮流的交集与叠合，如“战后初期”的女作家在经营性别议题（描绘女性于传统与现代之间的拉扯）的同时，也还参与“反共怀乡”题材的写作；“现代主义乡土时期”女作家对“性”和“乡土想象”乃至人存在的根本处境的探讨，无法脱离开现代主义思潮的影响；解严后女作家大胆出位的情色书写，既是盛行的性别、族群与国族论述潮流中的一部分，也还与此一时期的后现代及后殖民思潮密切相关；即使是纯属女作家写作潮流的“闺秀文学”，在朱天心、杨照看来与乡土文学也并非是两条不交集的写作路线，朱天心认为对自己文风产生最大影响的是“三三”（其成员构成闺秀文学的主力）与乡土文学的论战。①

依照邱贵芬所勾勒的台湾女作家的小说创作流程，来看其中参与小城写作的女作家及其作品，有如下发现：其一，就作家所属的世代而言，除陈若曦（1938）、吕秀莲（1944）外，其余皆是光复后出生的新世代作家，尚未见60年代中后期出生的新人类作家（其中蔡素芬生于1963年，是目前搜集到的小城小说女作家中最年轻的一位）；其二，就作家所属的地域而言，全部是在台湾本土出生的，包括所谓本省籍作家和外省第二代的朱氏姊妹，未见马华旅台作家和原住民作家；其三，就作品而言，包括了写于现代主义乡土时期、闺秀时期、解严后等三个时期的作品，即从60年代到本世纪初，都有女作家的小城写作，同时，这些小城小说基本上都属于其所处时期的女性文学潮流、题材的范畴内，如“现代主义乡土时期”施叔青、李昂、季季等基于童年经验之上的小城写作，“闺秀时期”分属“闺秀文学”和“新女性主义文学”的朱天文、萧丽红、萧飒、季季、吕秀莲、李昂的小城写作，“解严后”施叔青、李

---

① 参见邱贵芬：《“（不）同国女人”聒噪——访谈当代台湾女作家》，台北：元尊文化，1998，第131页。

昂涉及性别、历史、国族的认同与建构的《行过洛津》、《看得见的鬼》，处于上述潮流之外的，则有朱天心收入《我记得……》小说集中的《淡水最后列车》[①]，一贯与流行的文学潮流、题材保持距离的蔡素芬的《橄榄树》；其四，就作品与当代台湾文学史的关系而言，女作家的小城写作依然体现了女性文学同其他文学潮流交集与叠合的现象，除了明显体现这一叠合现象的“现代主义乡土”的命名外，邱贵芬还提出了“乡土女性小说”的阐释空间[②]，萧丽红的《桂花巷》、《千江有水千江月》应是其中的典型代表，但是，在女作家的小城写作中少见流行一时的政治小说、历史寓言小说（上述施叔青、李昂的作品只能说是涉及相关议题），也未见流行一时的后设小说、同志小说或酷儿小说（如前所述，这其实也是台湾小城写作的整体现象）；其五，就小城写作同女作家个人的创作历程而言，前面曾提到小城写作具有某种“惯性”，如施叔青、李昂、季季、萧丽红等小城小说创作比较多的作家，都体现了这一写作“惯性”，而其余女作家的小城写作只是其创作历程中的“偶一为之”，基本上只有一两篇作品属于小城小说，但无论是怎样的情形，她们分别创作于不同时期的小城小说都体现了其不同时期的创作水平与风格。

在当代台湾文学史中，经常以创作群体被论述的还有所谓的“外省第二代”，如张诵圣认为，在70年代末、80年代初分别形成了两个对立的“婴儿潮”作家群（从年龄上讲他/她们应该属于前面提到的“新世代”作家），一边是与《台湾文艺》颇有渊源、公开宣扬台湾本土文学的作家，一边是以朱天文领头、以三三书坊为中心的拥国民政府作家，前者以宋泽莱等本省作家为主，后者的主要成员皆为外省第二代，在目睹了80年代台湾戏剧化的政治变局后，外省第二代被迫重新检视自身的“中国情结”，并改以现实的角度看待继承自上一代的故土旧梦，在意识形态上确立了超乎“中国情结”及“台湾情结”之外的新的

---

① 这本于1989年出版的小说集，被论者认为是朱天心创作的一个分水岭，自此“闺阁”气味尽去，开始以泼辣犀利的书写姿态介入台湾当代文化场域的种种辩论，《淡水最后列车》（1984）则是该小说集中最早发表的作品。

② 参见邱贵芬：《女性的“乡土想象”：台湾当代乡土女性小说的初探》，收入李瑞腾主编：《台湾文学二十年集·评论20家》，台北：九歌出版社，1998。

台湾认同，张诵圣将所有“婴儿潮”一代作家创作中出现的这种确立自己独特的、根植于这块土地及其现实的文化认同之想望，称作“新乡土主义”。①

前面曾指出参与当代台湾小城写作的，主要以在台湾出生的作家为主，其中又以本省籍作家占多数，如果说马华旅台作家原本人数有限，参与小城写作的只有李永平、黄锦树两人也在情理之中，相比之下，构成 80 年代之后台湾文坛的中坚力量并于台湾出生的外省第二代作家（如张大春、黄凡、杨照、林燿德、张启疆、孙玮芒、履疆、曾心仪、袁琼琼、苏伟贞、骆以军、郝誉翔等）的少于小城写作（只有萧飒、朱天文、朱天心、王幼华、袁哲生等创作了篇数不多的小城小说），则是一个值得探讨的话题。究其原因，主要与这些作家的身世与成长环境有关，即他/她们大多都在相对封闭、自成格局的军眷区（即眷村）长大（外部环境或为都市或为小市镇），随后又都因上学或眷村拆迁而走向现代都市，眷村小说以及与都市生活相关的诸多题材，基本上成为外省第二代作家的创作重心。而那几位参与小城写作的作家，或者因有着属台湾本土的母系亲眷而有机会于童年时期接触到眷村以外的台湾社会，如朱氏姊妹，另如袁哲生曾指出其小说中的“烧水沟”是他外公外婆的故乡；或者因求学而与小城结缘，如淡水之于朱氏姊妹。被越来越多的研究者关注的眷村小说可说是当代台湾文学中的一个独特现象，无论是出于对童年的怀想，还是作为发表政论、探讨身份认同的载体，眷村小说既可以视为张诵圣所谓的“新乡土主义”，同时从题材的角度讲，眷村小说同都市小说、乡土小说、小城小说一样，应同属于按空间划分的小说文类，它们之间尤其是眷村小说同乡土小说、小城小说必然存在诸多方面的可比性，比如共同面临的都市化进程在各自文本中的种种反映，另如被叶石涛认为反映了来台第二代在这块土地上的整个生活史的王幼华的《两镇演谈》，同张启疆的《失踪五二〇》、袁琼琼的《今生缘》、苏伟贞的《离开同方》、朱天文的《荒人手记》、朱天心的《想我眷村的兄弟们》等眷村小说所反映的外省第二代的人生际遇之间的比较，都将是非常有意义的论题。

---

① 张诵圣：《朱天文与台湾文化及文学的新动向》，收入张诵圣：《文学场域的变迁》。

第三章　小城小说:当代与现代

我有意把这小城写成中国一切小城的代表,它在我心目中有生命、有性格、有思想、有见解、有情感、有寿命,像一个活的人。我从它的寿命中切取我顶熟悉的一段:从前清末年到民国二十五年,凡我能了解的合乎它的材料,我全放进去。这些材料不见得同是小城的出产:它们有乡下来的,也有都市来的,要之在乎它们是否跟一个小城的性格合适。

——师陀《果园城记·序》①

但也就在那种极其透明如同玻璃的生活中,映现了现实生活的真貌,那些善良的、残暴的、美丽的、丑陋的、真实的……人间相,得以明晰地映现于我的心灵底片中。在真实的、美丽的这部分,我悠然地见到了台湾西部草花的乡景、屏东明耀阳光的海面、闪烁霓虹的黄昏镇街、雾夜的港口灯火、云气弥漫的环山部落……我怀着想用艺术创作将自己由精神破毁的边缘拯救出来的可笑想望,日以继夜记下我见过的山、海、平原景色。

——宋泽莱《从"打牛湳村"到"蓬莱志异"》②

陈思和曾谈到对中国新文学历史发展的一个基本看法,即当中国历史发展到抗日战争爆发,新文学就随着政治区域的重新划分出现了三种文学:国民党统治下的大后方文学、共产党控制下的抗日根据地文学、殖民地化的沦陷区文学(包括"伪满"、日据台湾、华北、上海等

① 原载 1946 年 5 月上海出版公司版《果园城记》。

② 宋泽莱《从"打牛湳村"到"蓬莱志异"——追忆那段美丽凄清的岁月》,收入《宋泽莱作品集》,台北:前卫出版社,1988。

区域),经抗战胜利到1949年军事历史的大动荡以后,这三个区域文学在地理上有所变化:台湾成了国统区文学,与大陆的"社会主义"文学相对峙,而香港成为一个特殊的殖民地文学区域。[①] 今天看来,在经过香港的97回归、台湾新世纪之始的政坛变局之后,上述的部分观点也许需要一个时间的限制,但就海峡两岸当代文学同中国现代文学的关系而言,陈思和的论述还是非常具有代表性的,1949年之后,台湾文学同现代文学之间的关系,大陆50—70年代文学同根据地或解放区文学、新时期文学同"五四"新文学之间的关系,成为论者从各个角度反复加以论述的核心。如朱双一认为,在台湾文坛产生深远影响的自由人文主义,实际上代表着"五四"新文化中"自由派"知识分子这一脉络在当代台湾的延续和发展[②];张诵圣则提出"选择性的中国新文学传统"的观点,她认为,在台湾1949年以后传承于五四的新文学传统中,"批判的写实主义"显然备受压抑,而"文学研究社"和"新月社"等英美派作家最不具攻击性和颠覆性的作品,则被挑选出来加以宣扬,尽管若干此类作家的作品亦被列为禁书,但其主观的情感结构——沈从文的田园抒情及冰心的理想化浪漫主义——仍构成了1949年后台湾主流美学的基调,即使是标志着左翼传统的文学成规,也不乏被右翼作品所转化、挪用的案例。[③] 另如陈晓明借用德里达的"幽灵学"概念来探讨或比喻大陆当代文学同现代文学之间的关系,他认为在五六十年代中国当代文学所试图开创的新中国的社会主义文学中,现代文学传统实际上一直是被清除的对象,直到90年代现代文学传统的文学性品格才被重新唤起,但是通过一系列个案分析,现代文学传统在当代文学中的表现是有限的,它们之间的联系只是在表面的相似或相近的意义上被指认,有时甚至不被作家本人认可,如王安忆一直所强调的自己同张爱玲之间的不同,而在韩少功等作家的寻根宣言中,则几乎没有考虑包括乡土文学在内的任何现代文学传统,这

① 陈思和:《但开风气不为师——论台湾新世代小说在文学史上的意义》,收入孟樊、林燿德主编:《世纪末偏航——八〇年代台湾文学论》,台北:时报文化,1990,第329页。

② 朱双一、张羽:《海峡两岸新文学思潮的渊源和比较》,厦门:厦门大学出版社,2006,第406页。

③ 参见张诵圣:《文学场域的变迁》,台北:联合文学出版社,2001,第55、153页。

表明了传统与当代联系的被动性和可重述性。[①]

两岸当代小城小说同现代小城小说之间的关系，可以看做是上述两岸当代文学同现代文学整体关系架构中的一个论述角度，作为小说的一个次文类，小城小说自然还有其自身的发展脉络，当代与现代之间也存在着不同程度、不同类型的承继与超越，比如汪曾祺在为何立伟的《小城无故事》（作家出版社 1986 年）写序言时提到的何立伟与废名之间的诸多相似处：面对形将消逝的古朴的生活的哀愁、用写诗的方法写小说、语言中多奇句等；黎湘萍在《台湾的忧郁》（北京三联书店 1994 年）中指出的陈映真在小说的母题、思想关怀等方面对鲁迅的学习和"模仿"，更具体的如陈映真的《故乡》之于鲁迅的《故乡》等。但这并不意味着当代与现代之间只是承继与被承继、超越与被超越的关系，很显然，随着时空转换、社会变迁，它们之间更多的是一种"影响模式"之外的平行关系，比如曾有论者加以比较的黄春明与沈从文、迟子建与萧红、徐则臣的"花街"与沈从文的"边城"，本书曾比较过的贾平凹与沈从文，以及本人所认为的宋泽莱与师陀在写作风格、思想观念等方面存在的相似等，[②]都可如此视之，这也是何以汪曾祺在将何立伟与废名加以比较后会多次提到"立伟以前没有细读过废名的作品，相似乃尔，真是奇怪"，何以陈晓明会以"幽灵"化的方式来比喻现代文学传统在当代文学中的重现。当然，两者之间的平行关系最为明显地体现在当代异于现代的作品类型、人物形象等诸多方面，也体现在当代对现代文学资源的转化或创造性变异，你也可以说这仅仅是一种尝试突破线形发展观的研究思路，在这样一种研究思路下，本章在探讨当代与现代小城小说之间所共有的某些现象时，在不否认现代对当

---

① 陈晓明：《遗忘与召回：现代传统与当代作家》，《当代作家评论》2007 年第 6 期。

② 比如宋泽莱提到的"农乡是如此美丽与穷败"、《蓬莱志异》所反映出的如画之风景与贫陋之生活，非常接近师陀的那句经典的"自然的美好，人事的丑陋"；另如宋泽莱的《港镇情孽》、《花城悲恋》、《蓬莱志异》等所具有的抒情风格（并且经常用一些感叹词来加重）、叙述语调、略微的戏谑与嘲讽、一些人物近于夸张的漫画化，以及本书曾提到的存在于这些作品中的一个相似的叙述结构：第一或第三人称叙述者来到某镇，听叙述者的朋友或作品中的一个人物讲述小镇上曾经发生的故事，也都非常接近于师陀《果园城记》、《女巫》、《酒徒》、《百顺街》等小城小说的风格，虽然很难证明两者之间存在着影响与被影响的关系，但它们之间的相似并不仅仅是表面的接近，而有着陈晓明所说的"精神上的响应"或是在艺术、思想观念上更为深层的接近，从（泛）比较文学的角度看，这可以说是典型的平行关系。

代存在着影响这一事实、也不再细究影响的具体表现的前提下（如前所述，关于现代文学与当代文学关系的研究已经非常多，最为重要的是，影响当代作家小城写作的并不只是现代文学中的小城小说），所基于的更多是一种“平行”而非（或者说不仅仅是）“承继”关系，至于两者之间的“超越”与“被超越”，更多的是在对当代两岸的小城小说进行梳理、比较时加以指出，毕竟，本书的研究重心是当代两岸文学之间的关系，而对当代与现代之间关系的梳理，既是为了梳理小城小说自身的发展脉络，更是为了探讨当代两岸小城小说之间的相同之处。

第一节　田园模式与写实风格

田园模式

张汉良曾提出台湾现代诗的“田园模式”，并将其分为两种主要类型：“一为现实的、文化的层次；一为心理的、形而上的层次。其分别则在时空的特别与否，前者属于特定、现实的时空，如台湾、大陆，20 世纪与唐朝；后者属于不定的、普遍的时空，如城市人对田园，成年人对童年”，而这两种类型本质上是“一体的两面”，出发自“诗人乡愁的不同表现对田园的各种追求”，这不仅仅指以田园为主题而进行直接抒情的作品，延伸至历史空间以及童年岁月的作品，乃至罗门式的“都市诗”，都可容纳在这种城乡对立的角度下观察。[①] 林燿德认为，张汉良在 70 年代中期提出的这个观点，不仅就“现代派”时期的诗创作而言，扩及其他文类如 70 年代末以降的“乡土文学”时期的创作，也不无符应之处，但他同时指出，张汉良在 80 年代对“田园模式”进行了重新检验，“非但过去/现在，乡/城的对立是假象，其中有太多中介现实，使它们的对立关系成为辩证；在历史之流中，这种化约式的对立更无法落

---

① 张汉良：《现代诗的田园模式》，收入张汉良：《现代诗论衡》，台北：幼狮文化事业公司，1979。

实，二元对立的升降机，只有往回升，到伊甸园停止”[①]。林燿德对张汉良“田园模式”的引述，最终要说明的是台湾新世代作家在80年代中期以降逐渐摆脱了这一田园模式，并特别分析了新世代作家中不遗余力地质疑和颠覆二元对立模式的例子，本书在这里谈张汉良的“田园模式”，无疑是采取了和林燿德相反的方向，所要说明的是在中国现当代小城小说中存在着张汉良所提出的“田园模式”，这一“田园模式”在小城小说中的具体表现情形，这一“田园模式”为何在二元模式普遍遭受质疑的时代依然存在的原因，都有待展开论述。

在文学研究中，经常用“田园牧歌”（有时将其拆解为“田园诗风”、“牧歌情调”）来指代那些描摹宁静诗意的田园风光、优美和谐的人性人情并具有抒情风格、理想色彩的作品，但在特定的时代背景下，评论者对田园牧歌的使用有时还隐含着某种立场，比如在现代文学中废名、沈从文的作品最常被冠以“田园牧歌”，这其中就包含着批评的声音，认为他们是在为中世纪式的宗法农村唱赞歌，这无疑与鲁迅或左翼作家笔下破败、凋敝、落后、愚昧的乡土中国相去甚远。当时光流转到社会转型完成以后的后工业、后现代的台湾，在论者看来，沈从文—黄春明式的田园诗不仅显得天真并且已经解体，总之和在半殖民地半封建社会时期的旧中国一样不合时宜。这似乎被约定俗成地加以使用的“田园牧歌”，并不等于张汉良所提出的“田园模式”，“田园牧歌”厘定的是作品的一种风格，而“田园模式”厘定的则是作品的一种叙述或结构模式，尽管在沈从文或黄春明的作品中不难寻到与“田园模式”对应的例证，或者说具有田园牧歌风格的作品可以归在田园模式之下，但就作品的内容而言，被称为田园牧歌的作品一定与“田园”相关，具有田园模式的作品却如张汉良所言，不必然与具体的“田园”相关，最为重要的，是许多被称之为田园牧歌的作品中并不存在着过去/现在、乡/城的二元对立。

在小城小说中，最能体现这一田园模式的是那些回忆年少往事或小城昔日生活的作品。如现代文学时期鲁迅的《故乡》、《孔乙己》等

① 参见林燿德：《八〇年代台湾都市文学》，收入孟樊、林燿德主编：《世纪末偏航——八〇年代台湾文学论》，台北：时报文化，1990，第375页。

“鲁镇”小说，废名叫“焱哥儿”的第一人称叙述人的系列作品《我的邻舍》、《初恋》等，沈从文早期的短篇小说《我的小学教育》、《炉边》等，萧红的《呼兰河传》，骆宾基的《幼年》等。另如本书曾提到的，大陆当代文学中那些“描写昔日生活、具有成长小说特点”的作品，以及“描写日常生活琐事、见人情风俗或乡野传奇”的部分作品；台湾当代文学中那些于叙事结构中存在着回忆视角的作品，以及舞鹤自闭淡水十年后的“淡水书写”，施叔青、李昂两姊妹以鹿港为背景的大部分作品，宋泽莱的《港镇情孽》、《花城悲恋》以及《蓬莱志异》中的系列作品等。

通过上面的概括，可以发现田园模式在现代与当代两岸小城小说中所占比重之大，这不仅在于数量多，更在于这些作品于文学史于小城文学自身发展脉络中的重要性。依照张汉良对田园模式所作的区分，上述回忆视角的小城小说既包含了“现实的、文化的层次”，如对故乡小城、对与成长或与小城相关的往昔岁月等“特定、现实的时空”的“乡愁”，也包含了“心理的、形而上的层次”，前面在分析台湾那些回忆视角的小城小说时，指出这些作品在主人公、叙述者既怀念又疏离的情感取向中，形成了与回忆视角并存的现在视角，这一双重视角其实是上述所有作品的共性，它暗含了张汉良所谓的“城市人对田园，成年人对童年”的“乡愁”。这里的“田园”与田园模式中的“田园”既指具体的大自然或田野，也指抽象的人类或生命家园（与此相似的是，“乡愁”也应有现实与抽象的两层含义——具体的故乡与人类或生命的原乡），而无论是大自然、田野还是生命家园，在近现代中国的语境中，它所附着的必然是与城市相对的乡土社会，[①]如本书曾讲到的，作为城与乡中介的小城在文学创作中往往被归入乡土文学的范畴，同时在一些作家的创作中，古朴、安静的小城也经常被作为经济高度发展、人群高度密集的城市的对照，如许俊雅指出的台湾的“淡水书写”，在实际生活中，几乎所有的乡土或田园写作又都出自生活在城市/都市

① 与张汉良所提出的“城市人对田园”的乡愁相似的，是吴福辉在《都市漩流中的海派小说》（长沙：湖南教育出版社，1995）一书中所指出的：“正是刘呐鸥、穆时英这两个‘现代之子’，在《黑牡丹》、《风景》这些作品中，述说着城市的人向乡村的迁徙”；叶灵凤都市中的忧郁情结，实际上是对乡村性失落的一种补偿；而“施蛰存的都市始终有一个松江、苏州的乡镇作为总体的陪衬”，并内含着一个“寻找”的结构：到江南乡镇里巷去寻觅那不可复得的时光。

的作家之手，由于上述原因，小城亦包含在“城市人对田园”的乡愁之中。

张汉良在提出以及重新检讨田园模式时，最终都将其归为“过去/现在，乡/城”的二元对立模式，本书在分析当代台湾的小城小说时，也曾指出上述回忆视角与另一些非回忆视角的小城叙事中存在着一组相关联的二元模式：今与昔、都市与乡土、现代与传统的对比，这组二元模式既构成了作品的思想层面，也构成了文本中非常具体的现实层面，虽然张汉良未提到传统/现代的对立，但它无疑也包含在过去/现在、乡/城的对立之中。

因此，如果从这组二元对立模式来厘定田园模式，那么将有更多的小城小说可划归其下，那么，为什么小城小说与田园模式有如此密切的关联？本书在分析当代台湾小城小说中的那组二元模式时，将台湾战后的社会文化变迁、60—80 年代由农业社会向工业社会转型前后的时代背景，作为文本中那组二元模式产生的主要原因，并将台湾小城小说的写作年代与描写年代集中于同一时期，看做台湾小城写作或者是所有小城写作所具有的某种时代性。其实，张汉良在 80 年代对田园模式的重新检讨，如他认为“过去/现在，乡/城的对立是假象”，因为现实的中介使这种对立成为“辩证关系”，在现实生活中这种化约式的对立也无法落实，纯粹的二元对立也许只存在于“伊甸园”中；另如林燿德指出的台湾新世代作家在 80 年代中期以降逐渐摆脱了田园模式以及对二元对立模式的质疑和颠覆等，反映的固然是研究者与作家的思想观念、艺术观念的转变，但所基于的依然是某一个特定的时代背景，而 80 年代的台湾社会，是林燿德所谓的全岛都市化以及后工业社会的“隐然成形”，与之相对应的，是文学创作的多元化或解中心、去主体的后现代主义时期，张汉良以及新世代作家对田园模式的否定、对二元对立模式的质疑和颠覆，可以说都是这一时代背景的产物。

由此来看小城小说的写作，由于“田园模式”的产生与解体与其所处的时代密切相关，即当社会转型刚刚开始（如鸦片战争后处于半殖民地半封建社会的旧中国）、尚未完成（如战后到 70 年代的台湾、现今的中国大陆）、初步完成（如 80 年代的台湾），正是黄俊杰所谓的“传统性与现代性的对蹠、本土化与国际化的抗衡、中国文化与西方文化的激荡”最为尖锐的时期，也正是现代与当代两岸小城小说的主要写作期，小城小说中的那组二元对立模式或田园模式，便是社会思想文化中的矛盾对蹠在文本中的反映；反之，当社会转型已然完成、并进入后工业社会时期如 80 年代中期后的台湾，社会思想文化中的矛盾对蹠渐趋缓和或者逐渐被新的社会问题取代如“富裕社会的问题”，加之后现代主义的哲学与理论影响，田园模式的“解体”、二元对立模式的被质疑，亦成必然。这也可以解释，除去那些有着明显二元对立模式（过去/现在）的回忆视角的作品外，田园模式何以还主要存在于反映社会历史、文化变迁等具有时代特征的作品中；何以同为新人类作家写于同一时期（新世纪之后）的小城小说，如台湾袁哲生的“烧水沟”系列，却被论者认为“‘烧水沟’里的时间没有进程与未来展望，也没有原乡式的过去怀旧，只有不圆满的现在周行运转”①，“周行运转”的时间使得需要附着两极的二元对立模式无从成立，从而也拆解或颠覆了二元关系的对比，而在大陆徐则臣的“花街”系列中，都或隐或显地存在着今与昔、城与乡的对比。

需要进一步加以辨析的是，田园模式虽然是小城小说的一个重要写作类型，但它并不仅仅存在于小城小说中，它最初的提出针对的是台湾的现代诗，尽管张汉良在重新检讨田园模式时将其作为一个“假象”或者说是一个伪命题，但在林燿德的引用中，仍将它扩及其他文类如 70 年代末以降的“乡土文学”创作，并将对田园模式的超越、对二元对立模式的质疑和颠覆，作为 80 年代中期以降新世代作家文学观念革新的一个表征，这实际上已否定了张汉良对田园模式或二元对立模式的否定，只是为其加了一个时间的限制。同样，本书对张汉良田园模式的引用，是因为它提纲挈领地概括了小城小说中存在的、之前却没有人从理论层面加以总结的这样一个叙述模式或写作类型，而将转型完成前后的时代背景作为田园模式产生的主要原因，将小城写作所具有的时代性作为小城小说与田园模式关系密切的原因，似乎又应和了林燿德对田园模式的时间限制。但是求诸具体的文学创作，二元关

---

① 范铭如：《轻，乡土小说蔚然成形》，收入范铭如：《像一盒巧克力——当代文学文学评论》，台北：INK 印刻出版有限公司，2005。

系并没有随着后工业、后现代社会的来临而完全消失,比如在陈映真、施叔青、舞鹤分别写于新世纪前后的《归乡》、《行过洛津》、《悲伤》、《舞鹤淡水》等小城小说中,无论是回忆视角或非回忆视角,都依然存在着现在/过去或城/乡的对比关系。这同时也表明二元对立模式或田园模式的解体与否,并不仅仅是由于时代的变迁,它与作家所属的世代、作品的写作手法以及所表现的主题等都有关联,这也是为什么林燿德只谈新世代作家对二元对立模式的质疑与颠覆。此外,城市人对田园、成年人对童年的"乡愁"中固然存在着现在/过去、城/乡的二元对比,但从另一个角度看,这种种"乡愁"又是超越于时代之上的,它可以说是古今中外文学创作的一个永恒主题,童年的生活经验以及相关的故乡经验,始终是作家创作的一个灵感来源,也是每一个年轻作家步入文坛的一个主要创作素材。因此,如果将张汉良所概括的具有两种类型的田园模式("现实的、文化的层次"与"心理的、形而上的层次")同二元对立模式,加以区分或辩证地看待,即田园模式可以含有现在/过去、城/乡的对比,但并不完全等同于二元对立模式(由于城市人对田园、成年人对童年的"乡愁"所具有的超越时代性),那么,田园模式将不再有时间的限制,也不仅仅只存在于"伊甸园"中,这也使前面提到的一些只存有二元对立模式但却并未存有对特定或普遍的时空产生"乡愁"的小城小说,如大陆的《新星》等反映、反思社会改革、商品大潮冲击下的生活、问题的作品,台湾的《杀夫》等关注女性处境、情感婚姻等问题的作品,将不能再归入田园模式,即便如此,小城小说同田园模式的密切关系仍将会不受时间限制而继续。

写实风格

在两岸的当代文学中,尽管对现代或后现代表现手法的援用要远远多于、丰富于现代文学时期,但就整体而言,这些具有现代或后现代风格的作品只占小城小说的极少一部分。经过现代主义与后现代主义思潮洗礼后的小城写作,为什么仍然保持以写实为主的基本风格,便成为一个特别值得探讨的问题。

李欧梵曾经援引雷蒙德·威廉斯(Raymond Williams)*The Country and the City* 一书中的观点,认为与20世纪欧洲现代文学以城市为主相反,中国20世纪的小说似乎乡土感特别浓,他的推论是:是不是小说特别是长篇小说更容易描述和表现一个乡村式的背景,并由此提出了小说中的"乡村模式",比如乡村模式不太重视主人公一个人的思想感情生活,而是写好几个人,或者把一个家庭的描写和一个村庄的描写混在一起,把人际关系和乡土关系联系起来;它的叙述模式基本上是模拟现实的,注重乡村生活的季节交替的规律,常常用春夏秋冬的意象寓意小说的感情状况;语言上,不管是小说人物的语言或是小说的叙述语言,都代表一种知识分子的作家尽量想要模拟和创造一个乡村世界的努力,这一系列乡村模式的表现,最后可以归结到它和写实主义、现实主义的关系,两者是互为因果的。他甚至认为,之所以写实主义(Realism)会从"五四"变为30年代的批判现实主义、后来的社会主义现实主义,即把一种受西方影响的写作技巧变成了一种意识形态,都与乡土这个模式有关系。[①] 与此类似的,是70年代台湾乡土文学论战时也曾将乡土文学同现实主义联系或者说等同起来,如王拓那篇著名的《是"现实主义"文学,不是"乡土文学"》。只是就与文学相关的讨论而言,由于当时参与论战者更关心的是乡土文学以及乡土的界定、范畴,包括王拓在内并没有人细究把乡土文学与现实主义联系起来的因素是什么,更何况台湾乡土文学时期还存在着"现代的乡土"。通过李欧梵对"乡村模式"特点的概括,不难理解他为什么认为乡村模式与写实或现实主义互为因果,他讲到的将人物描写同环境描写糅合在一起的方法、叙述模式及语言的模拟现实等,都与写实或现实主义对真实性的强调相符合,反过来讲,正是因为对写实或现实主义原则的遵守,作家才会努力通过上述的描写方法、叙述模式、语言等技巧去营造一个具有真实感的世界。尽管李欧梵认为将"乡村模式"与写实主义、现实主义联系起来的想法还"非常粗糙",对"模式"的提法也深表怀疑,但他对小城小说与写实风格之间关系的探讨却颇具启发意义。需要加以说明的是,李欧梵虽然用"乡村模式"来探讨乡土同现实主义之间的关系,但他同时指出,他所说的乡土是以乡村为主,并且把

---

① 参见李欧梵:《徘徊在现代和后现代之间》,上海:上海三联书店,2000,第116、117页。

师陀的"果园城"、沈从文的"边城"等小城、市镇都归到乡村里面,鉴于此,将"乡村模式"改为"乡土模式"也许更为妥当。

依照上述"乡土模式"的特点来看现当代文学中的小城小说,除了李欧梵提到的《果园城记》、《边城》,像鲁迅的《祝福》等"鲁镇"小说、萧红的《呼兰河传》、骆宾基的《幼年》、柔石的《二月》、台湾日据时期龙瑛宗的《植有木瓜树的小镇》,以及废名、汪曾祺、林斤澜、迟子建、贾平凹、张炜、黄春明、王祯和、宋泽莱、萧丽红、吴锦发等作家的部分小城小说,都具有"乡土模式"的特点,这些作品的共性除了写实手法外,还表现在文本中的小城在城与乡的中介关系中更近于乡村。而那些在城乡中介关系中更近于城市的小城小说,如茅盾的《林家铺子》、薛舒的《记忆刘湾》、郑清文的《大水河畔的童年》、朱天心的《淡水最后列车》、舞鹤的《悲伤》、《舞鹤淡水》、蔡素芬的《橄榄树》等以上海或台北附近的小城为描写对象的作品中,虽然只有郑清文的一些"旧镇"故事与李欧梵提出的"乡土模式"存有关联,但是上述作品除去舞鹤的"淡水书写"具有现代及后现代主义风格外,其余的仍以写实为主。因此,小城小说是否具有乡土模式也许与文本中的小城是否更近于乡村有关(但这并不是小城小说是否具有"乡土模式"的唯一原因),但小城小说是否具有写实风格却与文本中小城所处的地理位置没有太多的关联,即使是以同一个小城为背景,如李昂的《花季》与"鹿城故事"就分别有不同的写作风格,所以说,"乡土模式"固然与写实或现实主义互为因果,但并不能完全用来解释小城小说同写实风格之间的关联。

如果进一步分析李欧梵对"乡土模式"的描述,撇开语言问题暂且不谈,他所指出的"把人际关系和乡土关系联系起来"的描写方法、"注重乡村生活的季节交替的规律"等基本模拟现实的叙述模式,其实涉及的是小说中的时空表现:前者关涉空间,后者关涉时间。

我曾从时空关系的角度将现代文学中的小城小说分成两类,一类作品有着很强的时代感,通常反映或再现了重大的历史事件、社会变革或时代思潮,如茅盾的《动摇》、《多角关系》,李劼人的《死水微澜》,沙汀的《淘金记》、《困兽记》,这类作品大多按时间顺序来讲述故事、组织情节结构,作品中的空间场景如家中、街头、茶馆、酒店、店铺等在作品中处于从属地位，往往依附于社会、时代等大背景而存在，从而将空间场景“时间化”了；另一类作品则注重对小城的构成布局、地理环境、自然风物等空间场景的描摹，加之作品整体的抒情风格，淡化了作品的时代性或时间性，呈现出一幅幅静态的生活图景或具有超越时代的无限性和永恒性的空间存在，一些作品中尽管也有着或显或隐、不同形态的时代特征，但是作者往往将这些时代特征凝固成一个个静态的场景、画面，从而将时间“空间化”了，鲁迅、废名、沈从文、萧红、师陀等作家的小城小说大都属于该类型。当然，这样的划分只是为了突出某类作品的特性，不否认还存在着两者兼有或者两者都不突出的情形，尤其是在当代两岸小城小说中这两种情形会更普遍，不过这并不是要谈的重点。我曾经根据黄子平的观点——他认为 19 世纪末 20 世纪初，一种来自西方的“进化史观”（直线的或螺旋发展的）戏剧性地取代了中国传统的“循环史观”，形成了以“新/旧”为中心范畴的二元对立体系，在这个体系中，前者无疑有着一个经过“科学论证”的辉煌未来——认为上述两类小城小说包含了两种不同的时间观，第一类作品反映的是一种线性时间观或“进化史观”，第二类作品反映的则是中国传统的“循环史观”。[①] 如果由此来回看李欧梵的“乡土模式”所涉及的时空问题，无论是作为“把人际关系和乡土关系联系起来”的空间化描写方法，还是“注重乡村生活的季节交替的规律”的有关时间的叙述方式，与上面所分析的两类小城小说都存在着一定程度的对应，而空间化的描写以及对季节交替规律的注重所隐含的时间观，也可能就是中国传统的“循环史观”。

但是今天看来，这样的划分并不准确，因为对时间/时代的淡化、将时间的空间化或与季节交替相应和，并不等于作品中就不存在二元对立的关系，如前所述，鲁迅的小城小说虽然属于第二类作品，但他所有作品的结尾几乎都是“我”离开了留着“过去”记忆的地方，怀着轻松、期待的心情向着“明天”，这其中暗含的便是黄子平讲到的进化史

---

① 这里提出的两种时间观，参考了黄子平在《“灰阑”中的叙述》（上海：上海文艺出版社，2001）中的论述。关于现代文学中这两类小城小说更为详细的论述可参见赵冬梅《现代小说中的时空关系》（《河北学刊》2003 年第 1 期）、《小城故事——中国现代文学中的小城小说》（北京：人民文学出版社，2006）。

观而非循环史观。另外像萧红的《呼兰河传》,可以说是非常典型地体现了"乡土模式"以及上述第二类小城小说的特点,如将春夏秋冬的意象同小说的情感状态、人物命运相对应,将"我家的院子"、"我家的后花园"这一空间场景与作者的情感、人物的命运相对应,但小说对人物麻木、愚昧、迷信、奴性、守旧等生存状态的揭示,也就是论者经常提到的国民性批判,其中仍然包含着新/旧、现代/传统的二元关系,而这组二元关系所指涉的仍然是进化史观。

前面虽然认为不能完全将现在/过去、城/乡或新/旧、现代/传统等二元对立模式与田园模式等同起来,但无可否认的是大部分存有田园模式的小城小说都必然包含着某种二元关系的对比,如果从这种二元关系或者说仍然按照张汉良的思路将田园模式归结为二元对立模式,来看上面提到的两类小城小说或者那些具有"乡土模式"的小城小说,发现它们都可以归到田园模式也即二元对立模式之中。因此,就时间观而言,大部分小城小说都属于包含着过去、现在、未来的线性时间观,个别不具有二元关系或进化史观的小城小说,大概只有废名、汪曾祺等创作的一些具有田园牧歌风味的作品,陈染的魔幻小镇、余华的《许三观卖血记》等对人性、命运、生存等进行形上思考而不大受时空限制的作品,李永平的《吉陵春秋》等"抽离了对现实世界特定历史时空的定位指涉"(张诵圣)而具有后现代小说美学性质的作品,以及袁哲生等新人类作家的一些作品。但是,上述这些作品同那些具有现代或后现代风格的作品一样,在小城小说中并不占多数,而且就写作手法而言,也仍然以写实为主,即使是李永平的《吉陵春秋》、袁哲生的时间"周行运转"的烧水沟系列,遵循的也是如张诵圣所言的"写实法则":写实的时空架构、细节陈述、客观的人物心理描写等。[1] 所以说,现代或后现代风格并不意味着写作手法一定就是夸张变形、时空交错的"超现实"或充满自我拆解的"元叙述",也正因此,我们可以从二元对立模式以及其中所隐含的时空观,来解释小城小说同写实风格之间的关系。

---

① 参见张诵圣:《现代主义与台湾现代派小说》,收入张诵圣:《文学场域的变迁》,台北:联合文学出版社,2001。

林燿德在论述台湾80年代的“都市文学”时，特别详细地分析了都市文学不同于过往的时空观念，他认为那种对空间“写实”的平面化思考在80年代中期以前的小说创作中（在他看来，最明显的例子出现在粗糙的乡土/政治小说中）尤其成为一种固定的模式：如在林怀民的《伤逝》（1967）中，空间的存在与正文中情节发生的序列一一贴合，这样的空间只提供情节发展的背景，服务于小说人物的行动和心理需求，然而在王幼华的《健康公寓》、张大春的《公寓导游》中，空间是瓶饰性的立体呈现，空间的存在与交互作用一跃成为叙述中最重要的元素，在黄凡的《房地产销售史》中，空间是一种多棱镜的多面折射，都市本身呈现出并时的、多重编码的空间结构，并借由那些物理空间和心理空间交错的建筑、路牌、广场、公园等造型，来探索隐藏其后的潜意识世界；在正文时间因素上，不同于陈映真的《赵南栋》或林怀民的《伤逝》中的“线性时间”模型，张大春《将军碑》中的时间模型是使正文中的人物一生回环于“现实瞬间”的“环形”时间观。[①] 林燿德提到的《将军碑》中的“环形”时间观，虽然类似于前面讲到的中国传统的“循环史观”，但如前所述，自现代文学以来，“循环史观”已逐渐被“进化史观”所代替，而“环形”时间观所基于的后现代技法或后现代语境，使它必然不同于基于前现代语境的“循环史观”（至于两者之间的异同，这里暂且或者说无力加以辨析），从某种意义上讲，“环形”时间观可以说是对基于现代语境的“进化史观”所包含的“线性时间观”的替代，这就是为什么虽然以鲁迅为代表的许多现代作家都曾对“进化史观”进行过反思，但在他们的创作中却仍然难以避免“进化史观”的体现，其主要原因便在于他们同样生活于“进化史观”所基于的现代（化/性）语境中，也正是这一原因，两岸小城小说所呈现的也主要是基于“进化史观”的线性时间观，而这与“环形”时间观恰成鲜明对比，并且在林燿德看来这种书写正文的时间模型，无疑是以各种具体物象作为书写单元的“都市正文”的典型时间模型。此外，林燿德所描述的存在于都市文学中的“瓶饰性”立体呈现或“多棱镜”多面折射的立体空

---

① 参见林燿德：《八〇年代台湾都市文学》，收入孟樊、林燿德主编：《世纪末偏航——八〇年代台湾文学论》，台北：时报文化，1990。

间，也不同于前面讲到的将时间“空间化”的那一类小城小说，尽管在一些小城小说中对小城空间场景的描摹甚至成为叙述的重心，但在呈现方式上仍然是林燿德所谓的“空间写实的平面化”，这也是为什么常用“生态图”、“风俗画”来比喻这类“空间化”的小城小说。

林燿德曾将对田园模式的超越、对二元对立模式的质疑和颠覆，作为80年代中期以降新世代作家崭新的美学体验和实践的一个表征，而这一美学体验和实践在小说方面的体现便是以黄凡、张大春为代表的都市文学，比如，他认为在黄凡的《房地产销售史》中，童年的追寻和生命的乡愁不再回归到田园和大自然的憧憬下，也不依托于牧歌式的变奏，而是透过虚构的手段回到一个真实的空间中，但不同于林怀民、王祯和笔下所临摹的都会和市镇中那些可被寻获的、而且可用我们日常生活经验重新践履的“真实地点”，黄凡笔下的“真实的空间”在一切地点之外、又可能在一切地点之内，是隐身于都市之中被发现的“既存的”潜意识的现实化。[①]

通过以上不厌其烦的引述可以发现，林燿德在这里所强调的，其实是不同类型的文学作品，如以林怀民、王祯和为代表的“田园模式下所膳写的现代主义或乡土派写实文学”与以黄凡、张大春为代表的都市文学，对“时间”与“空间真实”的不同理解，以及其中所隐含的时空观念：前者所代表的是“线性”的时间观和“平面化”空间呈现的“真实地点”，后者所代表的是“环形”的时间观和“立体”的空间呈现或“多面折射”的在一切地点之外、又可能在一切地点之内的“真实的空间”。如前所述，这“线性”的时间观和“平面化”的空间呈现，同时也是大多数小城小说所具有的时空观念，而这一时空观念所基于的便是“田园模式”或二元对立模式，尽管拥有这一时空观念的作品包括现代主义和乡土派写实，但是如同前面多次讲到的，那些具有现代或后现代风格的作品不仅只占小城小说极少的一部分，并且就写作手法而言，其中的大部分作品所遵循的仍然是“写实的法则”。此外就作品的空间呈现而言，无论是林怀民的现代主义风格还是王祯和的乡土派写

---

① 参见林燿德：《八〇年代台湾都市文学》，收入孟樊、林燿德主编：《世纪末偏航——八〇年代台湾文学论》，台北：时报文化，1990。

实,其作品中的空间安排都是非常写实的,其笔下所临摹的是可被寻获、可用我们日常生活经验重新践履的"真实地点",这"真实地点"类似于朱寿桐提出的现当代文学中都市或乡土地名景名如实叙写的"识名"现象,而"识名"现象同时也是许多小城小说的主要写作特点,可以说以上这些情况都有助于作品写实风格的形成。

这里虽然将基于张汉良所提出的田园模式或二元对立模式所产生的线形时间观和平面化空间呈现,以及它们在作品中的具体表现方式,作为小城小说以写实为基本风格的主要原因,但这一时空观念不仅包括现代与写实的手法,它所得以呈现的地域空间或载体也同时包括林怀民笔下的都市、王祯和笔下的市镇(也既本书所研究的小城)以及包含在乡土中的乡村,尽管林燿德并没有把类似林怀民式的都市写作归入他的"都市文学"范畴,但是如果撇开有关都市文学的界定不谈,这两者所代表的两种不同的时空观念无疑都与都市相关,所不同的只是都市也即作家所处的时代背景分别属于工业/现代社会和后工业/现代社会。与此同时,与线形时间观和平面化空间呈现涵括着多种地域空间相似的是,林燿德所界定的"都市文学"所具有的时空观念——环形的时间观和在一切地点之外、又可能在一切地点之内的"真实的空间"——的呈现载体,也并不仅仅是都市空间,它同时还体现在台湾新人类作家的"新乡土小说"中,比如童伟格那个仿佛是在"台湾另一个时空下"存在的"海滨荒村"或"小镇",袁哲生那个时间周行运转的"烧水沟",因此,林燿德虽然分析、论述的是新世代作家的都市文学写作,但其实主要仍是在谈一种新的美学体验与实践,只是这一新的美学体验与实践并不是小城小说的主要表现方式。

第二节　小城的特性与功能

特性

师陀在《果园城记》的"序"中曾经谈道:"这些材料不见得同是小城的出产:它们有乡下来的,也有都市来的,要之在乎它们是否跟一个小城的性格合适。”[①]李昂在小说集《杀夫·鹿城故事》的“写在书前”中也曾谈到“相信任何在台湾的市镇生活过的人,都能深切了解市镇与农村有这样巨大的不同,表现于文学中,自然有不同的风貌”[②]。以上对两位不同时代却拥有相同的小城写作“惯性”的作家序言的引用,想要加以探讨的,是作家有意或无意塑造的、出现于文学作品中的小城究竟有着怎样的性格特征,使小城得以区别于都市和乡村,尽管小城的性格与其介于城乡之间的独特位置不无关系,但是这里所谈的小城性格,并不仅仅是体现小城文学独特价值之所在的小城连接都市和乡村的中介性。中介性固然使小城拥有了新旧杂陈、兼容并包的多元化特征,但这并不能代表小城的所有特性,或者说中介性只能表明小城的独特性,就如同两位作家在序言中所强调的,并不能标示出小城具体的性格特征,而对小城性格的探讨,既关乎小城在文本中的种种功能,也关乎作为一种写作现象的小城小说所具有的文学以外的某些特性。

在现代小城小说中,尽管茅盾笔下位于上海附近的水乡小城与沙汀笔下位于四川的偏僻乡镇之间,存在着明显的或近于都市或近于乡村的对比,但小城给人的总体印象不外乎格局狭小简陋、文化设施贫乏、日常生活单调等(虽然都是小城最为表象的存在形态,但显然前面两种情形与后者存在着因果关系),甚至直到当下这也还是许多人关于小城的“刻板”印象。我曾经根据巴赫金在《时间的形式与长篇小说中的时空关系:结论》一文中有关“外省小城”的一段话——如“外省的小市民城镇以它的沉闷的日常生活构成了19世纪小说事件特别广阔的地点。这个小城最主要的一点是田园风格。这个小城是周期性日常生活时间的地点。这里没有事件,而只有重复的‘生活’。在这里,时间失去了历史前进的进程,时间在狭小的范围内运动,一天的范围内,一周的范围内,一个月的范围内,整个生命的范围内。一天从来不是一天,一年不是一年,一生不是一生。日复一日地重复着相同的生活情景,同样的谈话主题,同样的语言等等。这是平常居民的周期

---

① 收入刘增杰编校:《师陀全集·2》,开封:河南大学出版社,2004。

② 收入李昂:《杀夫·鹿城故事》,西安:华岳文艺出版社,1988。

性的生活时间"[①]。——将其中与中国现代文学中的小城非常相似的单调、重复、停滞、缺少变化的日常生活的时间与空间,看做是小城具有的普遍性的、并且不受时空不同的影响而有所改变的性格特征。正因为如此,求诸当代两岸的小城小说,可以说有相当多的小城仍然保留着这样的一种形态,这与作家所属的世代、作品的写作或描写年代的关系都不大,比如在台湾出生于70年代中期的新人类作家许正平的短篇小说《大路》中,还可以看到与上述类似的描写——"静止的画面,静止的时间,没有人的图书馆,让人忍不住要打哈欠。这是小镇一贯给你的感觉,日子漫长而重复,西西弗斯推石上山,又滚下来。"[②]

但需要注意的是,无论是小城的格局狭小简陋、文化设施贫乏还是日常生活的单调、重复,都先验地存在着一个基于都市的观察视角,也就是说关于小城的这些"刻板"印象是与都市相比而形成的。仍以许正平的《大路》为例,这篇小说可以分为两部分,一部分是一个破落小镇图书馆里唯一的馆员"你",因在暑假放映意大利电影大师费里尼的经典影片,而认识了刚刚考完大专联考、等着离开小镇到外面世界的女孩;一部分是"我"也即"你"带着怀孕的女孩私奔,幻想着像费里尼电影《大路》中的男女主角一样四处流浪卖艺,最后到了"我"大学时代将费里尼式的狂想建立于其上的大城台北,尽管"我"和女孩的流浪梦最终在这大城破灭,但"大得没了边界"、"潜藏着许多秘密通道与出口"的台北,无疑与"陌生而荒凉"、"日子漫长而重复"的小镇形成了鲜明的对比,也因此才承载着"我"流浪的梦想、女孩对外面世界的向往。

另一方面,我也曾经根据钱穆在《中国文化史导论·弁言》中对其从源头上划分的人类文化的三种类型即游牧文化、农耕文化、商业文化的特点的概括——如农耕文化的特性为"安、足、静、定",游牧、商业文化的特性为"富、强、动、进",[③]认为与乡土中国血脉相连的现代文学中的中国小城,在许多方面拥有或保留了农耕文化的某些特性,用

---

① 〔苏〕米·巴赫金:《时间的形式与长篇小说中的时空关系:结论》,见吕同六主编:《20世纪世界小说理论经典·下》,北京:华夏出版社,1995,第183页。

② 许正平:《大路》,《台港文学选刊》2005年第9期。

③ 钱穆:《中国文化史导论》修订本,北京:商务印书馆,1994。

一个字来概括就是“守”，这可以说是小城最具代表性的一个特性，上面讲到的小城日常生活中时间与空间的单调、缺少变化，也都可以从中加以解释，即小城的单调与缺少变化是“守”的外在表现。同时，“守”也衍生出小城其他的一些特性来。

比如正是因为“守”，使小城比大城市保留了更多传统文化、民间文化的遗迹，从而在许多作品中呈现出色彩斑斓的地域文化风貌，如鲁镇年终时的祝福大典、呼兰河的野台子戏与放河灯、边城端午节的赛龙舟与中秋节的男女对歌、商州的秦腔、芙蓉镇逢圩的集市、鹿城的神鬼传说、布袋的七夕圆与冬至圆(即:汤圆)(萧丽红《千江有水千江月》)等，“守”使小城在时代的洪流中停滞、落后，同时也使它们比那些新兴的都市保存下了更多弥足珍贵的传统的或民族的文化遗迹。另如小城因“守”而导致的缺乏变动，又由此在一些作品中呈现出悠闲、安定的生活状态，如萧丽红的《千江有水千江月》，或废名、汪曾祺等具有田园牧歌风味的作品；与此相关的是，也形成了小城令人暂时沉溺或容许人永远躲藏、与世无争的一种“懒散而且舒适”(鲁迅《祝福》)的氛围，许俊雅在分析台湾文学中的淡水书写时也曾指出，淡水在历史上正是一个开放性的港口而获得发展，但随着中法战争以后淡水逐渐转向封闭，商业风水向基隆海港转移，舞鹤在《悲伤》中所痛惜失落的淡水自然精神恰恰是封闭自守以后的淡水，“它居然滋养了一批韬光养晦的外来客(注:如隐居此地的叙述者“我”、来台湾专研道家符录学派的“黄毛”)，同时也懒散助长本地居民的悠闲保守的生活作风”①。而这一令人沉溺或躲藏的氛围，又使得小城对一切会引起或改变现状的人、事、物有着本能的排斥，如黄春明《锣》中以打锣为生的憨钦仔，当面对令他失掉饭碗的装有扩大机的三轮车时，除了仇恨之外，更让他难受的是“这种不伦不类”的东西的出现，“未免有失小镇的体统”。当然位于城乡之间的特殊位置，也使得小城既有着乡村悠闲、宁静的自然之趣(这也是何以巴赫金在谈 19 世纪欧洲小说中的外省小城时认为“这个小城最主要的一点是田园风格”)，又有着较乡

① 许俊雅:《台湾文学中的淡水书写》，收入许俊雅:《见树又见林——文学看台湾》，台北:渤海堂文化公司,2005。

村便利的物质条件与享受，使它在某些方面比较符合中国人将“自然”和“实用”调和起来的愿望，无形中也助长了那令人沉溺或躲藏的氛围，这一氛围反过来又为小城的“守”创造了条件。不过从积极的一面讲，在中西碰撞、新旧交替的时代，小城因特殊位置所带来的调和性，为那些既要舍弃“旧”的又对“新”的难以把握、或者已经接受了“新”的又对“旧”的时时反顾的人或思想，提供了一个暂时冷静、反省或缓冲的空间。

与小城位于城乡之间的特殊位置相关的，还有小城对大城市的向往、模仿，和同乡村对比时的自我优越感，孙惠芬《伤痛故土》中的“二哥”就是其中的一个典型，“二哥”当民工时因对本乡的工头忠心耿耿，终于有了一个进县城的机会，尽管只获得了一个住小城城郊的机会，户口、工作等全部没有，造屋时还欠下几千块钱的债，但因得知城里人爱吃巧克力爱喝咖啡爱嗑瓜子，“二哥”就拣了一个力所能及的来实施——嗑瓜子，而且一回到小镇就像变了一个人似的，努力创造出衣锦还乡的感觉，大嗓门说话大声笑，一扫在县城时的沮丧、焦躁和灾难深重。[①] 这可以说是典型的中庸思想的表现，即那种“比上不足，比下有余”的心态，或许正是有了这样的心态，也才使小城在对大城市模仿的同时，还能保持自己那安于现状的自足的特性，这也是为什么许多小城在社会的快速变迁中始终难脱“乡气”的一个原因，如在宋泽莱《创痕》（收入《蓬莱志异》）中的北港，曾是早期嘉南平原的开发重镇之一，在急骤的经济变迁中，慢慢有了现代城镇的雏形，“但农乡的味道仍然弥漫在每个角落里”。

小城的性格特征中与其地理位置相关的，还体现在它的人际关系上，与现代都市那充满冷漠和流动性的人际关系相比，在小城中人与人之间类似于费孝通在《乡土中国》中所谈到的是一个“‘熟悉’的社会，一个没有陌生人的社会”，比如在王幼华《两镇演谈》第一章第一

---

① 费孝通在《小城镇 大问题》一文中曾谈到群众语言中有传统的分层模式，即“城里人”、“街上人”、“乡下人”，比如作为吴江县行政中心的松陵镇（既县城）的居民过去就被称作“城里人”，其他镇上的居民被称为“街上人”，像庙港一样的公社镇只是沿太湖的一个港口，像一个较大的村子，所以它的居民还是“乡下人”。费孝通先生在这里谈到城镇的传统分层模式，在大陆具有一定的普遍性，而且直到现在在乡土社会也还被约定俗成地使用着。

节中，在介绍了高速公路在两镇开通的种种情形后，特别描写了由两镇开往台北的一辆豪华大客车，而通过两位邻座人的互相搭讪就可见一个费孝通所谈的"'熟悉'的社会"——"先生贵姓？住哪儿啊？""我姓杨，住左镇街上，安祥路附近。""噢，安祥路姓杨，你是杨财旺的亲戚吗？""唔，是呀，他是我伯父。""噢，那你是，是杨仁旺的儿子吗？""是，他正是我的父亲。"[①]此外，也体现在小城居民的构成与性质上，费孝通先生在提出"小城镇"这一概念时，特别指出小城镇的居民是以一批并不从事农业生产劳动的人口为主体组成的，但是小城因地理位置、规模大小、发展快慢等原因，或更近于城市、或更近于乡村，近于城市者，小城的居民便由那些从事各行各业的小市民组成，即使是一些从农村到小城来谋生者如《伤痛故土》中的"二哥"，也不再从事农业劳动，而构成了小城成分复杂的小市民阶层，这样的小城既是当代台湾小城小说的主体，同时也出现在当代大陆多数的小城小说中；而近于乡村者，居住在小城的居民还有种着田地的农户如贾平凹《秦腔》中的清风街，或向(海)水讨生的渔民如萧丽红《千江有水千江月》中的布袋镇、郭小橹《我心中的石头镇》中的石头镇，在小城镇的层级中清风街虽属于乡镇，但住在清风街上的、同时也是作品中的主要人物仍有不少还从事农业劳动，这样的小城，便很难讲居民有着小市民的性质，这也是为什么像《秦腔》这样的作品往往被看做乡土小说的一个原因。

在研究现代文学中的小城小说时，我曾经将小城场景区分为"常"与"变"，前者包括大自然的山水风物、四季轮回，小城的构成布局、街道建筑，小城人的饮食起居、生老病死、礼仪风俗、人际交往，它们组成了小城比较稳定的生活场景；后者包括政权的更替、政令的变换、派系的斗争、外敌的侵略、时代的变迁，它们形成了小城不稳定的社会场景。但是由于小城"守"的心理定势和性格特征，使小城形成了强大的同化力(这与上述小城令人沉溺或躲藏的氛围相关)，它不仅可以将那些不安于现状、有着理想追求的人同化，那些难以被同化的，或虽消沉、苦闷却困在小城中无计可施，或离开小城另求出路；也可以令大多数小城在经历过农民暴动(如《果园城记》)、发生过各种风潮(如《动

① 王幼华：《两镇演谈》，台北：时报文化，1984，第24页。

摇》)、反击过侵略者(如《咆哮的许家屯》)后,生活依然如故,小城在苦难和不堪中也依然会兴致极高地为过年过节、为婚丧仪式而忙碌着。因此在现代文学时期,小城虽然也会经历种种社会变动,但小城场景大体上仍以“常”为主,这既形成了上面谈到的小城的一些性格特征,而小城“守”的特性又是小城场景以“常”为主的原因。

如果借用区分小城场景的“常”与“变”这两个概念,那么上面谈到的小城“守”的特性、小城日常生活中时间与空间的单调与缺少变化等,可以说是小城性格中的“常”,并且如前所述,小城性格中的“常”主要是在与都市或乡村的对比中才得以突显出来的,因此小城性格中的“常”是相对的而非绝对的,另一方面,与“常”相对的,还有小城性格中的“变”,而这“变”所针对的则是小城自身的发展历史。

徐迟在他的自传《江南小镇》中曾经谈到,他的故乡位于杭嘉湖平原的南浔镇,在第二次鸦片战争后已具备了“世界意识”——当地的丝业因进入世界市场而突飞猛进的发展,“然而封建意识仍然很厚很浓,因此它的风光至今大体上还依然如昔,一直保持到了二十世纪的上半叶(我那时已经来到这个世界上了),但在抗日战争的火焰烧到小镇之前,直到二十世纪的下半叶(我那时开始进入中年),在‘文化大革命’之前,这一切都还是没有多少变化的,并且直到下半叶的‘文化大革命’之后(我那时终于进入了老年),也只有不大的变化。至于那必然要到来的变化,可能要放到世纪末,或新世纪去了”①。求诸小城小说,南浔的发展轨迹,可以说非常典型地体现了大陆小城“常”与“变”的轨迹,例如古华《芙蓉镇》(1981)第一章所描写的 1963 年的“山镇风俗画”——坐落在湘、粤、桂三省交界的芙蓉镇,三面环水,一条由十几家铺子几十户住家紧紧夹着的青石板街,街两边的住户从各自的阁楼上朝对面阁楼上搭的晾晒衣物的长竹竿,悬挂在各家瓦檐下的红辣椒、苞谷种、葫芦瓜,青石板街上的行人、鸡啼、狗跳,以及四时八节镇上居民互赠吃食的习惯等——与沈从文笔下“边城”的风格、情调竟是如此的相似;然而到了小说结尾的“三中全会”前后,芙蓉镇已呈现出新的气象:随着大桥、公路的修建开始有车辆进进出出,跟随大小汽车

---

① 徐迟:《江南小镇》,北京:作家出版社,1993,第 6 页。

而来的是造纸厂、酒厂、铁工厂、水电站，陆续增加了好几倍的人口，相继出现的车站、医院、旅店、冷饮店、理发馆、缝纫社、书店、邮电所、钟表店等，并以过去逢圩的土坪为中心，形成了十字交叉的两条新街，原先的青石板街则称为老街。如果与余华《兄弟》下部（2006）中的大亨李光头用五年时间拆掉了旧刘镇、建起了新刘镇相比，芙蓉镇在“文革”结束之后呈现出的新气象，的确如徐迟所言“也只有不大的变化”，而像芙蓉镇、刘镇这样或先或后、或快或慢的变化，是大陆所有与新时期的社会生活相关的小城小说都会多多少少涉及的。

由于两岸的社会发展或现代化过程存在着“时间差”，台湾小城小说中表现出的小城的“变”自然也先于大陆，比如钟理和的绝笔之作《雨》（1960）中的台南乡镇，50 年代已有了柏油马路和嘈杂的汽车、摩托车、脚踏车，以及影院、洋裁店、冰室等；黄春明《儿子的大玩偶》（1968）中出现在小镇街头的“Sandwich-man”也即形象滑稽的广告人，被研究者看做是当代消费社会降临 60 年代台湾乡土以及社会转型的一个表征。另如宋泽莱笔下位于南台湾的清石湾（《在港镇》，收入《蓬莱志异》），由于是一个古老的港镇，不同时代的传习在这里留下了红砖砌成的旧墙垣、宽仅三尺的狭窄青石路、以及东洋式的木造小舍，然而到了 70 年代这个“变动的世代里”，这个隐匿的港镇也无能保持她古昔的景观，街路上出现了矗向晴空、闪动着锐利光芒的大理石建筑，年代久远的庙宇前搭建着新式亭阁（其实，出现于《蓬莱志异》中的所有小镇，都面临着传统与现代、农业文明与工业文明交杂的情形）。当然，如同芙蓉镇在 70 现代末出现出的新气象“也只有不大的变化”一样，上述台湾小城所呈现出的新的变貌亦是如此，直到 80 年代以后，那些在河岸海边或山林田野中有着田园风味的小城，在现代工业社会、在都市文明的高速扩张中才开始了（从某种意义上讲）“真正”的变迁，如在舞鹤的《悲伤》（1995）中，隐居在淡水的“我”虽然可以坐在“千年老榕树下，眼看观音山水”，但耳畔却不时传来为修新马路而铲山壁、毁瓦厝的拆迁噪音，与《悲伤》中的这一情形类似的是大陆 80 后作家韩寒的短篇小说《小镇生活》（2000），作品中的“我”因向往一种幽静的生活，而离开位于都市中的大学校园到小镇居住下来，准备用一年时间写一部书，然而在镇政府的旅游开发中，这有着明清建筑的江南古镇不再安静，因此讲"拆迁"成为两岸所有小城在现代化、城市化过程中必然的命运。

那么，小城在当代社会的"变"是否为小城带来了新的特性？本书在"引论"中曾指出，在大陆当代文学的小城书写中，大多数作品所描写的"小城"都是处于"常态"或社会变迁背景下的县城、小镇，这里的"常态"既包括前面讲到的小城性格中的"常"，同时也包括小城新旧杂陈、兼容并包的多元化特征，它们共同形成了小城不受时空限制的超稳定结构。小城的多元化特征固然与小城的中介位置相关，但也与小城的"变"有很大的关联，通过那些描写或涉及小城社会变迁的作品可以看到，这"变"给小城带来的正是新旧杂陈、兼容并包的多元化特征，比如芙蓉镇中新街与老街的并存，宋泽莱《在港镇》中"年代久远的庙宇前搭建着新式亭阁"等，都体现了小城的这一多元化特征。因此，如果要寻求小城性格中与"常"相对应的"变"，也即小城在当代社会中的"变"为小城带来的"新"特性，那就是新旧杂陈、兼容并包的多元化特征，这就意味着小城性格中的"变"同时也是小城的"常态"，其中的辩证关系在于，"常态"针对的是小城相对于城市和乡村而言的中介位置，这是由小城无法更改的地理位置决定的；"变"针对的是小城自身的发展历史，只要社会在发展变化，作为社会组成部分的小城也必然会有相应的变化，小城性格中的"变"之所以在当代两岸小城小说中尤其是社会转型已然完成的台湾，仍然呈现出新旧杂陈、兼容并包的多元化特征，如同前面曾经分析过的，这与作品的写作或描写年代密切相关，如果说在大陆由于现代化建设仍是一项未竟的事业，在作品中不可避免地会呈现出现代化建设过程中的种种冲突与融合，在台湾，则由于小城小说的写作与描写年代多集中在转型完成前后的60—80年代，小城因社会变迁所带来的新/旧、西/中、现代/传统冲突与融合的多元化特征也必然会在许多作品中或多或少地得以呈现。

小城性格中的"变"不仅体现在小城的建筑格局等外在的物质层面，同时还体现在小城的生活方式、文化娱乐以及小城人的思想观念等方面，这在海男的长篇小说《县城》(2004)中有着非常详细的描写。"变"虽然给小城带来了各种新事物、新思想、新文化，在现代化语境中，这"新"也意味着进步、生机、希望，但是如同我在研究现代小城小说时指出的，伴随着新事物而来的还有着许多令人失落、困惑或负面、丑恶的东西，比如《两镇演谈》中提到随着两镇工业的发展，镇民的生活和谋生方式受到极大影响，两镇的人往大都市迁移、环乡的人则往两镇迁移，“血缘和地缘所联结的人的关系和结构，渐渐的淡薄”（这与前面曾提到的小城的人际关系是一个“‘熟悉’的社会，一个没有陌生人的社会”，恰成鲜明的对比，这一情形在大陆90年代以后的许多小城小说中也有所描写）、“较好的职业、福利、生活品质，在人们之间造成了为追逐工商利益而移动的新社会形态”①。在某些时候，通常是新生事物中的副作用先暴露出来，掩盖了其中进步的、更有生机和活力的方面。这也是为什么沈从文、黄春明等作家，会对现代文明进入和谐、宁静的田园世界持批判和否定的态度，为什么在不同时代总会出现一些怀旧的伤感的或具有挽歌情调的作品。因此，不仅小城的“常”与“变”存在着辩证关系，而且也需要我们辩证地看待小城特性中的“常”与“变”，小城的独特性也正是由此而得以显现。

功能

我在分析小城小说在中国现代文学中的价值和意义时，曾受到巴赫金在《时间的形式与长篇小说中的时空关系：结论》中所概括的西方不同时代的长篇小说中的情节地点的启发，如贯穿于古希腊生活游记小说、中世纪骑士小说、16世纪西班牙流浪汉小说以及笛福、菲尔丁流浪汉小说中的“道路”，19世纪末英国哥特式小说中充满了历史往昔时间的“城堡”，出现在司汤达和巴尔扎克小说中具有“空间中的时间进程痕迹”的“沙龙客厅”，陀思妥耶夫斯基的创作中门槛、梯子、前厅、走廊的时空关系，以及使它们延续的街道和广场的时空关系，托尔斯泰作品中流动在贵族宅邸、别墅的内在空间的生平时间等，②而提出了这样一个问题：一个时代（并不仅仅是一个作家）的小说创作中经常出现的空间场景，如“小城”，到底在作品中蕴涵着什么样的作用或意义？我是通过对小城在文本中所具有的功能的探讨，回答了上面的这

---

① 王幼华：《两镇演谈》，第93、94页。

② 〔苏〕米·巴赫金：《时间的形式与长篇小说中的时空关系：结论》，见吕同六主编：《20世纪世界小说理论经典·下》。

个疑问以及小城小说在文学史中的价值和意义，这里延续的依然是上述的思路，只不过接着探讨的是小城在现代小城小说中所具有的功能，是否依然存在于当代两岸的小城小说中，以及小城在当代小城小说中的功能是否会有所变化。

作为小说中的一个空间场景，小城在文本中最基本、最普遍的功能就是标明故事的发生地点，从而起到组织、结构故事情节的作用。但是作为一个地域空间，小城在文本中的意义并不止于地理学。如前所述，由于许多小城小说具有一定的自传性，加之写作中的"识名"现象，使得那些原本在地域空间中默默无闻或被遗忘的某地，因与某文学小城同名或是某文学小城的"原型"，而在地理学之外有了或者平添了新的文化价值以及因当代旅游观光业兴起而带来的商业价值，这样的小城在两岸小城小说中可以说是不胜枚举，如绍兴、乌镇、凤凰、淡水、鹿港、花莲等。

张大春曾谈到一次"被戏弄的珍贵经验"，他在 1979 年挂着相机试图认识台湾现实时，特地走访"黄春明的宜兰"，寻找黄春明在《锣》的自序中提及的一个小镇，在那个小镇里，黄春明认识了自己作品中的所有人物，结果，他当然无法找到黄春明的那个"什么都不欠缺的完整世界"，那次被戏弄的经验之所以显得弥足珍贵，是"被戏弄的读者"因此而创造了一个世界、一个虚拟出来的小镇，并得以明白小说本身才是那个"什么都不欠缺的完整世界"，而非现实的镜像对称。[①] 张大春在这里所谈的，类似于本章一开始所引的师陀在《果园城记》"序言"中的那段话，两人都是在强调小说或文学小城的真实与虚构之间的关系，尽管现实生活中的小城会因文学而获得文化的、商业的价值，但无论是读者还是作者都不必然去坐实小说或文学小城的真实性，尤其是对于文学研究而言。在两岸的小城写作中，有一些作品特别注重对小城生态图——包括小城的历史沿革、自然风物、建筑格局以及小城人的日常生活、礼仪习俗等——的描摹，而不只是为了交代故事地点式的环境介绍，并由此塑造了一个个像黄春明的宜兰小镇那样的"什么都不欠缺的完整世界"，或者像师陀的果园城那样的"像一个活

① 张大春：《小说稗类》，桂林：广西师范大学出版社，2004，第 163 页。

的人”似的小城形象，如萧红的《呼兰河传》、沈从文的《边城》、王安忆的《上种红菱下种藕》、张炜的《古船》与《刺猬歌》、贾平凹的《腊月·正月》等，另如王幼华的《两镇演谈》、萧丽红的《千江有水千江月》、李永平的《吉陵春秋》、施叔青的《行过洛津》等；另有一些文学小城，则因反复出现在同一作者或不同作者的作品中，从而形成了一个“什么都不欠缺的完整世界”或有生命有个性的小城形象，如鲁镇、矮凳桥、沔水镇、沙街、花街、旧镇、花莲、鹿港、淡水等。

这些文学小城，无论是如《呼兰河传》中的呼兰一样在现实中有其同名的原型，还是如《吉陵春秋》中的吉陵一样在偌大的(中国)地理版图中难以定位，[①]它们在文本中的功能并不仅仅是标明故事的发生地点，更重要的，它们是以一个蕴含着多种功能的载体而存在。作为一个文学形象，小城在文本中最突出的功能就是象征性。比如几成共识的沈从文的“边城”，因寄托着作者太多的理想而象征着尚未被现代世俗文明所污染的世外桃源；另如在与淡水相关的那几部作品中，淡水往往象征着在现代性或全球化的冲击下逐渐消失的古朴、自然的人文精神，与之相似的，是在《千江有水千江月》中，布袋镇所象征的也是传统文化中的人伦之美、乡土之爱。在这些作品中，小城所具有的象征性针对的是前面所谈到的小城性格中的“常”，即小城所象征的是由小城“守”的特性所保有的田园风格与传统文化遗迹，正是由于这个原因，小城在这些作品中的象征性是有其对立面的，与之相对的是那些形成小城性格中的“变”的具体因素在诸多方面的体现：或是代表着物质观念、金钱观念的现代世俗文明，或是作为社会文化大背景而无处不在、不可阻挡的现代性的发展轨迹，或是具体的代表着现代工商业文明的都市。

小城在上述作品中所具有的象征性，涉及前面曾谈到的“田园模

---

① 与黄锦树那些背景色彩非常明显的南洋热带雨林中的胶林小镇不同，李永平的吉陵镇一直令论者颇费猜测，余光中在为该书写的序中谈到，有论者认为吉陵镇是华南、台湾、南洋三地的综合体，但他认为书中从未见马来人和椰树，而人物的对话也和台语无关，所以他推断吉陵镇只应在中国大陆，但是从书中描写的地理、气候、社会背景、人物对话等来看，很难断言是在江南或是华北，因此，他认为“吉陵镇的存在不靠地图与报纸，只能指向中国的社会风俗与文化传统去印证”。见余光中：《十二瓣的观音莲——我读〈吉陵春秋〉》，收入李永平：《吉陵春秋》，台北：洪范书店，1986。

式”或存在于众多小城小说中的城与乡、现代与传统对比的二元模式，可以说，正是由于这组二元模式，才形成了上述小城与都市、与现代文明相对照的象征性。与此相关的是，这组二元模式构成了文本诸如怀念与疏离以及乡土与现代两种文化形态冲撞与交融的思想层面，一些作者的价值取向也借此得以反映出来，我也曾借用“漂泊与回归”这两个概念，来描述现代小城小说的写作者在城市批判和故乡眷恋中所存在的理智与情感的矛盾对立与两难境地。因此，从这个角度来看，小城可以说是寄托着作者某些思想观念或文化乡愁的载体，从而成为体察作家内心世界、精神历程的一个重要媒介。

此外，这组二元模式所构成的文本的现实层面，主要体现在小城的种种变迁上，诸如市镇风貌、生活方式、伦理价值的变化，以及各种政经问题在日常生活中所造成的影响、冲击等，使得小城在无形中成为社会文化变迁的一个象征或缩影。我在研究现代小城小说时曾经指出，小城小说既为我们提供了一部现代中国社会的编年史，也让我们领略并熟悉了那个时代的小城生活，并在琐碎、细微的小城生活中，感受时代的变化和社会的变迁，正是由于上述原因，小城可以视为中国社会的一个缩影，而不仅仅是师陀所希望的将果园城作为“中国一切小城的代表”。同样，刘登翰认为施叔青《那些不毛的日子》中那个格局独特、古风久远的“宫口——小社会”（即鹿港），实际上是“传统的台湾”的一个缩影①；许俊雅则认为，透过文学书写“淡水有如台湾命运的缩影”，等等。当然，将小城看做社会历史的缩影并不只存在于中国文学中，比如前面曾提到的马尔克斯《百年孤独》中的马贡多。在当代两岸的小城小说中，小城在文本中的这一功能，既体现在张炜的

① 刘登翰：《在两种文化的冲撞之中——论施叔青早期的小说》，收入施叔青：《那些不毛的日子》，台北：洪范书店，1988。

《古船》、贾平凹的《秦腔》、刘醒龙的《圣天门口》、王幼华的《两镇演谈》[①]、施叔青的《行过洛津》等单个描写社会变迁、历史跨度较大的长篇巨制中，也通过那些不同年代、不同风格的连续不断的小城写作的整体而得以体现。

小城之被视为社会、时代的缩影或象征，同时意味着小城这样一个地域空间具有了时间性，或者说，小城之所以被视为社会、时代的缩影或象征，即是它在文本中所承担的时间功能的体现。如被叶石涛认为"奏出了七十年代整个台湾的命运、悲剧、和奋斗的流程"的《两镇演谈》，开篇第一句话就是："高速公路通车后，左右两镇和大都市之间的距离显著的缩短了许多"，当然高速公路缩短的不只是空间距离，随之而来的还有"都市的众多事物和时尚，不多时就能在两镇引起回响，造成明显的变化，新的刺激，新的观念也在镇民的脑中、眼中、外表上呈现出来"，"在镇民的感觉里，似乎每隔三五年就会涌来一个新的世界，新的纪元，给镇上带来新的面貌"[②]。那由大都市快速涌来的新事物、新观念，虽然缩短了小城与大都市因发展的先后、快慢而造成的时间差，但也因此形成了小城今与昔的直接比照。

对于当代两岸写作时间或故事时间多处于社会转型尚未完成或刚刚完成的小城小说来讲，呈现于文本中的小城一方面大多还有着尚未（完全）消失的古朴自然或安静悠闲的田园风光，如蔡素芬在《橄榄树》中描写女主人公祥浩 80 年代从台北乘火车去淡水时，有这样一段话"窗外的风光像一部倒述时光的电影画片，从象征文明进步的都市水泥丛林逐渐变换成疏落的乡村景致"[③]，这也是为什么小城在一些作品中会成为世外桃源或理想化的人文环境的象征；另一方面，如前

---

① 这里特别要提的是王幼华的《两镇演谈》，前面曾谈到在两岸的小城小说中，台湾的族群文化相对突出，而《两镇演谈》可以说是这方面的集中和代表，如左镇是以客家人为主体，右镇是以漳泉州人即福佬人为主体，不同的族群构成了两镇不同的民间文化习俗、不同的发展情形以及由此而形成的不同特性，而作品中的主人公范希淹则是外省来台第二代，如叶石涛在该书序中所言，范希淹与书中的另一个人物小学教师丘老师象征了"来台第二代人在这块土地上的整个生活史"，此外，书中亦涉及来台第一代在两镇的生活情形以及与左镇毗邻的山里赛夏族的矮灵祭，因此，两镇不仅浓缩了台湾以 70 年代为主的社会变迁史，也可以被视作台湾族群文化的象征与缩影。

② 王幼华：《两镇演谈》，第 17、22、23 页。

③ 蔡素芬：《橄榄树》，台北：联经出版社，1998，第 1 页。

所述，几乎所有的小城又都在经历着变迁所带来的种种变化，仍以《橄榄树》为例，在小说的结尾，当祥浩在多年之后重回淡水时，乘坐的不再是慵懒漫步的老火车，而是从台北市上空通向小镇的正处于试乘期的捷运（据记载，北淡线捷运的正式通车营运是1997年），站在克难坡上看坡下的小镇人家，祥浩的感叹是在“看现代商业版图如何瓦解一个淳朴的小镇，如何消灭许多人记忆里的东西”（P228）。那些与童年往事、昔日时光或古老而传统的自然、人文精神息息相关的小城的变迁以至消逝，自然成为许多作家怀旧、追悼的起因，并因此在记录小城变迁史的同时也在文本中留存了小城的昔日风貌，在怀旧的眼光中，小城的昔日风貌自然不再是有关小城狭小简陋、贫乏单调的“刻板”印象，因此，小城在文本中的时间功能，就在小城的今日变迁与象征田园风光、世外桃源或理想化人文环境的昔日风貌中得以直观呈现。

就小城的象征功能而言，小城所象征的并不全是沈从文“边城”式的田园牧歌或文化传统、人文精神中美好的一面，这就如同前面谈到的需要辨证地看待小城性格中的“常”与“变”，小城在文本中的象征功能亦是如此，同样是反映与小城性格中的“常”相关的传统文化、同样是描写故乡小城的往昔时光，在不同作者的笔下会呈现出完全不同的形象与意义。比如在鲁迅、萧红、师陀等作家的小城小说中，尽管小城留有作者或叙述者美好的童年回忆，但小城在文本中所呈现的是停滞、沉闷、落后、封闭的一面，它所象征的也是传统文化中被批判、被视为糟粕的那部分，如吃人的封建礼教、不合理的婚姻制度等；另如在施叔青、李昂早期以鹿港为背景的作品中，白先勇认为施叔青的小说世界是“梦魇似患了分裂症的世界”、“死亡、性和疯癫”是她小说中“循环不息的主题”，施淑则认为李昂小说集《花季》中所表现的那些迷宫似的世界，是一所找不到出口的可怕的“盐屋”，这样一所代表囚禁的盐屋，可以作为她这一阶段的小说世界的象征。对于她们充满“死亡、性和疯癫”以及荒谬感的小说世界的形成，无论是研究者还是作者本人，都认为起决定作用的是那个曾经繁华而后衰微的鹿港小镇，这样一个被刘登翰认为“保存着浓郁中原文化传统的古城”，呈现于文本中或者说在文本中所象征的，在白先勇看来是“一个已经腐蚀的像梦魇的世界”，施淑则用日薄西山的“鹿港斜阳”来形容，并认为“就像一切没落的沙文主义一样，它的早已式微的、徒具形式的传统，反而更加虚张声势，恐怖骇人”①。也许，只有在这样一个徒具传统文化躯壳、却“反而更加虚张声势”的古镇，才会上演恐怖骇人的“杀夫”。

有时候，即使是同一个文本中的同一个小城，因着小城性格中的“变”，也会有着不同的象征意义。如张炜《刺猬歌》中的棘窝镇，因为镇上的人自古以来有结交野物的传统，可以说是人与野地生灵息息相关、水乳交融的象征，但是随着时间的推移和小镇的开发建设，棘窝镇却成为时代变迁下经济至上、道德沦丧的象征，这由小镇的两次被重新命名可见一斑。一次是一位搞地名普查的根据小镇的地形——四周群山围拢、中间低洼，将棘窝镇改为“脐窝镇”，其时小镇大街上正流行露脐衫，在棘窝镇的大老板唐童的首肯下——“‘棘窝镇’三个字多么丧气！这名儿他妈的晚改不如早改，想想看，一听这三个字就扎得慌，那些有钱的主儿，不管是东洋人西洋人，谁还敢靠边儿”，镇名便被改为“脐窝镇”；三五年后，镇名又被改为“鸡窝镇”，起因是一个蓝眼洋人在一个“通嘴子”（即翻译）的陪伴下转遍了方圆几十里、入住镇上宾馆后，用刚刚学会的一句中国话赞扬唐童：“鸡窝镇，好！”于是在唐童的应允下——“人家洋人经多见广，凡事要以洋人说的为准”，镇名再次被改为鸡窝镇，其时正是“想法挣大钱的女人都齐了心的”往棘窝镇跑，“连金发洋妞也怕落到后头，一头扎进宾馆饭店做起了那桩买卖”，因此，小镇的新名是“实至名归”，镇名的变更“恰恰反映出时代的变迁抑或进步”②。

对于那些内涵丰富、有着多重解读空间的文本来讲，小城的形象及其象征意义也不再是单一的好与坏。比如李永平的《吉陵春秋》，余光中一方面因其结构将它称为“十二瓣的观音莲”，但又因其中的“性与暴力”——家住妓院周遭、却如泥中白莲的长笙在观音节庆时被强奸后自杀，长笙的丈夫、棺材店老板刘老实提着菜刀连杀几人后自首，多年后报载刘老实越狱，吉陵镇上谣传他要回来复仇，在镇民的罪恶

---

① 分别参见白先勇：《约伯的末裔·序》，台北：仙人掌出版社，1969；施淑：《盐屋·代序》，收入李昂：《花季》，台北：洪范书店，1985；施淑：《论施叔青早期小说的禁锢与颠覆意识》，收入施淑：《两岸文学论集》，台北：新地文学出版社，1997。

② 张炜：《刺猬歌》，北京：人民文学出版社，2007，第327—330页。

感和疑神疑鬼中吉陵镇一片风声鹤唳——视吉陵镇为“罪恶之城”;另一方面,他认为在“现实”的层面上,吉陵镇是一个“绝缘的世界”(指前面提到的吉陵镇的地理位置难以确定),但是在精神领域,《吉陵春秋》却“探入我国旧小说中所呈现的底层文化,去观照颇为原始的人性”,此外,他依据这本小说最具特色的语言,认为这本小说的世界自给自足地定位于“中国传统的下层社会”,但是与描写时代相近的其他小说相比(余光中根据小说的相关描写,推想小说时间为民国初年),它不像《边城》“那么天真”,也不像《春蚕》或《官官的补品》“那样着眼于阶级意识”,它为我们指证“不用封建主义、帝国主义等等的名词及其背后的观念,仍能为中国传统的村镇造像”。[①] 除了“罪恶之城”外,余光中并未讲明吉陵镇所代表的“中国传统的村镇”究竟是怎样的形象,借用他对这本小说的描述“它把现实染上神话和传说的色彩,变成了一个既繁复又单纯、既丑陋又迷人的世界”,可以说吉陵镇在文本中亦具有多重的象征意义——象征中国传统的底层文化、原始的人性或作者一往情深的纸上故国,以及张诵圣指出的《吉陵春秋》“对旧世界(我们的现实世界)栩栩如生的回照反涉常使人对迷失的现实网络产生一种浓重的‘乡愁’”[②]。

其实,无论是施叔青与李昂的那个充满梦魇感或荒谬感的小说或小城世界,还是“时空坐标不很明确”并具有多重象征意义的《吉陵春秋》或吉陵镇,同时也反映了作品的某种风格,而这一风格的形成,除了像鹿港这样的古镇为施家姊妹提供“经验世界”外,还关涉到作品的艺术手法与美学原则。如在一些研究者看来,施叔青与李昂早期鹿港小说的独特风格,还与盛行于台湾上世纪60年代的现代主义思潮的影响有关,施淑则将李昂开始写小说的社会背景,描述为“六〇年代末,当台湾的知识青年喜欢以存在主义和心理分析的观点作为思索问题的基础时”[③]。另如张诵圣认为《吉陵春秋》在主题意涵上是“现代

---

① 余光中:《十二瓣的观音莲——我读〈吉陵春秋〉》,收入李永平:《吉陵春秋》,台北:洪范书店,1986。

② 张诵圣:《现代主义与台湾现代派小说》,收入张诵圣:《文学场域的变迁》,台北:联合文学出版社,2001。

③ 参见刘登翰:《在两种文化的冲撞之中——论施叔青早期的小说》,收入施叔青:《那些不毛的日子》,台北:洪范书店,1988;施淑:《盐屋·代序》。

主义唯美倾向的高度呈现”，因此熟悉现代主义美学原则的读者很容易领略“暴力”与“性”在作者生动的文字意象里所构成的基本上非道德性的浓烈美感经验（这里针对的应是上述余光中在该书序中的一些看法），但《吉陵春秋》所表现出的小说叙述语言和指涉世界之间的不稳定关系，所代表的“是唯美主义出现在现代主义后期的一种新形式”①。

这里涉及本书曾谈到的外来文学思潮对两岸小城写作的影响，如上所述，小城在文本中所具有的象征意义同样也受到外来文学思潮的影响，像上面施淑提到的、同时也是论者共识的存在主义对台湾现代派文学的影响，在台湾的小城写作以及小城在文本中的象征意义中亦有所体现，除了李昂的《花季》外，另如有研究者指出的七等生《来到小镇的亚兹别》所具有的存在主义特质，如小说情境的荒诞或荒谬、亚兹别所表现出的“局外人”或“孤绝者”的特质、对“死亡”的存在主义式的哲学思考等，论者认为，孤绝者亚兹别被小镇暧昧不清的象征牢牢吸引，莫名其妙地成为窃贼，忧伤地告别爱人，最后跳进河里，河水终于把他带到他一直想去而未去的小镇，“灰扑扑的小镇孕育过他的童年，小镇也可能存在着他渴望的友谊，小镇引诱他产生‘回到生命的出发’的幻觉”，但小镇更确定的意义则是“死亡”。② 此外在东年《落雨的小镇》中，也通过回小镇寻找记忆中的“辫子姑娘”小安平的主人公简，来探讨存在的痛苦与意义，诸如“人活着不快乐，问题不在存在是痛苦的，或者活着是没意义的，为什么他们不去死呢”、“这样辩证地推论，所以还活着的缘故，那本质，活着是有意义的，那些没去死的原因就是那些意义”等，而总是阴雨绵绵的小镇既是沉闷、悲哀的生存现状的象征，也是生活于其中的人物“自我的不和谐”的表征。③

上述小城在作品中的象征功能，既存在于叙事之中、又独立于叙事之外，这是因为小城所具有的象征功能，决定于构成叙事的故事情节、话语技巧，而作为寄托着作者思想观念的载体，其象征功能在某种

① 张诵圣：《现代主义与台湾现代派小说》，收入张诵圣：《文学场域的变迁》。

② 参见朱立立：《知识人的精神私史——台湾现代派小说的一种解读》，上海：上海三联书店，2004，第148—151页。

③ 东年：《落雨的小镇》，台北：联经出版社，1977，第95页。

程度上又决定了作品的主题意旨，并为作品定下了或温馨或悲伤、或明朗或阴郁、或写实或荒谬的叙事基调，而这些叙事基调同小城的象征功能一样，也受到艺术手法的影响。从上面的分析可以看出，在那些具有(后)现代主义观念或手法的文本中，小城所象征的往往是传统文化中负面的部分如施叔青、李昂早期的鹿港小说，或者直接就是某一思想观念的象征如存在主义哲学，另外在这类作品中，作者往往通过小城或艺术手法所营造的象征、隐喻来探讨人性、生存的某种状态，如上面提到的《吉陵春秋》、《来到小镇的亚兹别》等；而当小城被视为社会时代的缩影，或文化传统、人文精神中美好一面的象征时，其所在文本的叙事手法则基本上是写实的，如张炜的《刺猬歌》、萧丽红的《千江有水千江月》、朱天心的《淡水最后列车》等。

当然，这里所谈的是当代两岸的小城写作，如前所述，现代文学时期的小城小说几乎全部属于写实的范畴，因此，小城在文本中的形象、所具有的象征等功能虽然与艺术手法相关，但并不意味着两者之间一定就有必然的联系。就当代小城写作而言，上述两种情形也并不是绝对的泾渭分明，尤其是相当多的当代作家都经受过(后)现代主义洗礼、甚至以现代主义创作步入文坛。而在一些所谓基本写实的小城小说中，(后)现代主义观念或技巧仍会有不同程度的体现，如被认为是“极端写实”的《两镇演谈》，在每一章的开始都有一段用来描述音乐的语言所表达的抽象思想，在整个叙事中，则不断插入疯子婉妹和她的两个小孩把一个长沙发推来推去的具有象征意义的场景，另外像张炜的《古船》、《刺猬歌》、贾平凹的《秦腔》、鬼子的《大年夜》等众多作品，都有着“魔幻写实”或非写实的成分在。前面曾经分析过，就艺术手法而言，当代两岸的小城小说较少有以解构、颠覆、后设、戏仿等为特征的后现代叙事，这一方面由于后现代叙事多与台北这样的大都会，或某些题材如台湾的都市文学、大陆以王小波、李冯等为代表的重写古典文学文本等相关联，另一方面也与作家所属的世代、作品的写作或故事时间以及小城写作之多在文学潮流外有关，尽管张诵圣认为李永平的《吉陵春秋》具有后现代小说的美学性质，但她仍然把它视作台湾现代主义的经典作品；尽管从施叔青出版于 2003 年的《行过洛津》中，可以为后殖民理论、身份认同、情欲书写等找到佐证，但这部融大量历史文献、传统戏曲、民俗风情于故事情节中的小说的叙事风格依然是写实的。因此可以说，前面曾提到的大部分小城小说叙事结构中的那组二元模式得以成立的另一个重要前提，就是这些作品多与解构、颠覆一切二元对立概念的后现代主义并无关联。

与象征功能既存在于叙事之中、又独立于叙事之外相似的，是小城的审美功能，即这一审美功能的形成同样依赖于构成叙事的故事情节、话语技巧以及由它们所形成的作品的整体情调、氛围，但是作为一个"什么都不欠缺的完整世界"或有生命有个性的小城形象，小城本身即是审美对象，前面曾多次提到的那些性格鲜明的小城形象，在文本中都同时兼具审美功能。小城审美功能的形成，除了上述的叙述技巧、作品氛围以及性格鲜明的小城形象外，还与小城意象本身所具有的审美性相关，我在研究现代文学中的小城小说时曾谈到，小城小说的诗意性首先来自于中国人千百年来所培养起来的审美和欣赏习惯，如中国历代文人对田园、自然生活的向往，传统绘画中对聚万水千山于尺素间或借一物一人而窥全貌以至浩渺宇宙的表达方式，园林建筑中虽大气磅礴却不乏曲径通幽式的小巧、精致，或虽小巧、精致却面面俱全、以小见大的匠心布局等，从而使那些位于田野间、山水间并多有着一条青石板或黄土路的中国小城，因符合审美条件而可入诗入画成为审美的对象。与此相关的是，这种诗意性也来自于中国古诗词、绘画中一些常用的意象，那些频频出现在绘画中的群山翠竹、小桥流水、渔舟唱晚，文人骚客因天涯羁旅而在诗词歌赋中常常吟咏的小城古镇，正是通过这些佳章丽句等传统文化艺术的熏陶，令一些原本偏僻无闻的城镇成为意蕴丰富的审美意象，使一些从未到过此地的后世文人仍会反复咏诵，从而形成了中国人有关诗情画意的古老记忆的一部分，不仅赋予了小城"与生俱来"的诗意美，也成为我们感觉、判断、界定、欣赏诗情画意的一个与生俱来的主要依据。正是小城这一与生俱来的诗意美，使得现当代文学中那些仅仅是标明故事地点、缺乏鲜明的小城形象的小城小说，也相应地增添了审美属性，而这一审美属性其实亦是小城审美功能的体现。

需要指出的是，小城在文本中所拥有的种种功能，是就小城小说的整体创作而言的，它们并非是同时存在于一部作品中，除去"标明故事地点”这一基本功能外，也并非是所有的小城都一定具有上述其他功能中的某一个或某几个。另外也可以发现，小城所具有的上述功能并不具有独特性，作为文学形象的城市或村庄也同样可以在文本中具有上述的种种功能，对于小城小说来讲，小城之位于城乡之间的中介性固然是小城文学独特价值之所在，当文学关注和反映中国的现实状况时，也使得小城小说在这些方面比都市小说和乡村小说更集中更明显也更有代表性地体现了时代的、社会的、民族的、作家的、文化的种种特性，但是通过上面对小城在文本中所具有的各种功能的分析，使我们可以从另一个角度即与小城的地理位置无关的文学的角度，来重新审视小城小说所具有的种种特性，而前面所分析的小城意象本身所具有的审美属性，既标示了小城审美功能的独特性，也是小城小说文学价值之体现。

第二部分　个案研究中的共性及差异

第四章　小城知识青年的理想与困境

——人物与环境的关系

由于市镇小知识分子在社会上的中间的地位，对于力欲维持既有秩序的上层，有着千丝万缕的联系；面对于希望改进既有社会的下层，又不能完全地认同，于是他们的改革主义就不能不带有不彻底的、空想的性格了。……市镇小知识分子的改革论之不彻底的、空想的性格，又表现在他们的认识与实践之间的矛盾。他们所想的和所做的往往很不一致，甚至于互相背反。这种矛盾，首先导致他们在行动上的犹豫、无力和苦闷。……市镇小知识分子在社会的中间的地位，在历史的转型时期，往往使他们比谁都早而敏于同时预见一个旧有事物的枯萎和新生事物的诞生。……在一个历史底转型期，市镇小知识分子的唯一救赎之道，便是在介入的实践行程中，艰苦地做自我的革新，同他们无限依恋的旧世界作毅然的决绝，从而投入一个更新的时代。

——许南村《试论陈映真》①

那个时候，她毫不迟疑的相信自己是在一个困境里头，除了必须忍受成长的艰辛，她觉得遭遇到了一个最"无趣"的然而重要的选择：大专联考。对她来说，这选择意味着或者必须以无比的宽容继续忍受小镇琐碎冗闷的生活，或者加入台北，那个她当时确信着的充满"异乡人"的世界。被想象和传闻组织起来的生活总是容易叫人酩酊的，何况当时台北确实有一群热热闹闹的现代文学艺术的吹鼓手，他们的成绩，不需太多时间就可被李昂读到，像巫术一样的蛊惑她。就这样，随着联考的逼近，在大学指南与

① 收入《陈映真作品集·"鞭子和提灯"卷》，台北：人间出版社，1988，第3页。

现代灵魂宗师的语录之间，为了被形容作"自由"的抉择，李昂着着实实打了一场硬仗。

——施淑《盐屋——代序》[①]

有研究者认为，中国传统知识分子对自己文明内部的批判一向缺乏力度，根本原因在于他们没有形成一个独立的阶层和能够赖以立足的市民"公共领域"——而西方对"知识分子"概念探讨的一个潜在的共同前提就是"专业化"趋势和市民"公共领域"的诞生，因此，在一个不具备"公共领域"的国度，传统知识分子只有两种选择，或者借科举走向"良相"的道路，或者进入私人生产（生活）领域如"良医"；中国现代知识分子的诞生，有赖于"良相"的社会责任和"良医"的专业独立精神的有机结合，从五四运动开始，中国知识分子第一次向自己的文明体系展开了激烈的批判，最具代表性人物便是鲁迅，鲁迅的选择本身——为疗救"父亲们"的病态的肉体而去日本学医，为疗救"国民性深层的精神病毒"而弃医从文，投身于"民族精神病学"研究和"话语公共卫生事业"——就是一个关于"中国疾病"的隐喻，在知识分子"批判性言论文化"层面上，将"良医"精神与"良相"精神高度结合在一起，鲁迅正是中国"批判性言论文化"的源头，这使他成了20世纪中国著名的"知识分子"。[②] 大陆通行的中国现代文学史教材如钱理群、温儒敏、吴福辉著的《中国现代文学三十年》，在提到鲁迅对中国现代小说的贡献时，会特别指出他开创了"表现农民与知识分子"两大现代文学的主要题材，这里所谈的"知识分子"也即鲁迅笔下的一类人物形象如《伤逝》中的涓生与子君、《在酒楼上》中的魏连殳等，但他/她们不同于上述研究者所提到的西方文明体系内部的知识分子，也不完全等同于以鲁迅为代表的中国现代知识分子，而更接近于（或者说就是）我们通常所理解的受过教育、有知识、有理想追求的人。前面引文中许南村（即：陈映真）所谈到的陈映真作品中的"市镇小知识分子"如《我的弟弟康雄》中的康雄、《故乡》中的哥哥、《唐倩的喜剧》中夸夸其

① 收入李昂：《花季》，台北：洪范书店，1985。

② 参见张柠：《中国当代文学与文化研究》，北京：北京师范大学出版社，2008，第288、289页。

谈的读书界等，同样也不同于上述西方与中国现代语境下的知识分子，反而更接近于鲁迅作品中涓生那样受过现代教育、有知识、(曾经)有理想追求的人，而评论家许南村所认为的"是市镇小知识分子的作家"的陈映真本人，实际上却是上述典型的以鲁迅为代表的中国现代知识分子。

黎湘萍认为评论家陈映真在分析作家陈映真的生活背景、社会地位及它们对其作品流露的思想情调的影响时，将"毛泽东对中国社会各阶级状况的清醒的理性把握和鲁迅般对个人家庭境遇、世态炎凉、人世无常的深层人生体验"，在陈映真身上融为一体。[①] 这既指出了陈映真"市镇知识分子"概念的渊源，也从另一个角度说明了"知识分子"概念在现当代中国的独特性(比如新中国成立后提出的"又红又专"的知识分子、作为工人阶级和社会生产力组成部分的知识分子等)，正如萨义德所言"因为法国的知识分子在风格上与历史上完全不同于中国的知识分子"，所以，"今天谈论知识分子也就是谈论这个主题在特定的国家、宗教甚至大洲的不同情况"[②]。此外，黎湘萍在这里所谈到的毛泽东对中国社会各阶级状况的分析，也曾经影响了现当代文学研究中对人物形象的分类与分析，比如当我从人物形象的角度如"知识分子"、"普通民众"、"地方权势者"等为现代小城小说进行分类时，其实也间接受到了这一影响，而其中对知识分子的理解也主要是指受过教育、有知识的人，并因此将小城中的知识分子分为"新"(指倪焕之等接受现代教育的)与"旧"(指孔乙己等接受私塾教育的)或先进与落后，并未考虑或注意到"知识分子"在中西语境中的复杂性。

因此，当面对当代两岸小城小说中那些受过教育、有知识的人物形象时，为避免歧义和无谓的解释，便不再使用"知识分子"一词来指代这类人物形象，加之当代两岸教育的普及，小城中的年轻人几乎没有未受过教育的，因此本章所谈的"知识青年"，主要是就人物的精神或理想层面而言的，以区别于文学作品中其他的小城青年形象，也可以说"知识青年"在某些方面接近于现代文学中涓生、魏连殳式的知识

---

① 黎湘萍:《台湾的忧郁》，北京:三联书店，1994，第 70 页。

② 〔美〕爱德华·W. 萨义德:《知识分子论》，单德兴译、陆建德校，北京:三联书店，2002，第 28 页。

分子，或陈映真所分析的“市镇小知识分子”，但他/她们毕竟还有着各自的时代特征，因此用“知识青年”来加以区分，但他/她们又并不是“文革”时期那些来自大城市的“知青”如王安忆《临淮关》中等待返城的上海知青、李晓《小镇上的罗曼史》中从知青点招工到县城工作的知青，也不包括如舞鹤《悲伤》、韩寒《小镇生活》中到小城暂时生活的隐居者，这两者无疑都是小城的过客或旁观者，这里的“知识青年”都是土生土长的小城人，在作品中，这些小城青年或者已离开小城到大城市中求学或追求自己的各种人生理想，或者怀抱（失落的）理想留在或重新回到小城，无论是怎样的情形，在作品的叙述中他/她们与小城都还有着种种的关联。之所以特别要谈小城中的这些“知识青年”，一方面因为他/她们是当代两岸小城小说中非常突出的一类人物形象（尽管有时只是小说中的一个叙述者），另一方面通过伴随他/她们追求理想的成长岁月，不仅体现了小城精神文化的变迁，他/她们的理想与失落也是小城世俗生活中最为绚烂、最为扣人心弦之所在，并体现着小城的某些特性，因此对他/她们的论述，一定程度上也是在探讨作家的文学历程，探讨与文学也可以说与所有理想、激情相关的某种“小城情结”。

第一节　小说模式或人生的轨迹

“离去—归来—再离去”/“离去—归来”

在钱理群、温儒敏、吴福辉著的《中国现代文学三十年》中，曾经谈到鲁迅小说中存在着一个“离去—归来—再离去”的情节、结构模式或“归乡”模式，在这一模式的小说中，如《故乡》、《祝福》、《在酒楼上》、《孤独者》，作者都设置了一个第一人称的叙述者“我”，通过在异地漂泊谋生的“我”回到故乡或曾经教过书的“S”城（《孤独者》则是以“我”的回忆展开的），遇到昔日的伙伴（闰土）、熟人（祥林嫂、魏连殳）、朋友（吕纬甫），由今昔对比、别后长谈而讲述了这些故人的故事，同时也在讲述着“我”的故事，作为知识者的“我”的形象也在“两者互相渗透、影响”中逐渐清晰起来，最终，“我”在怀乡怀旧“梦”的失落中，在无“家”可归的绝望中——“北方固不是我的旧乡，但南来又只能算一个客子，无论那边的干雪怎样纷飞，这里的柔雪又怎样的依恋，于我都没有什么关系了”(《在酒楼上》)——并无多少留恋地再次离开故乡，这一无可附着的漂泊感与怀着“希望”的再次离去，既表明了中国现代知识分子与“乡土中国”“在”而“不属于”的关系，揭示了人在两极间选择或摇摆的困惑与生存困境，隐藏着鲁迅内心的绝望与苍凉，更内蕴着“反抗绝望”的鲁迅哲学和他的生命体验。[①] 正是受到鲁迅小说中这一“归乡”模式的启发，我在众多现代小城小说中也“发现”了这样一个“离去—归来—再离去”或“离去—归来”的情节、结构模式，如柔石的《二月》、沙汀的《困兽记》、艾芜的《故乡》、师陀的《果园城记》、叶圣陶的《倪焕之》、茅盾的《霜叶红似二月花》等，只是这些作品中的还乡者不再仅仅是作品中的一个叙述者、一个知识者的形象，他们或许是作品中的一个主要或次要人物，或许是回乡宣传抗日或发动革命的革命者，并且这两类情节、结构模式的不同之处在于，相对于第二类还乡者的被环境所同化、吞噬或困于环境无计可施而言，第一类还乡者的“再离去”却能给人以某种希望，尽管这希望或许只是一种渺茫的理想或作者的美好寄托，如同《故乡》结尾处的那段“希望是本无所谓有，无所谓无的”名言。

当然，将鲁迅小说中这一“归乡”模式泛化或举一反三，难免会抽离或冲淡这一模式及叙述者“我”所具有的复杂而深刻的内涵，但是作为存在于众多作品中(不只是小城小说)的一个相似的情节、结构模式，其中必然会有着诸多的相似性(即使是非常表面的相似)；而不同时代背景下的相似的小说模式，也必然会有着诸多的不同之处，甚至被赋予新的内涵，如有论者指出，中国内地读者熟悉的鲁迅“故乡”小说开启的“离去—归来—再离去”的叙事模式，到了黄锦树笔下的“旧家”系列中，不仅呈现出异常丰富的形态，而且有了多重变奏，如《火与土》中使得“归家”成为生死纠结的旅程，《旧家的火》所表现出的心灵

---

① 参见钱理群、温儒敏、吴福辉：《中国现代文学三十年》，北京：北京大学出版社，1998，第42、43页。

和土地的互相接纳成为"归家"的终极意义等。[①] 鉴于此,本节正是在上述两层意义上接着谈当代两岸小城小说中的这一情节、结构模式。

在包括鲁迅作品在内的具有"离去—归来—再离去"或"离去—归来"的情节、结构模式的现代小城小说中,最初的"离去"往往在作品中隐去,或如《中国现代文学三十年》的著者所言:《故乡》的作者采取了横断面的写法,将完整的人生历程的第一阶段"离去"推到了后景,只是"虚写"了一个"我过去的故事",也即我离乡的原因。与此相关的是,正如"离去—归来—再离去"也被命名为"归乡"模式,作品描写或得以展开的重心便是"归来",而我在分析现代小城小说中的这一模式时,所关注的也是作品中的人物为什么还乡、还乡后的种种情形以及最终的为什么再次离乡,至于还乡者最初离乡的原因则像作者的叙述一样一笔带过:不外乎由于谋生、寻求理想或被故乡放逐,这或许与这一模式所具有的深刻内涵主要是通过"归来"与"再离去"而得以揭示有关,但在分析当代两岸小城小说的这一模式时,不妨关注一下一直被忽略、也许是无关紧要的第一阶段的"离去",看是否会另有发现。

离家求学是新(西)式教育兴起后小城青年也即作品中那些作为知识者的还乡者"离去"的一个重要途径与动因,当代教育的普及,使得小城青年的离家求学具体表现为大陆的"高考"和台湾的"大专联考",像李昂那样"着着实实打了一场硬仗"后,考取自己理想或不理想的大学而离开小城,便成为当代小城小说中一些叙述者或人物形象的第一阶段的令人羡慕的"离去"。反映这一"离去"方式的作品主要是那些描写昔日生活、具有某种自传性或成长小说特点的作品,如陈映真《故乡》中的第一人称叙述者"我",七等生《沙河悲歌》中一直被李文龙视为骄傲、寄托着他对未来希望的弟弟二郎,李昂"鹿城故事"系列中的李素,许正平《大路》中前半部分的第二人称"你"也即后半部分的第一人称"我",苏童《私宴》中的包青,林白《致一九七五》中的第一人称叙述者李飘扬,薛舒《小镇故事》中的第一人称叙述者"我",徐则臣《人间烟火》中的第一人称叙述者"我"等。在这些作品中,只

① 黄万华:《黄锦树的小说叙事:青春原欲,文化招魂,政治狂想》,收入黄锦树:《死在南方》,济南:山东文艺出版社,2007。

有陈映真《故乡》中“我”的辞乡上学时亲眼目睹哥哥的堕落被着重描写，并为此后四年的不回家做下铺垫，其他作品中的“离去”也大多被推到后景，或只是被简单提及，作品主要关注的是对昔日生活的回忆以及由假期或多年之后的归来穿插起的小城人事的变迁，这也就意味着这些作品的描写重心，要么是对昔日的回忆，其间因假期或探亲所致的反反复复的“归来”与“再离去”，在作品中只起到承上启下的情节或结构作用，其中固然有着叙述者因距离而产生的对故乡的重新审视，但并未超出那种既眷恋又疏离的情感状态，并且随着学业的结束、亲朋的四散或往城市的迁移，这“归来”会越来越少或不再归来，如《人间烟火》、《小镇故事》中的“我”；要么如苏童的《私宴》、许正平的《大路》以及陈映真《故乡》中的哥哥的经历所呈现的，仍是这一叙事模式所着重的“归来”或“再离去”以及由此所揭示出的人性的或人生的局限与困境。

对于那些高考或大专联考的失败者，如《千江有水千江月》中的贞观、《人间烟火》中苏绣和陈洗河抱养的女儿招娣，以及那些因各种原因没有机会学习深造者，如张炜《古船》中因家庭出身而丧失许多人生机会的隋家兄妹，《致一九七五》中那些由县城到农村插队、恢复高考后未能考上任何学校的知青，《沙河悲歌》中因战争以及父亲的禁止而失去到台北高等学府就学的李文龙，以及铁凝《阿拉伯树胶》中的贾贵庚、小美，《两镇演谈》中的范希淹，等等，这些未能通过学习的途径离开小城、又不安于在小城工作生活的年轻人，他/她们的第一阶段的“离去”，或是抱着为追求艺术、改造人生的理想而到大城市寻找发展的机会如贾贵庚、小美，或四处流浪如李文龙、范希淹，或是随着台湾的社会变迁、大陆的改革开放大潮而进城工作、经商、打工如贞观、隋见素、招娣。除去这三个人物各自所具有的人生遭际、性格特征外，他/她们可以说非常典型地代表了社会转型、时代变革大潮中人口往大城市流动的三种类型，尽管大多数人并未像贞观那样幸运——因亲戚关照而在城市中有一份不错的工作，但也不必再像《人生》中的高加林、《浮躁》中的金狗那样通过“后门”关系怀着复杂不安的心情进了城，最终仍是因各种“关系”而被(县)城市驱逐，更多的年轻人是带着更为现实的赚大钱、当老板的梦想，到那些大城市中或做生意或打工的，只是他们并不是本章所要论述的对象，尽管在后工业社会或商品经济时代，这些辛勤奔波的年轻人构成了社会基层的大多数，并且同样也是文学创作、文学批评关注的一个大的群体。

与那些将第一阶段的“离去”推到后景或简单提及的作品不同，在上述《古船》、《沙河悲歌》、《阿拉伯树胶》等作品中，上述人物也即小城知识青年的第一次离家大都有着较为详细的交代，这与这些作品基本上按照时间顺序（即使是李文龙的回忆也是由远及近）而非截取横断面的写法、以及上述人物大都是作品中的主要人物有关；此外，与那些因假期或探亲而反复“归来”、“再离去”的人物不同，上述人物在几经挫折、反复后大都选择（或不得不）回到故乡，或如范希淹、隋见素、贞观在故乡休养后决定在故乡重新开始，或如李文龙、贾贵庚带着疾病、带着落魄失意归来，以至病逝如李文龙，他/她们的不“再离去”的“归来”或是作品情节展开的起始，或意味着作品的结束，因此，这些作品整体呈现的是“离去—归来”的情节、结构模式，并且无论是“离去”还是“归来”于作品于人物都具有同样的重要性。

前面曾经提到，这来自鲁迅小说的“归乡”模式所具有的深刻内涵，主要是通过人物的“归来”与“再离去”而得以揭示的，也即第一阶段的“离去”基本上无碍于作品思想内涵的构成，但是在上述具有“离去—归来”情节、结构模式的作品中，第一阶段的“离去”无论于作品内涵还是于人物形象的塑造都不可或缺，如《沙河悲歌》中未能如愿到台北就学的李文龙，为了使自己吹奏乐器的技艺高于他人，他觉得自己必须离开沙河镇到外面的世界去吸收经验，表现自己的才能，因此决定跟随叶德星歌剧团四处流浪，但在他的父母看来，当一名歌剧团的乐师无疑是一种羞辱，这怀抱着理想追求却不被家人理解的“离去”，既为作品定下了基调，也为李文龙此后的命运遭际埋下了伏笔。由此可以得出的一个推论是，也许正是因为“离去”方式的不同——考上大学而离开、考试失败或失去深造机会后的种种离开，既在一定程度上决定了人物的不同命运，也影响了第一阶段的“离去”在作品中的呈现与所起的作用。

之所以会强调考上大学与否的“离去”的重要性，想必这是两岸所有参加过大学考试的年轻人都能够体会的，尤其是那些生活于农村或小城镇中的年轻人，高考或大专联考是他/她们（通常也是在全家人的殷切期盼下）为自己人生争取来的第一次机会，这也是何以施淑会认为李昂是“着着实实打了一场硬仗”，生于古城世家的李昂尚且如此，更何况普通人家的年轻人。考试的艰辛与心理的折磨大概是每个经历者都会有的体验（可以看一下刘震云《塔铺》中那些在镇中学复读者的种种精神形貌），但是在上述作品中，凡是能够如愿考上大学的，对此往往只是简单提及，甚至对此根本未曾交代（如《人间烟火》），其中的原因颇耐人寻味。而未能考上理想的大学或考试失败者，在作品中都会有所交代，如施叔青《拾缀那些日子》中的“我”为着考取的大学不遂心，而“曾经嚷着要自杀”，在“你”的劝说下，“为了表示我已经长大了，我吃力地在挫折中学习安静、谦逊和坚强，来到了淡水山上，开始我的大学生活”①；《两镇演谈》中在介绍两镇开往台北的豪华大客车中的乘客时，则特别描写了一位“戴眼镜，脸孔苍白”的大专联考失败者的种种心理感受，比如“考试在他这样的人来说，是个野蛮的游戏”，当他在大都市的补习班“郁闷的呆着”时，他随时“期待着大毁灭来拯救他”，最终，他“怀着体内的刮痕、创伤、撞痛，安份的做着适合他命运的工作”，直到今天，他还会被明天就要考试或明天要考试却没有准备好的“恶梦所惊醒”②。虽然道理上讲上大学与否并不必然决定人生的成功与否，但对于（作品中的）许多人来讲，人生第一场硬仗的失败或因各种原因失去就学机会，却必然会影响或改变人生的发展方向，也必然使得此后第一阶段的“离去”显得尤为难得（或困难）、重要，在作品中也必然会有相应的描述与位置，因此可以说，“离去—归来—再离去”与“离去—归来”虽然是小说的一个情节、结构模式，但它们的设置与小说人物的人生命运却密切相关。

可以接着探讨的是，在现代文学时期，对于那些农村或小城镇中的大多数年轻人（包括那些现代作家）来讲，离乡进城的机会、途径要比当代更为缺乏，他/她们离乡的原因虽然不外乎谋生、寻求理想或被故乡放逐，但像萧红那样因为逃婚或鲁迅《故乡》中的“我”被封建宗

---

① 收入施叔青：《那些不毛的日子》，台北：洪范书店，1988，第42页。

② 王幼华：《两镇演谈》，台北：时报文化，1984，第45—49页。

法社会挤压而不得不“逃异地”、到现代都市“寻求别样”的出路式的“离去”，也不可谓不重要不轰轰烈烈，但这样的经历或离去在他/她们的小说中却很少正面描写，或着重于故乡的回忆如萧红的《呼兰河传》、或成为“归乡”模式中的远景如鲁迅的小说。也许在作家们看来，在那样一个半殖民地半封建社会的时代，离乡的意义是不言自明的（或不足与外人道？），与此后城市漂泊的辛酸与绝望相比，当时意义重大的离乡也显得微不足道了，而一些作家会把最初离乡的经历在散文或自传中加以呈现如沈从文（沈从文同样用散文的方式呈现出自己的归乡），也或许是那样深刻的经历只有琐碎的纪实和直抒胸臆才能得以表达。

“（乡村）—小城（小镇—县城）—城市”/“小城—城市—小城”

作为小说情节、结构模式的“离去—归来—再离去”和“离去—归来”在作品中的设置，与小说人物的人生命运存在着密切的关联，如果从人物的人生历程来看，与这两个小说模式相对应的人生轨迹则呈现为：“（乡村）—小城（小镇—县城）—城市”与“小城—城市—小城”，需要加以解释的是前者，它表明有一些人物形象并不是由小城直接到了城市甚至是大都市，如贞观（《千江有水千江月》）从布袋镇到台北、毛头（《小镇故事》）从刘湾镇到上海，而是由农村到小镇、由小镇到县城、再由县城到或大或小的城市，如孙惠芬《伤痛故土》中叫玉贞的第一人称叙述者“我”，“我”出生在一个叫十里洼的乡村，长大后到叫青堆子的古镇工作，因为写作调到庄河县文化馆创编室，又因为不喜欢行政的浮躁和情感问题辞去庄河县文化局副局长的职务，到大连准备专职从事文学创作。①

玉贞的人生轨迹无疑有着作者孙惠芬的自传色彩，而无论是小说中喜欢文学的玉贞还是作为作家的孙惠芬的经历，同样也是两岸众多作家们的人生经历，但就小城小说的作者来讲，他/她们中的许多人则

① 孙惠芬：《伤痛故土》，《青年文学》1996 年第 11 期。

是直接由小城开始自己的人生与文学历程的。① 当然，小城与文学的关系并不仅限于小城小说的写作，也不仅限于小说题材，这一方面在于大多数小城小说的作者同时也会创作乡村与(或)城市题材的作品，并且对于一些作家来讲，小城几乎成为其所有作品或浓或淡的背景；另一方面如众多论者曾指出的，现代文学时期有相当一部分作家都出身于小城镇，这其中所包括的就并不仅仅只有小说家。至于当代两岸作家与小城的关系，虽然未见有具体的数字统计，但仅就小城小说的作者就可见一斑，本书曾谈到小城小说具有某种写作"惯性"，而那些具有小城写作"惯性"的作家大都来自小城镇，他/她们既是小城小说的主要写作者，同时也大都是两岸当代文学中的重要作家；至于当代其他文学体裁同小城的关系，可以看一下 90 年代以来台湾如雨后春笋般的地方文学奖，其中与小城小说相关的"花莲文学"除了王祯和、林宜澐的小说外，还包括陈黎以散文为载体的花莲书写；也可以看一篇《一九八七年，诗歌从县城出发》的文章，文章写道："我"在 1987 年冬天坐火车从县城出发，到南京一个叫《春笋报》的报社领一个诗歌奖，编辑们奇怪地发现"获奖者大都是来自闭塞县城甚至边远山区的苦孩子。一九八七年，中国县城里的精华们似乎都在为诗歌而疯癫"②。

当然，我们也同样可以找出文学与乡村或城市之间的种种关系，而且就包括小城小说作者在内的几乎所有作家们的人生历程的最后一站或定居地"城市"而言，作者们固然大都是从小城"出发"的，但

---

① 从农村或小城开始个人的人生或文学历程的不同之处，对于大多数年轻人而言，主要在于因地理位置不同而带来的人生机遇或奋斗历程的不同，小城介于城乡之间的独特位置，不仅使得小城比乡村有着更早和更多的机会、途径接触到来自城市或外面世界的新生事物与文化，也使得小城青年比农村青年必然有着更多的机会、途径走向城市或外面的世界，反之，农村青年若想走向城市或外面的世界，必然要比小城青年付出更多的艰辛与努力，这从路遥《人生》中同样是高考失败后高加林与黄亚萍、张克南的就业经历就可见一斑，县城对于高加林而言意义非凡，"他对自己和社会的深入认识，对未来生活的无数理想，都是在这里开始的"，当他的民办教师职位被大队书记的儿子顶替、后因叔叔的原因终于如愿到县城工作后，他的两位高中毕业后已在县城有着很好工作的老同学黄亚萍、张克南，则正准备调到南京去工作。作家鬼子曾谈到他看《人生》时对高加林有着同感(参见鬼子：《艰难行走》，北京：昆仑出版社，2002)，相信这也是众多自农村或小城开始自己人生或文学历程的年轻人的同感。

② 毕晓华：《一九八七年，诗歌从县城出发》，《读书》2005 年第 12 期。

他/她们作为一个作家的文学视(世)界的获得却都是在(或来自于)小城之外的城市,这也是何以有论者将大陆80年代文学的复兴与城市文化的复苏相提并论,何以在余华的文学历程中,会特别提到他于1979年到宁波的一家医院进修口腔科时接触到了汪曾祺的《受戒》和川端康成的《伊豆的舞女》,更不必讲他的几次去北京修改稿件、参加笔会和学习。黄锦树曾经谈到文学的现代性问题,他指出,就第三世界知识分子而言,这意味着向资源中心——经常是殖民母国的首都、现代大都会、或至少是国家的都城、或邻近的都会——的旅程、留学、移民或流亡,拉美作家的欧洲之旅,构成了文学爆炸的知识条件;五四以来中国青年的欧美日留学潮,型塑了现代中国文学;马华青年作家的台北之旅,孕育了李永平、张贵兴两位重要的小说家。[①] 这其中所强调的固然是第三世界知识分子向城市尤其是现代大都会的"迁移"于文学现代性的重要性,但其中的意义也适用于所有那些自乡村或小城向城市"迁移"的现当代作家,并且就第三世界国家或所有后发国家、地区的现代化(性)历程而言,包括知识分子在内的人口向城市的移动、集中亦是其中必然的一环。[②] 在小城小说中,人口向城市的移动、集中,既体现在"离去—归来—再离去"的情节、结构模式上,也体现在人物"小城—城市"的人生轨迹中,同时也造成了一些小镇的衰落,如《伤痛故土》中的古镇青堆子,作品写道:改革开放后,随着人才的流通、人口的流动,一直是城乡贸易中心和文化交流中心的小镇却工厂萧条、市场冷落,镇上的人纷纷往县城迁移,一些有钱的乡下人则在小镇重建家园,并一改古镇以往的面貌,完全是一幅农业社会的村落色彩。王幼华的《两镇演谈》也谈到与《伤痛故土》相似的人口流动,只不过带来的并不是两镇的衰落而是人口的没有成长,其中的原因便是"人口外移向大都会以及环乡的居民迁入",且迁入者稍低于外移者。

---

① 黄锦树:《华文少数文学:离散现代性的未竟之旅》,收入黄锦树:《死在南方》,济南:山东文艺出版社,2007。

② 第六代导演贾樟柯也曾从"实现自我"的角度谈到过类似的人口流动:"没有一个乌托邦是真的存在的。在矿区你想去县城,到县城想去大城市,到北京想去纽约,到纽约又感觉想回来。没有一个理想的落脚点。但如果一个社会允许人们流动,在这个流动的过程中他会找到适合的地方,有些人就能实现自我。"见贾樟柯:《贫穷改变了中国人的心理面目》,转引自"当代文化研究网" http://www.cul-studies.com/。

在承载着小城青年"小城—城市"人生轨迹的"离去—归来—再离去"的情节、结构模式中,与前面曾谈到的因假期或探亲所致的反反复复的"归来"不同的,是一些出于"怀旧"的归来者,这样的归来者在现代文学中就已出现,如贯穿《果园城记》18 个短篇的叙述者(在一些篇章中是第一人称叙述者、一些篇章中是第三人称叙述者)马叔敖,在离开果园城 7 年后,因从这里经过,便"借了偶然的机缘,带着对于童年的留恋之情"重回到果园城;在当代小城小说中,林白《致一九七五》中的"我"即李飘扬也是这样一个归来者,这部作品的上部"时光"叙述的,就是李飘扬在 2005 年夏天再次回到故乡南流的漫游中,在今昔时光的交错中,对往昔人、事、物百感交集的追忆与重构。[①] 这样一个重温过去时光的还乡之旅,无论于马叔敖还是李飘扬,其实也是一次为了"告别"的归来,这告别的既有往昔的青春、梦想和自己,也包括已经远离甚至是已变得面目全非的故乡小城。

在这样一个向(大、中、小)城市、大都会移动、集中的大趋势中,那些人生轨迹呈现出"小城—城市—小城"的人物,大都是人生第一场硬仗——继续升学深造或考上理想大学——的失败者,同时也大都是在几经挫折、反复后最终选择(或不得不)回到故乡者,如范希淹、贞观、李文龙、贾贵庚等;此外,这些归来者也包括那些中高等学校毕业甚至留学归国后回到小城的工作者,前者如《小镇生活》中中专毕业的"酱缸"、李约热《李壮回家》中在南昌读师范学校的"我"的弟弟李壮、海男《县城》中大学毕业后分到县城税务局的"我"的弟弟罗敏、《大路》中在台北读大学的"我",后者如陈映真《故乡》中自日本学成归来的"我"的哥哥。前面曾经提到,现代小城小说"离去—归来"情节、结构模式中,那些曾经满怀理想、抱负的还乡者的命运不外乎被环境所同化、吞噬或像困兽样进行着痛苦而徒劳无益的挣扎,也正是因为如此,一些还乡者的"再离去"既是不愿同流合污的一种坚持和表示,也往往昭示着一种光明的未来。

在当代两岸小城小说中,虽然也不乏上述命运的还乡者,如《故乡》中"我"所崇拜的"俊美如太阳神"的哥哥的沉沦:从一个热心于宗

---

① 林白:《致一九七五》,南京:江苏文艺出版社,2007。

教事业、放弃当开业医师而在焦炭厂里做保健医师的奉献者,变成了一个开赌窑的"放纵邪淫的恶魔"。但也有一些人物的"归来"却如同现代小城小说中"再离去"的还乡者那样,昭示着一种希望或光明的未来,如《两镇演谈》中的范希淹在城市与城市、镇与镇之间流来荡去厌倦后再度回到左镇,开始注视这块丘陵地小镇的美好,"准备从这里踏实的出发";另如分别带着身体的绝症、情感的创痛自城市回到小城的隋见素和贞观,都又在故乡休养后变得清明澄净,《古船》在隋见素"看到了那条波光粼粼的宽阔河道上,阳光正照亮了一片桅林"而结束,《千江有水千江月》的结尾则是"所有大信给过她的痛苦,贞观都在这离寺下山的月夜路上,将它还天,还地,还诸神佛";《沙河悲歌》中因肺病而被迫离开歌剧团回到沙河的李文龙,虽然为了赚取生活在酒家奏唱像"受人轻卑的落水狗",疾病虽然迫使他一次次放弃已经吹奏熟练的传佩脱(即小号)、萨克斯风而最后选择了克拉里内德(即黑管),但他却始终都没有放弃自己的吹奏,当面对"浅流潺潺细唱"的沙河回忆自己的人生历程时,尽管已是万念俱灰,但仍然认为自己"没有辱没他心中的愿望",在他看来,因为没有到台北就学而失去可能成为有成就、受人崇仰的音乐家或什么实业界的经理的机会,到头来可能都一样,"音乐家和奏唱者之间唯一的识别不是气质而是环境和使命的选择",李文龙最终被疾病吞噬了年轻的生命,但他内省的、从未停止的对自我对理想的追寻,以及因此而产生的"与这种轻卑个人生命和自由意志的社会相抗衡"的心理,使他并不同于那些被环境所同化、吞噬或如困兽样的还乡者。①

这里特别要提的,是作为作家的七等生与上述小说人物相似的人生轨迹:1970 年,因无法在城市找到自己位置、一直生活在不稳定中的七等生离开了台北,举家回到故乡通宵定居,如论者所指出的,他的创作也在 70 年代后由极端现代主义式的思想、文字与文体的纠结、试验而渐趋平和、朴素,《沙河悲歌》便是此一时期的作品,七等生与上述小说人物的逆于"第三世界知识分子"或人口流动大潮中向"资源中心"的迁移,固然有着各自的身世原因,但也显现出了关于"知识分子"论

① 收入《七等生全集·"沙河悲歌"卷》,台北:远景出版社,2000。

说的高蹈与"缝隙",他/她们同时于现实人生、于文学作品也有着某种象征或隐喻意义。与他/她们形成对比的,是一些在"小城—城市—小城"间的自由游走者(不同于那些在城市与故乡间奔走的打工者),如海男《县城》中的"我"因为父亲职业的原因——驻省城的采购员,让"我"对省城充满了幻想,并产生了一条"从县城到省城再从省城到县城"的路线,这条路线不仅长久地影响了"我"的想象力,也成为"我"后来的"人生旅途",除了家人的原因——如由最初到省城探望父亲、后来到省城探望开摄影店的哥哥或寻找离家出走的弟弟等——使"我"在这条路线上来回穿梭外,"我"的"人生旅途"还包括因为情感或摆脱县城生活的期盼而奔向省城的某个男人、并总是因失望再回到县城,但"我"在人生旅途上的真正的自由游走,是作为作家的"我"到省城参加新书的签售活动或到省城去写作一段时间[①];另如黄锦树《土地公》中住在"遥远如异国的乡下"——一个盆地小镇——教书的"我",因为"延伸的工作"如开会,而需要在小镇与城市之间往返。[②]这两位于"小城—城市—小城"间的游走者所代表的,是所谓全球化时代(第三世界)知识者的一种新的生活方式,在形式上,他/她们类似于那些"后殖民大流散"中"出入于各种文化,不属于任何一种"的世界公民。

在现代小城小说中,那些昭示着光明未来的还乡者的"再离去",通常也意味着作品的结束,但是在当代小城小说中,一些归来者的"再离去"往往并不昭示光明的未来,而且人物"再离去"后的情形也是作品描写的重点。如《李壮回家》中师范毕业后回到位于鄱阳湖边的千张镇小学教书的李壮,因拒绝做镇长的女婿被调到村小学,为了追随自己喜欢的姑娘也或因为讨厌千张镇而谎称到北京进修,又为了让家人放心而抄录《北京名胜古迹录》寄回家,谎报自己在北京游玩的行踪,其间李壮因"擅自离岗"被学校开除,千张镇也全部生态移民到了广东,一年后,李壮在一个雨天黄昏衣裳褴褛地回到了空无一人的千张镇,朝着镇长家空空荡荡的房子呼唤着:"杨美(注:镇长的女儿),

① 海男:《县城》,北京:人民文学出版社,2004。

② 黄锦树:《土地公》,收入黄锦树:《土与火》,台北:麦田出版社,2005。

我爱你！”[①]尽管归来者的“再离去”在现当代小城小说“还乡”模式中的作用并不完全相同，但上述人物“再离去”的原因却与现代文学时期基本相似：因对小城生活的失望、不满而“逃离”或“逃避”，那么这一现当代小城小说中青年知识者相似的“逃离”，是否与小城的生存环境有着某些关联？

第二节　理想与困境

小城知识青年的理想

在前面的论述中，其实已多多少少涉及小城知识青年诸多层面的理想，比如《小镇故事》中的“酱缸”希望能够考上军校，《古船》中隋抱朴、李知常等希望重振洼狸镇的粉丝工业、并以此为开端推动全镇的工业发展，《浮躁》中的金狗希望到州城当一名记者，或如《两镇演谈》中的许多年轻人希望能够出国进修，等等，这些理想无论能否实现、能够实现多少，都是被家人、被周遭的人同时也是被社会潮流所理解和认可的。但这里要谈的是那些在小城人看来不切实际因而也是经常不被理解和认可的理想，它们往往与浪漫、激情、理想主义、空想、幻想等联系在一起，这意味着它们大都难以实现，也正因为如此，在这样一个越来越讲求效益、注重实际的社会里，它们才显得弥足珍贵，尽管从现实的标准来看，这些理想的怀抱者往往是不合时宜地走着“人生的末路”，并因此而成为人们的谈资甚至笑柄。

在小城知识青年中，最具有理想主义色彩和“五四”青年式的启蒙思想、强烈使命感的当属《两镇演谈》中的范希淹，范希淹的绰号叫“宰相”，这来自他的名字，也来自他经常向人说渴望自己有一日能够如同宋朝名相范仲淹一样“成就抵御外侮，盛兴国家的丰功伟绩”，他平日就以“先天下之忧而忧，后天下之乐而乐”的名言以及胸襟来作为立志的目标（从范希淹对做一名“良相”的自我期许来看，他身上仍有

---

① 李约热：《李壮回家》，《上海文学》2004 年第 6 期。

传统知识分子的质素），他也曾经因此而觉得昔日的恋人米丽“不适合做一位宰相夫人”而与她分手，当他终止流浪的生活、决定回到左镇“踏实的出发”，他的想“改造人性，统一世界的言论”仍无一人接受，他想当宰相的心愿也很难有人理解，“但那种使命在胸中不绝的燃烧”。与倪焕之等“五四”青年满带着教育救国的理想投身于教育事业不同，范希淹回到左镇后只在胶塑厂谋得一个临时职位，他经常做的是与右镇的一位“超越论的升华者”、同时也是一位理想主义者的小学教师丘老师不住地谈辩，在互相学习中不断领悟到做一名宰相的人应有的素质，不过作者还是安排他代生病的丘老师去上课，教育不同出身、阶层的孩子要懂得互相照顾和友爱，从他离开后那些孩子对他的想念与丘老师在几个小孩眼中看到“领悟善爱的光芒和心意”，也许可以看做是范希淹的理想在两镇唯一被接受的一次，也是他在整部小说中为实现理想所做的一次实际行动，这里仿佛又同时回到鲁迅“救救孩子”式的呼唤中。小说结尾，范希淹决定与怀有别人的孩子、同样也不了解他的想法但却有着他所盼望的“丰富的心灵”、“强韧的生命力”的露珠结婚，并准备向朋友借钱开一家书店，既向人们传播知识和思想，“让更新更强有力有智慧的子民在未来降临”，也为露珠和将出生的孩子提供生活的保障，小说便是在范希淹对自己清醒的认识——做一块建造崇高壮大、美丽幸福的未来的砖头——和对“明天这世界将会更好”的期盼中结束。

尽管范希淹有着“五四”青年式的理想色彩，但他身上表现出来的那股强大的生命能量，和在冷漠的嘲讽中仍坚持不挫的信心，使他不同于我们通常所讲的现代文学中那些有着软弱性和动摇性的知识分子，也不完全同于陈映真所描述的处于社会中间地位的“市镇小知识分子”，在他身上最终所体现的也许是陈映真所谓的市镇小知识分子的“救赎之道”——“在介入的实践行程中，艰苦地做自我的革新”，也是从这个意义上讲，《古船》中的隋抱朴与范希淹存在着几分相似之处，尽管两人在性格与行动上都呈现出截然不同的面向。[①] 白天如老

① 不无巧合的是，这两部小说都完成于 80 年代中期左右，《两镇演谈》出版于 1984 年，《古船》草稿写于 1984 年 6 月—1986 年 7 月，1987 年由人民文学出版社出版，本书引用的版本是人民文学出版社的 2005 年版。

僧入定般坐在老磨屋中不管任何世事的隋抱朴,却在晚上一遍又一遍"痴迷"地读着马克思的《共产党宣言》和屈原的《天问》,他曾对与他性格不同的弟弟隋见素谈过对这两本书的感受,《共产党宣言》使他想"我们从哪里走过来?还要走到哪里去?"(P107)读《天问》"你会觉得如今的人眼光短多了",屈原"一开口就问到了根本",而今天的人"想的差不多全是眼前的事情,心胸越来越窄"(P230),但他的行为显然并不被他的亲人和爱他的人所理解。隋抱朴对这两本书苦心积虑的反复研读、思考,如同范希淹在与丘老师的不断谈辩中领悟做一名宰相的人应有的素质一样,两人在"艰苦地做自我的革新"也即自我完善的同时,最终都走向"介入的实践行程":范希淹从渴望成就一份"宰相"的丰功伟业到打算做一块"好的坚实的砖头",隋抱朴在对这两本书的反思中——《共产党宣言》"写成到如今一百多年了,洼狸镇的事情还是比那本书要复杂得多"(P340),《天问》"使我慢慢强壮起来,敢于一声连一声地质问我自己"(P341)——走出老磨屋自荐担任了粉丝公司的总经理,要和"镇上人一起"为洼狸镇的繁荣而"分担"。尽管从社会发展趋势来看,隋抱朴"介入的实践行程"比范希淹的要有更多的可能性和可行性,尤其是范希淹最终仍是孤军奋战,而隋抱朴已走向大众,但仍有论者指出了张炜及其作品中的"理想"色彩(有人甚至认为隋抱朴对《共产党宣言》的诵读是"作品中一处最大的牵强附会"):作为一个致力于"寻找"和"挖掘"什么的小说家,张炜笔下的小说叙事人对"现实的理想方式"的关心远甚于对"现实的可能方式"的关心,而且总倾向于将他对现实的这种理想化阐释当作现实"本来的样子",因此张炜《古船》及其以前小说的最大价值,在于对现实的干预和(鲁迅式的)"揭出痛苦,以引起疗救的注意"的人文努力,并总有一条"光明的尾巴"。①

范希淹这一人物形象的意义还在于他外省第二代的身份,叶石涛在为《两镇演谈》所写的"序"中曾经指出,如果将范希淹和丘老师统合在一起,可以很容易看清"来台第二代人在这块土地上的整个生活

① 张业松:《走向〈九月寓言〉的张炜》,收入张业松:《个人情境》,济南:山东友谊出版社,1997。

史”，第二代人是“溶化在整个两镇历史里的，他们的生活和两镇历史的、经济的、文化的、民俗的现实世界形影不离”，范希淹所代表的是来台第二代人“如何在这块土地上，胸怀远大的光明远景，努力与这块土地和人民结合的心路历程”，丘老师却多少象征了这些第二代人“共同承担的苦难和挫折”——如与母亲朝不保夕、对周围充满敌意和怨恨的少年时代；因为妻子的爱和温柔拯救了他“心灵不由自主的堕落”；他所热心参与的“联合都市”计划虽已由省政府通过，但却被利益抢夺者歪曲、变形；他关于本岛人历史的书虽获了奖，但许多人因此要和他打官司；最为致命的打击是他年过半百的时候一直相濡以沫的妻子的不告而别。[①] 如果参照同为外省第二代作家所写的“眷村小说”，可以发现《两镇演谈》所反映的外省第二代的生活史与“眷村小说”所反映的同与不同，相同的是生活于两镇或眷村的第二代都经历了对所生活的这块土地从“不确定”、“不属于”到逐渐“认同”的曲折幽微的过程，以及因身世背景而形成的某些特殊性格，如范希淹式的胸怀远大的国家兴亡意识，另如被称为眷村男孩“特殊调调”的“率直、冲动、重感情、好逞强”（孙玮芒：《卡门在台湾》），或论者所谓的缘于圣战神话的崩解而“衍异变形”的眷村子弟勇于聚党斗狠、断章取义地自我附会于革命志士等。[②] 不同之处一方面与作品的写作年代相关，相对于 90 年代后许多眷村小说所表现出的眷村子弟对“家国”观念、对身份认同的一再重新定义，《两镇演谈》所描写的范希淹和丘老师的“心路历程”显然要单纯得多，很大的原因也许是他们尚未受到后来甚嚣尘上的“台湾优先”、“爱不爱台湾”等省籍问题的困扰；另一方面、也是与“家国”观念和身份认同相关的，是生活于两镇的第二代虽然也面临社会转型所带来的种种变迁，但并未经历眷村子弟所经历的眷村在都市化过程中的拆迁改建所导致的“第二度辞乡”（齐邦媛）——自此眷村子弟星散蓬飞、卷入社会/都市洪流，他/们或是一出台北便觉“陌生直如异国”的米亚（朱天文：《世纪末的华丽》），或是飘移于世界各地、宣称“同性恋者无祖国”的“荒人”（《荒人手记》），或是成为“职业街头运

① 叶石涛：《谈王幼华的小说》，收入王幼华：《两镇演谈》，台北：时报文化，1984。

② 梅家玲：《八、九〇年代眷村小说（家）的家国想像与书写政治》，收入梅家玲：《性别，还是家国？：五〇与八、九〇年代台湾小说论》，台北：麦田出版社，2004。

动家"的张台生(张启疆:《失踪五二〇》),或是"河入大海"后凭借报纸媒体相互寻索的"好的、坏的(从法律观点看)、成功的、失败的(从经济事功看)……"那些"眷村的兄弟"(朱天心:《想我眷村的兄弟们》),与上述眷村子弟的人生遭际相比,范希淹和丘老师更能代表的也许应该是生长于眷村之外的第二代的"生活史"。

如前所述,由于当代两岸相当多的文学小城仍呈现出不受时空限制的单调、简陋、闭塞、沉闷等特性,才使得小镇图书馆放映的费里尼的电影"仿佛在漫漫长夜的天空里射进一道七色烟火"(《大路》),而这照亮小城生活的"七色烟火"所代表的既是小城之外丰富多彩的物质世界,也是小城青年所渴望的某种精神生活,与范希淹、隋抱朴、陈映真《故乡》中的"哥哥"等人面向大众、勇于分担、奉献自我的理想不同的是,小城知识青年的理想或精神追求还表现在非常个人的层面,如李昂"鹿城故事"《水丽》中痴迷于舞蹈的林水丽,《大路》中"我"对费里尼电影的沉迷以及基于其上的流浪梦,《县城》中自师范学校毕业、为了做时装模特而辞职到省城的杨琼飞,《李壮回家》中李壮对理想爱情的追求。另如对文学艺术纯真而浪漫的迷恋,像《一九八七年,诗歌从县城出发》一文中所写到的那些县城的中学生们对诗歌的热爱,《伤痛故土》中喜欢文学、并最终以文人的方式"拿爱情来剪裁人生"——当她向"只需一个目光一声叹息就能沟通整个生命"的婚外爱情故事的男主角季平,和盘托出自己的感情时,对方竟吓得"迭口否认",她终于下决心辞去原本不喜欢的行政工作——而放弃二哥所希望的可以让全家人"鸡犬升天"的仕途的玉贞;此外像《阿拉伯树胶》中喜欢美术的贾贵庚、小美、久成等,《沙河悲歌》中李文龙一生所醉心追求的乐器吹奏技艺,郭小橹《我心中的石头镇》中"我"家隔壁从小喜欢唱越剧、后来偷偷离家去了县越剧团的金凤,《秦腔》中宁可放弃往省城调动工作的机会而不愿意离开县秦腔剧团的白雪等。

在上述小城知识青年形形色色的理想或所追求的精神生活中,除了《两镇演谈》与《古船》有着光明而充满希望的结尾,大多数人的理想都是以失败、未曾实现或"变形"的状态而告终:《故乡》中哥哥由一个虔诚的信仰者、无私的奉献者变成了一个开赌窑的"放纵邪淫的恶魔";《大路》中"我"和女孩无情破灭的流浪梦;《李壮回家》中极具讽刺也极其令人伤感的结局——自北京落魄回到已经移民的千张镇的李壮，对着镇长家的空房子呼唤着“杨美，我爱你！”这里特别要谈的，是铁凝的《阿拉伯树胶》中三位主人公“变形”了的艺术理想：学过国画、在县广播局当临时播音员、认定自己的趣味“高出这县城”的小美，所谓的到北京发展也只能是帮表姐经营一间美术用品商店，这间美术用品商店没有让她“忘乎所以地认为自己已经浸润在艺术之中，相反她在这里发现了自己和艺术遥远的距离”，小美“自尊而明智”地接受了隔壁画框店一个制作画框的青年的追求，两人结婚后开了间画框店，过着并不富裕却平和的日子；被贾贵庚斥为“俗不可耐”的久成曾经在文化馆的美术短训班学过国画，也练习过书法，但都不见起色，可忽然之间他改用胳肢窝写字或画画，引起了县电视台的注意，当记者问他为什么用胳肢窝写字时，他回答自己双手得了一种奇怪的病无法拿笔，本人又那么热爱艺术，所以他决心“用胳肢窝来延续他的艺术实践”，久成还因此到市电视台的一台综艺晚会中表演了自己的绝活，回到县里就出了大名，他在街面上租了间房，挂上“久成书法绘画艺术研究院”卖字卖画，有时还被县领导当做本县的“奇人”，召去为酒足饭饱后的重要客人当场献艺，久成很快又开了个饭馆，来吃饭的人都能得到主人以胳肢窝执笔的签名；贾贵庚是县旅游局的一名美工，他曾因为知道什么是油画以及涂在画布上的底料是用阿拉伯树胶熬制成的，而得到小美的敬佩，在接待一位省里来写生的著名画家时，贾贵庚的一张写生作品以及与画家高谈阔论时对中外名家的品评，引起了画家的注意，画家鼓励他要多画，争取参加省里的画展，但画家走后他再也没拿起过画笔，久成身上“堕落的小聪明”和小美的到北京闯荡，重新激发了贾贵庚的艺术理想，他写了停薪留职报告便去省城找那位画家，在省城的五年，他先是住在画家正在装修的画室里，后经画家推荐到一家出版社，在画册编辑室做临时工，但他从来也没有动过笔，尽管他有很多机会临摹画家的作品、跟随画家去画模特儿，后为某县拍旅游手册的图片时工作效率太低，被出版社召回并辞退了，回到县里的贾贵庚已被旅游局按“自动离职”除名，只能在妹妹家暂时借住。[①]

---

① 铁凝：《阿拉伯树胶》，《人民文学》2004 年第 1 期。

即使是那些理想的实现者,如"鹿城故事"中终于成为著名舞蹈家的林水丽,当面对留在鹿城有家庭、小孩的昔日好友时,发觉自己"也只不过是个离过婚,没有孩子的中年女人",当面对从纽约归来、在国外得过奖的自己昔日的学生时,使她想着自己未曾实现的到纽约学舞的梦想而感到"刺心的酸楚,而后接着的才是愤恨不平的嫉恨"(《舞展》)[①];《伤痛故土》中成为一名作家的玉贞,她的进城后为了与亲人告别的回乡之行,也并没有诸如荣归故里的喜悦,回乡之行最终收获的却是令她"伤痛"的故乡、故土、亲人与故人。而那些理想的坚持者,或在理想的光环褪去后过着平凡平淡的日子,如《我心中的石头镇》中的金凤,因在县越剧团没有发展前途又回到镇上,在镇越剧团做着管催场和道具的工作(小美的由喜爱美术到开画框店替别人的作品配画框,与金凤有些类似)[②];或为了坚持理想而付出极大的代价,如《沙河悲歌》中的李文龙,为了使自己的吹奏技艺异于他人而在歌剧团任乐师的举动,激怒了因失业而变得忧伤、严肃的父亲,当他第一次自歌剧团回家探望时,被父亲用木剑砍断了左臂的肌腱和骨头,左臂因此几乎残废,经常在无意识中弹跳举起,成为别人怀疑或嘲笑的滑稽人物,而随歌剧团四处流浪、繁重刻板的生活使他罹患肺病,最终因病情恶化而不得不离开歌剧团回到沙河,在32岁那年吐血而死,结束了悲剧的一生。

与那些理想的幻灭者以及因幻灭而放弃理想者相比,无论是金凤的由渴望成为舞台中央光彩夺目的演出者到平凡的幕后工作者,还是李文龙的为了赚钱而在酒家奏唱,他/她们依然通过微不足道甚或是卑微的工作而守候或保持与自己理想的联系,从另一方面讲,当他/她们不能成为出人头地的艺术家时,他/她们所能赖以维生的也只有一心所追求的技艺,理想与生活(命)便因此而结合的分外紧密,与理想相关的谋生方式也显得无足轻重。因此,当李文龙为酒家形形色色的客人吹奏助兴、并被轻卑地赏给几块钱时,他认为他是在"为自己的存在吹奏",因为"一个艺人的生命乃在于他真正的表演中",理想或者

---

① 本书所引用的"鹿城故事"系列都收入李昂:《她们的眼泪》,北京:中国友谊出版公司,1985。

② 郭小橹:《我心中的石头镇》,上海:上海文艺出版社,2003。

说对理想的坚持使他/她们卑微的人生获得尊严，并如李文龙想告诉弟弟二郎的“首先追求的技艺艺术到最后会转来发现自我”，而李文龙对自我的发现，是因为健康而被迫选择的乐器克拉里内德“才是他的生命哲学”、“我的克拉里内德和我内心的灵感便是我的女人、名誉和财富”。有论者认为，《沙河悲歌》像是一首挽歌，追悼着逝去的青春与理想，而沙河的生活历程，也就象征/隐喻了一个艺术家自我追寻的历程，[①]这毋宁说也是前面提到的、小城中所有曾经的理想追求者的“挽歌”与“历程”。

理想、困境与小城

黎湘萍在论述陈映真与鲁迅之间的关系时曾指出，鲁迅小说中常见的结构：主人公与环境的对立关系，觉醒者与沉睡者的对立，以及由此产生的一种彷徨无依，终于沦落的孤独感，也是陈映真作品的一个特色。[②] 这一对立关系在前面提到的作品中，都有着程度不等的体现。

比如林水丽为了跳舞而与整个家庭决裂，当她名成返乡时仍被品评为“那种在电视上跳舞的女人，和舞女实在没什么不同”；玉贞的辞掉行政职务既不被家人理解，也成了小城官场上“同一个宗族”排斥和躲闪的异类；当范希淹照他的方式和理念去生活时，常常在碰触现实后“濒于无法忍受，疯狂的境地”，但为了标识出“理想之旗的尊严可贵，值得信奉和追求”，他忍受着心灵中的重重伤疤，仍“顽强，愚昧”的在镇民的头顶上飘扬，“让人可见，亦让人警悟”（P72）。因此，在范希淹身上还体现着“觉醒者与沉睡者的对立”，而这样一种较普遍存在于现代文学知识分子题材作品中的对立关系，在当代两岸小城小说中，主要存在于前面讲到的范希淹、隋抱朴、《故乡》中的哥哥等理想者身上，更多作品及人物身上所体现的只是“人物与环境的对立”，当然也可以说人物之所以与环境对立是因为他的“觉醒”，虽然此处的“觉醒”并不具有“觉醒者与沉睡者的对立”原本蕴涵的启蒙意义，而是始

---

① 刘慧珠：《从〈沙河悲歌〉到〈一纸相思〉——论七等生小说追寻/神话原型的再现与变貌》，收入《第七届青年文学会议论文集——台湾文学的比较研究》，台北：文讯杂志社，2003。

② 黎湘萍：《台湾的忧郁》，北京：北京三联书店，1994，第 168 页。

于个人的某种理想追求，不过这不是问题的关键，这里想要探讨的，是小城知识青年的人生困境——诸如理想的追求与幻灭、在追求理想过程中所表现出的"人物与环境的对立关系"等，是否一定与小城存在着关联，如果是，又有着怎样的关联，如果不仅仅是，还有着怎样的原因。

检视前面曾谈到的小城知识青年的种种理想及其幻灭，可以发现，与小城环境密切相关的，主要体现在《大路》中"我"的闯荡世界的流浪梦以及对某些艺术的追求。由于小城介于城乡之间的地理位置，使得小城青年比农村青年有着更多的机会、途径走向城市或外面的世界，但是与城市尤其是大都市相比，小城青年这一因地理位置而带来的优势将会荡然无存，这也是何以在本章开始的引文中，施淑会将李昂所面临的选择——或者以"无比的宽容继续忍受小镇琐碎冗闷的生活"，或者通过大专联考"加入台北"——视作生活于小镇中的李昂的一个"困境"，而这一"困境"同样也是所有小城青年都会面临的。《大路》中"我"的闯荡世界的流浪梦虽然基于费里尼的电影，而"我"将费里尼式的狂想建立于其上的则是大城台北，但大学毕业后"我"却不得不回到单调、沉闷、荒凉的小镇，这其实已意味着"我"的梦想的破灭，"我"带女孩再次离开小镇、来到台北，只不过是对梦想破灭的现实的一次挣扎与逃离，并因而换来更大的幻灭，而女孩之所以会随"我"去寻找那个"看不见的大世界"，也是基于对外面世界的向往。

对文学艺术的追求可以说是许多小城知识青年曾有的理想，其中对文学的迷恋、向往，同时也是众多小城小说的写作者或者说现当代作家的人生经历，对于这些作家而言，小城的生活经验在一定程度上反而成就了他/她们的文学梦，如同《一九八七年，诗歌从县城出发》一文中所写的："为什么写诗？我觉得还有一个重要原因，生在闭塞县城里的青春期孩子们强烈地需要摆脱闷蛋县城。县城的孩子比身处大城市的孩子更加敏感疯狂地写诗，确实，往往县城出身的人更加有才华，有深刻的闷的绝望体验。"[①]或者如李昂所反思的："我发现鹿港与我的创作的必然联系"、"能如此热切的创作，鹿港的闭塞无疑是相当重要的原因，简单的小镇生活给了我足够时间，并使创作成为唯一的

① 毕晓华：《一九八七年，诗歌从县城出发》。

情感宣泄”①。但如前所述，许多作家的文学历程固然大都是从小城“出发”的，可他/她们作为一个作家的文学视（世）界的获得却都是在（或来自于）小城之外的城市，这也是何以大多数作家人生历程的最后一站或定居地都会选择城市或大都市，而不是给了他/她们创作源泉的小城。

小城与文学如此密切而辨证的关系，似乎并未体现在小城知识青年其他的一些艺术理想中，比如绘画、音乐、舞蹈等，对于小城青年的这些艺术理想而言，小城的冗闷、贫乏、封闭等无疑限制了理想的实现。在《阿拉伯树胶》中，贾贵庚之所以被自视甚高的小美另眼相看，是因为当县里的人还不知道什么是油画时，他就已经知道油画是画在画布上、而画布在被画之前还须涂上一层底料，还知道底料是用阿拉伯树胶熬制成的，但是当小美到北京经营美术用品商店后，她才知道画家买回阿拉伯树胶自己熬制底料已是上世纪中期的事情，现在的画布底料都是现成的，更多的画布在出售时就涂以底料制作好了。在《沙河悲歌》中，李文龙只有进高等学府就学才能有机会成就他做音乐家的理想，父亲的阻止使他只能自己偷偷练习，尽管他一开始就扬弃简谱而使用土生土长的乐师所不懂的五线谱，但一个小镇所能提供给他的只有在歌剧团或酒家当乐师的机会，他的五线谱知识和外国曲调丰富的大曲子在这两个地方也都派不上用场，他只有在工作时间之外独自吹奏名曲来满足自己。如果说小城知识青年的文学梦尚可以从小城“出发”——如《一九八七年，诗歌从县城出发》一文中获了诗歌奖的那些县城中学生们、中学生李昂于鹿港创作的《花季》等小说开始登上台湾文坛、《伤痛故土》中在县文化馆创编室时已因写作成为县城党外知名人士的玉贞等，但是一个小城知识青年的其他艺术梦想，却只有走出小城才能真正实现，如前面提到的“鹿城故事”中与家庭决裂后到了台北、并成了名舞蹈家的林水丽；另如韩东《小城好汉之英特迈往》中8岁随父母自南京下放到共水县、从小喜欢画画的“我”，虽然由父亲介绍曾跟着下放到共水县文化馆的老干部李春和知青任杆子学

① 见李昂：《花季》的“序言”、“写在第一本书后”，收入李昂：《花季》，台北：洪范书店，1985。

过画画,但当“我”中学毕业后准备报考美术学院时,还是需要托关系到地区一所大学的美术系办的考前班学习,最后,“我”如愿考进了南京美院,成了班上唯一考上大学的学生。① 贾樟柯在一次访谈中也曾谈到县城与自己喜欢的电影之间的关系,他一方面认为“我过去重要的生命经验都是县城给我的,如果没有县城,可能就随波逐流了”,另一方面“县城的生活极端无聊,所以对一些年轻人来说变成一个两极思维:要么县城的无聊和穷,要么是大城市的相对自由”,他之所以非要到北京,是因为喜欢电影,“我没办法在汾阳变成一个导演”,他在到北京之前先“移动到太原,学画”,在太原虽然可以看到县城看不到的画册,但90年代初的太原没有画廊和音乐厅,他曾和同学坐一晚的火车到北京看罗丹的雕塑展,为节省住宿费,下午美术馆闭馆时,再坐火车回去。②

因此,小城中尽管会有美术训练班或音乐培训班,但绘画、音乐或舞蹈显然并没有写作的普及面、也没有从事写作的相对简单的外在条件,一个不知油画为何物、不懂五线谱、将舞蹈和舞女混为一谈的小城是难以成就画家、音乐家或舞蹈家的理想的(更不必讲电影导演了)。小城的自然风物可以成为画家写生的对象,但对于不懂或没有掌握绘画技法的人来讲,再美丽雄奇的风景也形同虚设。同样,李文龙虽然可以独自练习、吹奏名曲,但是因为没有展示的机会、也缺乏更好或更高的比照,从艺术水平的角度来看,便很难讲他的吹奏技艺究竟达到怎样的程度,尽管小说的初衷并不在此。所以说除了自身所具有的天资外,成就一名画家、音乐家或舞蹈家所需要的更多不可或缺的客观条件,是大多数身处小城中的文艺青年难以获得的,从而使得小城小说所描写的文艺青年中,多数是文学爱好者或从事文字工作者,其中也不乏成名成家者,如《秦腔》中白雪的丈夫夏风、《伤痛故土》中的玉贞、《县城》中的“我”,这也可能与作家更熟悉这类人物或作品所具有的某些自传性有关。

---

① 韩东:《小城好汉之英特迈往》,上海:上海人民出版社,2007。

② 贾樟柯:《贫穷改变了中国人的心理面目》,转引自“当代文化研究网” http://www.cul-studies.com/。贾樟柯的“县城—太原—北京”的“移动”路线,非常典型地体现了本章所分析的小城知识青年“小城—城市”的人生轨迹。

与小城青年的艺术理想在小城中难以实现形成对比的，是小城青年挣大钱、当老板的梦想似乎并不受小城格局狭小的限制，林斤澜的“矮凳桥”系列就描写了小镇在刚刚改革开放后因纽扣市场而带来的繁荣，以及首先富起来的一些年轻人。[①] 90 年代以后，小城中已开始出现影响着一方经济发展的大富翁，如《私宴》中的大猫、《兄弟》中的李光头、《刺猬歌》中的唐童。这一现象尽管可以间接说明小城镇在发展商品经济、推行城乡经济体制改革以及在现代化建设中的重要意义，但是通过一些反映小城镇发展变迁的小城小说可以发现，当一些小城镇发展得“比城市还城市”或拥有了和城市一样的各项建筑设施时，小城镇所应该具有的文化功能却相应被忽略了。费孝通先生早在 80 年代初就曾指出“怎样把小城镇建成农村的文化教育中心，对我们来说应当是一个重要的新课题”，他由此特别谈到，除了电影院外，小城镇本身现在很少有什么文化设施，青年男女都没有正常的社交场所，[②]但今天看来，小城镇中的文化设施虽然增多了，人们的文化活动也似乎变得丰富多彩，但人们在精神上却失去了同看一部电影的那种满足感、富足感，尤其是像文化馆、图书馆这样与人们的精神文化生活密切相关的单位的衰落、不景气(《大路》曾写到，“我”在小镇图书馆的唯一工作就是黏好被孩子们撕烂的《哈利 · 波特》)，反过来会影响到小城青年对某些高层文化艺术的追求，因此，怎样建设小城镇的文化教育功能，在今天仍是一个“重要的新课题”。

如果说小城中一些文化设施或单位的兴衰有着时代的因素，那么一些小城青年的理想及其理想的幻灭也同样有着某种时代性，比如《小镇故事》中“酱缸”对军校的向往，以及徐则臣《伞兵与卖油郎》中范小兵对伞兵的向往，《小城好汉之英特迈往》中写到的共水县大街上到处都是穿军装的小伙子的征兵场面，相信是大陆所有“60 后”、“70 后”共有的成长记忆(小城青年对伞兵或解放军的浪漫向往，在顾长卫导演的《孔雀》中也有着细腻而感人的呈现)；蔡素芬《橄榄树》所描写的 80 年代淡水的大学校园中，梁铭、祥浩等所缅怀的“弥漫着流浪与

---

① 林斤澜：《十年矮凳》，长春：时代文艺出版社，2001。

② 费孝通：《小城镇 大问题》，收入费孝通：《小城镇四记》，新华出版社，1985。

追寻情调的《橄榄树》和充满民族意识的《龙的传人》"等清新动人的民歌，所代表的正是台湾民歌蓬勃发展时的校园精神与时代精神；另一个有着典型时代色彩的理想，当属小城青年的文学梦，而其中最具有代表性的就是诗歌了，姚鄂梅在为她的长篇小说《像天一样高》所写的题记"怀念一段诗歌往事"中写道："八十年代，是诗歌的黄金时代，大多数年轻人成了诗歌的信徒，在诗歌的光芒中，度过了他们最宝贵的年华。他们的工作、生活和爱情，无不沾染着诗歌的灵光异彩。"①诗歌在大陆80年代所形成的热潮，反映在当代文坛，是有论者所指出的被称为"晚生代"或"60年代出生"的作家如韩东、朱文、李冯、陈染、海男等，多以诗歌写作为文坛瞩目或以诗歌写作步入文坛，这就如同存在主义之于台湾60年代的知识青年及文学创作；反映在文学作品中，则是如《像天一样高》中"工作、生活和爱情，无不沾染着诗歌的灵光异彩"、相继从南方小城出走到新疆寻找一种可以容纳诗歌的理想生活的主人公小西、康赛、阿原等人物形象，或者像《人生》中对于高加林而言可以作为他有理想、有上进心的表现的在地区报上发表两篇诗歌和散文，而黄亚萍则是用诗——那个时代文艺青年最流行的方式——向高加林传达感情。

当然，诗歌或文学之所以成为80年代众多年轻人的共同梦想，正如查建英在《八十年代访谈录》中所言，这有着鲜明的时代氛围："八十年代的中国是一个人文风气浓郁、文艺家和知识分子引领潮流的时期"，"与今天这个极为现实和复杂的时代相比，那个'前消费时代'(阿城语)的总体气氛的确颇为浪漫并且相对简单"②。"浪漫"与"简单"可以说是上述所有小城知识青年理想的最初形态，也是所有小城知识青年在拥有上述理想时的精神面貌。由于文学梦等理想所具有的时代性，它们的幻灭必然与时代的变迁难脱干系，就像《一九八七年，诗歌从县城出发》一文所言，"今天写诗不再是时髦，甚至显得无能自闭窝囊潦倒"，"我们"那一批1970年代左右出生的人、那批诗歌或文学的热血青年似乎大部分都不再写作，而"我"那些年轻的二十几岁

① 姚鄂梅：《怀念一段诗歌往事》，《长篇小说选刊》2005年第4期。
② 查建英：《写在前面》，收入《八十年代访谈录》，北京：三联书店，2006。

的同事们“似乎把诗歌与宜家与小资情调联系起来，要不感觉诗歌近乎张爱玲似的传奇，或者是其他莫名其妙的东西”。但从另一方面来看，如果仅仅把诗歌或文学当作一种“时髦”，它必然难逃被新的时髦所淘汰的命运，正如真正理想的坚守者并不会轻易被时代潮流改变航向，可是青春的狂热与激情有时又的确像“赶诗歌大集”似的将理想变成了一种“时髦”。

就具体的文学创作而言，文学或艺术理想所具有的时代性也使得具有类似理想的人物形象或作品，通常都出自于那个时代或从那个时代走过的作家的笔下，并且与其他人物形象相比，这类人物形象不仅在小城小说中越来越少，往往还会成为被嘲讽的对象。如余华《兄弟》中与大多数人物形象一样脸谱化或符号化的、因分别在县文化馆的油印杂志上发表了一首四行小诗和一篇占了两页纸的小说而拥有了“一个名人的绰号”的赵诗人和刘作家；另如《阿拉伯树胶》中对贾贵庚的嘲讽并非是因为他对绘画的热爱，或他和小美一样的不知天外有天的自视甚高、自命清高（这体现在他们对“这县城的闭塞、愚昧”的嘲弄和对“俗不可耐”的久成的奚落），也并不仅仅体现在他“委琐的体态”、邋遢的形貌，或他的高谈阔论、他对一些已经过时的美术常识的卖弄，而是他总是在“一阵阵激情澎湃的思想之后”缺乏行动上的呼应，正是这行动的缺乏使得他的高谈阔论或艺术狂想显得别具嘲讽意义：如对小美反复讲起他所构想的一幅画却三年不见动笔；如为某县旅游手册拍图片的任务无非是拍摄几个景点和几款宫廷肘子、百年烧鸡等当地土特产，他却以“慢工出细活儿”为由在旅游局的招待所吃住了两个多月，当特地由北京来探望他的小美看到他拍的烧鸡和肘子略感失望时，他解释说“对这里的风景他有很多出其不意的构想，只是真正的拍摄还需要时间”。小说对贾贵庚嘲讽的高潮，是他被出版社辞退后回到县城被久成请去吃饭，在作者或叙述者看来，靠用胳肢窝写字而一举成名的久成特意请贾贵庚吃饭“其中有一点炫耀的成分，更多的还是对老熟人的旧情谊”、“久成固然有着被贾贵庚称之为堕落的聪明，可他待人却并不刻薄”，当贾贵庚向饭馆的女服务员高谈阿拉伯树胶等“艺术”话题引不起注意、后又大谈在省里画过不知多少裸体女模特儿被久成怀疑时，他向众人亮出小美赠送的阿迪达斯手表说是一个模特儿送的，最后他醉倒在酒桌上直到第二天上午十点在饭馆的包间中醒来，“上午十点醒来，这是多年来贾贵庚唯一实施着并坚持住的最有把握的事情”，但这次他却不想睁开眼，因为“他睁开眼又能到哪里去呢”，小说便是在模仿哈姆雷特式的疑问中——“把眼睁开还是继续装睡，这对贾贵庚来说的确是个问题了”——结束了。

从上面的分析可以发现，贾贵庚艺术理想的幻灭或难以实现，与他生长于“闭塞、愚昧”的县城、或像久成一样有着“堕落的聪明”的人反而容易“成功”的时代等固然有关，但最根本的原因还在于他自身的弱点即缺乏行动（尽管小说也多次提到他“并不缺乏反省自我的能力”），而这何尝不是文学作品中某一类（知识分子）人物的“刻板”形象，小说对哈姆雷特式疑问的模仿或戏仿便是一个很好的证明。赵诗人、刘作家或贾贵庚等人物形象固然因为人性等原因被嘲讽，但这种嘲讽或嘲讽的效果又与他们“诗人”、“作家”的身份或艺术理想不无关系，这既表明了与小城知识青年的文学梦、艺术理想等密切相关的那个“浪漫”、“简单”的时代的结束，同时也反映了今天“这个极为现实和复杂的时代”的一种创作趋向和价值取向，它主要表现为论者曾指出的当代文学由形而上的姿态彻底下落到形而下的日常生活姿态，虽然文学对“形而下的日常生活姿态”的表现、描写，并不意味着“终极价值、人文精神、启蒙精神、历史理性”等的丧失，虽然许多作品并不缺乏对这个时代、对“形而下的日常生活姿态”等无情的嘲讽、清醒的反思，但我们的确在越来越多的作品中看到了上述的种种丧失，尽管这种种丧失也许无碍于作品的艺术价值，当然，反之亦然。与此相关的是，像范希淹、隋抱朴、《故乡》中的哥哥等为代表的理想者或处于社会中间地位的“市镇小知识分子”，无论他们的理想能否实现或他们是否在理想幻灭后走向沉沦，也无论他们有着怎样的性格弱点，作为形上思想的承载者，这样的人物形象无疑在文学作品中也越来越少，也许，一时代有一时代的文学形象，一时代有一时代的理想者，一时代的文学有一时代的“英雄”人物，如舞鹤《悲伤》中隐居淡水以“守护台湾连翘”为己任、到最后将以后半生“认真”地看守一个厕所“努力做个无用的人”的“我”，许正平《大路》中“整日沉迷于流浪大梦，无法做一件人们所谓的正经事”的“我”，韩寒《小镇生活》中从大学校园逃出来、隐居在小镇中准备写一部“巨著”的“我”，也许他们就是这个时代的理想者与“英雄”人物。

小城知识青年幻灭的理想中与时代相关的，还有对传统戏曲的喜爱，如《秦腔》中白雪所喜爱的秦腔、《我心中的石头镇》中金凤所喜爱的越剧。曾拿过市会演一等奖的白雪因不想放弃唱秦腔同时也有着振兴秦腔的心愿，而放弃也错过了往省城调动的机会，当时县秦腔剧团已不景气，一个剧团分成了几个演出队，分开的队因没钱再排新戏，关系好的人就聚在一起搭班子，不是在县城的歌舞厅里跳舞唱歌，就是走乡串村赶场子，白雪因怀孕不能跟班子跑动，已形同下岗，只能和她爱秦腔的公公夏天智一样在家里听听秦腔，一心想让她往省城调动的夏风便讽刺她“在县上工作长了，思维就是小县城思维”，白雪在颇有象征意味地产下一个没有肛门的孩子后，最终与作家夏风离了婚。[①]《秦腔》出版后评论界使用率非常高的词是“挽歌”，如“乡土中国的一曲挽歌”、“传统民间文化的挽歌”，白雪与秦腔的命运既是互为表里，同时也是传统民间（戏曲）文化的命运在这个时代的表征。

这里还特别要提的，是将《秦腔》所蕴含的寓意具象化的薛舒的中篇小说《哭歌》。“哭歌”是刘湾镇上的传统习俗，但凡谁家死了人，亡人的女眷就要在葬礼上一边哭一边歌，历数亡人生前的成长经历、为人处世、事业成就、家道兴衰等，按照原文化站站长、现“丧葬礼仪服务公司”负责人邱寅生的解释，哭丧——也即刘湾的哭歌、书里的挽歌——的习俗是从汉武帝时代开始的，挽歌的代表作是《薤露》、《蒿里》，是迄今为止有文字记载的最早的挽歌，前者是为王公贵人出殡时唱的，后者是为一般百姓出殡时唱的。所谓“行行出状元”，刘湾镇上的“哭歌状元”是小凤仙，小凤仙是镇文化站的一名有着“明星”梦的文艺工作者，《宝玉哭灵》是她的拿手戏、文化站的保留节目，她也曾获过县戏曲大赛一等奖、市戏曲大赛二等奖，可是当小凤仙离真正的的明星只差几步时，“世道的变化”不仅令她梦想破灭，因文化站没有了演出任务，也使她失去了做一名文艺工作者的机会，只能在绣衣厂里做一名绣花女工，然后嫁人、生孩子、失业下岗，有 20 年再没唱过戏，

① 贾平凹：《秦腔》，作家出版社，2005。

等到刘湾镇掀起大办葬礼的潮流,哭歌的习俗也随之卷土重来,因着偶然的机缘、也为着赚钱养家,擅唱《宝玉哭灵》的小凤仙把灵堂当舞台,给别家的死人唱起了哭歌,并加入了邱站长组织的“丧葬礼仪服务公司”,成了一名专业的哭歌手,然而作为一个女人,小凤仙既失望于自己的丈夫、也失望于曾经敬仰的邱站长,得了乳腺癌的小凤仙无从倾诉,也并未声张,为着给儿子留下足够的钱仍去公司上班,小说结束于小凤仙借为别人哭歌的机会,唱起了为自己创作的那首挽歌。① 这刘湾镇上的小凤仙,和《秦腔》中的白雪、《沙河悲歌》中的李文龙、《我心中的石头镇》中的金凤一样,也是自己人生理想的坚守者,正如作者所言,故乡小镇那些身为农民的文艺工作者们如“小凤仙”、“邱站长”,使“我始终相信,一个有艺术梦想的人,即便在最落魄的时候,也依然会为他心中的艺术歌唱”,但同时,从一个剧团演员“沦落为一个葬礼专业‘哭歌’手”的小凤仙,她所“‘哭’出的不啻是当代文化流失、沦落之痛,这‘哭歌’,是一曲文化的挽歌”②。

在台湾,与秦腔等传统戏曲有着相同命运的便是七等生《沙河悲歌》中涉及的歌仔戏,李文龙所追随的叶德星歌剧团表演的就是歌仔戏,叶德星本人经营的是两个歌剧团,一个由他在剧中是个优秀苦旦的妻子管理,一个由他在剧中串演小生的姨太太张碧霞管理,李文龙所在的团就是由张碧霞管理的,由于受到时装话剧团的影响,旧的歌剧团渐渐维持不下,随着李文龙病情的加重、不得不放弃追随剧团时,歌剧团的命运也渐渐几近完结,张碧霞需要把早年储蓄的金链手镯和现款垫出来补歌剧团的亏损,叶德星也打算把两个剧团再合并,从这个角度来看,李文龙为追求吹奏技艺而追随歌剧团到因病重而结束流浪生活,与歌剧团/歌仔戏渐渐没落的命运亦是相互关联的。有论者认为,在台湾有着深远文化传统意义的歌仔戏在《沙河悲歌》所反映的时代——台湾光复后到 60 年代——并未真正没落,真正没落以至堕落的是洪醒夫《散戏》、陈若曦《最后夜戏》(这两部小说的时代背景是六七十年代)、凌烟《失声画眉》(这部小说的时代背景是 80 年代,为

① 薛舒:《哭歌》,《十月》2009 年第 1 期。

② 薛舒:《创作谈:哭泣并歌唱着》,《北京文学》(中篇小说月报)2009 年第 3 期。

了迎合观众，小说中的歌仔戏演员不得不大胆地色情演出，由活戏班变成对口型的录音班、由主戏沦为开锣的点缀品）中所表现的“野台”歌仔戏（《沙河悲歌》中的歌剧团也属于同一性质），但无论是歌仔戏还是“野台”歌仔戏，它们在这个消费时代的式微都是不争的事实，不管这式微是由于电影、电视、歌舞秀等外在因素，还是由于这个“着重实用、讲究功效的现代社会”，为了能够生存下去，它们都曾尝试适应新的潮流，然而“不是随波逐流，失却真面目，便是在痛苦挣扎中败阵下来”①。

由于上述的时代因素，使得前面提到的小城青年的一些非常个人化的理想如文学梦、艺术梦等，仍有其社会性、时代性的一面。由此而引发的一个问题是，无论是个人化的大学梦、参军梦、流浪梦、文学梦、艺术梦，还是范希淹们面向大众、勇于分担、奉献自我、以改造国家、社会、民族为己任的崇高理想，因为它们本身所具有的社会性、时代性，表明这种种理想并不为小城青年所独有，一个大都会或偏远乡村的青年同样也会热烈、诚挚地拥抱这些理想，而小城青年于此的意义，恐怕仍要回到小城介于城乡之间的地理位置。对于大多数年轻人而言，从农村或小城开始个人的人生或文学历程的不同之处，主要在于因地理位置不同而带来的人生机遇或奋斗历程的不同（这也同样适用于小城与城市中的大多数年轻人），对于小城青年而言，这比农村青年更早或更多的机会与途径，既为他们的一些理想如大学梦、参军梦、文学梦等提供了相对较好的条件，也成为他们一些理想的诱因如对绘画、音乐、舞蹈等的追求，而小城青年的悲哀或困境也正在于此，当他们的一些理想因优于农村青年的地理位置、条件等被“唤醒”后，他们同时会发现小城不仅使他们的理想难以实现甚至会成为他们实现理想的障碍。因此，当农村的高加林们为要到县城工作而费尽心思时，他们则“需要强烈地摆脱闷蛋县城”，从而开始了“小城（小镇—县城）—城市（地区市—省城——首都）”的人生历程；同样，当小城的李昂们需要着着实实地“打一场硬仗”甚至如林水丽不惜与整个家庭决裂，才能“加入台

---

① 参见许俊雅：《台湾小说中的戏剧题材及写作技巧》，收入许俊雅：《见树又见林——文学看台湾》，台北：渤海堂文化公司，2005。

北”那个充满“异乡人”的世界时，台北的青年也许正在“台大门前的那条大路”上飙车或漫步走过“上岛”咖啡馆（朱天心《方舟上的日子》），也许服完兵役后正准备出国留学（萧丽红《千江有水千江月》）。所以说，小城知识青年理想的特别意义，便在于由地理位置而带来的优势与困境、因优势与困境而带来的心理体验及其外在的种种表现形式比如才华、比如对理想的坚守，同时也在于他/她们——那些曾经的理想者、自小城出发的作家们——令一些已被时代潮流遗忘或淘汰的理想得以“复活”并留存下来。

第五章　女性与空间：女作家的小城“史·诗”
——女作家小城写作的独特性

我之所以把《县城》称之为我的私人生活，是因为由我个人写作气质中所揭示的这个世界——贯穿了我的历史，包括历史中的碎片。由此我热爱这些碎片，在时光流逝者那里，往昔可能是挥手告别的措辞，而在我这里，我的往昔之乡是《县城》，它像露珠可以溶解一切秘密之花。当我决定写作《县城》时，我被我私生活中经历的一座县城所包围，它尽可以是一个国家的《县城》，却是我个人生活中的《县城》。

——海男《我私人生活中的〈县城〉》[①]

三生石上旧精魂
赏月吟风不要论
惭愧情人远相访
此身虽异性常存
这就是“三生有幸”的由来！

唯是我们，才有这样动人的故事传奇，我常常想，做中国人多好呀！能有这样的故事可听！

中国是有“情”境的民族，这情字，见于“惭愧情人远相访”（这情这样大，是隔生隔世，都还找着去！）见诸先辈、前人，行事做人的点滴。

不论世潮如何，人们似乎在找回自己精神的源头与出处后，才能真正快活；我今简略记下这些，为了心里敬重，也为的骄傲和感动。

——萧丽红《正色与真传——后记》[②]

---

① 转引自“新华网”的“读书频道·人物链接”2004年12月10日，http://www.xinhuanet.com/。

② 收入萧丽红：《千江有水千江月》，北京：人民文学出版社，2006。

前面在谈小城青年"离去"或"再离去"的方式与原因时,其中的一个离开原因及方式乃是为了追求理想的人生或爱情而自小城私奔或逃离,如许正平《大路》中为了流浪梦或"寻找那个看不见的大世界","我"带着联考后等着放榜的女孩离开了小镇;吴锦发《春秋茶室》中富林和"我"帮助被卖到春秋茶室的山地少女陈美丽逃离了小镇。基于上述原因的离开小城的方式——女性在男性的帮助下或与男性一起私自离开小城——也出现于一些女作家的小城小说中,如海男《县城》中的罗修曾期待着来县城做生意的咖啡商人带自己离开县城,林白《致一九七五》中与剧作家私奔的雷红,姚鄂梅《雾落》中与老上海理发店的理发师"海市佬"私奔的阿水、等待王叔赚钱后送自己到大城市读书的小鱼等,尽管上述女性都将离开小城的希望寄托于某位男性身上、或因来自外面世界的某位男性而萌生了对外面世界的向往,但与《大路》、《春秋茶室》中一直处于"无声"的被叙述状态的女孩及陈美丽不同,这几位女作家所描写的离开或离开者无论是第一人称叙述者"我"、还是第三人称的全知叙述,对女性的个中心理都有着非常细致入微的描写,甚至关于离开或私奔本身也有着大段的论述,如《县城》中当罗修决定跟咖啡商人到省城时写到"一座小县城太沉闷的原因,使我们的目光与旅馆相遇,也许只有住在旅馆里的男人对于我们来说是陌生的"、"对陌生产生的幻想不总是对一个男人的幻想,而是一个男人给我们带来的对外面世界的幻想"①;《致一九七五》中写到"八十年代,我和雷红都是狂妄的女文青,盲目热情,向往一种别样的人生,那里风生水起,风云浩荡",当雷红"真的私奔"了,"我恨不得揪着自己的头发也私奔一把,但没有人跟我私奔,我只能写诗"②。而作为离开或私奔的另一方的男性则反过来处于被叙述的状态,有意味的是,当《县城》中作为第一人称叙述者的罗修在讲述哥哥罗华在80年代带着一位有夫之妇骑自行车私奔时,则采用"流言"、"传说"、揣测来加以叙述,并未有当事者任何直接的心理描写,这一方面表明作家的聚焦点始终在女主人公或女性人物身上,此外也说明作家对离

① 海男:《县城》,北京:人民文学出版社,2004,第109页。

② 林白:《致一九七五》,南京:江苏文艺出版社,2007,第81页。

开或私奔的描写、论述最终所要探讨、表达的仍是女性的情感、命运及心路历程，其中所呈现的是由作家或主人公的性别所影响的作品的叙事聚焦与相关意义的产生。

前面曾谈到，小城知识青年的某些理想及其幻灭与小城环境存在着密切关系，上述几部女作家的作品则从性别的角度为我们提供了有关人物与环境或女性与小城、女性与空间等关系的再思考，而这样一个思考或叙述角度似乎少见于男作家的小城写作。在现当代文学的写作与研究中有着关于女性与城市同构书写的论述，如王安忆在谈到自己的《长恨歌》时指出"在那里面我写了一个女人的命运，但事实上这个女人只不过是城市的代言人，我要写的其实是一个城市的故事"①；贺桂梅在《三个女人与三座城市》一文中也曾指出，自 1990 年代中期以后，当城市被作为独立表现和命名的对象时，"文学再现中的城市大多长着一张女性的面孔"，在铁凝的《永远有多远》、王安忆的《妹头》、池莉的《生活秀》中，女性形象成为城市内在精神性格的表征。② 另如张英进在《中国现代文学与电影中的城市》一书中所强调的，在近现代中国的文学与电影中存在一种典型的性别构形，即"城市被看成一个戴面具的（因而不可知的）女人"，"这个有性别的城市形象，引发了城市叙述中一个反复出现的模式：来自外省的一个年轻男子，被光怪陆离的城市生活引诱，在城市冒险中轮番体验快感与绝望"，他认为"在对任何城市（从小镇到传统城市到现代都市）的构形中，性别都不仅是其中一部分，而且是不可或缺的一部分"③。因此，本章在对两岸女作家小城写作特性进行梳理与把握的同时，也试图在上述论述的基础上，从性别的角度来探讨小城或空间与女性以及女性写作之间的关系，但这并不意味着对男作家小城写作的独特性的忽略，事实上，男作家的小城写作始终是对上述问题进行探讨的一个不可或缺的参照系。

---

① 见王安忆：《重建象牙塔》，上海：远东出版社，1997，第 191 页。

② 贺桂梅：《三个女人与三座城市——世纪之交"怀旧"视野中的城市书写》，《南方文坛》2005 年第 4 期。

③ 张英进：《中国现代文学与电影中的城市》，秦立彦译，南京：江苏人民出版社，2007，第 9 页。

第一节　她们的"史·诗"

她们的"历史"

检视两岸那些出生年代、生活背景、写作风格各不相同的女作家的小城写作，会发现无论长、中、短篇，几乎所有的小说都有一个相同的主题，这个主题可以概括为一句话：讲述女性的故事，即这些小说基本上都是围绕女性展开的，女性既是作品的主人公也是作品叙事的核心。[①] 那么这些"女性的故事"是如何讲述的、她们又有着什么样的故事，仍可以分别用一句话来概括：通过她们的"历史"来讲述她们的故事、她们的故事便是她们的"历史"，这像绕口令似的描述并不是在玩文字游戏，无非是在尝试概括众多女作家小城写作中那些具有共性的部分。这里所谈的"历史"，不同于与国家、民族、革命、政治、时代等话语或主题联系在一起的种种历史叙事，它指的仅仅是女性的私人历史，是关于女性的成长、情感、命运、心灵、日常生活的或相对完整或片断式的历史，虽然女性的私人历史无法脱离开国家、民族、革命、政治、时代等宏大话语，但在女作家的小城写作中，这些宏大话语往往只构成女性私人历史的一个背景，在王安忆的《小城之恋》、《荒山之恋》，陈染的《小镇的一段传说》、《纸片儿》、《塔巴老人》，迟子建的《亲亲土豆》、《东窗》，魏微的《姊妹》，施叔青的《壁虎》，李昂的《杀夫》等作家的作品中，时代背景有时被弱化到可有可无的程度，并因而使得女性的私人历史具有了某种"原型"的意义，这与男作家在小城写作中偏重于对上述宏大话语、主题的关注（无论是对其重写还是解构）形成了鲜明的对比，这也是为什么那些描写社会变革、历史变迁或具有政治寓言、历史寓言的小城小说多出自男作家之手。此外，不同于当代大陆的"新历史小说"或台湾的"历史寓言小说" 往往通过稗官野史、民间

---

① 当然，这只能是一个"公约数"的概括，像池莉的《预谋杀人》，铁凝的《阿拉伯树胶》，朱天文的《童年往事》、《安安的假期》，朱天心的《淡水最后的列车》，萧飒的《小镇医生的爱情》，施叔青的《行过洛津》等，都是以男性为其作品的主人公或叙事核心。

立场、家族谱系以及个人的成长史等,对正史或革命历史题材小说等进行反思、重写、重构,女作家尤其是大陆女作家对小城女性历史的描写,最终大都并不指向对正史、对宏大叙事的重写、重建与解构,她们所重写、重建的毋宁说是被主流话语、男性话语所遮蔽、所遗忘、所改写的女性私人历史,而她们所解构的也正是遮蔽、遗忘、改写女性私人历史的主流话语、男性话语。

在女作家的小城"女性的故事"中,有相当一部分作品可称之为"女性的成长史",并且这部分作品在整个女作家的小城写作中都占有极大的份量,如王安忆的《小城之恋》、《荒山之恋》、《妙妙》、《上种红菱下种藕》(长篇)、《临淮关》,迟子建的《原始风景》、《秧歌》、《东窗》,陈染的《小镇的一段传说》、《纸片儿》、《塔巴老人》,海男的《县城》(长篇),郭小橹的《我心中的石头镇》(长篇),林白的《寂静与芬芳》(长篇)、《致一九七五》(长篇),姚鄂梅的《出山记》、《雾落》(长篇),薛舒的《小镇故事》,施叔青的《壁虎》、《那些不毛的日子》,季季的《属于十七岁的》,萧丽红的《千江有水千江月》(长篇),李昂的短篇小说集《花季》、《杀夫》,蔡素芬的《橄榄树》(长篇),等等。之所以称这些作品为"女性的成长史",是因为其中的大多数都描写了女主人公或众多(有时是一家几代)女性人物"女孩—少女—女人"的生命历程,像《千江有水千江月》中的贞观、《荒山之恋》中的金谷巷女孩儿、《纸片儿》中的纸片儿、《我心中的石头镇》中小名叫阿狗大名叫珊红的"我"、《雾落》中的小鱼等,甚至连她们的出生包括死亡(如金谷巷女孩儿与小鱼的死)都有所交代。

由于与成长相关,对这部分作品的分析,不妨借助有关成长小说的论述,比如"成长小说主人公独自踏上旅程,走向他想象中的世界。由于他本人的性情,往往在旅程中会遭遇一系列的不幸,在选择友谊、爱情和工作时处处碰壁,但同时又绝处逢生,往往会认识不同种类的引领人和建议者,最后经过对自己多方面的调节和完善,终于适应了特定时代背景与社会环境的要求,找到了自己的定位"[①];或者"成长

① 参见买琳燕:《走近"成长小说"——"成长小说"概念初论》,《解放军外国语学院学报》2007 年第 4 期。

小说(Initiation Story)是讲述年轻的主人公经历了切肤之痛的(系列)事件之后,或改变了原有的世界观,或改变了自己的性格,或二者兼有,经过生理、心理、认知和情感的多重变奏后摆脱了童年的天真,稳健地进入真实而复杂的成人世界的故事类型”①。上面列举的有关成长小说的界定,无论是注重于这一概念与欧洲文学的渊源性,如“主人公独自踏上旅程”与流浪汉小说、游历小说的关系,还是注重于主人公在生理、心理、认知、情感等多方面(并不仅仅是精神上)的成长成熟,它们共同强调的是:主人公在遭遇或经历一系列(不幸或切肤之痛)的事件后,最终适应或进入了社会也即成人世界,这一抽象的过程可以看做是这类小说共同的故事结构或叙事模式。由此来看上面列举的作品,大多数可以说都有着成长小说的因素,当然这些作品是否一定属于成长小说并不是问题的关键,这里要借这一故事结构或叙事模式加以分析的,是这些作品中的女主人公或女性人物在“最终适应或进入社会”前都经历了什么样的事件。

在上述作品中,除去《原始风景》、《那些不毛的日子》、《上种红菱下种藕》等是以第一人称回忆或第三人称讲述的童年往事或小女孩懵懂的成长故事外,其他作品中的女主人公或女性人物在成长过程中遭遇的系列事件可以简单地概括为:情感与性。这其中亦包括陈染那充满“魔幻”色彩小镇上的“古怪女人”的故事(戴锦华),迟子建那经常被女性主义者存而不论、并被认为不具有“抗拒性”(女性对男性的抗拒)的温婉作品。

在这些作品中,“情感与性”在女主人公或女性人物的成长过程中有着多种形态的表现,前者主要指男女之间的感情,同时也指各种亲情、友情。后者既包括生理层面的性以及由此而来的怀孕、生育等,而且在这个层面上又分为因无知、本能而遭遇的性——如《小城之恋》中那个从小在剧团里跳舞的女孩、《县城》中在19岁时怀孕而后又私自堕胎的罗修,和身体遭受到的强行侵犯——如《我心中的石头镇》中7岁时就因哑巴的骚扰而对男人产生恐惧、后又被哑巴劫持一度被藏在他家的地洞里遭受凌虐的珊红,《雾落》中同样是在懵懂的女孩时期就

① 参见张永禄:《当代成长小说的类型学批评》,《时代文学》2008年第11期。

被王叔强暴、后来一直保持这种关系的小鱼，以及《妙妙》中的妙妙、《秧歌》中的女萝等。同时，也包括两性之间的关系诸如和谐、矛盾、对抗等，像《小镇的一段传说》中的罗莉与二头、《小城之恋》中的“她”和“他”、《荒山之恋》中的金谷巷女孩儿与拉大提琴的“他”等。此外，这“性”也可以体现在心理或精神层面并以荒谬、怪诞的情境表现出来，如李昂短篇小说集《花季》中的《花季》、《混声合唱》、《有曲线的娃娃》等，既有着少女成长中初次萌发的对于性的恐惧与探索，“性”同时还被作者赋予了更多的内涵，如通过“性”来“表现旧的制度（即社会）的变形、崩溃和一种新的合理的诞生”①。

当然，对于多数女主人公或女性人物来讲，“情感”与“性”是非常现实也是相互依存的一体两面，就像在迟子建的《东窗》等作品中，它们是随着女孩的成长、胭粉豆花的开放自然而然地到来了，有时在情感结束之前、或因情感、性及其他因素所导致的悲剧、毁灭到来之前，它们也大都是幸福而美好的。在一些作品中，女主人公则以旁观者而非亲历者的身份遭遇“情感与性”，如《属于十七岁的》中的第一人称叙述者“我”，“我”目睹了那个看校门的退役军人与他年轻而身有残疾的太太令人哀伤的婚姻，也目睹了退役军人意外死去后，未婚的体育老师“疯狗”与他半残废的寡妇以及他的一双儿女生活在了一起，并因此开始审视或思索自己的成长。此外，像上面提到的《原始风景》、《那些不毛的日子》中的第一人称叙述者“我”、《上种红菱下种藕》中的秧宝宝等，也都是以作为“情感与性”的旁观者来表现她们的成长，只不过她们所遭遇的“情感与性”总被她们无邪的眼睛过滤或单纯化了。比较特殊的是施叔青的《壁虎》，患有肺病的少女“我”，也曾以旁观者的身份遭遇“性”——目睹了曾经与自己相亲相爱的大哥在结婚后沉沦于情欲的“罪恶”之中，在经过难言的嫉恨心理和可怖的梦魇后，“我”选择以结婚也即情欲来遗忘过去、早早地结束了自己的少女生活。② 尽管有论者认为这篇作品是“按照弗洛伊德理论所臆想出来的一篇没有多少生活根据的作品”（刘登翰），但不可否认的是它提供

① 参见施淑：《盐屋——代序》，收入李昂：《花季》，台北：洪范书店，1985。

② 收入施叔青：《那些不毛的日子》，台北：洪范书店，1988。

了另一种形态的女性成长经历，而且未必没有心理真实的成分。

通过以上的分析可以发现，女主人公或女性人物所经历或遭遇的“情感与性”的表现形态虽然存在着差别，但在此过程中她们却都有着一个相似的成长体验，那就是女性文学研究中经常提到的性别意识的觉醒，而这一觉醒的过程与状态同样因着女主人公或女性人物与“情感与性”的遭遇形态的不同而有所差别，但其中对于作为女性个体的“身体”以及与“身体”相关的生理的、心理的种种体验，却又有着性别本身的共通性，也是女性性别意识觉醒的主要表征。如《上种红菱下种藕》中秧宝宝、蒋芽儿对在镇上打工的有着“慵懒”或“不正经”的女性气质的黄久香的模仿，当被人说成是“两只小妖怪，扭捏作态”后，却因觉得与黄久香“接近了一步”而自得；《荒山之恋》中金谷巷女孩儿小小年纪已学着电影来打扮自己、学着妈妈对叔叔的拿捏分寸与男生斗嘴；《小镇故事》中少女舒畅对“老朋友”（即女性月经）到来的期待，因为只有“她”在某一天来“认领我”后，“我才会摇身一变成为一个真正的女性”[①]，等等。尽管上述行为反映的是女孩或少女于外在的穿着服饰、行为方式的单纯模仿或标新立异，以及对内在的生理变化的趋同心理等，但从中依然揭示了她们对自己以身体为核心的性别特征或朦胧或清晰的体认。当然，更多的作品主要是通过“性”本身来表现这一性别意识的觉醒，如《我心中的石头镇》中的珊红、《雾落》中的小鱼等因身体遭到侵犯而不得不开始面对自己的性别；另如经常被论者所引用的王安忆的《小城之恋》、《荒山之恋》，以及海男的《县城》、陈染的《纸片儿》、施叔青的《壁虎》、李昂的《杀夫》、《花季》等，对于这些作品而言，“身体”既是女主人公或女性人物性别意识觉醒的主要载体，也体现了论者所谓的“身体政治”或“躯体修辞学”，即通过身体来进行反抗或进行自我发现、自我的性别与身份建构，就如同那个向往“外面大千世界”和“神奇的人生”却又“身无长技”的妙妙所想的：“她只有凭了她的一个身体，去为她争取神奇的人生作牺牲”[②]；而对于一些作家或作品的女主人公来讲，同时还存在着通过“身体”或“性”来

① 薛舒：《小镇故事》，《飞天》2007年第9期。

② 王安忆：《妙妙》，《上海文学》1991年第2期。

探索或张扬女性写作的意义、探索女性的生存处境与两性之间的关系、探索人性及命运等。这些探索既肇始于性别意识的觉醒,也是女性成长的一个重要过程。

在有关成长小说的界定中,有论者特别强调帮助主人公成长的"不同种类的引领人和建议者",比如上面提到的秧宝宝和蒋芽儿所模仿的黄久香、金谷巷女孩儿所模仿的妈妈等,都应是这样一个"引领人和建议者"的角色。如果不拘泥于概念的界定,可以说在主人公的成长过程中都需要或离不开"他者"的存在,而这"他者"既可以是作品中的某类人物,如黄久香、金谷巷女孩儿的妈妈等比较善解风情的一类女性;另如前面在讲小城青年"离去"或"再离去"的方式时提到的,像《县城》中的罗修,《雾落》中麻姑的女儿阿山、阿水以及阿山的私生女小鱼等,都将离开小城的希望寄托于某位男性身上、或因来自外面世界的某位男性而萌生了对外面世界的向往,那么,这"来自外面世界的某位男性",如《县城》中的咖啡商人、《雾落》中的理发师"海市佬"与来自省城的工程师高工、《小镇的一段传说》中来自临镇的二头、《我心中的石头镇》中仿佛从"石头镇海域的马里亚纳海沟深处浮现出来"的莫老师、《致一九七五》中北京大学物理系毕业的老师孙向明、《壁虎》中由省城学成归来的大哥、《千江有水千江月》中来自台北的大信等,亦是女主人公成长过程中不可或缺的"他者";同时,这"他者"也可以是金谷巷女孩儿打扮自己时模仿的电影,或者是妙妙用以了解头铺街外面世界的电影电视、报刊杂志等非人物形象的媒介,这些媒介不仅使得金谷巷女孩儿、妙妙等在穿衣打扮方面成为小城的标新立异者,使得妙妙萌生了对外面世界的向往,也在有形无形中影响了她们成长过程中性格的塑造,并且这些媒介与上面提到的男性形象一样也来自外面世界,因此对于小城女性来讲,这来自外面世界的人或物是她们成长中的一个重要的"他者",小城女性成长史的独特性也由此显现。此外,成长固然需要"他者"的中介或引导,但对于上述的所有女性人物而言,她们最终还是要独自面对自己的成长、独自面对或解决成长中出现的所有问题,如金谷巷女孩儿选择的死亡、《县城》中罗修选择的堕胎、《小城之恋》中的"她"选择生下并独自抚养自己的孩子、《壁虎》中的"我"选择用结婚来遗忘过去等。

这里其实涉及前面讲到的成长小说的叙事模式中的最后一个环节,即仿佛一个仪式的完成,主人公在经历一系列事件后都"适应或进入了社会",终于长大成人,小说也就此结束。而在前面分析的"女性的成长史"中,女主人公或女性人物在经历或以旁观者的身份遭遇"情感与性"后,作为仪式的完成或小说的结束,远非一句"长大成人"可以涵盖,她们的"适应或进入了社会"依然存在着不同的形态:

其一,是经过程度不等的磨难、矛盾、冲突、对抗后沉静下来,呈现出和谐、和解的氛围,如《原始风景》、《那些不毛的日子》、《小镇故事》、《上种红菱下种藕》等以小女孩的(回忆)视角所描写的童年时期与成长相关的点滴往事,而这样的结束也最接近成长小说正面、向上的传统,即使是一些有着"创伤性经历"的女性也是如此,比如《小城之恋》中做了母亲后"心理明净得如一潭清水"的"她",《妙妙》中衣着行事渐渐被头铺街的人们接受、也安于在小镇上做一个"孤独英雄"的妙妙,《我心中的石头镇》中终于等来朱子对婚姻和腹中孩子承诺的珊红,《千江有水千江月》中从大信给她的痛苦解脱出来的贞观,《县城》中在县城与省城间从容往来、写作的罗修;其二,是当两性关系中的矛盾、对抗到难以化解时,便通过消失或死亡等方式加以结束,虽然表面上看来这样的结束方式有着尘埃落定式的平静,但其中的悲剧意味是显而易见的,比如《小镇的一段传说》中罗莉的消失在罗古河北岸,《荒山之恋》中的殉情自杀,《杀夫》中用丈夫陈江水的杀猪刀像杀猪一样杀了丈夫的林市,《纸片儿》中单腿人乌克被外祖父也即父亲的猫咬死后变得苍白滞呆、终日沉溺在幻觉中的纸片,《雾落》中当王叔不能兑现送自己到大城市读书的诺言而选择与他同归于尽的小鱼;其三,是当小说结束时,作为"完成"的仪式似乎并没有到来,比如小说集《花季》中仍在"迷宫似的世界"或可怕的"盐屋"中寻找出口的少女,《属于十七岁的》中的"我"仍在"少年不识愁滋味"地感叹"十七岁啊,我的十七岁",或者即使有着所谓"完成"的仪式,却并没有获得内心的平静,原有的矛盾、冲突依然存在,如《壁虎》中在丈夫细致的体贴下生活得"十分快乐起来"的"我",因为随着每年秋季而出现的壁虎的存在,"始而感到可耻的战栗,最后总是被记忆击痛"。这三篇同样出自少女之手的作品既表明了作者或女主人公成长的未完成,也说明所谓的“成长”只能是生命历程中的一个段落，随着仪式的完成或小说的结束而暂停，生命的另一阶段将由此而开始。

如果从这个角度来看，在女作家的小城写作中，有一些作品并不（主要）描写仿若蝉蜕的女性成长史，而是着重于描写成长完成后的所谓成人世界的日常生活，诸如婚丧嫁娶、生老病死、四时八节、柴米油盐、工作事业、家长里短、喜怒哀乐等，因此，可将这类作品称之为“女性的生活史”。其中既有夫妻或男女之间的挚爱深情如迟子建的《亲亲土豆》、《清水洗尘》、《世界上所有的夜晚》、魏微的《大老郑的女人》，也有以男性为叙事焦点的如季季的《寂寞之冬》、萧飒的《小镇医生的爱情》中的两位小镇医生在夫妻关系归为平淡后对婚姻或者说妻子的坚守或背叛，也有着家人、母女之间的关切相惜或彼此伤害如迟子建的《洋铁铺叮当响》、李昂“鹿城故事”中的《西莲》；既有职业女性于事业、亲情、感情等方面的内心挣扎如孙惠芬的《伤痛故土》、李昂的《水丽》、《舞展》，单亲妈妈的由无助到独立自强如季季的《菱镜久悬》，也有着两个女人为了共同爱着的一个男人而互相仇恨却又同情相知的一生如魏微的《姊妹》，或因着“清白无暇的过往”而充当着“鹿城厨房后院的良心”传播着四邻的闲话、隐私、是非者的蔡官（李昂《蔡官》），或由艺旦而嫁为人妻的色阳，在丈夫因荒唐而花光家产后仍静静守着他，靠做端午节的香囊、扎七月大拜拜用的草人、元宵节或中秋节的花灯等过着黯淡的日子，而由她手扎的香囊则成为鹿城许多人有关童年与五月节的美好回忆（李昂《色阳》）。[①] 与青涩、浪漫、单纯、好奇或变动不居、怪异孤独、激烈尖锐的女性成长史相比，上述女性不同面相、不同片段的生活史虽然大都凡俗庸常甚至不乏压抑扭曲，但却充满了生命在沉淀下来后热气腾腾、厚重踏实的人间烟火的气息，也是前述女性作为仪式的成长“完成”后的人生历程的延续。

这些将“成长史”与“生活史”糅合在一起的作品，通常以中、长篇居多，这其中具有女性“史诗”风格的作品，当属萧丽红的《桂花巷》和池莉的《你是一条河》。之所以称这两部作品有着史诗的风格，并不仅

① 上述李昂“鹿城故事”系列都引自李昂：《她们的眼泪》，北京：中国友谊出版公司，1985。

仅在于它们的篇幅，还在于这两部作品的时间跨度都比较大，《桂花巷》的故事时间由清光绪十四年女主人公剔红未满十岁，一直写到她于民国四十八年时的无疾而终，历经了台湾历史上清朝、日据、国民党政府迁台三个不同时期；《你是一条河》的故事时间从 1964 年女主人公辣辣于 30 岁时守寡写到 1989 年 55 岁时去世，历经了大陆的“文革”与改革开放后的新时期。然而更为重要的，是两位女主人公在经历人生的种种苦难与难堪时所显示出的强韧的生命力与博大的生命容量，如剔红自幼年起便先后丧父、丧母、丧弟、丧夫，年纪轻轻守寡后带着独生子在大家族中周旋，与女戏子亲昵、抽鸦片、与佣人私通、待媳妇刻薄，然而无论怎样千转百回，却始终得独自面对虽锦衣玉食却“度夜如年，度年如夜”的孤清日子；辣辣在守寡后尽管过得风风火火、热热闹闹，但为了抚养七个孩子可说是费尽了心血，最后终因长年卖血造成的极度贫血和小儿子死去的沉重打击过早地离开了人世。她们虽然经历了大时代的风云变幻与不同的社会变迁，她们命运的起承转合与时代、社会也不无关联，但她们却无力也无意承担起时代与社会的重大责任，就像萧丽红在《桂花巷》的“后记”中所言：“以一个民间弱质女子的胡愁乱恨，实难代表炎黄子孙的万一情怀”[①]，但她们无疑都是自己生活中的强者与“英雄”，并以她们强韧的生命力“浮出历史地表”，成为任何时代、社会都不可缺少的“母亲河”。

这也再次表明，虽然女性的私人历史无法脱离开国家、民族、革命、政治、时代等宏大话语，但在女作家的小城写作中，这些宏大话语往往只构成她们私人历史的一个或浓或淡的背景，作家所关注的始终是“背景”中的她们而不是“背景”本身，即使像池莉《凝眸》中的柳真清，虽曾走在时代的风潮浪尖上——参加游行聚会、投奔洪湖苏区、遭遇贺龙等风云人物，但在经历了“肃反”以及情人的欺骗、爱人的被害后，她重回到沔水镇接替母亲办萃英女子学校，并终身未嫁，当沔水镇人议论这是因为她年轻时的情场受挫所致，她明白是自己看透了男人参与历史洪流的野心与真相，你可以说这是从女性的角度对宏大叙事的解构，但这更是女性对自我主体的清醒认识与定位，由此也可说明，

① 萧丽红：《剔红是我——〈桂花巷〉后记》，收入《桂花巷》，台北：联经出版社，1977。

上述女作家对女性主体的关注、(或者由此而造成的)对历史时间的弱化,并不妨碍她们向女性命运和主体做更深入的探究,而她们对(广义的)“身体”与“性”的探究,反过来于宏大话语、于女性历史自身而言,其意义也不仅仅是有限的将女性的“私人生活”带入所谓的文学王国。

她们的“诗”

我曾将现代文学时期的小城小说在“诗意”与“悲剧”之间的倾斜、移动,看做现代小城小说除“地域色彩”之外又一具有共性的艺术特色或审美风格,并指出这一“诗意”既来自中国人千百年来所培养起来的审美和欣赏习惯、中国古诗词和绘画中一些常用的意象之中(本书还将小城“与生俱来”的这一诗意看做小城在文本中的审美功能的体现),也体现在文本的语言、叙事风格以及由它们所形成的作品的整体情调、氛围中,以及作品的景物(环境)描写、人物塑造和那些祖祖辈辈相传的民间习俗与民间艺术之中。

而这里所谈的“诗”,既指当代两岸女作家小城写作中所体现出来的具有一定普遍性或代表性的“诗意性”,此外,也是想由此来探讨诗歌或诗意性与女性写作以及女作家小城写作之间的关系,因此这里的“诗”也可视作是一种写作美学或女性“诗学”。如果说“诗意性”是小城小说与生俱来、同时也是现代作家有意(如废名“像陶潜、李商隐写诗一样”的写小说)或无意(如受传统文化熏陶或个人审美情趣的自然流露)经营的一种审美风格,那么值得进一步思考的,是当代女作家小城小说中体现出的诗意性是否有其独特之处,与现代作家以及同时代的男作家之间是否会有所不同?这需要首先浏览一下诗意性在女作家文本中的各种体现。

语言可以说是诗意性最为直接的载体,它可以直接以诗的面目出现来增添作品的诗意、抒情性,如《千江有水千江月》中俯拾即是的陶渊明、李商隐、李贺、李煜、苏轼、元好问等古代诗人、词人的佳句名篇;另如《属于十七岁的》中除了“我”不断的对人生、四季直抒胸臆外,还提到“我”题在爸爸从阿里山带回来的枫叶上的一首小诗“那片婴儿的红，镶满秋的天"[①]；《原始风景》中"月光"一节写到父亲去世时，特意写下"我"曾经写过的一首诗"他离去了/亲人们别去追赶他/让他裹着月光/在天亮以前/顺利地走到天堂/相信吧/他会在那里重辟家园/等着被他一时丢弃的你们/再一个个回到他身边/他还是你的丈夫/他还是你的父亲"[②]；《致一九七五》中写到"我"于2005年夏天回到南流，"每天独自在南流的大街上闲逛，每天都百感交集。曼德尔施塔姆的诗像水泡一样浮动在南流的大街上。'我回到我的城市，熟悉如眼泪/如静脉，如童年的腮腺炎'"（P146）。

此外，是语言本身所具有的诗意性，这种诗意性是所有追求典雅、优美的语言风格的作品中都存在的，因而也是诗意性最为直接的体现。这里特别要谈的是另一种具有比较特殊的诗性之美的语言，比如常被论者所称道的林白小说的叙事语言，如洪治纲用"灵性四溢"、"轻盈"、"飞翔"等来形容《致一九七五》的语言，[③]他还特意择取了几节以供欣赏，最具代表性的是有关空心菜的那段描写——"空心菜叶子细长，生长在水里。它脾气古怪，不能用刀切，它伤刀，伤得厉害，用刀切了空心菜就会变得很难吃，必须用手摘。手摘空心菜有一种特殊的快感，即使看别人摘，也有快感，摘成一段一段的，手上握一把，一捏，一种柔软的暴力使空心的菜茎破裂并发出'嚓嚓'的声音，既像撒娇又像欢呼"（P57）；而南帆则用"如南方的亚热带植物互相缠绕，茂密繁盛，多汁而蓬勃"来描述《致一九七五》的句子。[④] 他们——这两位男性研究者所描述的林白小说的语言风格，既非常形象地道出了这种语言本身所具有的独特的诗性之美，同时也体现出鲜明的性别特征，而与林白这一具有性别质感和诗性之美的语言风格比较类似的，是同被称为"私（个）人化写作"的陈染、海男的小说语言，如陈染《塔巴老人》中有关塔巴老人死亡的描写——"那夜，极静，在黑暗中，我看到了死亡的颜色，它像蝉翼一样透明得好像根本没有"、"老人的肢体

---

① 收入《季季集》，台北：前卫出版社，1993。

② 迟子建：《原始风景》，《人民文学》1990年第1期。

③ 洪治纲：《形式·成长·语言——论林白的〈致一九七五〉》，《南方文坛》2008年第3期。

④ 南帆：《回忆的文本》，《西部华语文学》2007年第10期。

正在漫漫散发出一股雨后百花野草的清香，嘴里淡淡吐出音乐般好听的调子，透过香气和乐声的薄雾，我看到阿沛的血肉正在一丝丝抽空，我的耳边响起一阵阵潜到深水下边的轰轰隆隆声”①；海男《县城》中有关身体的一段描写——“肉身到底是什么色彩？它也许在黑夜中会变得很深沉，像黑色，那墨汁泼落在身上的黑色，那涂鸦似的黑，由零乱到简洁，再由简洁变得混乱不堪；它也许在黑白来临时会变得轻盈起来，像晶体，像棉花，像水的色彩……”(P147)

但是在大多数作品中，诗意性都是在语言的排列组合中呈现出来的，即经由作者的遣词造句、谋句布篇所形成的情境、情调、意境、韵味等表现出来。如《千江有水千江月》的诗性并不仅仅在于文本中俯拾即是的古典诗词，更在于已浸入字里行间、深入文本肌理的那种古典诗词的情境与韵味，这大概既是曾为“三三”成员的萧丽红非常自觉地对汉唐文化、诗礼江山的追慕，亦是其审美天性的一种自然流露；而和萧丽红一样在字里行间、文本肌理都浸润着诗性之美的当属迟子建的作品，迟子建作品中的诗性之美既体现在她那像大自然一样清新、质朴、生机盎然的语言中，也体现在由这些具有生命力的语言和充沛的情感所形成的情境、意境与韵味之中，就像《千江有水千江月》这一篇名一样，迟子建许多作品的名称像《清水洗尘》、《花瓣饭》、《葫芦街唱晚》、《世界上所有的夜晚》等本身也都充满了诗意。有时候，作品的诗意性也通过带有音乐感、画面感的某种意境表现出来，如《纸片儿》描写单腿人乌克与纸片儿每次约会时的“仪式”——“他三跳两跳，用轻重不同的力量和快慢不均的节奏，在那堆金属片片上跳出一句美妙的音乐，像木琴独奏演员那样富有弹性地敲出一节上行琶音，只不过他是用脚蹦而不是用手弹，最后一响落在一个不稳定的悬在半空的半音上”②；《上种红菱下种藕》中写到秧宝宝与蒋芽儿放学后在水乡小镇的老街上闲逛时，有如下的描写——“太阳这会儿疲软了一些，光转成姜黄的，老街就变得鲜艳起来，像一幅油画。这两个小人儿漂亮的衣裙使得这幅画面活泼了”、“太阳又向西移过一步，在她们身后，老街

① 收入《陈染文集·与往事干杯》，南京：江苏文艺出版社，1996，第262、267页。

② 同上书，第242页。

褪去姜黄的底色，还原了黑和白，真正成了一幅中国水墨画。所有的细部都平面地，清晰地，细致地呈现出来，沿了河慢慢地展开画卷"[①]；另如李昂"鹿城故事"《辞乡》中写到李素对出国留学的姐姐的思念，"在一个落叶的秋天里，也许是黄昏，'她'和她的小姐姐坐在门前的石阶上，或看着太阳西沉入屋角，或携手坐着相互慰安，在当中会有的那种童谣似的清宁"[②]；《大老郑的女人》写到大老郑的女人到来后，"我"家院子的变化——"一个有月亮光的晚上，人们寒缩，久长，温暖。静静地坐在屋子里，知道另一间屋子里有一个女人，她坐在沙发上织毛线衣，猫蜷在她脚下睡着了。冬夜是如此清冷，然而她给我们带来了一种岁月悠长的东西，这东西是安稳，齐整，像冬天里人嘴里哈出来的一口热气，虽然它不久就要冷了，可是那一瞬间，它在着"[③]。

除了语言之外，作品的叙事形式、叙事风格等也都有助于诗意性的形成，比如萧红的《呼兰河传》之所以被称为"叙事诗"，除了那充满灵性、感性的语言外，主要还在于它的叙事形式及叙事风格，即散文化的抒情风格，其实从某种意义上讲，语言与叙事形式、叙事风格等在类似《呼兰河传》这样具有散文化、抒情性的作品——如鲁迅的《故乡》、沈从文的《边城》、废名的《桃园》、师陀的《果园城记》、汪曾祺的《鸡鸭名家》等——的诗意性的形成上，很少是截然分开的，更多时候它们甚至是相互成全或你中有我、我中有你，而上面提到的王安忆、迟子建、林白、陈染、海男、魏微等女作家的小城写作中，同样也存在着类似的情形（萧丽红小说文本的整体诗意性特征，更多在于她典雅的语言风格），但其中仍存在着比较特殊或有所不同的地方。

比如王安忆、林白、海男的独特性在于，不同于具有上述风格的作品多以中短篇尤其是短篇居多，《上种红菱下种藕》、《致一九七五》、《县城》则都是二三十万字的长篇，以如此长的篇幅而尚能令文本保有诗意性特征，于《上种红菱下种藕》而言，是贯穿于这部写实的小说文本的情感叙事，是作者投注于她的小女主人公、投注于华舍这一江南小镇真挚关爱的情感，形成了这部小说的诗意流动；于《致一九七五》、

① 王安忆：《上种红菱下种藕》，海口：南海出版公司，2002，第20、21页。

② 收入李昂：《她们的眼泪》，第4页。

③ 魏微：《大老郑的女人》，《人民文学》2003年第4期。

《县城》而言，除了前面讲到的作者那兼具性别质感和诗性之美的语言风格外，还在于这两部小说的叙事形式，对此，洪治纲在论述《致一九七五》时有着非常贴切的描述：直觉化的形式，即高度依赖自己的直觉感受，依赖自己的生存体验和灵性的想象，抛开理性对文本结构的控制，也拒绝理性思考在叙事中的渗透，①于是，《致一九七五》以“我”的漫游、回忆、感受来讲述往昔的人、事、物，《县城》以“我”对自己身体的探索、感受来串联起与“我”密切相关的他/她人的故事。陈染的独特性一方面在于前述同林白等类似的语言风格，此外还在于她所独具的“魔幻现实”或“超现实”的叙事风格，以及她笔下女性人物的“超现实”的行为或感觉，如《小镇的一段传说》中罗莉对记忆的收藏；《塔巴老人》中黑丫的诸如能听到落日滑落时所哼出的忧伤调子、能看到死亡的颜色和塔巴老人死去时心口处绽出一朵淡紫色小花等“特异功能”；《纸片儿》中像女娲一样用红泥巴捏出一个个拥有夸张性器官的泥人的孩童时期的纸片等，这些“超现实”叙事风格及人物行为，形成了陈染小城写作中极具想象力并带有思辨性的诗性特质。而迟子建的小说风格虽然接近于萧红或她自认为精神气质比较接近的沈从文，如果从文学史的角度来看，这样的承继性也许显不出她的独特之处，但当与同时代的作家比较时，她的独特之处便突显出来，当人性的丑恶、两性之间的战争、人生的苦难被极尽张扬时，她对人性美的挖掘、对男女的无差别对待、对人生中温暖部分的特别关注、对大自然的深厚情感，在在都形成了她虽看似平和却非常独立的写作风格，她与上述女作家的不同之处在于她用感性、琐碎却温馨的细节赋予日常生活本身以或忧伤或优美的诗意（在魏微不多的小城写作中，也是在这一方面呈现出与迟子建比较相似的审美风格，而她所缺乏或者说与迟子建所不同的是与大自然之间那种与生俱来的亲密关系），而不仅仅是通过语言、叙事形式或风格、意境或情调的营造等赋予文本以诗意，她于诗意日渐被日常生活或所谓的客观真实消失殆尽的当今文坛的意义，也在于此。

通过以上对女作家小城写作中所存在的诗意性的分析，可以将这

① 洪治纲：《形式·成长·语言——论林白的〈致一九七五〉》。

些不同形态的诗意性大略分为三种类型：其一可称之为“诗之正统”，即非常典型地体现了中国古典诗词的意境、神韵及抒情性，这以萧丽红的《千江有水千江月》最具代表性，而我们通常所理解的、同时也是许多作家作品中所表现出来的诗意，也源于此；其二可称之为“风之传统”，即具有《诗经·国风》素朴的“感于哀乐，缘事而发”的叙事、抒情传统，蕴涵着民间、自然、田园以及日常生活的气息，与“诗之正统”的典雅、文人气相对照，这以迟子建的作品为代表；其三可称之为“现代诗风格”，即作品的诗意已不再来自于中国古典诗词，而是体现出现代派诗歌的艺术风格，通过诸如象征、隐喻、意象、通感等艺术手法的运用，营造出或晦涩朦胧或充满玄思的诗歌意境，这以陈染、林白、海男的作品为代表。由这三种类型再回看前面对诗意性的具体分析，可以说正是由于对诗意性或小说艺术的不同理解、追求，影响或决定了诗意性在文本中的不同体现，也正因为其中包含着对小说艺术的理解与追求，对于上述女作家来讲，诗意性便不只是她们小城写作的独有风格，但另一方面对于萧丽红、王安忆、迟子建、林白、魏微等许多女作家来讲，小城写作又在她们的整体写作中占有相当重要的位置，甚至可以代表她们整体的或某一阶段的创作水准与风格，因此，诗意性仍可看做女作家小城写作中具有普遍性或代表性的创作倾向，那么这一创作倾向于男作家的小城写作中又是怎样的情形呢？

如果仍由上述的三种类型来看男作家的小城写作，似乎并不难找到与其大致相对应的作家作品，如就“诗之正统”而言，在汪曾祺、林斤澜、苏童、毕飞宇、徐则臣等作家笔下的水乡小城，何立伟的《小城无故事》，以及郑清文的《大水河畔的童年》、《水上组曲》，陈映真的《铃铛花》，七等生的《大榕树》等对昔日小城生活的回忆之作中，除了小城本身所具有的诗意性外，也都还有着程度不等的中国古典诗词的或抒情或营造意境的流风遗绪；就“风之传统”而言，在贾平凹的“商州”系列，张炜的《刺猬歌》，宋泽莱的《港镇情孽》、《花城悲恋》以及《春城的重逢》等收入小说集《蓬莱志异》的众多作品中，也不乏民间的、自然的、田园的或日常生活的诗意性；就“现代诗风格”而言，在七等生的《来到小镇的亚兹别》，舞鹤的《悲伤》、《舞鹤淡水》等作品中，也可以看到象征、隐喻等艺术手法的运用以及由此所营造出的虽然荒诞却不乏感伤的意境。然而这种种对应其实都是相当表层或表面化的，如果对形成文本诗意性的各个具体环节如语言、叙事形式、叙事风格等加以辨析，依然不难找出其间的种种差异。

比如就语言而言，男作家中同样也有着对纯熟、简洁、优美或古典、感性、诗化的文学语言的着力经营者，如汪曾祺、林斤澜、李永平、贾平凹、苏童等，但这一语言风格既可以说是没有性别之分，在某些时候它们甚至是比较接近于阴柔的女性气质。此外，前面曾提到的陈染、林白、海男等兼具性别质感和诗性之美的语言风格，却既未见于现代女作家的小城写作中（即使是萧红的《呼兰河传》和《小城三月》，萧红那同样充满灵性、感性的叙事语言并不具有鲜明的性别特征，它们更像是一个尚未有性别意识的小女孩在感受周遭的一切，这也可能与她的叙事视角有关），更未见于现代及同时代男作家的小城写作中，即使是同被论者称为“晚生代”或“个人化写作”的韩东、毕飞宇、鬼子等男作家的小城写作，即使是他们中的一些人也曾以诗歌写作步入文坛或为文坛所瞩目，比如曾经倡导、引领某一诗潮的韩东，他的小说常常被论者称为“智性”写作，诗歌写作在他小说中留下的也许只是冷静、洗练、纯熟的语言、技巧，而这种写作风格又与他的诗歌理念是相契合的，无论是对日常生活的强调还是“诗到语言为止”，都有着对传统意义上的诗意的消解，因此，也可以说韩东等作家作品中的“诗性”，已不同于本小节所谈的主要是从中国古典诗歌的艺术特征中衍生出的“诗意性”，而更接近于陈染、林白、海男等作品中的“现代诗风格”（这也是为什么在谈她们小城小说中的诗意性时用“诗性”来替代的原因），但两者之间主要的区别便在于前者并不具有后者的“性别质感”。因此，陈染等女作家经由上述兼具性别质感和诗性之美的语言风格所形成的小说文本的诗意性特征，虽然还存在于她们其他题材的小说写作中，但就小城小说而言，这可以说是当代女作家于小城写作的独有风格之一。

另如就叙事形式而言，前面曾提到林白、海男小说所具有的“直觉化的形式”，即以感觉流动、跳跃所构成的片断化或碎片化的叙事形式，无疑与现代文学时期的《呼兰河传》、《故乡》、《边城》等作品，以及当代文学时期与上述作品保持某种承继性的汪曾祺、林斤澜、迟子建等作家作品中的诗化、散文化已相去甚远，因为后者仍保存着相对连贯、完整的故事情节或人物形象，并且在研究者看来，这种“重直觉轻理性、重细节轻结构”的叙事形式，是大多数女作家小说文本中所具有的性别化特征的体现，而这一具有性别化特征的叙事形式，与上述优美、感性、诗化等语言风格所具有的阴柔气质，都间接说明了诗意性与女性写作之间所具有的本源意义上的密切关系。也许在一些论者看来，这所谓的“本源意义”或对性别化特征的自觉，难免会落入主流的同时也是男权文化所固有的性别期待中，难免会再次遮蔽女性写作的独特意义，但像前述陈染小城小说所具有的由“超现实”的叙事风格及女性形象所形成的独特的诗性特质、迟子建的日常生活诗意于当代文坛的意义之所在等，都说明了这种担忧的多虑，即便有如此可能性，也不必因此而讳言，毕竟，这一与男作家甚至现代女作家小城小说文本中的诗意性“貌似”而“质别”的写作倾向，是当代女作家于小城写作的独特性之所在，尽管这一独特性主要由陈染、林白、海男等被称为“个人化写作”的女作家的小说文本体现出来的。不过前面通过对女作家小城写作中共有的主题——讲女性的故事——的相关分析，说明性别的自觉不一定要以激烈、夸张、张扬的姿态示人，它同样可以用平和、含蓄的面貌呈现出来，就像仿若蝉蜕的女性成长史完成后，总有一部分人会沉静下来，进入也许平庸却充满人间烟火气息的生活史中，有些人甚至因强大的生命容量而成就一部女性的史诗，但这沉静或平庸并不意味着对与“性”或“身体”相遭遇的成长过程的遗忘或遮蔽，而毋宁说是一种升华，这升华固然体现在某些女性的生活或写作中，但正是由于她们整体——那些小城小说的女性作者——的写作才构成了一个完整的并呈现出不同面向的女性历史，从而使这“升华”成为可能，使上述女作家于小城写作的独特性有了广泛的基础，也避免了一些论者所担忧的女性写作所可能有的局限与单一。

第二节 她们与小城/空间

她们笔下的小城形象

本书第三章在谈“小城的特性与功能”时,已或多或少提到过当代两岸小城小说中那些性格鲜明的小城形象,这里之所以还要特别分析女作家笔下的小城形象,一方面是因为前述的小城形象不仅只是相关论述中的一部分且都是泛泛而谈,更主要的则是为随后的论述做一个铺垫,因为小城形象既关涉到女性形象与其生存环境之间的关系,也关涉到作家写作与其小说文本中空间场景之间的关系。

“古老”可以说是女作家笔下小城的最大共性,不管它是临海还是依山、是位于莺飞草长的江南还是白雪纷飞的东北、是毗邻着繁华的大都市还是因山高水长而仿若世外,在小说叙述中作者大都会特别强调这小城的历史悠久,这里不妨按时间顺序来加以列举:如陈染通过那些古老的树种来说明她的“魔幻”小镇的古老——“在第四纪大冰川中,许多古老的树种都灭绝了,但乱流镇以其独特的地理环境,存活下来不少举世稀有的第三纪残遗树种,那些水青树、连香树、领春木、珙桐、鹅掌楸等等都带着古老洪荒时代的奥秘、幽深、荒僻和许许多多先人的传说完好地伫立着”(《纸片儿》,P246。这些树种同时也出现在她的另外几篇小城小说中);魏微《大老郑的女人》中的小城——“是一座古城,不记得有多少年的历史了,项羽打刘邦那会儿,它就在着,现在它还在着”;薛舒笔下位于上海浦东的刘湾镇的确切历史,可追溯至上海知县颜洪范率民修筑外捍海塘的明万历十二年(见其长篇小说《残镇》,上海文艺出版社,2008);郭小橹《我心中的石头镇》至今还留着与明朝的“抗倭寇,打海盗”以及石头镇的由来有关的街名如“倭寇巷”、“戚家街”、“纺花巷”、“水洼巷”;王安忆《上种红菱下种藕》中离绍兴十五公里的华舍,“同治初年,此地的丝绸业就开始繁荣”;李昂在《辞乡》中写到——“李素重回学校,开始知觉到,自己已经必须重新面临整个鹿城,那个在过去一二百年曾极为兴盛,现在已衰微的镇市"[1];池莉的沔水镇,在清朝道光二十五年,已有了"专门经销英国亚细亚洋行的铁锚牌和僧帽牌洋油"(《预谋杀人》)。除了具体的朝代、年月外,像萧丽红的《千江有水千江月》则通过大家族对中华民族传统礼仪习俗的尊崇体现出布袋镇的历史感,迟子建的《东窗》则在小说的尾声直接写到"小镇越来越古老了"。

也许是因为历史悠久,这些小城大多都体现出前面曾分析过的小城性格中"常"的一面,如日常生活中封闭、单调、停滞、重复等缺少变化的时间与空间,但另一方面也可以理解成是一种悠闲、安定、保守的生活状态,关于小城的这些特性,在小说叙述中作者仍然会特别指出,有时甚至会特别强调其"古风"犹存。例如在罗莉的记忆收藏店出现之前,罗古镇"始终是沉闷孤寂的,就像那条失去记忆的讲不出往昔也不会幻想未来的罗古河那样死气沉沉又心事重重",[2]有着"特异功能"的黑丫长高了,只是木月镇"一如往昔,宁静,淡漠地延伸。镇上的人家依旧无所事事,疲疲沓沓,屋顶烟囱里冒出的烧柴灶的青烟同几年前一样。这里依然是没有时间没有空间的孤独世界"(《塔巴老人》,P259),单腿人乌克被纸片祖父的猫咬死后,乱流镇"继续着麻木无争的日子,依然是什么事情也不能引起人们的注意和好奇。在这个小镇,没有人感到过新鲜和乏味"(《纸片儿》,P252);《大老郑的女人》中"项羽打刘邦那会儿"就在着的小城,那会儿"人们是怎么生活的,现在也差不多这样生活着"、"多少年过去了,我们小城还保留着淳朴的模样,这巷口,老人,俚语,傍晚的槐树花香……有一种古民风感觉",大老郑女人半良半娼的身份暴露后,大老郑携她离开了"我"家院子,父亲后来想起他们,就笑道:"这叫怎么说呢,卖笑能卖到这种份上,还搭进了一点感情,好歹是小城特色吧,也算古风未泯";在施叔青的《壁虎》中,当大哥在婚后迷恋、沉沦于情欲的"罪恶"时写道,"在古风的小镇上,就如同我们这轩特样的现代建筑不被容允,我们灭杀了道律传统的价值"(P5)。

同样也是因为历史悠久,使得这些小城大都有着或神奇或怪诞恐

① 收入李昂:《她们的眼泪》,第6页。

② 陈染:《小镇的一段传说》,《当代》1987年第3期。

怖的种种传说。如《东窗》中关于居住在海边的少数民族的生活传说，这个民族喜欢跳舞，夏天围着海边的篝火跳，冬天围着屋子炕中央的火盆跳，他们屋子里开着三个窗户，其中一个是东窗，是与神交谈的地方；另如施叔青《那些不毛的日子》中在鹿港流传的一则传说——一个有千岁之龄的火车头，因渴望人世间的温情，在夜晚变成一个高大的古装绅士，身穿一袭华美的银色长袍，去探访娼寮里的姑娘；而在李昂的笔下，一个萦绕不去的主题便是鬼魂传说，从“鹿城故事”中李素于晚上自台北回到鹿城，“冬天清黯的路灯照在铺地的长条石板，淡灰一如墓地石碑颜色，所有以前听到有关长巷鬼的传闻，骤然涌现”（《假期》），到《杀夫》中林市因听了太多关于鬼魂显灵申冤的传说而生活于恐惧之中，到了《看得见的鬼》（台北：联合文学出版社，2004）一书中，则直接以女鬼为小说主人公，如“顶番婆的鬼”、“吹竹节的鬼”、“不见天的鬼”、“林投丛的鬼”、“会旅行的鬼”等纷纷现身人间，上演了一出出或因冤情骚闹一方、或于乱世拯救世人、或在做鬼后才了然了人世间的种种趣味与无奈、或为报仇不惜冒着永世不得超生的危险漂洋过海的戏码，自称“基本上是被鬼吓大”的李昂的“鬼话”，在此可说是达到了登峰造极的境界。

这些代代相传、充满原始想象力的神鬼传说既加深了小城的古老，也突显了小城“守”的性格特征。但是另一方面，不管是再古老再与世隔绝的小城，它都还有着现代社会的种种因子，比如在陈染的那些魔幻小镇中，也同样有着电灯、电话、电视、太阳灶、煤气或收录机等现代用品，这一方面在于这些小城小说的故事背景大都与现当代社会有关，也如同本书曾指出的，小城不仅存在着不受时空限制的超稳定结构，它还有着的“变”的特性，而造成这“变”的最根本的动因主要是来自社会时代的变迁，正因为如此，这“变”也便成了小城必然的宿命，在大多数小说叙述中，作者仍然会特别描写给小城带来“变”的那些具体因素，也因为小城大多是偏僻、落后的，那些给小城带来变动的各种因素大都来自外面的世界。

比如罗古镇因为有了电视，“小伙子懂得了有成就的不凡之人都应该有两段或三段风流韵事；姑娘们私下里琢磨出吸香烟和赶时髦才配得上当女中豪杰”，此外，罗莉的记忆收藏店给“死气沉沉又心事重重”的罗古镇带来了生机，而启发她开店的，是来自镇外的那些收集玻璃糖纸、旧烟纸盒和粗俗笑话的人，因为“想钱想得发疯”，他们便把这些东西转到另一个镇上出售（《小镇的一段传说》）；另如真正影响到色阳生活的，不是丈夫花费完整个家当及鹿城人的闲言碎语，而是“新的外来的观念”逐渐取代了“旧有的习俗”，如各种大小拜拜不再焚烧草人使她失去了卖草人的收入，那些工厂里出来的用化学海绵作成的香囊、用塑料作成的灯笼，因为价格低廉或耐用，又令她手做的香囊、灯笼失去了几乎所有的顾客，也令她彻底失去了固定安稳的日子（李昂《色阳》）。在许多作品中，最为直观地体现出小城变化的是人们的妆扮服饰，而最能代表妆扮服饰变化的则是小城的女性，正如魏微在《大老郑的女人》中所讲的“时代讯息最惊人的变化首先表现在我们小城女子的身上”，而首先给小城带来这变化的，或者是《大老郑的女人》中的“广州发廊”、《雾落》中的“老上海理发店”，或者是《县城》中的上海裁缝等，诸如“广州发廊”这样的外来事物给小城带来的是“一场革新”、“是一个时代在我们小城的投影”，它们在带来时髦的发型、打扮、衣服的同时还带来了新的生活方式、审美及思想观念，比如在“我们小城”，是有了“广州发廊”以后才有了像大老郑的女人似的“卖春”的女人。此外，由于小城所处的地理位置、中间流转的时差，使得小城的变化总要落后于外面或长或短的一段时间，如妙妙之所以觉得自己是头铺街的“孤独英雄”，是因为“在这个偏僻地方的时尚，是要比大城市延迟好几轮的”，当她依着自己及时接受先进潮流的天赋打扮自己时，在头铺街便显得最落伍，若她想引领小镇的潮流，又成了大城市时尚舞台的落伍者（王安忆《妙妙》）；即使像“我们小城”，当广州妇女开始化妆后，也需要“一年半载的工夫”，化妆才在“我们这里”流行起来（《大老郑的女人》）。

但是，这些发廊、裁缝店等还只是时代讯息的先声，随着社会、资讯的发展以及人口流动的加速、频繁，人们对外面世界的了解渠道便越来越多，小城与外面世界或者说大城市的“距离”也变得越来越短，小城在外在形态上也便越来越“像”大城市，而当小城在“距离”、“外在形态上”与大城市缩短和“像”之后，那在装扮服饰、生活方式上对时髦的刻意强调、追求也在小说叙述中淡了下来。如在《县城》的上部

“二十世纪八十年代”中，“我”所关注的或者说叙述者所展开叙述的核心，都是出现于县城中的时髦事物如喇叭裤、收录机、高跟鞋、口红、歌舞厅、发廊等，但“摩登这些词汇在九十年代似乎已经失去了魔力，因为县城的城门敞开了，省城有的东西，不出三天就会来到县城”，所以县城中再也不会有关于“一条喇叭裤、一双高跟鞋、一头染出来的金黄色的头发”的谣传，谣传已“开始深入到人性之中”（P92）。这“改变了口味”的谣传所意味的是小城内在的也是根本的变化，而与这内在变化相伴随的仍然是小城外在形态的剧变，这就是为什么“我”于2005年夏天重回南流时会“每天都百感交集”，因为“南流早已面目全非。我走在新的街道上，穿过陌生的街巷，走在陌生的人群里。而过去的南流，早已湮灭在时间的深处”（《致一九七五》，P3）。同样，那些有着悠久历史、神鬼传说的古镇，也都遭遇着或剧烈或缓慢的“变”，如刘湾成了上海的一个开发区，雾落因为修筑三峡大坝而成为水底世界，它们将由此而消失，而那些因为文物保护或旅游开发而得以保存着（部分）过去形貌的小城，如鹿港、淡水等，留下的也仅仅是早已抽空了内里的壳，当然，因着作品的年代或作者的创作初衷，一些小城便得以保存下“缺少变化的时间与空间”的原初形象，如布袋、陈染的魔幻小镇，或者一些小城的形象除了历史悠久外本来就比较模糊，变与不变也就显得无关紧要，如王安忆《小城之恋》、《荒山之恋》中的小城，迟子建笔下的大多数小城。

有论者曾指出，为了建立女性的叙事权威，一些女作家在叙述中营造女性自我表现和活动的另外的“生活空间”，如王安忆总将其女性人物安排在远离主流社会的边缘地带，如“三恋”中的小城、小镇、荒山、远离尘嚣的风景区等，这样的安排既表明它们是“被主流社会和意识形态所遗忘了的生活角落”，在某种意义上也是“女性的实际生存状况”的体现。[①] 除了论者所强调的女性的叙事权威外，这段论述其实也涉及“空间”于小说文本中的象征功能、以及由此所体现出来的作者的创作初衷或理念，如前面曾谈到的施叔青、李昂、陈染笔下的小城形象的象征意义，与作者所特别强调的小城的古老或古风犹存不无关

---

① 王艳芳：《女性写作与自我认同》，北京：中国社会科学出版社，2006，第259、260页。

系，而小城时空的“变”与“不变”在王安忆、迟子建等作家的一些作品中之所以显得无关紧要，则与作者对具有原初或原型意义的女性形象或两性关系的探讨密切相关。与此相关而特别值得一提的，是姚鄂梅笔下的雾落，这座位于长江支流雾河旁的小城自然也有着久远的历史，但它与小说主人公——一家三代女性麻姑、阿山、阿水、小鱼——的关系却始自一场百年不遇的大洪水：麻姑和她有着看海热情的丈夫坐着自制的木筏被冲到了终年大雾弥漫的雾落，醒来后麻姑突然会唱山歌、有了隐秘的特异功能，这重生的感觉使他们打消了因痛失儿子和家园而不准备活下去的念头，在雾落住了下来，并有了两个美丽的女儿；小说的结尾，随着雷管的爆炸，与王叔、王叔女人扭打在一起的小鱼葬身或“重回”水中，麻姑与她的女儿、女婿——终于等来工程师高秉辉的阿山、因“阳光雾落”工程（在山上竖起一面大镜子，将阳光反射到雾落）而被玻璃的反光刺瞎了眼的秦自清和被玻璃的高温毁了容的阿水——选择留在雾落，搬到了曾经常年挡住雾落阳光的五峰山上，一天清早醒来，雾落已消失在山脚下浩浩荡荡的江水中。[①] 这一切源于水又结束于水的叙事结构，既暗含着“大洪水”的创世神话，也因其循环带来的生生不息而寓指麻姑这一形象的原型意义。

此外，小城形象与人物之间同样也存在着诸多关联，比如因为小城的“变”，许多小城人物或小说主人公的命运也由此而改变，如前面提到的色阳生活的改变，头铺街对“孤独英雄”妙妙的逐渐接受，《县城》中的罗修、罗修的姐姐、罗修的女友乔芬等小城女性所经历的爱情、婚姻及其破灭后逐渐建立的自由的男女关系等，都体现了小城内在的种种变化。

她们与小城/空间的关系

上述小城形象与小城在小说文本中的功能、与作者的创作理念以及人物之间的一些关联，已涉及女性人物与小城、女作家的小城写作/女性写作与小城/小说文本中的“空间”之间的关系，这里不妨先看一下女性人物与小城之间所存在的关系。前面曾分析过的女作家笔下

---

① 姚鄂梅：《雾落》，南京：江苏文艺出版社，2008。

的女性形象，无疑都是小城的女儿（只有《上种红菱下种藕》中的秧宝宝、《世界上所有的夜晚》中的“我”、《伤痛故土》中的玉贞、《橄榄树》中的祥浩等，是曾与小城发生过密切关联的“过客”），但是在外在形态上，她们与小城则呈现出“离去”或“依存”的关系。

所谓的“离去”关系，指的就是那些人生轨迹呈现为“（乡村）—小城（小镇—县城）—城市（省城、大都市/首都）”的女性形象与小城之间的关系，她们虽是小城的女儿，但在长大成人后又因各种原由纷纷离开了小城，最终都选择在异乡的城市生活定居，如施叔青《壁虎》、《那些不毛的日子》中的第一人称叙述者“我”，李昂“鹿城故事”中的李素、林水丽，《你是一条河》中辣辣的女儿冬儿，《阿拉伯树胶》中的小美，《县城》中曾是罗修哥哥女朋友的杨琼飞，《我心中的石头镇》、《记忆刘湾》、《致一九七五》中的第一人称叙述者珊红、舒畅、李飘扬等。在这些女性形象中，因着她们离开小城的原因或方式的不同，她们与小城之间也便呈现出各种不同的内在的情感关联。

前面在分析小城小说“离去—归来—再离去”的情节、结构模式时曾谈到，考取自己理想或不理想的大学而离开小城，是当代两岸小城青年第一阶段令人羡慕的“离去”方式，像李素、舒畅、李飘扬都是这样的离去者，在小说叙述中，这种方式的“离去”大多被推到后景或只是被简单提及，作品主要关注的是离去者对昔日生活的回忆以及由假期、探亲或多年之后的归来穿插起的小城人事的变迁，这其中便包含着叙述者因（时间与空间的）距离而带来的对小城的重新审视、以及对小城既疏离又眷恋的情感状态。

而那些于故乡小城留有“创伤性记忆”的离去者，如为了跳舞而不惜与整个家庭决裂的林水丽，曾被哑巴囚禁强暴后又因与莫老师怀孕、堕胎而成为石头镇“臭名昭著”的女孩的珊红，《壁虎》中因大哥的沉沦而受到打击的“我”，《你是一条河》中对自己的家庭极度失望、被母亲的行为方式伤害着的冬儿等，“创伤性记忆”使她们在离去后都长时间不再回去，甚至像冬儿完全与家庭断绝了联系并以孤儿自居，这一方面意味着她们希望通过与故乡的时空距离来遗忘往日的创伤，但这刻意的遗忘其实又暗含着她们对故乡如冬儿对母亲一样又恨又爱的复杂心理，这就是何以已经成为著名舞蹈家的林水丽会认为真正对舞蹈“怀着神秘深切狂热的,恐怕只有在鹿城的那些日子”,珊红会在十几后重回石头镇并希望“心中的石头镇永远站在海角边,不让那些南极洲融化的冰雪吞没了”。在小城的女儿中,还有着因不满小城的闭塞而怀抱着梦想的离去者,如辞职到北京寻求发展的小美、到省城做时装模特的杨琼飞,就像《县城》中所写到的,在 90 年代,许多女孩子“都受到各种各样的诱惑和召唤相继离开县城”,或许多县城的青年“怀着蜘蛛般的激情辞职了,去外面寻找世界为何辽阔的真谛”,小美与杨琼飞只不过是这其中的一员,年轻的她们在小城中并未有如上的“创伤性记忆”,因此也不需要对小城刻意地遗忘,但同样也看不到她们对小城眷恋或疏离的情感,没有心理与情感纠葛或负担的她们可以说是小城真正意义上的离去者。

所谓的“依存”关系,指的是那些在小城中出生、成长并在小城中生活的女性形象与小城之间的关系,这类女性形象在女作家笔下的小城女儿中占了绝大多数,如《千江有水千江月》中的贞观、《凝眸》中的柳真清、《雾落》中的阿水、《县城》中的第一人称叙述者罗修等人生轨迹呈现为“小城一城市一小城”的小城女儿,当然更多的人则是像妙妙一样几乎从未离开过小城(妙妙只是在不记事的时候因为被父母带着到县城看病,才离开过小镇一次),或者像《小城之恋》中的女孩因要随剧团到处演出而暂时离开过。在这类女性形象中,她们与小城之间或是一种紧张的抗拒关系,如妙妙;或是一种高度认同的归依感,如贞观;也或者是介于两者之间的一种情感状态,如罗修,但更多的则是并未表现出明确、明显的情感状态,只是将小城看做是一个与生俱来的或自然或宿命因而也就很少去多想的生活空间。

总之,无论是怎样的情形,她们人生中的点点滴滴、喜怒哀乐无疑都深深地嵌进了小城的历史时空与日常生活之中,也正因为如此,不管是多么凡俗、卑微的人生也都显出了她的不平凡之处,比如前面曾提到的辣辣与剔红,她们“以一个民间弱质女子”而在经历了人生的种种苦难与难堪后仍显示出强韧的生命力与博大的生命容量,她们在成为家人子女的依托、小城沧桑变迁的亲历者与见证者的同时,也成为了生活与人生中的强者;而前面曾提到的雾落中的麻姑、鹿城中的蔡官、色阳,以及《小城之恋》中的女孩、《亲亲土豆》中的女人、《姊妹》中的三娘与温三娘、《我心中的石头镇》中珊红的祖母等，又何尝不是有着同样强大的生命能量，而她们生命中的男性——她们的丈夫、儿子或情人——则与辣辣、剔红一样或者早逝、或者因为软弱、逃避、荒唐、冷漠、自私等，在她们的生活中基本上处于"缺席"的状态（对于金谷巷女孩、妙妙、珊红、罗修等众多小城女儿来讲，他们的"缺席"同时也意味着父爱的缺失）。我在研究现代小城小说时曾谈到，几千年来的城镇发展史可以证明，一些具有优秀民族文化特色、古老风俗的小城古镇，面对着历史的兴衰更替，比起那些曾经繁华一时的大城市，往往显示出更为顽强的生命力，而这些有着强大生命能量的小城女性，则可以说是小城那更经得起沧海桑田的生命力的直接体现或象征，而作为古老小城原本所具有的传奇的一面，则也由《秧歌》中的小梳妆、《东窗》中的李曼云以及陈染笔下的罗莉、纸片儿等传奇人物、传说中的主人公们体现了出来。

需要注意的是，上面谈到的与小城呈现出"离去"或"依存"关系的两类小城女性，也同样可见于男作家的小城写作中，比如王祯和《伊会念咒》、《香格里拉》等作品中的阿缎，七等生《大榕树》中的母亲，贾平凹《浮躁》中的小水，徐则臣《人间烟火》中的苏绣，张炜《刺猬歌》中的美蒂、珊婆，刘醒龙《圣天门口》中的梅外婆、雪柠等，她们也是在或丧夫或在承受人生的种种苦难、小城的急剧变迁时，显示出强大的生命力和适应能力，而成为儿女、丈夫甚至是整个小城的庇护者或坚强后盾，如被"圣化"的梅外婆和雪柠，另外像美蒂既是棘窝镇人与野地生灵息息相关、水乳交融的直接化身，而她离奇的身世和最后离去时留下的茼麻似的头发、带走的那件象征她身份的金黄色的小蓑衣，同样也可说是棘窝镇种种传说的最后绝唱。但是，她们要么处于"无声"的被叙述的状态，如阿缎、美蒂、苏绣；要么即使是有着细致入微的心理描写也因不是作品的叙述焦点而处于一种依附或陪衬的位置，如小水；要么被过于神圣化而失去了真实感，如梅外婆、雪柠，这也就是为什么尽管男作家的笔下并不缺乏"女性的故事"或性格鲜明的女性形象，但她们与女作家笔下的形象总是有着显而易见的不同。且不讲所谓的性别区分、潜在的男权思想等会造成这不同，叙述聚焦、手法等的不同也一样会影响到女性形象在文本中的形态与功能，正如张英进在研究城市性别构形时所指出的，在男性关于城市的叙述中“其核心对象（女性）是缺席的，男性构筑的文本之城基本上是一个有序的结构（多是父权制秩序）”，而在女性作品中，则是“对这种秩序的猛烈挑战”，如张爱玲的《倾城之恋》。[①] 因此，如果说上述女性形象因为其生命力或传奇性，而成为小城的沧桑变迁或古老传说的体现与象征，或者借用贺桂梅“女性与城市同构书写”的论述，将上述小城女性看做是小城“内在精神性格的表征”，那么这样的女性形象无疑主要都出自女作家的笔下。

与此相关的，是本章一开始也曾提到的张英进的另一个观点：在近现代中国的文学与电影中存在一种典型的性别构形，这里暂且不谈张英进将“小镇”也纳入他的城市构形中是否适宜，而是想借此指出女作家小城写作中存在的一个叙述模式，这个叙述模式其实在前面已多次涉及，即小城女性被来自外面世界的男性吸引或“诱惑”而萌生了对外面世界的向往，或将离开小城的希望寄托于这位男性身上，在经历过希望、失望、挣扎、抉择后，小城女性最终都“超越”了这位男性，完成了自我的形塑。比如《县城》中的罗修拒绝在省城与咖啡商人的老婆一起经营咖啡屋、拒绝到省城做简的同居者，以写作者的身份在县城与省城之间自由穿梭；另如瞧不起头铺街的妙妙在被北京来的男演员强行侵犯后，竟因自己与北京男人有过“很深的交道”而骄傲地俯视着头铺街上的女孩，也不把县城的人看在眼里，在经过漫长而艰辛的成长过程后，妙妙生活得从容起来，在看那个男演员演的电影时，发现他只是演了个连名字都没有的小角色，而且在银幕上显得很丑，他的几个镜头过去后，妙妙“再怎么想他是个什么模样，也想不起来了”。尽管这些外来的男性是小城女性成长过程中不可或缺的一个“他者”，但女作家小城写作中的这一叙述模式，无疑与上述张英进的“城市叙述模式”呈现出完全不同的形态，它改写了“城市叙述模式”中男性的主体地位，小城女性的反被动/屈抑为主动/独立的地位翻转，既不同于男作家小城写作中女性总是被同情（如阿缎）、被选择（如小水）甚至

---

① 张英进：《中国现代文学与电影中的城市》，秦立彦译，南京：江苏人民出版社，2007，第265页。

被拯救(如《古船》中的含章)的情形,也显示出了小城叙述与那些真正以城市、大都市为主的叙述模式之间的区别,小城女性最初被动/屈抑的地位可能与小城的地理位置有关,但最后的翻转则是女性写作中女性主体意识的一种自然流露,因此可以说,作为一个文学空间,小城是那些有着明确性别主体意识、但又不像李昂、林白、海男等有着“小城情结”的女作家的一个相当不错的选择,它使女性的私人空间从卧室、床、浴缸/咖啡屋、酒吧、舞厅等,进入一个有着历史、社会、文化、自然印迹的小城空间中,是否因此可以避免一些论者所担忧的女性写作的“单一”与“重复”? 同时,这也不失为理解陈染“魔幻”小镇的一个维度。

可以进一步比较的是,女作家笔下的小城女性,既不乏小城时尚的领潮者,也不乏世俗伦理、传统道德的大胆的反抗者、破坏者,但她们之中却很少有小城社会变革的呼唤者、引领者或实施者,如《两镇演谈》中想做宰相的范希淹、《新星》中被称为“李青天”的县委书记李向南、《古船》中要为洼狸镇的繁荣而有所承担的隋抱朴、《兄弟》中“拆掉了一个旧刘镇、创建了一个新刘镇”的大富翁李光头等(如果暂且搁置对李光头式的人物的道德评价,可以看出,男作家笔下的小城男性与上述女作家笔下小城男性的缺席、软弱、逃避等形象形成了非常鲜明的对比),即使如《凝眸》中曾走在时代风潮浪尖上的柳真清、《伤痛故土》中曾当过文化局副局长的玉贞,最终也都主动从政治漩涡中退回到自己更想过的一种生活中:做一名教书先生或专职作家,并未像林斤澜笔下的女镇长李地(“矮凳桥”系列)、陈世旭笔下的李芙蓉(《将军镇》)那样成就一段女性的政治传奇;同样,即使是像金谷巷女孩、妙妙、罗修、阿水这些曾经激进的领潮者、反抗者、破坏者,在她们激进的行为背后所掩藏的仍不过是一颗平常的女儿心:寻找到一份真正的情爱,正是这平常心使得她们的激进行为又与小城的“变”之间显现出无关紧要的联系,这既说明小城女性所表征的小城的内在精神性格,更多体现的是小城特性中“常”的一面,也再次印证了前面曾指出的在女作家的小城写作中,国家、民族、革命、政治、时代等宏大话语往往只构成女性私人历史的一个或浓或淡的背景,但相关的疑问也因此而产生,即这是否也意味着小城女性的世界的“狭小”,以及由此而体现出女作家的小城写作或女性写作的某种“局限”?

这里不妨看一下小城中的另一类女性,即前面曾提到过的那些小城"过客"。虽说是过客,但她们毕竟与小城还有着长短不一的朝夕相处和深浅不一的情感印记,比如正是乌塘之行使"我"的哀伤以及对亡夫难以释怀的思念得以缓解和升华(《世界上所有的夜晚》),而庄河之于玉贞的是人生、工作、情感的重要一站(《伤痛故土》),淡水之于祥浩的是刻骨铭心的初恋(《橄榄树》),华舍之于秧宝宝的则是小女孩的一段成长岁月(《上种红菱下种藕》)。不过,她们和小城之间虽有着情感联系,但却没有本地人与小城的高度"依存"关系,因此她们不必承担本地人必须承担的小城的一切,由此也可看出她们与小城之间的情感其实只属于她们自己,与小城的一切都无太多关联,这又使她们并不同于小城的那些离去者,这特殊的或者说类似"中介者"的位置,使她们有了既投入其中又置身事外的"看"小城的角度。

比如,因为是"过客",她们便很容易看出那些被本地人熟视无睹的一些现象,如在偶然于乌塘停留的"我"的眼中,乌塘因是煤炭产地,空气污浊,初升的太阳也看上去面目混沌,乌塘的雨则是世界上最肮脏的"黑雨",街巷上的人们也都打着一把黑伞,像落了一群庞大的乌鸦,而在火车站招揽生意的乌塘妇女个个打扮得很花哨:"不是花衣红裙粉鞋子,就是紫衣黄裤配着五彩的塑料项链,看上去像是一群火鸡",即使是相貌、为人都朴实的周二嫂也是一样的打扮;但"我"在看到乌塘的肮脏、俗艳与矿工妻子的辛酸外,同样也能领略到它的温情与美,如周二夫妇的和睦相爱,他们对蒋百嫂、三生母子的关照,周二嫂对素不相识的瘸腿人的关心,以及乌塘颇为脱俗的街巷名字如紫云街、青泥街、落霞巷、月桂街等(《世界上所有的夜晚》)。在《上种红菱下种藕》中,则是通过因父母外出经商而寄住在李老师家的秧宝宝那单纯无邪的目光,展示出了江南水乡小镇在急剧的社会变迁中残留的一些余韵,如前面曾引过的秧宝宝与蒋芽儿在闲逛时,因着太阳光线的变化,老街由一幅浓墨重彩的油画变成一幅中国水墨画的意境;此外,像详细描写的妹囡装在荸荠篮里送到李老师家的各色年糕,小镇人家过年时准备的各种吃食等。对小城饮食风俗如此如数家珍似的呈现,在当代小城小说中已越来越少见(许多作家常常用散文来描写故乡的饮食风俗如汪曾祺),而这样的描写,要么出自烂熟于心的对小城怀着深切眷恋的小城儿女的回忆，如萧红的《呼兰河传》、林白的《致一九七五》，要么便是出自有着惊艳、猎奇心态的过客的眼中，即便如此，在文本中还是能够发现两者之间的细微差异，在“小城女儿”的笔下，这些饮食风俗往往是随着回忆的触角被一点一点呈现出来的，如《致一九七五》中写到的空心菜、咸萝卜干、清蒸塘角鱼、胎盘汤、水煮柚子皮、米粉等，或者如李昂的《鸳鸯春膳》，通过某一食物（甚或其味道）而勾陈起往昔人事的点点滴滴；而在“过客”的笔下，则有些类似于过去城镇供销社的货架，唯恐有所遗漏似的将物品全部都陈列出来，没有重点也没有任何的指涉，但因为它们是那些未曾“投入其中”的过客所无法详知的，又总是被本地人因身处其中而忽略掉，她们的陈列也便有了弥补或重新发掘的意义。

此外，因为是“置身事外”，她们也便有着较本地人客观或本地人因缺乏参照视角而习焉不察的关于小城风格、布局的整体审视与评价，如《世界上所有的夜晚》中“我”对乌塘街景的看法——“与大城市的生活相差无二，不同的是它被微缩了，质地也就更粗粝些、强悍些。所以有家旅馆的招牌上公然写着‘有小姐陪，价格面议’的字样，不似大城市的宾馆，上门服务是靠入住房间的电话联络，交易进行得静悄悄的”；另如《伤痛故土》中玉贞从大连重回自己曾工作过九年多的县城庄河时，一再强调“脱去了情感外衣清冷冷地”以“局外人”去看小城——“一个开放的正在建设的城市，就连广播里的音乐都有一泻千里的感觉”，正因为如此，它虽然五彩缤纷、蒸蒸日上，但却因简洁疏朗而缺乏“给人一些向往，猜测，神情游移”的神秘感，同时，“她没有乡村的古朴又缺乏城市的现代，她不是回味的所在又不是向往的所在，她是一个夹缝一个桥梁一个符号一个升降不定的音符”[①]。而在《上种红菱下种藕》中，仍然是透过秧宝宝的眼睛呈现出变迁中的水乡小镇的面貌，如秧宝宝随妈妈第一次到李老师家，“一出沈溇的村道，就上了（华舍的）新街。在水网密集的江南，新街显得不恰当的宽阔”（P7）；当她到柯桥去给李老师住院的儿媳妇送鸡蛋时，看到的柯桥虽是一个比华舍更大的古镇，但却“像个中型城市”，以往的水道填平了大半，变成北方城市那样宽展的街道，往昔的船只换成车水马龙，柯桥

① 孙惠芬：《伤痛故土》，《青年文学》1996年第11期。

的老街"快给新街挤没了,剩下那么掐头去尾的一截,几领桥,供绍兴,杭州的旅行团来观光",为了造出一种烟花亭台的江南韵致,新修了有着柳丝与美人靠的长廊、水道、粉墙,但周遭环境的粗糙、水的浑和臭、人的杂沓、遍地的垃圾、大街上喧嚣的车流,使得这台风景是"扎眼的新和亮,反露出俗艳"(P109)。

玉贞对庄河的看法、秧宝宝眼中的江南小镇,都涉及了作为现代化方案之一种的小城镇建设中存在的,诸如盲目模仿大城市所形成的"现代"建筑同周遭环境的不协调、既未学"像"城市却又失去原有的个性特色等问题,这同时也是许多小城小说涉及的一个问题。当然,大多数作品也只是对小城的布局略有涉及,且很少对这一现实生活中具有普遍性的城镇布局之缺乏和谐做出评判,而王安忆的《上种红菱下种藕》在此则最为着力,虽然只是从审美的、感性的、人文的角度对这些问题加以反思,但这本来也是文学最基本的态度。在《上种红菱下种藕》的叙述者或作者看来,像华舍这样古老的水乡小镇依着生活的需要,一点一点增减、改建、加固,临水的房屋、沿水的街市、河道窄处的一领桥、河道宽处的鸭棚、断头河处的"上种红菱下种藕",都有着惊人的合理,并由这合理,达到了谐和平衡的美,"体现了对生活和人深刻的理解",然而如此和谐的小镇,却被垃圾和泥石流般的水泥"挤歪了形状,半埋半露"(P282)。小说在这里反思的虽然是城镇的布局问题,但却蕴涵着在现代化发展过程中或城市化过程中对人的忽略以及人文因素的缺失,亦即对后发国家/地区现代性的反思,而这一从不同角度对现代性进行的反思,在两岸小城小说中具有相当的普遍性。

这里所要说明的,是玉贞、秧宝宝等小城"过客"在其中的重要性。如果说与小城之间呈现出"依存"关系尤其是那些几乎从未离开过小城的女性,因为缺乏比照或者只是把小城看做命定的生活空间,而没有能力省察或从不去留意小城外在的风格、布局。而那些与小城之间呈现出"离去"关系或人生轨迹呈现为"小城—城市—小城"的女性,虽然也有着因时空距离或眼界的开阔而带来的对小城的重新审视,如李素、罗修、李飘扬等,但由于她们同小城之间的种种情感关联,使她们的审视目光在轻轻淡淡地划过小城后,总是更多地停留在与她们密切相关的家人、故旧、熟人的人生故事中,对小城的建筑格局等总是一笔带过,或者即使有着类似地图似的展示,如李飘扬在四十六岁时重回南流时的漫游行程——“我走过东门口西门口，走过凌宁街水浸社火烧桥大兴街十二仓，还有我的沙街龙桥街灯光球场和县体育场，旧医院宿舍太平间留医部以及大园，我还走到遥远的纸厂，站在河边眺望陆地坡，对岸的船厂早已不在，沥青的气味也已消失”（P3），在李飘扬的漫游中，几乎包括了林白与“沙街”相关的作品中的所有地点，但与上述“过客”的视角相比，显然缺乏那种全景似的俯瞰，除了慨叹故乡的面目全非外，也没有对故乡整体建筑格局的任何评价。这也许就是“过客”与“小城女儿”之间的区别，过客虽然看到的大都是小城的外在形态，但她却往往能捕捉到它最本质的特征，小城女儿虽然更了解小城的内里、细部，但却往往忽略了它的整体风格。

正是由于上述原因，意味着对小城外在形态、布局等的评价、反思以及由此所蕴涵的对现代性的反思等，在女作家的小城小说中，便几乎都由小城的女性“过客”来承担，与此形成对比的，则是那些小城中的男性“过客”，如《妙妙》中的男演员、《县城》中的咖啡商人与简、《雾落》中的海市佬等，他们虽然给小城带来了外面世界的讯息，并且是小城女性成长过程中一个不可或缺的“他者”，但他们除了偶尔指出小城的落后、闭塞外，在作品中并不承担这样的反思功能；虽然舞鹤《悲伤》、《舞鹤淡水》中隐居淡水的“我”，韩寒《小镇生活》中隐居水乡小镇的“我”，都是类似于小城“过客”的男性，且在文本中也承担着对现代性的反思，但在男作家的小城写作中，更多的是从土生土长的小城男性的视角如《秦腔》中的引生、《刺猬歌》中的廖麦、《兄弟》中的李光头等，对现代性加以反思，因此，上述《悲伤》等作品中男性“过客”所承担的现代性反思，并不具有女性“过客”在女作家小城写作中所具有的普遍性与独特性，由此也可表明，女作家介入宏大话语的方式与男作家之间的差异。此外，女性“过客”在某种程度上所代表的其实就是作家的态度，像王安忆、孙惠芬等作家对于笔下的小城来讲也便类似于“过客”的身份，所以许俊雅会认为朱天心、舞鹤、蔡素芬等作家的淡水书写，都是以“外人的身份来追悼这渐失去历史记忆的城镇，以伤逝情怀来对现代社会重新观照、重新挖掘”[①]。这“外人的身份”指的便

---

① 许俊雅：《台湾文学中的淡水书写》，收入许俊雅：《见树又见林——文学看台湾》，台北：渤海堂文化公司，2005。

是或求学或隐居而与小城（淡水）所衍生出的文学因缘，而非土生土长的小城（淡水）作家的文学创作，而“伤逝情怀”所代表的也是这类作品所普遍具有的审美与情感取向，并且如前所述，这一取向也同样体现在“小城女儿”的创作中。

另外需要注意的是，上述不同类型的小城女性与小城之间的关系以及对小城“看”的角度与特点的差异等，其实也暗含着她们或者说作者的“空间”感以及对待“空间”的态度，而她们不同的空间感以及对待空间的态度，则又体现了空间在所谓的“身份认同政治”中的重要性。

比如对于小城的“过客”来讲，由于她们外来者的身份，使她们不可能深入到小城生活的内里，因此她们所呈现或主要关注的空间便是小城外在的建筑格局，而非小城内里的主要体现“家”，即使有所涉及，也只是家的布局、人员关系、饮食起居，如秧宝宝所看到的李老师的家，而非由无数人事、细节构成的日常生活，同时，在她们“看”小城时，还有一个潜在的城市空间做参照，这也是她们对小城的外在形态、布局进行评价的基础。与其相反的则是同小城呈现出“依存”关系的小城女性，如前所述，由于她们中的大多数几乎未曾离开过小城，因此而缺乏一个具体的城市比照，即使如只崇拜北京、上海、广州的妙妙，通过电影电视、报刊杂志等渠道可以了解外面世界的先进潮流，但也仅限于对衣着的时髦追求，通过媒体等所了解的城市对于妙妙等小城女性而言，通常都是一些与小城的偏僻、落后等相对的诸如繁华、时尚等城市符号，虽然这也可以说是城市的本质特征，但却并没有类似小城“过客”对于小城的那些切实感受；此外，在她们的生活中，除了或高度认同或抗拒或命定的小城空间外，还存在着另外两个空间，一个是辣辣、麻姑等守护一生的家，一个是小梳妆、罗莉、金谷巷女孩、妙妙、罗修等小城的传奇人物或激进的领潮者、反抗者等的精神或心灵空间，正是这或具体或抽象的家与精神空间，使她们的人生在深深地嵌入小城的历史时空与日常生活的同时，也超越了具体而狭小的小城空间，成为小城内在精神性格的体现者。而与小城呈现出“离去”关系以及人生轨迹呈现为“小城—城市—小城”的小城女性，在她们的空间场景中，一个是生养她们的故乡小城、一个是她们现在或曾经居住的城市，与上述小城“过客”作为参照的城市空间的潜在性不同，在表现这类小城女性的作品中，城市不仅以具体的面目现身而且构成叙事的重要一维，如《千江有水千江月》中的故事场景便是布袋与贞观足迹所至的台南、台北，《我心中的石头镇》则是以珊红现定居的北京生活与对石头镇的往昔回忆交替进行，另如《记忆刘湾》中的刘湾与上海、《县城》中的县城与省城、李昂笔下的鹿港与台北、林白笔下有着异域情调的南方偏远小城与京城。但如前所述，由于她们与小城的种种情感关联，使她们很少对小城的形态、布局做评价，城市空间于她们或者是作为充满人文精神或传统人伦之美的小城的一个对立面，如贞观；或者是不同于小城的并代表着外面世界的一个生活空间，如罗修；或者是体现主人公对故乡小城既疏离又眷恋或爱恨交织的情感状态的一个回看视角，如李素、李飘扬、珊红。

就像秧宝宝等小城“过客”所代表的是“外人的身份”的作家对待小城的态度；贞观、李素、李飘扬等小城女儿与小城的种种情感关联，毋宁说也是作为作家的萧丽红、李昂、林白们与故乡小城、与自己文本中的小城之间的情感关系，如果说鲁迅小说“归乡”模式中的“再离去”，表明了中国现代知识分子与“乡土中国”“在”而“不属于”的关系，那么她们的这一情感关系所表达的则是与故乡小城“不在”而“属于”的关系，这也使得故乡小城成为她们写作历程中时时回顾的一个对象，并形成了她们写作中两个主要的支点或空间场景——所居住的大都会与偏远的小城，甚至成为她们所有作品或浓或淡的一个背景。虽然这一情形并不仅存在于小城小说的女性写作者那里，这就如同成长小说或带有成长主题的小说也并不只存在于女作家的小城写作中，但其间的差异，既体现在前面曾分析过的男女作家叙事聚焦的不同，宏大叙事在男女作家文本中或者说主人公成长中的功用的不同，当代女作家与男作家甚至现代女作家小城小说文本中的诗意性“貌似”而“质别”的写作倾向，以及女作家从性别的角度对人物与环境或女性与小城/空间等关系的思考；同时，这差异也体现在或者说类似于与小城呈现出不同关系的小城女性对小城的“看”的角度与特点的不同：既在于具体的形式也在于构成形式的各个具体的细节。

第六章　怎样讲述"小人物"的故事
——小城小说的艺术问题

《东京物语》的技法非常平实，全片只用"切"来转变场景，没有"溶"，或"淡出"、"淡入"的手法，更别说其他镜头的花招。在影片里，日本战后中下阶层人物的心态，他们的渴慕与失望，他们的欢欣与悲凉……都以极细致温馨、悲天悯人的写实风格抒写出来；甚至场景的搭制，也一草一木都力求与战后的东京完全一致。……透过东京市井街坊的一切，小津安二郎以活泼的、自然的，充满生命力的写实技巧，将他的艺术与社会广大的群众密密结合起来，而没有走入"孤芳自赏"的艺术死胡同里。

从他的电影，我顿悟到生动的、活泼的，充满生命力的小说艺术也当如是。

——王祯和《自序》①

这本书表达了作者对长度的迷恋，一条道路、一条河流、一条雨后的彩虹、一个绵延不绝的回忆、一首有始无终的民歌、一个人的一生。这一切犹如盘起来的一捆绳子，被叙述慢慢拉出来，拉到了路的尽头。

在这里。作者有时候会无所事事。因为他从一开始就发现虚构的人物同样有自己的声音，他认为应该尊重这些声音，让它们自己去风中寻找答案。于是，作者不再是一位叙述上的侵略者，而是一位聆听者，一位耐心、仔细、善解人意和感同身受的聆听者。他努力这样去做，在叙述的时候，他试图取消自己作者的身份，他觉得自己应该是一位读者。事实也是如此，当这本书完

① 收入王祯和:《香格里拉·王祯和自选集》，台北:洪范书店，2004。

成之后，他发现自己知道的并不比别人多。

——余华《许三观卖血记·中文版自序》①

我曾将现代小城小说中的人物形象或者说现代小城中的人物，分为“知识分子”、“普通民众”、“地方权势者”、“女性形象”等四种类型（当然，这几种人物形象之间必然会存在着交叉，就像一个女性人物可以是知识分子、普通民众或地方权势者，因而这样的划分仍然是以“类”为前提的）②，并在此基础上分析同一类人物形象之间的相同与差异，依此来看当代两岸小城小说，主要的人物形象可以说仍不外如此。当本章试图以“小人物”为切入点来谈小城小说的艺术问题时，首先面临的当然是对小人物的界定问题，尽管小人物这一概念本身似乎有着不言自明的意思，但是在不同语境下的具体所指还是有所不同，比如俄罗斯文学传统中的“小人物”，通常指的是普希金的《驿站长》、果戈理的《外套》、契诃夫的《小公务员之死》、陀思妥耶夫斯基的《穷人》等作品中的那些社会下级的小官吏或小职员，而黄春明、王祯和等台湾作家笔下的“乡土小人物”，如《锣》中的憨钦仔、《儿子的大玩偶》中的坤树、《来春姨悲秋》中的来春姨、《香格里拉》中的阿缎等，则接近上面提到的中国现代小城中的“普通民众”；如果仅仅是相对于那些有地位、有名望的“大人物”来讲，那么在各个社会中占大多数的无疑便是一些“小人物”，就小城而言，与所谓的“大人物”——如各基层政府的官员、当地的“经济能人”或者说富商、振臂一呼的革命者或改革者等地方上的权势人物或头面人物——相对应的“小人物”，既包括那些寂寂无名的小职员、小知识分子，也包括那些在政治、经济、文化等方面大都处于社会底层的“普通民众”或“乡土小人物”，况且无论是

① 收入余华：《许三观卖血记》，上海：上海文艺出版社，2004。

② 我所分析的现代小城小说中的“知识分子”，指的是受过教育、有知识的人，并包括倪焕之与扎乙己等新老两代人物形象；“普通民众”指的是在小城中占多数的一般市民，包括做各种小买卖的生意人、各种手工业者、各类民间艺人、帮工帮佣、无业游民等，同时也包括天真烂漫的孩子；“地方权势者” 主要是指政府机关中的大小官吏、当地的大小军官、地主豪绅、富商、各帮会的头目等；“女性形象”则从性别的角度来划分，包括来自不同阶级、家庭的所有女性人物。参见《小城故事——中国现代文学中的小城小说》，人民文学出版社，2006。

在现代还是当代两岸小城小说中,描写最多的也是这样的一些小人物。

前面曾以"写实风格"来概括小城小说的写作手法,并将基于张汉良所提出的田园模式或二元对立模式所产生的线性时间观和平面化空间呈现、以及它们在作品中的具体表现方式,看做分别经过现代主义与后现代主义思潮洗礼后的两岸当代小城小说仍以写实为基本风格的主要原因,那么这里将接着探讨的,是在以写实为基本风格(这意味着并不排除其中对现代或后现代技巧的运用)的前提下,当代小城小说是如何讲述那些小人物的故事?如前所述,因为他/她们占小城小说中的人物形象及小城社会中的人物的大多数,所以对这一问题的探讨,也必然能够反映当代小城小说整体创作中的相关艺术问题。而之所以特别要谈小城小说的艺术性,是有着具体的针对性的,其一是针对评论者对新写实小说以降的文学创作中呈现出的世俗化、功利化以及"理想观照"和"审美提升"的缺乏的批评[①];其二是针对近些年兴起的"底层文学"中有关艺术性的谈论,如被认为是底层文学的"重要鼓吹者和推手"的李云雷曾谈到,在对底层文学的艺术性的质疑中有两个误区,一是认为底层文学本身就不可能有好的作品,一是底层文学的倡导者更多强调题材和立场,而对作品的艺术性持宽容的态度[②];另如陈映真在参与大陆学界关于曹征路的小说《那儿》讨论的《从台湾看〈那儿〉》一文中,开篇提出的便是"关于'左翼文学'的表现艺术性问题",陈映真指出,日治时期"皇民文学在台湾的大总管"西川满攻击台湾新文学的《狗屎现实主义》,乡土文学论战时期彭歌等咬定乡土文学是左翼文学、背叛了艺术对纯粹审美的要求,在逻辑上都是左翼现实主义文学"在艺术性上过不了关论",而事实上左翼文论自始就特别注重文学艺术的艺术性,强调文艺有其相对的自主性,反对左翼文学的刻板教条化,鲁迅、茅盾、高尔基、布来希特、萧伯纳、肖斯塔科维奇等在文学与音乐艺术上的伟大成就,即使在资产阶级的世界,也

---

① 比较有代表性的,如本书第一章中曾引用过的洪治纲的《想象的溃败与重铸》(《南方文坛》2003 年第 5 期)一文。

② 李云雷:《"底层叙事"中的艺术问题——陈应松访谈》,《上海文学》2007 年第 11 期。

绝难以抹杀，也不能不承认他们有异于资产阶级的独特审美和思想上的成就。[①] 当然，这里并不是为了赶评论界的时髦，而是鉴于上述问题的讨论，希望在对以小人物（且其中大多数又属于底层小人物）为描写重心的小城小说的艺术性加以审视的同时，也可以对上述问题加以回应。

第一节 “拼的哲学！笑的人生！”

日常生活中的小人物

在当代大陆文坛，“日常生活”可以说是一个毁誉参半的命题，“誉”者，如有论者认为寻根派作家用世俗的眼光去看待世间的事物，喜欢描写柴米油盐、婚丧嫁娶，并在描述中“使自己的审美态度跟人们的日常生活的态度相协调”，他们穿透由政治、经济、伦理、法律等构成的“厚厚的文化堆积层，回到生活的本来状态中”，关注“真实的人生、人的本来面目”[②]；“毁”者，如有论者认为尽管广阔的“底层社会”生活图景是由新写实作家开拓的，但他们却无意于对这一题材进行深入挖掘，他们将日常生活沥干成一个抽象概念，一种“必然如此”——“琐碎”、“无聊”、“平庸”、“无意义”——的“元日常生活”，让文学更深地陷入了平面化、趋同化的境地，他们很少触及小人物在困境中挣扎的深刻痛苦，相反更乐于表现他们的随遇而安和自得其乐，或者热衷于表现他们逃脱困境的奇迹和发迹之后的志得意满，从而大大降低了日常生活题材作品的丰富性和批判性。[③] 当然，文化语境的不同在一定程度上决定了评论者对文学作品中的“日常生活”的不同态度，但无论

---

① 陈映真：《从台湾看〈那儿〉》，转引自“左岸文化”网站的“研究批评”，http://www.eduww.com/。李云雷在《转变中的中国与中国知识界——〈那儿〉讨论评析》（转引自 http://www.wehoo.net/ydcn）一文中谈到，在有关《那儿》的讨论中，也可以看到“新左派”与自由主义论争的影响，其中涉及对“左翼文学”的不同理解，而左翼文学又被李云雷看做是底层文学的传统之一，陈映真文章的源起便是曹征路的《那儿》和李云雷的这篇文章。

② 李庆西：《寻根：回到事物本身》，《文学评论》1988 年第 4 期。

③ 张霖：《日常生活：90 年代文学的想象空间》，《文艺评论》2004 年第 6 期。

是“毁”还是“誉”,日常生活已成为当今小说创作及文学评论中的一个关键词已是不争的事实,这就是何以在探讨“怎样讲述小人物的故事”时,仍然首先并且可能反复地从日常生活的角度来加以分析,因为对于小人物而言,他/她们的故事原本也无法脱离开柴米油盐、婚丧嫁娶的日常生活,而日常生活本身原本也是无可厚非的。

尉天骢在论及王祯和的花莲小说时,曾指出“除了他的作品充满了乡土气息,写尽了花莲这个地方的小百姓的悲欢离合,以及一层又一层的无奈外,他写作还有另一种特点,那就是融合乡土语言,透视这语言中特质,再予以改造甚至扭曲,以达成讽刺嘲弄的效果。如果在这些嬉笑无奈之后再去探讨,那应该是一层又一层的无可言说的悲哀,人们常用简单的话概括王祯和小说的意旨,那就是‘拚的哲学!笑的人生!’”[①]尉天骢在这里所谈到的“王祯和小说的意旨”,亦可以视作其小说的一种艺术风格,如果强作解人的话,那么就小说意旨来讲,“拚的哲学!笑的人生”可以理解为“花莲这个地方的小百姓”即小说中的小人物,在屈辱、绝望、感伤、悲愤或卑微、无奈、滑稽、可笑的境遇中,仍保有对人生或生命的坚持、抗争甚至某种尊严;就艺术风格来讲,“拚的哲学!笑的人生”可以理解为小说用“讽刺嘲弄”或“喜剧”的效果,来表达小人物的屈辱、绝望、感伤、悲愤、卑微、无奈、滑稽、可笑等等状态的生存现实,并或者因此而达致对社会对人性的批判。

当然,无论指的是小说意旨还是艺术风格,“拚的哲学!笑的人生!”所概括的是王祯和小说创作的整体倾向,并不表示其每部作品都同时兼具“拚”与“笑”的微言大义,因此,在《来春姨悲秋》、《伊会念咒》、《香格里拉》等作品中,呈现更多的是“拚”的一面,即人物在屈辱、绝望中仍然保有对生的坚持;而在《两只老虎》、《玫瑰玫瑰我爱你》等作品中,呈现更多的则是“笑”的一面,即通过讽刺嘲弄来表达卑微、无奈或滑稽、可笑的人生境遇,或对社会、人性的批判。但如果从另一个层面来看,在来春姨、阿缎等小人物屈辱、绝望的坚持中,也许很难看到“笑”的存在,但在讲述这些小人物的屈辱、绝望的语言中,

---

① 尉天骢:《读陈映真、黄春明、王祯和乡土小说的随想——代序》,收入陈映真:《归乡》,北京:昆仑出版社,2001。

却蕴涵着某些“笑”的成分，如上述尉天骢提到的将乡土语言“改造甚至扭曲，以达成讽刺嘲弄的效果”，如在《来春姨悲秋》中，当阿福伯劝来春姨让与她相伴 26 年的阿登叔去他养子家养老时，写到“仿佛教士在扬宣基督真理的样子，阿福伯将他的观点娓娓复诵着”；《香格里拉》中则多次写到，当与母亲阿缎相依为命的小全不高兴时“小嘴巴噘得老高，一瓶许圆底鹿牌酱油（花莲当地生产之一种酱油）都可以挂得上去”等。反之，在小人物或无奈或可笑的人生境遇中，在戏谑、嘲弄与狂欢的“杂化语体”中，也可感受到一种绝望的抗争与坚持，如《两只老虎》中身材矮小的阿萧，为了强调自己的老板身份，争着与店员东海招呼客人，打着颜色“十分嫩”、长到裤裆那里的领带，为了证明自己是 25 岁的成人而非“囝仔”，把沟仔口边的妓女阿花召应回来整日夜陪伴他，尽管阿萧的每次“抗争”带来的是更大的滑稽、可笑与绝望，但上述的种种也不失为一种“绝望的抗争”。因此可以进一步总结的是，一篇小说的“拼的哲学！笑的人生！”的意旨与风格的形成，既可以经由小说的叙述语言或人物语言，也可以经由小说的人物形象，同时也可以经由语言与人物所构成的作品的整体，但无论经由怎样的途径，所体现的都是“拼”与“笑”之间的辩证关系。

之所以要特别分析、引述王祯和小说中的“拼的哲学！笑的人生！”，是因为这句“简单的话”以及其中所蕴涵的作者对待他笔下的小人物的态度——悲悯、嘲讽、悲悯中的嘲讽、嘲讽中的悲悯等，同时也可以用来概括或分析两岸小城小说中某些具有类似风格的作品。比如同样是来自花莲、被论者认为接续了王祯和小说风格的林宜澐，林宜澐认为王祯和小说里有一种“原型”即“对立的情境”，那些弱势族群在生命情境里碰到对立的态势时，他们可能加以反抗、也可能沉默不语、逆来顺受或自我解嘲，“把自己的一些痛苦、一些尴尬、一些难过，透过自我解嘲的方式给予合理化”①。林宜澐所讲到的“对立的情境”，亦可以作为“拼的哲学！笑的人生！”的另一种解读。

如在林宜澐的《人人爱读喜剧》中，靠表演脱衣舞招揽观众的“丽

① 林宜澐：《王祯和的小说艺术》，转引自朱双一：《近二十年台湾文学流脉——“战后新世代”文学论》，厦门：厦门大学出版社，1999，第 467 页。

丽艺术歌舞团”，在两位警察的监督下，一直表演着中规中矩的节目，等到演出结束、两位警察满意地离去时，以谢幕为名，歌舞团的团员在雄壮威武的梅花进行曲中，一丝不挂地从幕后踏着昂扬步伐“像木马屠城记里那些诡计得逞的士兵一般，隆隆隆全都冲杀出来”，面对返回的两位警察的哗哗口哨声，庄团长的抗辩是“还不好吗？梅花！梅花进行曲哪！那么爱国的脱衣舞哪里找？”这篇小说所营造的“戏谑的喜感”、对鄙俗的人性或社会的嘲讽，与王祯和的《玫瑰玫瑰我爱你》有着近似的风格与效果（宋泽莱的《救世主在骨城》也有着相同的风格），也即更多呈现出“笑”的一面，但在“喜剧”之外，也还有着可以进一步思考的部分，如已是歌舞团台柱的阿雪，他的哥哥在三年前曾带了一路人马把庄团长从饭店的十二楼打到一楼，原因是他诱拐 17 岁少女，而另一位团员玛欧拉刚到歌舞团时，才 15 岁出头，“说话时呼出来的气息里还闻得到山地才有的淡淡清香”，而今她们在舞台上抛媚眼、送飞吻甚至一丝不挂，其中的对比以及阿雪、玛欧拉等人的不自知或麻木还是触及生命情境里的可悲与无奈。在《王牌》中，原是外乡人的金花与阿溜母子，在三年前来到“陷溺在各式各样的奇情传言里”的柳镇伊始，便成为人们茶余饭后杜撰、取笑、欺侮的对象，因为阿溜的歌声被许样（与金花同在南方酒家上班的吉他手）认为可以控制斗鸡场的输赢，便被许样视作王牌带在身边“南征北讨”，母子二人在许样的“爱心呵护”下也过了几天舒服的日子，金花因不满许样打阿溜赌气将儿子带回家，夜深时被输掉一百多万的许样烧死在房舍中，小说最后写到母子二人在大火中相拥挣扎的一幕、阿溜在翻滚的烟焰里站起来唱歌给阿母听的一幕，使得母子二人曾经遭受的所有屈辱以及“媚眼潋滟，一对大奶颤巍巍地颇能颠倒众生”的金花的泼辣、狂荡，都升华为圣洁的人间至情，如同阿溜在歌声中对阿母的告白：“听我的歌声，看我的歌声，我的歌声最真实。没有玄机，没有秘密，只有人间的真理。”①

另如经常与王祯和相提并论的黄春明，尽管在论者看来，黄春明作品中所呈现出的“田园式的温情主义”（吕正惠）更接近沈从文的风

---

① 这两篇小说都收入林宜澐：《人人爱读喜剧》，台北：远流出版社，1990。

格，而他的怀旧与感伤，则更像契诃夫，但在他的《锣》中、在憨钦仔身上，却也非常典型地体现了“拼的哲学！笑的人生！”的融合。如果仅就故事情节而言，《锣》讲了一个非常简单的故事：自从憨钦仔打锣的生意被那辆装扩大机的三轮车取代后，他“花费了一番心机”，想在南门棺材店对面的茄冬树下挤下一席位子，和他从心底里“鄙视”的帮人忙丧事的罗汉脚一起讨活。整篇小说着力描写的便是憨钦仔在力图“顾及自己的面子”的前提下，努力或花费了怎样的心机去实现自己的这一愿望。小说一边在讲述憨钦仔与包括罗汉脚在内的镇上人的来往、迎合等滑稽可笑又卑微可怜的外在行动时，还会不断插入他的心理描写以及他对过去打锣时光的回忆，如当罗汉脚们赞美他拿扫把敲棺材（据说因此而会死人）的“英勇事迹”时，他却后悔做刚才的事：“我憨钦仔半世人，虽不算好人、亦不算是坏人啊！我为什么要杀人”、“他觉得自己正掉进黑黑的深渊似的……现在，他并不用为砸了饭碗难过，只是为那些不再是揶揄，而是让自己尊敬的差事，深痛地感到惋惜”[①]。也正是通过这些心理描写，使憨钦仔滑稽、卑微的形象又呈现出一种内在的丰富性、“一股蕴藏着的具有韧性的力量，在那里挣扎，在那里对抗”（尉天骢），令阅读者在笑声之外，还留下了五味杂陈似的回味、省思的空间。

虽然在憨钦仔的悲剧中还有着时代的因素——一辆装扩大机的三轮车所代表的工业文明对小镇的侵入，使他失去了颇为自豪的打锣的营生，但更与他本人经由日常生活的点点滴滴所表现出来的性格、行为以及他所生活的小环境有关，这一情形同样也存在于前面分析的其他作品中。另外需要指出的是，在当代两岸的小城小说中，有着“拼的哲学！笑的人生！”的意旨与风格的作品，并不占多数，更多的作品也许会有几分幽默的、讽刺的、滑稽的、戏谑的质素，或所谓“带泪的微笑”似的效果，但它们往往既没有上述作品中整体的狂欢化的喜剧色彩，就其作者而言，也很少因此而形成王祯和式的具有标志性的一种艺术风格，但如果将“拼的哲学！笑的人生！”做一种抽离其小说意旨式的借用，还是可以在一些作品中读出“拼”与“笑”之间的一些微言

① 收入《黄春明小说选》，福州：福建人民出版社，1985。

大义或辩证关系。

如在袁哲生以"烧水沟"为背景的《秀才的手表》、《天顶的父》、《时计鬼》等一系列作品中,尽管论者认为袁哲生、吴明益、童伟格等"新人类"作家所创作的"新乡土小说",与黄春明等前行代作家之间存在着诸多的不同,是"打着乡土反乡土的后现代式小说"①,但上述作品中的第一人称叙述者"我"的阿公黄水木的形象,却比较接近王祯和、黄春明笔下一些充满"喜感"的乡土小人物,而这"喜感"同样也来自于小说及人物的语言和人物的行为方式。如在《天顶的父》中,为了省下读幼稚园的钱,阿公和武雄的阿爸火炎仔在幼稚园开学前的一个礼拜天,决定加入基督教会,但阿公在成为正式教友后也成了一个很虔诚的信徒,热衷于讲道传福音,有一阵子,他的剃头店一到黄昏就变成了一间小教堂,在"卡简单来讲,耶稣就是外国好人啦,嘛是阿都仔个神啦,拢同款啦,就是劝咱做人要做好……"的开场白后,他便把头转向终身未娶、吃长斋的算命仙仔阿川伯公,"信这基督教搁有一个好处,免烧香,免拜金,后死去免人拜";或者同不相信耶稣真的能够复活的火炎仔争得"眼睛泛起红色的火光,脸颊上的肌肉像一支胖眼镜蛇似地扩张开来,鼻孔的形状也变成了两个黑黑的正圆形";或者当他手捧"我"的儿童圣经注音本,扶着老花眼镜、吃力地念着"神爱罪人,并且赦免……"的时候,因不断被火炎仔的询问打断他的讲道,他终于忍不住摘下老花眼镜对火炎仔斥责道"听嘸你就继续听就对啊,你按迡吵东吵西是在哭爸哭母是哦!"②

这里特别要举的一个例子,是大陆作家刘荣书的短篇小说《地理指南》。主人公陈汉文在20年前曾教过地理,随着大专院校毕业生的增多而被刷了下来,他的老婆受不了打击疯了,陈汉文自此便被苦焦的生活折磨着:儿子需要拉扯、经常会跑走的老婆需要无休无止地看护。在米镇,陈汉文被人瞧不起、被认为古怪,也主要是因为他的疯婆子,但是寻找疯婆子的过程却又给了他无比的愉悦,因为疯婆子走来走去,都不可能走出米镇多远,所以他每次会料理完家事、洗了头脸

① 范铭如:《轻,乡土小说蔚然成形》,收入范铭如:《像一盒巧克力——当代文学文学评论》,台北县:INK印刻出版有限公司,2005。

② 收入袁哲生:《秀才的手表》,台北,联合文学,2004,第93—96页。

后，骑车去找她，找回来后，他会站到世界地图边(陈汉文家里有两张地图，每年一换)，手指在地图上比划着说“你是去了哪里呢”，如果疯婆子去了相对繁华的地方，他就会说“你去了巴黎了”，如果她去了一个超生比较厉害的地方，他会说“你去了那个叫埃塞俄比亚的地方了”，去的地方沙多一些，他会说“你是去了撒哈拉大沙漠了”。在这样一个貌似“高雅的游戏”中，陈汉文慢慢苍老了，儿子也慢慢长大了，一次，疯婆子跑走后他找了两天未找到，有了小小挫败感的陈汉文恨恨想着毁了自己青春的疯婆子，竟然打算起了续弦的问题，他觉得镇子东头的曾寡妇姿色不错，还有一个和儿子年龄相当的女儿，两家可以和在一起，谁知疯婆子这次却躲在阁楼上等他找，陈汉文在给了她一个嘴巴、骂完她以后，竟哭了起来，要求疯婆子如果再跑走要留下条子，从此，疯婆子跑走前都会给他留一张歪歪扭扭的条子，比如若写着“我去菲律宾了”，陈汉文就知道她是到有果园的地方了。小说最后，陈汉文的儿子为讨女朋友欢心，盗窃厂里的东西被保安追赶，慌不择路，跳进池塘淹死了，曾随着儿子的失踪跑走的疯婆子，两天后又随着儿子的尸体出现在池塘边，当她让陈汉文猜儿子去了什么地方时，他说大概是去了夏威夷吧，那里阳光最好、海水也好，那里是天堂。[①]

这篇并非出自名家之手的作品，通过对陈汉文将“苦焦的生活”游戏化的描写，既塑造了一个苦中作乐的小人物形象，也非常典型地体现了“拼”与“笑”之间的微言大义与辩证关系，疯婆子毁了陈汉文的青春，让他和儿子被人瞧不起，儿子最后的铤而走险与家庭环境也不无关系，但是疯婆子的不断跑走，又使失去了当地理老师资格的陈汉文在寻找她的过程中，不仅重温了地理知识，也因此得以在小小的陋室中“神游”世界各地，正是由于这个原因，他便有些“纵容”自己的疯老婆给自己找麻烦，那次未找到她的挫败感和要求她临行前留下条子，便是很好的证明。与前面分析的台湾小城小说不同但又有着异曲同工之妙的，是这篇小说令人感动与莞尔之处，并不在语言，也不在写作技巧，甚至也不在人物形象本身，而在于陈汉文将“苦焦的生活”游

① 收入由中国作协《小说选刊》选编：《2006 中国年度短篇小说》，桂林：漓江出版社，2007。

戏化、或者说在于作者所讲述的这个小人物故事的本身，以及由此而表现出的小人物在日常生活中的生存智慧与生命的韧性。

与大时代相遇的小人物

尽管小人物的故事无法脱离开柴米油盐、婚丧嫁娶的日常生活，但一些小城小说在讲述小人物的故事时，并不只是将他/她们放在日常生活中、而是放在更大的时代/历史背景中来讲述，因此，在这类小城小说中，人物的性格、行为、命运以及在文本中所具有的象征、批判等功能，无不与时代/历史背景有着密切的关联，如果脱离开它们的时代/历史背景，那么不仅作品中“笑”的成分将失去其内涵，作品对社会、时代、人性的嘲讽、戏谑、批判或塑造等也将失去其力度与深刻性，这也是何以尉天骢会特别强调70年代后期和80年代台湾经济成长所形成的“我笑故我在”的时代，对于解读王祯和后期作品的重要性。①

如在以“异质的小说家”著称的舞鹤的《悲伤》、《舞鹤淡水》等“淡水书写”中，无论是《悲伤》、《舞鹤淡水》中隐居淡水的“我”，还是《悲伤》中的庄脚子弟“你”，《舞鹤淡水》中的国小教师梅子和茶室女黑柳、小A等，都是普通的小人物，当然，这两篇小说的故事情节并不明显，尤其是《舞鹤淡水》，除了与《悲伤》中相同的第一人称叙述者“我”外，并不以塑造人物形象为重心，但无论是这两篇小说的叙述语言，还是人物形象的语言及行为方式，都极具幽默、夸张、戏谑、嘲讽的质素，并在其中深蕴着人物的执著与追寻。如《悲伤》中的“我”，以“守护台湾连翘”为目的所在和操守所寄，因连翘被锯而精神崩溃被送进精神病疗养院，在结束了漂流生活之后，终于找到了一份看守公厕的工作，实践了“努力做一个无用的人”的宣言；而有着超强原欲/生命能量的“你”，凭着“干人”的力气，在一次训练机失事时独自在海水中游了三个小时，成为18个伞兵中的唯一生还者，因在军医院里不断向人示范自己“千载难逢”的性器而被送回故乡，入赘妻家后，因着异于常人的性欲，令“你”的妻难以承受，被妻家的人禁闭在储物间里10年，又因

---

① 尉天骢：《读陈映真、黄春明、王祯和乡土小说的随想——代序》。

"政府恩德全国连锁辟建精神寮让各种精神脱线的人有个好去处"，"你"被送进了"我们的疗养院"，最后，"你要在大鸟还有一口气前见到你的青春女儿"，和"我"一起逃出了疗养院，在见到青春的女儿后，"你"像一支水笔仔(注：红树林)笔直地"倒插沼泥中"结束了生命。[①] 也许正如论者所指出的，舞鹤《悲伤》的繁复寓意，远非"拼"与"笑"所能概括的，而且小说在塑造"我"与"你"这两个人物时，更多的是将他们从具体的日常生活中抽离出来，放在大的时代背景中加以描写的，即以后工业时代都市文明的扩张为表征的急遽的社会变迁、或有论者所谓的"全球化经济时代"，也只有将他们放在这样一个时代背景中，"我"的隐居与漂流以及"努力做一个无用的人"、"你"的超强性力以及最后独特的自裁方式——"倒插沼泥中"，才能够阐释出诸多的隐喻与象征，如许俊雅认为"你"是在现代性的催逼之下退到无路可走而崩溃的"我"的另一半，是久久压抑在心底的潜在的精神冲动，超强的性欲使"你"与精神萎缩的现代人形成了鲜明的对比，也在"生命创造力普遍丧失的现代社会中，一个以性欲为本体的人生经验作了最后的救世的努力"，"你"最后的死亡方式，则蕴涵着返回大地母亲也即生命原乡的寓意，也是在精神普遍萎缩的凡人世界里一个"英雄"必然的悲剧之路。[②]

在当代两岸的小城小说中，有着"拼的哲学！笑的人生！"的意旨与风格的作品，并不占多数，与台湾小城小说相比，在大陆小城小说的创作中，具有这种风格的作品更为不多见。我们可以在鲁迅的《阿Q正传》，沙汀的《在其香居茶馆里》、《和合乡的第一场电影》、《淘金记》等川西北乡镇小说中，或在林斤澜的"矮凳桥"系列、陈世旭的《救灾记》、韩东的《小城好汉之英特迈往》等作品中，看到幽默、嘲讽、戏谑的成分，不管这些作品中"笑"的成分是来自于幽默的叙述语言、还是来自于人物的形象或者二者兼而有之，同舞鹤的《悲伤》一样，在抽离其小说意旨的前提下，也能够读出"拼"与"笑"之间的某种辩证关系，并且也都有着非常鲜明的时代背景，如辛亥革命前后之于《阿Q正

① 收入舞鹤：《拾骨》，高雄：春晖出版社，1995。

② 许俊雅：《台湾文学中的淡水书写》，收入许俊雅：《见树又见林——文学看台湾》，台北：渤海堂文化公司，2005，第94页。

传》,抗战爆发到解放战争胜利之于沙汀的小说,“文革”到文革结束后的新时期之于“矮凳桥”系列、《小城好汉之英特迈往》,当今的官场腐败、“三农”问题之于《救灾记》等。同时,这些作品中的幽默、嘲讽、戏谑等所针对的,最终往往是某一社会或时代现象,如《小城好汉之英特迈往》中写到的一些充满喜感的人物与行为,无不与“文革”那个特殊的年代有关,如朱红军当兵出身的爸爸朱崇义喜欢送别人东西,朱红军便负责将他妈种的蔬菜、瓜果和养的鸡、鸭、蛋等,源源不断地“搬运”到他爸的战友、同事和熟人那里去,自己家的日子却越过越穷,一次因为他的战友羡慕他有两个儿子并夸赞了朱红军,他便执意要把朱红军送给战友,这可以说是那个时代所倡导的“大公无私”的极致;此外,共水县中的男生们所玩的一些“无聊”的游戏——比赛谁的痰吐得远或能射中某个目标,比赛谁尿得高,或者玩丁小海所发明的“哎呀来”的游戏,即看到骑自行车的人大喊“哎!哎!哎!……”骑车人闻声以为丢了什么东西忙刹住自行车,玩游戏的人便高兴地唱起以“哎!哎!哎!……/哎呀来——,哎呀来——”开头的老区革命民歌《苏区干部好作风》,来嘲笑骑车人等,则从侧面反映了那个时代人们日常生活的极度匮乏与单调。①

在大陆当代小城小说中,最能体现“拼”与“笑”的微言大意与辩证关系的,当属余华的《许三观卖血记》和《兄弟》,这既体现在作品整体的喜剧化甚至是狂欢化(以《兄弟》的下部最具代表性)的叙事风格以及作品的情节结构中,也体现在人物具体的语言、行为以及由此而形成的人物形象中,而前者又正是通过后者得以形成并体现出来的。

在《许三观卖血记》中,许三观的一生是由他的12次卖血经历串联起来的,许三观的第一次与最后一次卖血显然都与生活压力无关,第一次卖血是出于好奇,并用这卖血的钱娶了“油条西施”许玉兰,最后一次是生活安逸的许三观,因想吃每次卖血都要吃的一盘炒猪肝和二两黄酒而去了医院,结果却被嫌他老的年轻“血头”嘲笑了一番而未卖成血,在许玉兰的陪伴下吃了炒猪肝、喝了黄酒。在这样一个历尽沧桑、却又仿佛从终点回到起点的环形结构中(这与余华一再强调的

---

① 韩东:《小城好汉之英特迈往》,上海:上海人民出版社,2007。

这本书在叙述上的不断重复，是受到音乐的启发如旋律的重复等相契合的)，卖血这一行为本身的残酷性，在看似不经意中为许三观的一生定下了基调——他将因生活的压力而不得不一次比一次残酷地卖血；同时，他娶"油条西施"的过程——卖血后从乡下回到城里的许三观遇到在戏院门口嗑瓜子的许玉兰，便"笑嘻嘻地看着她"，第二天请她吃了小笼包子、馄饨、话梅、糖果、半个西瓜后，许三观便要求正在"笑眯眯"地打着嗝的许玉兰嫁给他——却又为作品的喜剧化以及人物自身的喜感做了铺垫；而作为作品的主旋律之一的"温情"以及这情感的高潮也在最后一次卖血中得以呈现——当许三观想到自己的血卖不出去、家里再有灾祸怎么办，而在大街上边走边无声地哭泣时，当初因为八角三分钱的零食而嫁给他的许玉兰，在经过了几十年的风风雨雨后成为他相濡以沫、善解人意的老伴，但作者并未因此而情感泛滥，仍保留了人物原有的生动活泼、充满喜感的性格特征，许玉兰在骂了一通三个儿子的"良心被狗叼走后"，又大骂年轻的血头"他的血才是猪血，他的血连油漆匠都不会要"、"他爹是个傻子，连一元钱和五元钱都分不清楚"、"他妈是个破鞋，都不知道他是谁的野种"、"他的年纪比三乐都小，他还敢这么说你……"，许三观则以一句话糙理不糙的"这就叫屌毛出得比眉毛晚，长得倒比眉毛长"，为整篇小说画上了句点，也为作为人物形象的自己点了睛，而作者本人也用这句话来说明在这本"关于平等"的书中，"遗憾的是许三观一生追求平等，到头来却发现：就是长在自己身上的眉毛和屌毛都不平等"①。

在许三观的身上，也同样具有《地理指南》中陈汉文将"苦焦的生活游戏化"的生存智慧与生命的韧性，只不过它们是在大时代的背景中体现出来的，并且作为当代文学人物画廊中的一员，许三观显然是陈汉文颇有知名度、形象也更为丰富的"前辈"，如常被论者称道的"精神会餐"，在接着 1958 年的"大跃进"而来的荒年中，许三观趁着自己过生日，晚上一家人躺在床上时用嘴给每个人炒了一道菜：三个儿子的红烧肉、许玉兰的清炖鲫鱼、他自己的爆炒猪肝，让长期吃玉米

---

① 见余华：《许三观卖血记》之"韩文版自序"，上海：上海文艺出版社，2004。如果没有特别标注，本书中的所有引文都引自该版本。

稀粥和野菜的家人在一片口水声中得到了心理的满足。与许三观一样用智慧和幽默的方式帮助家人面对、化解灾祸的，是《兄弟》中的宋凡平，作为历史暴力的承受者，为使家人免受暴力带来的恐惧，宋凡平始终将微笑、轻松的一面呈现给家人，如家里被戴红袖章的人打砸抢后，没有筷子用来吃饭，他用树枝代替筷子并告诉宋钢和李光头这是"古人用的筷子"；当他的左胳膊被打得脱臼时，他告诉两个孩子"它累了，我让它休息几天"，并教两个充满好奇心的孩子如何让胳膊郎当起来休息几天，当他脱臼的胳膊因浮肿而变粗时，他回答"它光吃不干活，就长胖了"；为了让李兰在上海安心治病，已经被打倒的宋凡平仍把信写得激情四射、并编造自己的风光，为了遵守到上海接李兰回家的诺言，他从关押的仓库里逃了出来，将家里打扫干净后，去了长途汽车站，遇到了守在那里的戴红袖章的人，也是由于他对爱的诺言的坚持，最后惨死在车站前的空地上。[①]

余华在一次对谈中曾指出，在《兄弟》的下部两种语调交替出现，一种是喧闹的语言，一种是宁静的语言，而喧闹与宁静，是19世纪的伟大的小说的传统。[②] 其实，"两种语调交替出现"或者说相互缠绕的情形，同时也是《许三观卖血记》和《兄弟》上部所共有的，在《许三观卖血记》中，可以说是喜剧与悲剧、温情与灾祸的同振共奏；在《兄弟》中，所谓的"喧闹"，既指"当代中国两个最重要也是最疯狂的时代"（陈思和语，也即《兄弟》上部的"后记"中写到的一个是"精神狂热、本能压抑和命运惨烈的时代"、一个是"伦理颠覆、浮躁纵欲和众生万象的时代"），也包括非常具体地出现在这两个时代中的诸如上部一开篇长达二十多页的李光头偷窥事件、"文革"中的暴力事件、80年代的进口日本垃圾西装、举世瞩目的首届全国处美人大赛等，所谓的"宁静"，应该指的是与爱、温情、悲悯等相关的描写，如宋凡平与李兰与两个孩子之间的爱、宋钢与李光头之间的兄弟情、宋钢与林红之间的爱、苏妈对宋凡平一家的同情与关爱等。而在这两种交替出现的叙述语调中，《兄弟》也同时呈现出了或者说存在着"拼"与"笑"的辩证关系，如一

---

① 余华：《兄弟》上部，上海：上海文艺出版社，2005。

② 余华、严锋：《〈兄弟〉夜话》，《小说界》2006年第3期。

向乐观、幽默、灵活的宋凡平，为了信守对妻子的承诺，在被打得奄奄一息时，仍试图追赶从车站里开出来的长途汽车。而被论者认为遗传了宋凡平的"生命密码"、被作者称为"混世魔王"的李光头，应是这部作品中"拼"与"笑"的典型体现者，如他对林红的"求爱史"——为了追求到这位刘镇美人，在他的"狗头军师"宋钢的参谋下，他先派五个六岁的男孩作为求爱的信使，到针织厂门口向林红传话"李光头要向你求爱啦！你准备好了吗"，随后又带着福利厂的14个瘸傻瞎聋的忠臣和围观的群众，招摇过市地到针织厂向林红宣布自己"波浪滔天的爱和群山巍峨的爱"，结果却每次都适得其反，让李光头自以为严肃认真的事情成为一场场滑稽的闹剧和刘镇的嘉年华；另如他成为刘镇超级巨富的"创业史"，也贯穿着他求爱时的滑稽笑闹和"百折不挠"的精神，当他辞去残疾人福利工厂厂长的职务下海经商失败后，想重回福利厂却遭到拒绝，便在县政府大门口静坐示威，为了糊口便在示威的同时捡些废品破烂，却因此而成为垃圾大王，并出国和日本人做起国际破烂业务，将"三千五百六十七吨的垃圾西装"发往全国各地，刘镇的所有男性都穿上了西装，并互相翻看、攀比西装上标有的家族姓氏，连县长也穿上了绣着"中曾根"的垃圾西装。①

贯穿于《兄弟》中的"喧闹与宁静"，一方面体现了余华对音乐的理解在小说创作中的运用，也正是由于他的音乐感，论者便常常用音乐来描述他的作品，如认为《许三观卖血记》像民谣，有着门德尔松式的时间型音乐的优雅和节制，《兄弟》则在时间性的因素之外，加入了喧闹、放肆、芜杂等柏辽兹式的空间型音乐的因素。② 另一方面，"喧闹与宁静"也体现了余华对"正面小说"的理解，在余华看来，"角度小说"可以寻找到一个很好很独特的角度，用一种几乎是完美的语调完成叙述，"正面小说"则很难利用叙述上的取舍，取舍就意味着回避，回避就不会写出正面的小说，因此，当描写的事物是优美时语言也会优美，当描写的事物是粗俗时语言也会粗俗，当描写的事物肮脏时语言

---

① 余华：《兄弟》下部，上海：上海文艺出版社，2006。

② 余华、严锋：《〈兄弟〉夜话》。

就很难干净,“正面小说”无法用一种语调完成叙述,因而是“复调”的。①

余华的这段话,也许可以回答众多关于《兄弟》太过粗糙、通俗的批评,但需要进一步思考的是,一种标志性或颠覆性的审美风格固然可以成就作家的独特性,可是当面对一个“伦理颠覆、浮躁纵欲和众生万象的时代”时,小说是否一定要降低、再降低,才能更好地描摹和反映它?这里可以比照的,是对王祯和的小说风格以及由这风格所塑造的人物形象等的不同看法与评论,如在张大春看来,王祯和肯定自己是这世界上的一个与别人“呼吸着同样的空气”的“小人物”,而且也同时认定作为一个作家的角色和他所假设的读者角色有着相同的“滑稽”需求、相同的“廉价笑料”的需求、相同的以“笑声”来暂时远离“伤心事”的需求②;而在吕正惠看来,在王祯和早期的作品里(《小林来台北》之前),他把“人物矮化、鄙俗化,以获得某种程度的喜剧效果,而悲悯之情却付之阙如,或者几乎被淹没掉”,同时他的语言也“阻碍”我们去同情小说中的人物,他那种“杂糅着欧化句法与闽南语词汇的文字”,念起来非常的艰涩而不顺畅,并且好像“一层膜,阻隔了读者与小说人物直接交通”;从《小林来台北》以后,他的风格有明显而重大的变化,这些后期作品可分成两组,在《素兰要出嫁》、《伊会念咒》、《香格里拉》、《人生歌王》等作品中,他变成“黄春明式的王祯和”,他毫不迟疑地表现他对小说中不幸人物的同情,几乎没有任何嘲讽意味,而《小林来台北》、《美人图》、《玫瑰玫瑰我爱你》等作品可称之为“闹剧”,是早期“荒谬滑稽戏”的变形与发展,吕正惠认为,“不论是在自然主义方面,还是在对待人物的态度上”,他的小说都放得过松,有过分泛滥之嫌,他将来的小说能否进一步突破的关键,在于能不能在“早期的严谨与后期的道德意识之间取得平衡”③。就《兄弟》而言,或

---

① 余华、洪治纲:《回到现实,回到存在——关于长篇小说〈兄弟〉的对话》,《南方文坛》2006 年第 3 期。

② 张大春:《人人爱读喜剧——王祯和怎样和小人物“呼吸着同样的空气”》,转引自尉天骢:《读陈映真、黄春明、王祯和乡土小说的随想——代序》,收入陈映真:《归乡》,北京:昆仑出版社,2001。

③ 吕正惠:《荒谬的滑稽戏——王祯和的人生图像》,收入吕正惠:《小说与社会》,台北:联经出版社,1989。

许如余华所言“叙述统治了我的写作”，因此他只能是“一位聆听者，一位耐心、仔细、善解人意和感同身受的聆听者”；又或许如陈思和所言，这是一种写作的“灵魂附体”现象，作为人类集体无意识的恶魔性因素，借助余华的手笔发挥了巨大作用，以至于余华根本无法控制自己的写作，《兄弟》就是恶魔性所包孕的创造与毁灭两种元素所生的“奇胎”，在审美范畴的转移中，“叙述”把余华引出了80年代的先锋写作和90年代的民间温情故事，引向一个我们审美口味之外的粗粝狂放、陌生怪诞的民间世界。[①]

当然，同舞鹤的《悲伤》一样，《许三观卖血记》和《兄弟》的小说意旨同样也远非“拼”与“笑”所能概括的，因此这仍是抽离其原来语境的借用式分析，但对于这两部作品而言，也不失为一种解读的视角。也正是由于小说意旨的丰富，使这两部作品虽然描写了与大时代相遭遇的小人物的故事，但又不再仅仅是一般的小人物的故事，就像许三观身上所体现出的人性魅力，已不再仅限于某个具体的时代或被某个具体的时代所限制。此外，如同许俊雅将《悲伤》中的“你”看做具有“西方文艺复兴时期拉伯雷笔下的英雄的超凡脱俗的气质”，在论者看来，《兄弟》中的宋凡平与李光头同样也是“英雄”，前者是“立得起来的英雄”，后者是一个“变种的、畸形的、怪胎的当代英雄”[②]。从某种意义上讲，《悲伤》中“我”的“浪荡青春”和“情欲修行”、“你”的超强性力与李光头近乎无赖的生命意志，都有着暗合之处，他们既是时代的产物、也是对时代的巨大反讽。可以进一步展开的是，如果看过舞鹤在《悲伤》、《舞鹤淡水》中对于性的“异色猥琐”的大胆描写，或王祯和《玫瑰玫瑰我爱你》中众声喧哗的狂欢化场面，也许就不会惊诧于《兄弟》的放肆、粗俗，但除了“拼”与“笑”在文本中的辩证关系外，《兄弟》与这两位作家的小说风格尤其是语言显然是不同的。比如同样是芜杂，《兄弟》中的语言并不具有这两位作家刻意打磨的语言实验的痕迹及其在文本中的象征意义，而对语言的着力经营、极端实践，可以说是台湾现代派及受到现代派影响的小说创作的传统，在七等生、王祯

① 陈思和：《我对〈兄弟〉的理解》，《文艺争鸣》2007年第2期。

② 余华、严锋：《〈兄弟〉夜话》。

和、李永平、舞鹤等作家的小城小说中，也都可以看到极端且极具特色的语言实验，而方言在《玫瑰玫瑰我爱你》、《悲伤》等作品中的运用，在语言实验中无疑起到了非常重要的作用，余华则认为自己在中国能够成为一位作家，很大程度上得益于自己在语言上妥协的才华，即将南方的节奏、气氛（而不是在书面上成了一堆错别字的南方方言）注入到北方的语言中，学会在标准的汉语里（也即普通话）左右逢源①；此外，不同于台湾现代派"艰涩、拗口、冗长、违背语法、生造字词、语言杂交、翻译体"（朱立立）等等的语言实验，余华曾谈到写《许三观卖血记》时自己语言风格的变化，即去掉许多装饰性，用简单的（并非是没有语感、意味的大白话）、离事物越来越近的语言进行写作。② 但问题的关键在于怎样把握"简单"与"大白话"之间的度，这也是为什么有着语言自觉的余华仍要面对对于《兄弟》语言的批评（这也许仍要回到他对"正面小说"的理解），也如同王祯和后期将国语、方言俚语、洋泾浜英语、日语等混合一起的"杂化"语言，既被论者肯定其语言修辞策略的嘲弄功能，也被论者称其"走火入魔"。③

上述作品通过"不是一般"的小人物的故事或者说在讲述这些小人物的故事的同时，既实践着作家包括语言在内的艺术追求，也在对人性、社会、时代、历史等进行反思或批判，这也意味着在这类讲述小人物故事的作品中，在作者的叙述中，小人物与时代/历史背景之间存在着一种博弈关系，即两者之间的消长——人物处于叙事的核心、时代/历史背景处于叙事的核心或两者之间相互依存，既与小说的主旨相关也在一定程度上决定了小说的主旨。

其实，通过时代/历史写人物或通过人物写时代/历史，在两岸的现当代文学中是一种常用的创作手法，只是在 80 年代以后的大陆文学与解严后的台湾文学中，讲述小人物与大时代相遭遇的小说创作还有着一个大的文学潮流的背景，那就是本书第一、二章曾提到的大陆

---

① 见余华：《许三观卖血记》之"意大利文版自序"，上海：上海文艺出版社，2004。

② 余华、潘凯雄：《新年第一天的文学对话——关于〈许三观卖血记〉及其他》，《作家》1996 年第 3 期。

③ 参见朱立立：《台湾人的精神私史——台湾现代派小说的一种解读》，上海：上海三联书店，2004，第 263 页。

的“新历史小说”与台湾的“历史寓言小说”，这两个文学潮流的理论资源——“新历史小说”所基于的是新历史主义与后现代主义的理论背景，“历史寓言小说”的主要理论资源则是后殖民理论——虽然不尽相同，但却有着一个基本相同的诉求既重写或重建历史，至于怎样来重写或重建历史，则各有千秋。如在写作手法上，大陆的新历史小说在以写实为主的基础上会有一些现代技法的运用，在 90 年代及其后出现的具有新历史小说特征的创作中也有一些具有后现代特征的“戏仿”之作，如常被论者提起的李冯的《另一种声音》、《我作为英雄武松的生活片断》，王小波的《万寿寺》、《红拂夜奔》、《寻找无双》，另如可以归入小城小说范畴的薛荣的对经典样板戏进行改写的《沙家浜》[①]；台湾的历史寓言小说则如彭小妍所言“往往突破‘写实’、‘拟真’的格局，以寓言的架构传递某种信息或理念”，其中所强调的也包括作家对现代及后现代技法的运用。另如在具体的写作策略上，大陆的新历史小说，无论是“先锋”转向后所写的“历史颓败”的故事(陈晓明)，还是与寻根文学或新写实小说有着渊源关系的写作，大都是通过民间的稗官野史、家族故事或个人的历史，对正史或革命历史题材小说等宏大叙事进行反思、重写或解构；在台湾的历史寓言小说中，如彭小妍所指

---

① 发表在《江南》2003 年第 1 期上的薛荣的《沙家浜》的故事背景，是抗日战争时期的一个浙江小镇，镇上春来茶馆的老板娘阿庆嫂在江湖莽汉胡司令和新四军郭建光之间周旋，当郭建光带着 18 个伤病员来到沙家浜时，阿庆嫂穿着自己最好看的蓝花印布衣裳，整天围着郭建光转，当胡司令来到沙家浜后，郭建光他们暂时躲到了芦苇荡里，胡司令睡到了阿庆嫂的床上。这篇小说除了颠覆了阿庆嫂、郭建光等人的“高大全”形象外，在样板戏中处于缺席状态的阿庆则是叙述的重心，被镇上人称为武大郎的阿庆，表面上窝囊、对妻子的行为忍气吞声，却在高家村有一个相好的寡妇和私生子金根，阿庆带金根放羊时，金根被日本鬼子打死，阿庆受了伤，因知道自己活不了几天，阿庆要求给自己先办一个风光体面的葬礼后，借送粮的机会帮胡司令炸掉了鬼子的炮楼。这篇被称为“戏说抗日战争，颠倒历史事实，混淆是非黑白，丑化英雄人物”的小说所引起的广泛关注和强烈不满，自在意料之中，但《江南》的主编认为样板戏《沙家浜》是一个不符合历史环境的产品，靠吃吃喝喝、斗智斗勇能打败日本鬼子吗？作者从人性化的角度，站在当时的历史条件下进行的创作，跟“戏说”没有关系，何况阿庆嫂本来就是一个虚构的人物；薛荣则自辩道，在浙江小镇上，几乎每一个镇上都有不是开豆腐店就是开茶馆店的那种八面玲珑的女人，在她们身上常常会比一般的女人多一些故事，而这样的女人后面往往会有阿庆这样的男人存在，而正是阿庆这样的小老百姓构成了我们民族大多数的东西，一个最有韧性的、最有承受力的，而且在某些时候是最有抗争力的一个东西。上述观点收入红孩编选的《2003 年中国争鸣小说精选》，武汉：长江文艺出版社，2004。

出的“重建历史”主题与国族认同、族群意识、性别议题等密切关联，在后殖民理论的运用或解读中，其中殖民/被殖民不均等的权力关系经常以男女关系来比拟，如陈映真的《华盛顿大楼系列》，便是以男女情欲（权力）关系比拟跨国性企业和第三世界的殖民/被殖民关系，而女作家的情欲书写也大多有其政经、社会意涵，性别认同问题与政治认同问题往往交互渗透。①

两岸新历史小说与历史寓言小说的写作策略虽然各有千秋，但却又有着一个相同的取向，即往往从“个人”且多是“小人物”的视角对历史进行反思、重写、重构，如论者在谈到施叔青的《香港三部曲》以及《行过洛津》时经常指出的“以小搏大”，即以处于社会最底层的妓女（《香港三部曲》中的黄得云）、优伶（《行过洛津》中的许情）为切入点，来架构香港的殖民史或台湾的移民史、开发史。与此一“以小搏大”相似的，是有论者指出的大陆近两年长篇创作中一些具有“史诗化”追求的小说的以“小叙述”建构“大历史”，强调的也是通过民间的或平凡人物的日常生活，于人性的细小幽微处来“重述”历史，如刘醒龙的《圣天门口》、铁凝的《笨花》、迟子建的《额尔古纳河右岸》、严歌苓的《第九个寡妇》等。② “以小搏大”或以“小叙述”建构“大历史”，虽然概括了两岸历史叙述中或者说讲述小人物与大时代相遇的故事中具有共性的写作取向，但除了写作手法与写作策略各有千秋外，每一个作品的风格亦是各有特点。就小城小说而言，无论是“史诗化”的追求、先锋派的余绪，还是具有新写实小说、女性“私人化”写作或“情欲书写”的特点，可以说多居于非常严肃的“正剧”。也许在小人物的日常生活或与大时代的相遇中，原本多的也是这种“正剧”，其中虽不乏种种坚持、抗争及人性的光辉，但却少有“笑”的色彩、或通过“笑”来呈现这坚持、抗争与人性的光辉，也正因为如此，上面那些具有喜剧色彩、有着“拼”与“笑”的辩证关系的作品，在时代与历史的滔滔洪流

---

① 参见收入彭小妍：《“历史有很多漏洞”：从张我军到李昂》一书中的《历史、写实、寓言：解严后的历史寓言小说》、《女作家的情欲书写与政治论述：解读〈迷园〉》等文章，台北：中央研究院中国文哲研究所筹备处，2000。

② 邵燕君：《“宏大叙事”解体后如何进行“宏大的叙事”——近年长篇创作的“史诗化”追求及其困境》，转引自“左岸文化”网站的“左岸特稿”，http://www.eduww.com/。

中，因其在当代文学史中“少数派”的位置，便显出了它们的独特性，比如《你是一条河》中虽然也写到在家庭加工业瘫痪的“文化大革命”时期，辣辣为了养活家人参加了沔水镇的“献血队”，也就是像许三观一样卖血挣钱，她最后的过早离世，除了小儿子四清死亡的打击外，与她长年卖血也有着直接的关系，但辣辣的故事与许三观的故事却有着完全不同的讲述方式。

第二节 “直面人民在当下的苦难”

本书依据“主题倾向”在对当代大陆小城小说进行分类时，将迟子建的《世界上所有的夜晚》，鬼子的《大年夜》，格非的《戒指花》，温亚军的《赤脚走过桑那镇》、《地衣》，徐则臣的《最后的猎人》，方格子的《李市的早晨》等，归为“描写底层生活的作品”，在对这类作品进行解释时，指出主要是源于近些年兴起的有关“底层文学”（有论者也称之为“底层写作”，但两者的具体所指是一样的）的讨论，并引述了李云雷对底层文学所做的一个比较宽泛的界定或总结。[①] 如果依照李云雷在内容、形式、写作态度、写作传统等方面的总结，在有关作品是否是底层文学的归属上必然会存在着不少争议，但如果仅就内容来讲，综观近些年被归入底层文学的作品，所谓“描写底层生活的人与事”，主要是指那些在政治、经济、文化等方面都处于社会底层的下岗工人、农民、农民工、矿工以及女性（如以身体作为商品交换的下岗女工、农村女性）、儿童等弱势群体的当下生存状态，上述小城小说基本上便是依据作品描写或涉及这些人物形象的生存状态，而将其归入“描写底层生活的作品”。但由此而来的疑问是，黄春明、王祯和、七等生、宋泽莱等台湾作家笔下的“乡土小人物”，也大都属于

① 李云雷在《“底层文学”在新世纪的崛起——在乌有之乡的演讲》（2007 年 9 月 16 日）中对“底层文学”的概括如下：在内容上，它主要描写底层生活的人与事；在形式上，它以现实主义为主，但并不排斥艺术上的创新与探索；在写作态度上，它是一种严肃认真的艺术创作，对现实持一种批判、反思的态度，对底层有着同情与悲悯之心，但背后可以有不同的思想资源；在传统上，它主要继承了 20 世纪左翼文学与民主主义、自由主义文学的传统，但又融入了新的思想与新的创造。

上述的弱势群体，他们也是以现实主义为主，对笔下的小人物充满了同情和悲悯之心、对社会现实持批判态度，如陈映真所言，他们的作品(属新世代作家的宋泽莱除外)也曾被称为“左翼文学”，那么他们的作品是否也属于底层文学？如果属于，所谓“新的文艺思潮”、“新的美学原则”(李云雷)又“新”在何处？如果依照许多论者所强调的底层文学的时间性，即将2004年作为底层文学崛起于文坛的起点，那么同样是“描写底层生活的人与事”的台湾乡土文学、同时也包括其他“描写底层生活的人与事”的文学作品，如前面曾谈到的《你是一条河》、《许三观卖血记》等，同当今大陆文坛所讨论的底层文学之间的区别又何在？当然，这里并非是要质疑有关底层文学的提法，更不是要证明上面被归入“描写底层生活的作品”的小城小说以及台湾的乡土文学等是否属于底层文学(尽管对这类小城小说的划分参考了有关底层文学的讨论)，而是如本章一开始所谈到的，是想借有关对底层文学艺术性的质疑的讨论，来探讨以小人物为描写重心的小城小说的艺术性，而对描写内容或对象相似的作品的差异性的比较，既是探讨有关艺术性的一个有效途径，同时也可以对上面的疑问加以回答。

直面“怎样”的苦难

鬼子曾在一次访谈中谈到，他在开始自己“真正意义上的写作”时，在1995年用了一年的时间，把当时的中国文坛阅读了一遍，目的是为了了解别人都在写什么、在怎么写，最后的发现让他简直难以相信，因为“几乎无人直面人民在当下里的苦难”，他认为这便是文坛给他这个“乡下的写作者”留下的一块空地。①

这里可以引申讨论的，是鬼子这段话中所涉及的“直面”、“当下”、“苦难”等词汇，同时也是底层文学讨论中使用频率非常高的关键词。举凡谈底层写作，则必会提到其“直面现实”、“直面人生”等特点；“当下”一词所强调的是上面提到的底层文学的时间性，它既包括底层文学的“发生学”及作品的写作时间，也指底层文学的故事

① 鬼子、姜广平：《鬼子：直面人民在当下的苦难》，《西湖》2007年第9期。

时间或被叙述时间，就前者而言，洪治纲在《“底层写作”的来路与归途——对一种文学研究现象的盘点与思考》（《小说评论》2009 年第 4 期）一文中，有着较为详细的勾陈，他将中国当代人文学者对因社会结构转型所导致出现的底层群体的关注与研究，追溯到 1994 年由朱光磊主编的《大众化 新组合——当代中国社会各阶层分析》（天津人民出版社）一书，并将蔡翔于 1996 年发表在《钟山》第 5 期上的《底层》一文，看做是文学界对此作出的迅速反应，而将底层写作“作为一种文学思潮并逐渐成为一个重要的文学研究对象”的时间，也定格在 2004 年；而“苦难”则几乎成为底层文学的代名词，底层文学的倡导者、肯定者会强调其苦难描写的意义，许多关于底层文学的质疑也自然会涉及这个问题。更为重要的是，这几个关键词在一定程度上也将底层文学同其他的文学写作做了区隔，如因对“当下”等时间因素的强调，便将一些在历史变迁的背景下描写底层苦难生活的作品如余华的《活着》、《许三观卖血记》、方方的《风景》、池莉的《你是一条河》，以及虽描写了当下底层的苦难但因是发表于 2004 年之前的作品如鬼子的《瓦城上空的麦田》、《上午打瞌睡的女孩》、《被雨淋湿的河》（被称之为“悲悯三部曲”）等，基本排除在底层文学的范畴之外，但这样的区隔显然仍不能令备受争议的底层文学的概念清晰起来。因此，这里暂且搁置概念界定的问题，不妨先看一看小城小说中被归入“描写底层生活的作品”，究竟描写了怎样的底层生活。

如果对前面提到的几部小城小说加以分析，可以发现它们的共性便是都描写了底层小人物日常生活中的苦难、不幸与死亡，这表现为这些底层小人物的生活里大都存在着种种“缺失”的状态，如妻子失去丈夫或丈夫失去妻子、儿子/女儿失去父亲/母亲，正因为这种种“缺失”的难以弥补，使得人物大都处于自知或不自知的绝望之中。

如《世界上所有的夜晚》（《钟山》2005 年第 3 期）中在矿难中死去、却因为有关领导要瞒报死亡人数而被谎称失踪、其实是被雪藏在冰柜中不能入土为安的蒋百，以及以蒋百嫂和三生为代表的那些死难矿工的妻儿，为省下打狂犬疫苗的钱而得狂犬病死去的云领的妈妈，为了挣二百块钱而在帮有钱的老板放礼花时失掉一条胳膊的云领的爸爸等。《大年夜》(《人民文学》2004 年第 9 期)中和老婆离婚、连买一把扫把都嫌贵的莫高粱,被李所长指派帮忙到街上收小摊贩的钱,因这一点小小的权力他拿了卖扫把的老阿婆的两把扫把,并将她关到派出所的小矮房中,无意中导致已经几天没吃饭的老阿婆的死亡,而莫高粱在收钱时又被拒绝交钱的光头菜贩无意中打死,留下尚未成年的儿子。《戒指花》(《天涯》2003 年第 2 期)中那个只有四五岁、却懂事地跟着扫马路的爸爸捡废纸的小男孩,妈妈因肺癌两个月前死去,爸爸在得知自己肝癌晚期后上吊自杀,给他留下了四十八块两毛钱,而他却尚不知死亡为何物,告诉女记者丁小曼他的妈妈(妈妈的照片)"住在抽屉里",并询问"人可以悬在空中不落下来吗?"《最后的猎人》(《上海文学》2006 年第 6 期)中因喜好打猎而被警察以私藏枪支罪关起来的下岗工人杜老枪,女儿袖袖为了凑齐一万两千元的罚款而卖身,从派出所出来后,得知真相的杜老枪用他的土铳子打死了找上门的一个男人,他的结局也便可想而知。《李市的早晨》(《西湖》2006 年第 6 期)中的李市曾在市心路扫地,镇上有了新的环卫工人后他便没了这份工作,为了谋生,在家中替一家百年老店做千层底布鞋的鞋底,李市每天早上的工作,是把女儿小米的营养早餐准备好、把洗好的衣服晾在阳台上、然后放上一张"天仙配"的片子,小米的妈妈苗青喜欢唱"天仙配",在小米不到一岁时,警察将被贩卖到此地的苗青"解救"走了,等到小米可以看"天阶夜色凉如水,卧看牵牛织女星"的图画书时,一刻也没有放弃寻找的李市仍未找到苗青。《赤脚走过桑那镇》(《钟山》2007 年第 5 期)中的聂瓜瓜随被父亲抛弃的母亲方小妮回到外婆家,为了节省球鞋而整天打赤脚,聂瓜瓜的舅舅方大牙因为妹妹方小妮当年拒绝换亲而错过娶妻的机会,至今还打着光棍,因此对妹妹充满怨恨,找不到事做的方小妮为了不拖累母亲,决定嫁给又老又穷的鞋匠蒋连省,杀猪的方大牙被镇长委以重任、并许诺帮他找媳妇和给报酬而捕杀镇上所有的狗,那些被杀了狗的同学便找聂瓜瓜出气,使得他每天假装去上学实际上是在镇子后面的叶河边打发时间,方大牙为了从镇长那里拿到当初许诺的杀狗的酬金,不得不杀了镇上的最后一条狗——林书记的"红人"、镇中心小学校长周媚娜的哈巴狗,被周媚娜派人追打的方大牙逃走后,聂瓜瓜被周媚娜以旷课为由赶出了校门。

通过以上的介绍，可以看出，与其他一些同样是描写小人物的日常生活的作品相比，两者之间最为根本的不同，就是这些作品所呈现的苦难与不幸之强烈、尖锐，以至于最终的死亡都难以救赎，是其他作品所很少见的。比如同样是描写女性的命运，如第五章在分析“女性的成长史”这一类小说时曾经指出，那些有着“创伤性经历”的女性，在经过程度不等的磨难、矛盾、冲突、对抗后大都沉静下来，呈现出和谐、和解的氛围；而那些在两性关系中的矛盾、对抗到难以化解时，通过消失或死亡等方式加以结束的，虽然她们的结局有着显而易见的悲剧意味，但她们或者始终是自己命运的掌控者，也从未遭受如袖袖、方小妮等因贫穷生活所带来的种种不幸、屈辱，或者如林市在最后一刻起而反抗，而不是像《地衣》（《十月》2008 年第 3 期）中的黄婷婷，跳进了代表着自己不幸婚姻的、因终日洗杂碎而臭烘烘、油乎乎的水潭里自杀，如小说所写到的“生前脱不开洗杂碎的命运，死后还被杂碎的污物裹了一身”。以上的比较还可以说明的，是这些“描写底层生活的作品”中的苦难与不幸之所以强烈、尖锐、难以救赎，同作品中的人物都处于经济的最底层有关，也与作品的主旨有关，如《杀夫》中的林市固然也同样处于社会的最底层，她悲剧的一生也始终与饥饿相伴随，但作者正是要通过她最后的杀夫，来表达对封建男权思想的批判与抗议。

如果同汪曾祺、林斤澜、贾平凹、迟子建、魏微、鲁敏、徐则臣等被归入“描写日常生活琐事、见人情风俗乡野传奇”的一类作品相比，那种或淡定或超然或幽默的叙事风格与流淌在日常生活中的温情诗意，则是这些被归入“描写底层生活的作品”所缺乏的，也正因为如此，汪曾祺等作家的作品即使描写了苦难、不幸或者死亡，也往往被作品的叙事风格或作品所呈现的温情诗意所冲淡。此外，这类作品中的苦难、不幸要么被苦尽甘来的结局所化解，如林斤澜“矮凳桥”系列里在历次政治运动中受到冲击、长期生活在不堪境地的李地，“文革”结束后得到平反，成为矮凳桥的女镇长（当然，影响李地命运的时代背景与其他作品并不相同，也即造成人物苦难、不幸的原因并不同）；要么在接连不断的打击中总还保留那么一点希望，如徐则臣《人间烟火》

(《人民文学》2007 年第 11 期)中的苏绣与陈洗河虽然生不出孩子,但抱养的女儿招娣和有心脏病的儿子冠军却都乖巧可爱,招娣大学落榜后去深圳打工,说要挣大钱让爸妈清闲些、让学习成绩好的弟弟将来念最好的大学,令为了两个孩子整天像拉磨驴一样起早摸黑的两人倍感欣慰,冠军 12 岁的夏天在运河里洗澡淹死后,苏绣与陈洗河一夜之间全白了头发,随后又有陈洗河出车祸成了瘸子、招娣的亲生父母找上门、招娣的未婚先孕等一系列事,但两人却像许三观和许玉兰一样始终相濡以沫,"我"的父母也总在旁边热心相助,女儿招娣也是他们最后的安慰。总之,不管怎样的情形,上述作品中的人物可以说都未落入彻底绝望、无可慰藉的境地,即使在绝望中,也仍有着生的执著、淡定。

与被归入"描写日常生活琐事、见人情风俗乡野传奇"的一类作品的情形比较相似的,是前面谈到的具有"拼的哲学! 笑的人生!"的意旨与风格的作品。如前所述,这类作品中的人物也大都处于社会的最底层,如陈汉文、许三观、憨钦仔、金花与阿溜母子等,他/她们在日常生活中所遭受的苦难、不幸与绝望也并不少于那些"描写底层生活的作品",但由于作者将人物的苦难以笑谑的、喜剧的或游戏化的方式表现出来,或者由于作者强烈的悲悯之心,使得作品在呈现出"拼"与"笑"之间的辩证关系的同时,作品中的人物也并未走入彻底绝望的、无可救赎的境地,如论者认为《许三观卖血记》是通过爱与温情来表达悲悯的救赎作用(洪治纲);而《王牌》里阿溜的火中唱歌,则使得所有的卑贱、屈辱都得以升华;即使如憨钦仔,通过作者对他那虽卑微却具有韧性的性格的塑造,使我们相信靠着"一枝草一点露"的精神,他仍将会"在那里挣扎,在那里对抗"。

问题在于那些"描写底层生活的作品"的作者,也都并不缺乏悲悯之心,如在论者看来,《世界上所有的夜晚》"所描述的底层生活,其深度和广度、尖锐和痛苦,都超出了迟子建以往的作品,但贯穿始终的温婉基调并不肯彻底淡出",小说对种种苦难的描述是为"再一次提升境界"做准备,遭受丧夫之痛的女主人公将对更加不幸的人们的同情,"升华为大的悲悯,她本人也得救于其中",整篇小说也定格在对未来充满希望的意象里。① 但为什么这些作品中的苦难，如同蒋百嫂无法言说的悲伤、黄婷婷的自杀一样难以安慰、难以救赎？个中原因既与苦难本身的性质相关，如《世界上所有的夜晚》中所写到的，有着房间中那座冰山的存在，蒋百嫂将“永远不会感受到温暖，她的生活注定是永无终结的漫漫长夜了”，因此尽管整篇小说“定格在对未来充满希望的意象里”，但留在女主人公“我”身后的乌塘的苦难却仍难看到希望；另外如前面曾提到的，这还与作品的主旨相关，像上面分析的《人间烟火》、《王牌》、《许三观卖血记》等作品虽然都描写了底层生活的不幸与苦难，但其主旨则并不仅限于对苦难的揭示与呈现，它们或许表达了人间的至爱亲情，或许表达了生的执著与人性的光辉，而像《最后的猎人》、《李市的早晨》、《赤脚走过桑那镇》等作品，在描写底层人物的苦难生活、不幸命运的同时，尽管也都涉及一些非常尖锐的社会问题及矛盾，它们对这些社会问题及矛盾固然有批判、反思，但其主旨更多的是对苦难的揭示、对问题的呈现。如《最后的猎人》中过重的罚款将原本就生活困难的杜老枪一家——妻子瘫痪在家，女儿在超市做收银员、工资少得可怜，下岗后的杜老枪的打猎既是喜好也为贴补家用，他同时还要靠种菜和出苦力赚钱——推向了绝境；《李市的早晨》虽然涉及贩卖妇女的问题，但在李市看来，苗青在他家生活得好好的，怎么算是“成功解救”，而且许多被解救后的女子，又偷偷从老家跑了出来；与那些将亲人之间的温情作为苦难生活的慰藉的作品不同，《赤脚走过桑那镇》却描写了亲情的炎凉，但这“炎凉”的原因主要来自于生活的压力，而生活的压力既来自于精神与物质的贫困，也来自于权势者的挤压，如方大牙为了拿到酬金而不得不杀了周媚娜的狗，结果却被追打得仓皇逃走，从此再也没有在桑那镇出现过，让人不得不疑惑聂瓜瓜在小说结尾处看到的漂浮在河水里像人的“东西”是否就是方大牙，而被学校开除、承担了所有生活压力的后果的无辜的孩子，将怎样面对可怜的母亲、严厉的外婆，又或者那在河水里漂浮的将是他自己？

① 蒋子丹：《当悲的水流经慈的河——〈世界上所有的夜晚〉及其他》，《读书》2005 年第 10 期。

当然,小城小说中被归入"描写底层生活的作品",同《世界上所有的夜晚》一样,其主旨并不都在于对苦难的揭示,像《大年夜》与《戒指花》虽然也都涉及到了底层生活的穷困、悲惨,但它们所要表达的却远非如此。如在《大年夜》的编者看来,这篇小说所要拷问的是"我们的不堪直面但必须直面的灵魂"[①];另如在李陀看来,《戒指花》通过小男孩的不幸,"对今天弊病丛生的媒体业有相当尖锐的批评",但作者将博尔赫斯的短诗《雨》拼贴进小说的叙事之后,为小说的阐释提供了新的可能性,那就是女记者丁小曼那一代人所共有的对"腐烂的焦虑":他/她们这些自80年代以来一直在一种道德优越感里自我满足的小资族群,当在今天不得不面对社会的种种不公,面对贫穷和苦难时,他/们还能心安理得吗,能不像丁小曼似的感觉自己"正在腐烂"、"甚至觉得自己的脑子也正在一点点地烂掉"[②]?由此可以发现,这些被归入同一类型的小城小说,虽然同前面分析的那些同样是描写底层小人物的作品之间存在着诸多的不同,但这类作品之间也并非是铁板一块,除了"描写了底层小人物日常生活中的苦难、不幸与死亡"这一共性外,他们之间的差异也是显而易见的,如上述《大年夜》、《戒指花》等作品的多重寓意,就不同于《赤脚走过桑那镇》等小说主旨相对简单的作品,而这差异既与小说的主旨相关,也与小说在讲述苦难、不幸、死亡时的方式即艺术手法相关。

怎样"直面"苦难

在底层文学中经常被提及的"直面"一词,似乎有着不言自明的意思,比如"不回避"、"不躲闪"、"不顾左右而言他"等,在中国现当代文学史中,"直面"一词还被用来特别描述的有新写实小说,如《钟山》杂志在1989年第3期推出"新写实小说大联展"时,在该期的"卷首语"中对新写实小说加以说明时,曾提到其"特别注重现实生活原生态的

① 在本小节一开始提到的那篇访谈中,鬼子谈到"人生其实就是在穿越一条长长的苦难的隧道",而这里的苦难指的不是一般意义上的生存的苦难,而是包括了情感的苦难和灵魂的苦难,因而苦难永远是文学里的一个很大的命题。有意味之处在于,如此强调苦难在文学创作中的重要性的鬼子,却很少被列入底层文学的作家队伍中,除了他的代表性作品发表得较早外,难道还因为他对"灵魂的苦难"的特别强调?

② 李陀:《腐烂的焦虑》,《读书》2006年第1期。

还原,真诚直面现实,直面人生”;另一个被用来描述的个案是鲁迅及其创作,如经常被提及的“直面惨淡的人生”、“直面无法直面的人生”等,王安忆在谈论张爱玲时曾指出,“当她略一眺望到人生的虚无,便回缩到俗世之中,而终于放过了人生的更宽阔和深厚的蕴含”,所以她更加尊敬“现实主义的鲁迅”,因为他是从现实的步骤上结结实实地走来,“他就有了走向虚无的立足点,也有了勇敢。就如那个‘过客’,一直向前走,并不知道要到哪里去,并不知道前边是什么”①。

王安忆在这段话中虽然未直接使用“直面”一词,但她所表达的意思中,包含着鲁迅之不同于张爱玲的对“人生的虚无”的不回避、不躲闪、不顾左右而言他,而鲁迅之所以如“过客”一样勇敢前行,在于他有着来自于“现实”的立足点。因此,王安忆在这里除了强调作家在面对“人生的虚无”时不回避、不躲闪的态度及精神意志外,也涉及这态度及精神意志在创作中的体现,所以她才会用“现实主义”来指代鲁迅,其中所关涉的还有着对“人生的虚无”的表述,毕竟“态度及精神意志”只有通过具体的表述才能体现出来。当底层文学在使用“直面”一词时,比较接近于论者对新写实小说的说明,所针对的并不是抽象的“人生”或“人生的虚无”,而是非常具体的底层的生存现状尤其是困境与苦难,但上述论述中对“现实”或“现实主义”的强调却又是一致的,尽管“现实”与“现实主义”的具体指涉并不相同,但“直面”与“现实”或“现实主义”的相伴随,既表明了两者之间存在着某种内在的关联——似乎只有“现实主义”才能够做到“直面”“现实”,也涉及“直面”一词所包含的另一层意思,即怎样对人生虚无或底层苦难进行表述,也即底层文学的表述形式的问题。

有论者曾经指出:“当今无论持什么样的文学观点,追随哪一‘派’,哪一种‘理论’,都很难绕开现实主义不谈,都必须对现实主义传统‘表态’。如果对新文学现实主义历史缺少完整的认识,就不可能扎稳当今文学发展的历史根基。”②这段话既说明了现实主义对中国现当代文学的重要影响,以及中国作家、批评家与读者(也许并不仅限

---

① 王安忆:《世俗的张爱玲》,收入《王安忆说》,长沙:湖南文艺出版社,2003,第321页。

② 温儒敏:《新文学现实主义的流变·小引》,北京:北京大学出版社,1988年。

于中国)的现实主义“情结”,也解释了何以中国现当代文学会与现实主义如此缠绕不断。

同样,在当下的底层文学讨论中现实主义也是一个绕不开的话题,如前面曾提到的李云雷在对底层文学加以总结时,其中一项是“在形式上,它以现实主义为主,但并不排斥艺术上的创新与探索”;另如邵燕君在谈到底层文学“怎么写”时,指出底层文学作为反映人民疾苦的作品,“与现实主义文学传统具有着天然的联系”,加之从事底层文学的作家和底层文学读者的阅读习惯与现代主义存在着“隔”,因此,“至少在现阶段,最适合‘底层文学’的写作方法就是现实主义写实方法”[①];而被视为底层文学代表作家之一的陈应松,认为“现实主义和道德一样,也是被妖魔化了的词汇”,自己的作品中虽然有浪漫主义或象征主义的特征,但高尔基的“对人类和人类的各种情况做真实的赤裸裸的描写的,谓之现实主义”,让他“抓到了根救命稻草,好像找到了组织”,同时认为自己的作品是“现世主义”更为贴切。[②]

与新写实小说研究中对现实主义所做的条分缕析不同,上述关于底层文学与现实主义关系的论述显得有些大而化之,但两者的论述又都涉及至今尚无定论的有关现实主义的界定或边界问题,即那些吸收了现代主义技巧或貌似现实主义的写作如魔幻现实主义,是属于“无边的现实主义”、“现实主义的开放体系”,还是属于现代主义、后现代主义,或者应该重新加以界定和命名? 此外,与新写实小说研究不同的是,底层文学虽然“并不排斥艺术上的创新与探索”,但如上所述,研究者甚至作家都会强调现实主义在底层写作中的主体位置,也有论者从“文学史表述底层的经验”的角度,来阐述底层同现代主义的关系,如南帆认为“现代主义作家是以疏离的个人反抗异化的社会”,但是“现代主义作家很少从社会结构的意义上考虑底层问题。他们笔下的反抗主体也许来自底层,也许是中产阶级,总之,现代主义不相信传统

① 邵燕君:《“写什么”和“怎么写”? ——谈“底层文学”的困境兼及对“纯文学”的反思》,《扬子江评论》2006 年创刊号。

② 李云雷:《“底层叙事”中的艺术问题——陈应松访谈》,《上海文学》2005 年第 11 期。

意义上的总体论。这就是现代主义文学与无产阶级文学的差异”[①]。而在新写实小说研究中，在对新写实小说同现实主义关系的厘清中，还包含着新写实小说同现代主义的关系，论者除了谈到新写实小说对现代主义艺术技巧的借鉴外，在追溯新写实小说的理论及文学资源时，经常被论及的还有以马原等为代表的先锋小说、米兰·昆德拉的小说、法国“新小说”、存在主义哲学等，因此，仅从两者同现代主义的关系来看，也可以说明新写实小说与底层文学之间的不同。

也许上述有关底层文学的表述同现实主义、现代主义之间的关系的探讨，也体现了有论者曾指出的底层文学研究中所存在的“理论阐释过度”、“文本价值有待进一步评析”（洪治纲）的问题，所以，这里仍然回到小城小说中被归入“描写底层生活的作品”中来，就表述形式或艺术手法来讲，这些“描写底层生活的作品”虽然都以写实为主，但其间仍有区别，相比较而言，《戒指花》、《世界上所有的夜晚》、《大年夜》等前述阐释空间较为丰富的几篇作品，其表现手法也较为多样。

如李陀在《腐烂的焦虑》一文中指出的，格非对西方先锋派艺术中拼贴的运用即将博尔赫斯的诗了无痕迹地拼贴进小说的叙事中，“不是修辞的小游戏，也不是叙述的新实验，而是一次强化写作的批判性的很有意义的尝试”。[②] 另如蒋子丹所言，“《世界上所有的夜晚》是一部文学成分比较复杂的小说，写实、浪漫、轻度魔幻的技法相互渗透相互交织”[③]。同样有着“魔幻”色彩的，是鬼子的《大年夜》，这篇小说的后半部分描写的是被无意中打死的莫高梁（的灵魂），为了告诉儿子自己没有死、为了找人将关在小矮房中的老阿婆放出来，在瓦镇的大年夜中狂奔，然而没有一个人听到他的请求，愤怒的莫高梁一声长啸，让满街的风带着垃圾扶摇直上，在瓦镇的上空盘旋、飞舞，将整个瓦镇都盖黑了，换来的却是恐惧的街民们的鸡血、鸡头和满街胡蹦乱跳的无头公鸡。死亡令莫高梁良心发现，也令他以可以自由游走的“旁观者”的身份重新“审视”他生活的环境——他的死让李所长直骂自己倒霉、“让这么个鸟人”帮他收费；与李所长家丰盛的年夜饭相比，他的儿子

① 南帆等：《底层经验的文学表述如何可能？》，《上海文学》2005 年第 11 期。

② 李陀：《腐烂的焦虑》。

③ 蒋子丹：《当悲的水流经慈的河——〈世界上所有的夜晚〉及其他》。

却只有两个馒头,老阿婆的肚子里只有一团鸟蛋大的消化不掉的野菜,因此,莫高梁希望有好心人能将他的儿子接走、让他的儿子也能快乐地吃上鸡腿和点燃鞭炮,希望能将老阿婆救出来让她回家过年,但最终老阿婆还是饿死在小矮房中。小说的结尾,是两个和解的灵魂/魂灵相伴到阴间的街上卖掉了老阿婆剩下的两把扫把,因为看到不同时代的人欢乐地在这里生活在一起,所以"好像这里才是真正的人间似的",这句话使小说在"拷问灵魂"之外,它的批判性也跃然纸上。

而《最后的猎人》、《李市的早晨》、《地衣》、《赤足走过桑那镇》等小说的表现手法,则基本上都是朴素的写实风格,就像王祯和对小津安二郎的电影所作的评价:技法非常平实,全片只用"切"来转换场景,没有其他镜头的花招。[1] 但朴素、平实并不意味着就没有经营,这几篇小说便是通过一个个朴素或平实的画面,将人物的苦难、绝望一一呈现出来,如《最后的猎人》并没有实写袖袖的卖身,而是用一小节来写花街的夜晚、那些挂在门楼底下的小灯笼和摘灯笼的男人,写"我"站在"我"家阁楼的窗口看花街、看到袖袖在杜老枪被抓后经常早出晚归。与表现技法相似的,是这几篇小说的作者对待笔下人物的情感状态一样也是朴素而平实的,没有毫不留情的嘲讽或笑泪交迸的喜剧效果,也没有"过分泛滥"的悲悯之情,同时也不是那种大巧若拙式的恬淡,这样的一种情感状态其实也是上述所有"描写底层生活的作品"所共有的。

从前面的分析可以看出,《戒指花》、《世界上所有的夜晚》、《大年夜》等小说无论是对拼贴的运用、还是具有魔幻色彩,都有着非常强的现实批判性,就像李陀所分析的,如果没有拼贴,《戒指花》的批判性将会减弱甚至消失——"一个不带芒刺的故事",因此也可以说正是现代技法的运用,既扩大了作品的阐释空间、也增强并突显了小说的现实批判性,那么是否因为表现手法的朴素、平实,使得《最后的猎人》、《李市的早晨》、《地衣》、《赤足走过桑那镇》等小说的主旨也相对单纯?小说寓意的丰富与否虽然并不是判断作品优劣的准则,但它却与作品的表现手法、与作品的艺术性有着不可分割的关系,这也是何以

---

① 王祯和自选集《香格里拉·自序》,台北:洪范书店,2004。

同样都涉及到底层的苦难生活、同样有着现实批判性，这些小城小说之间会呈现出不同的艺术风格与效果，这里其实可以对前面提到的一些问题加以回应。

如果可以将小城小说中被归入“描写底层生活的作品”纳入到“底层文学”的范畴中，那么有关底层文学艺术性的质疑，便显然是太过绝对了，上面分析的这些作品也许不能代表一种“新的美学原则”或“新的生活经验与审美经验”（李云雷），但就艺术性而言，《戒指花》、《世界上所有的夜晚》、《大年夜》、《最后的猎人》等作品即使是在“纯文学”的审美体系内，也都称得上是成功之作，也正因为如此，批评家所一度忧虑的文学创作的世俗化、功利化的趋向以及“理想观照”和“审美提升”的缺乏等，在这一批描写底层生活的作品出现后，可以释然了；即使是那些在“纯文学”的审美体系中显得不够精致、艺术手法显得单调的作品，也如论者所言，“至少唤起我们对底层社会和弱势群体的关注”、“给我们多年受困于‘私人化写作’的房间而变得不无苍白的文学注入了不少坚实、沉重、有分量的社会内容”[①]。同样，如果这些作品可以纳入到“底层文学”中，那么也可以表明的是，在有关底层文学的表述中，并非纯粹的写实或现实主义才能够做到“直面”现实、“直面”苦难，如前所述，拼贴手法的运用、魔幻色彩的显现反而增强了《大年夜》等作品的现实批判性，而且一些作家也曾反复强调现实本身的魔幻性、荒诞性，这表明魔幻现实主义等外来文学思潮对新时期以降的文学创作的影响，既体现在具体的创作手法中，也体现在作家对现实的认识与思考中，底层写作虽然出现在中国作家大规模的形式实验结束之后，但对于这些“文学遗产”所采取的态度，应该是“择其善者而从之”，而不应因为“隔”而忽略其存在，从伟大的现实主义传统中汲取营养固然重要，但在“怎么写”的命题中，现代主义及后现代主义也应是题中应有之意。

此外想借以探讨的是，在有关底层写作的讨论中，其中的一个重要问题是“底层能否表述”和“谁来表述”，所针对的是由于底层群体

---

① 林贤治、章德宁主编：《2006 文学中国・写在 2006 年卷的前面》，广州：花城出版社，2007。

自身通常并不具备话语表达权，那么便往往由知识分子对底层加以表述，分歧在于有论者认为知识分子作为“他者”并不能书写真正的底层，如认为像莫言、贾平凹、余华、残雪等已成为“中产阶级”的作家所描写的底层，并不能看做是“底层叙事”，原因是他们“是在拿底层的酒杯，浇自己中产阶级或上流社会的块垒”，他们主观上也不是为底层民众写作，“他们的目标读者主要是中产阶级和上流社会，是文学界的专业人士，或者就是外国读者，甚至干脆就是为着诺贝尔文学奖的评委们写的”①。这里虽然谈的是底层表述的问题，其实所纠结的仍是有关底层文学的界定，只是由前面曾谈到的作品的内容也既有论者所谓的“题材决定论”转到了作家或“代言人”这里，对于这些问题的讨论也许会有助于底层文学的进一步发展，但如果从文学史的角度来看这一问题，又有谁会去质疑书生罗贯中是否就是三国群雄的最佳代言人，谁又会怀疑知识分子鲁迅笔下的阿Q、祥林嫂们不能代表那些“沉默的大多数”。因此，关键还在于怎样来表述底层、底层被表述得怎么样，这里其实又回到了底层文学的艺术性的问题，这也是众多论者所强调的，因为有了“政治正确”的题材或身份，并不表明在艺术上就一定“政治正确”。因此，在底层写作中，现实关怀与艺术性是每一个作家都必须要“直面”的，也许，只有当对艺术性的质疑不再是底层文学讨论的核心时，底层文学才真正处于良性的发展中。

但问题又在于在有关底层文学的讨论中，经常被一些论者提起的因而被特别关注的，恰恰又是被另一些论者认为不够精致、艺术手法显得单调的作品，也许是因为这些作品的主题比较明确，作品所呈现的苦难，没有被超然的叙事风格或温情诗意所冲淡，没有“拼”与“笑”的微言大义与辩证关系，也没有丰富的寓意令小说的主旨颇费猜测，因此在论者看来它们最能代表这一“新”的创作现象的特征，而所谓的“新”，其实也是相对于80年代以来的种种写作潮流而言的。比如被认为开拓了“底层社会”的生活图景的新写实小说，它虽然描写了底层生活的琐碎、烦恼、卑微以及苦难，但其小说主旨并不仅在于对苦难的揭示与呈现；另如论者之所以会从“左翼文学”中寻找底层文学的资

① 单正平：《底层叙事与批评伦理》，《江汉大学学报》2006年第10期。

源，并不是因为在新时期的文学中就没有关于当代中国尤其是改革开放以来的中国的阶层、贫富、公平、正义等话语，如前面提到的余华的《许三观卖血记》、鬼子的“悲悯三部曲”，而是因为这些话语在“左翼文学”中以及在台湾的“乡土文学”中都曾是描写的重心。因此，随着命名的“合法性”的确立或命名的更为准确、到位，对底层文学的关注视野自然也应随之扩大，关注视野的扩大，既可以使有关这一创作现象的讨论不再仅仅纠缠于“道德”、“艺术性”、“现实关怀”等话题中，也可以在众多创作实绩面前，回头重新审视有关命名的问题。

其实在当代两岸小城小说的整体创作中，“描写底层生活的作品”同具有“拼的哲学！笑的人生！”的意旨与风格的作品一样，都不占多数，而之所以要特别谈这两类作品，一方面是因为这两类作品所描写的都是小人物或底层人物的生存状况，因此两者之间存在着可比性；另一方面是基于在因庞杂而显得面目模糊的小城小说中，“拼的哲学！笑的人生！”无疑是一种非常鲜明的写作风格，这一风格既显示了小人物或底层人物“生动的、活泼的、充满生命力的”（王祯和）生存状态，也显示了作家的艺术追求与智慧，同时也与被论者称为“苦难焦虑症式”的底层写作形成了鲜明的对比，并希望因这对比而能对底层文学有所裨益。此外，通过对与艺术性颇受质疑的底层文学有关的“描写底层生活的作品”的艺术性的分析，相信也最能说明小城小说的艺术水准，由此也可以说明小城小说的价值和意义并不仅仅在于小城位于城乡之间的中介性、以及同都市文学和乡土文学的互为关系中，还在于它之所以为文学的艺术性中，两岸小城小说的写作虽然多在各个时期的文学潮流之外，但并不表示小城小说就不会受到各个文学潮流的影响、就无力参与到相关文学潮流的讨论中，事实上通过上一章对女作家的小城写作及这一章对讲述小人物故事的作品的艺术风格的分析，表明小城小说既有各写作潮流、群体（如女性文学、新历史小说、底层文学等）的写作特点或代表作，且其中的许多作品，不仅于作家本人、即使于两岸当代文学史，也都具有相当重要的意义；同时，也表明小城小说不仅可以参与，而且于许多写作潮流的讨论每每都另有新意。

第七章　空间意象与小城文化
——小城小说的文化内涵

华侨电影院，这几个字的浮雕依然如故，但我们有时叫它礼堂，那是南流的政治文化中心之一。白天礼堂是县机关听报告的地方，到了晚上，文艺演出，或者电影。

——林白《致一九七五》①

大都会的"咖啡流"沿着捷运争相来小镇占山水，文明尽花样装饰咖啡馆让淡水几步路就在咖啡文化的氛围中，这种方便分享文明人的"品位"是捷运前淡水想像不到的。

——舞鹤《舞鹤淡水》②

杨念群在《"地方性知识"、"地方感"与"跨区域研究"的前景》一文中曾经谈到，80年代受"现代化理论"的影响，中国近代史学界率先提出了"社会变迁"的问题，力求突破从"生产形态"的角度理解历史演变的旧路子，到了90年代，中国史界开始注意把历史演变不仅仅看做是个时间因果序列的问题，而且也是"空间"转换的问题，这意味着真正把"社会"当做一种分析单位，而不是屈从于"结构"束缚和成为现代化演变分析的附庸，因此有必要重新界定新的研究空间，而以"村落"为单位，以"宗族"、"庙宇"为核心论题展开论述的"区域社会史"研究，便成为中国社会史研究的代名词。③ 尽管杨念群这篇论文的核心是要改变上述的"村落研究取向"，在对"地方性知识"和"地方感"

---

① 林白：《致一九七五》，南京：江苏文艺出版社，2007，第114页。

② 舞鹤：《舞鹤淡水》，台北：麦田出版社，2002，第225页。

③ 杨念群：《"地方性知识"、"地方感"与"跨区域研究"的前景》，《天津社会科学》2004年第6期。

进行区分、对政治变迁的地方性逻辑和跨地方性逻辑进行分析的基础上，提出了社会史研究的“跨区域研究”前景，但他所谈到的中国史界的研究思路及存在的相关问题，对我的关于小城的空间意象与社会文化变迁之间关系的研究仍有相当的启发。前面在分析“小城的特性与功能”、女作家及其笔下的女性形象与小城/空间的关系时，已涉及社会变迁在其中的影响及重要性，本章则将通过两岸小城小说中所描写的电影院、文化馆、歌舞厅、咖啡馆、庙宇等小城空间意象的变迁，来探讨小城的社会文化变迁，并通过两岸不同的小城空间意象或相同的空间意象所具有的不同功能，来对两岸的小城文化进行比较。之所以将电影院、文化馆等称为“空间意象”，是因为作为小城的空间场景或日常生活空间，它们在文本中还具有“表意”功能，即如有研究者在分析张爱玲小说中的“意象化叙述”时所谈到的，“那种有意味的物质和空间形态（注：如张爱玲笔下的内室、公寓、街道等）提供了比‘自然’意义上的‘现实’更多的东西：它们为转型中的社会提供了‘景观’，使社会生活形态像‘本文’那样具有了‘可读性’。正如‘物象’可以同时是‘意象’，‘自然’和物质的空间也可以是对社会和文化形态的表达形式”①。

第一节　大陆小城空间意象的变迁

空间意象与社会文化变迁

我在研究现代文学中的小城小说时曾谈到，由于现代小城的简陋，小城中唯一的文化设施就是有一两所新式学校，而且多数是两级小学和高等小学，而普通民众或者说小城的文化娱乐，大都来自四时八节的各种庆祝活动以及各地不同的民间艺术，这些年节庆祝与民间艺术不仅有其时间限制，而且活动场所基本上都是在室外，如城外的河上、河边的沙滩上、城内的街道上，大概只有沙汀笔下四川小镇上的

① 孟悦：《中国文学“现代性”与张爱玲》，收入王晓明主编：《批评空间的开创——二十世纪中国文学研究》，上海：东方出版中心，1998，第343页。

"打围鼓"或"讲圣谕"是在夜晚的茶馆里表演的,也正是由于这个原因,我将茶馆和酒店看做是大多数现代(大陆)小城的主要公共场所,同时也是小城小说的典型场景,也有研究者甚至将其视作小城的"核心化意象"。① 尽管在今天看来,将通常只有一间门面的茶馆或小酒店视作现代小城的主要公共场所,有着很大的象征成分,因为事实上在许多现代小城中连这样的茶馆或小酒店都没有,但是,当依此惯性来看当代大陆文学中的小城小说、尤其是那些反映当代小城生活的作品,会发现无论是作为公共场所还是空间意象,茶馆都在淡出小城的日常生活,只有在原本以茶馆多而著称的四川小城或江南水乡还可以看到茶馆的影子,如雁宁的反映四川大巴山区乡场小镇生活的短篇小说集《小镇风情画》(重庆出版社,1984),几乎篇篇都会写到乡场小镇上的茶馆,但也只是作为小镇风情的一部分而略有提及;另如《上种红菱下种藕》中写到住在沈漤的公公到华舍买菜肴,也提及他走进老街的茶馆,"相熟的茶客照老规矩坐在方桌前吃茶,公公则站着,等蒸笼揭盖头,捡了馒头放进篮,拔脚就走"②。这小说文本中的略有提及,大概就是茶馆在当代小城生活中的真实写照,其中的原因,与茶馆本身所具有的功能以及社会的变迁等都有关联。

在现代文学时期,茶馆在小城的日常生活中除了上述的"打围鼓"或"讲圣谕"等娱乐功能外,还是人们交流行情、会友应酬、谈公事、吃讲茶、进行各种交易以及一些闲散人等聚赌玩钱或仅仅是喝茶闲聊打发日子的场所。到了当代文学时期或新中国成立后,聚赌是被严令禁止的,在茶馆中闲聊打发日子的生活方式与如火如荼的社会主义建设也是格格不入的,而茶馆所具有和承担的商业及消费功能,也与费孝通先生在《小城镇 大问题》一文中谈到的"化消费城为生产城"的政策是相悖的,如雁宁在《小镇人物素描》中所写的"文革时,茶铺酒肆皆在横扫之列",因此茶馆的衰落也便是必然的,在费孝通先生看来,小城镇的个体和集体商业逐步受到限制、打击,大大削弱了小城镇作为农村地区商品集散中心的地位,也是小城镇在70年代以前衰落的主

---

① 参见熊家良:《现代中国的小城文化与小城文学》,北京:中国社会科学出版社,2007,第221页。

② 王安忆:《上种红菱下种藕》,海口:南海出版公司,2002,第126页。

要原因之一，而小城镇衰落的其中一个表现就是有的镇最后只剩下“几家供给开水的茶馆和点心店”①。本书曾将小城镇的衰落看做大陆小城小说在50—70年代间会出现“枯水季”的一个原因，茶馆在当代小城小说中的淡出与上面所分析的茶馆的衰落也应不无关系，但与茶馆的衰落相关、同时也是茶馆在当代小城小说中淡出的重要原因，应是茶馆所拥有的上述娱乐、信息交流、社会交往等多种功能逐渐被电影院、餐馆、歌舞厅、小公园等公共设施所取代，而重新出现在80尤其是90年代大大小小的城镇街头上的茶馆，已改变了它原有的风貌，呈现出新的时代风格，如海男《县城》中写到，90年代县城中出现了一家怀旧茶馆，里面用镜框挂着邓丽君的影像，音箱里反复放着邓丽君的歌曲，出入茶馆的都是曾经倾听过邓丽君歌曲成长的一代人，进入21世纪后，“我”所经营的一家茶馆里，还有了唱王菲的歌曲或《在那桃花盛开的地方》、《十五的月亮》等老歌的歌手，引得县城中年轻或中年一代的人走进了茶馆。

伴随着茶馆的一度衰落及其功能被新的公共设施所取代，当代大陆小城小说中所描写的小城的公共空间也便呈现出与现代文学时期几乎完全不同的特征，而那些在小城的文化生活中扮演着重要角色的公共设施或空间意象在小城中的兴衰，便以非常直观的形式反映出了当代中国社会文化变迁的轨迹。

在当代小城中，直接与文化相关联的单位应该就是文化馆了，而只要是县城或县属镇，都必然会有一个文化馆，在50—70年代为数不多的小城小说中，李准《灰色的帆蓬》(1957)中那位“能趁八面风”的主人公就是一位县文化馆馆长，即使是《秦腔》中的清风街，也还有着一个文化站，虽然只有几本如何养貂、种花椒和有关退耕还林政策的小册子，时常也只有人在里边打牌，而《伤痛故土》中撤县设市的庄河，则设有专门负责文化工作的文化局。文化馆因为需要成员下乡采风，需要负责组织年节时的各种文化活动、丰富人们的文化生活，似乎与传统的民间文艺仍保持着密切的关联，但是另一方面，文化馆中那些创作的、画画的、摄影的、拉小提琴的、跳芭蕾舞的，似乎又与人们的日

① 费孝通:《小城镇 大问题》，收入费孝通:《小城镇四记》，北京:新华出版社，1985。

常生活相去遥远，文化馆因而又成为小城艺术生活、文化品位的体现或象征，如同本书在谈小城青年的艺术理想时曾指出的，它既孕育了无数小城青年的文艺梦，也曾经是许多文艺青年向往的地方，并成为许多自小城出发的作家的摇篮。然而在市场经济的冲击下，清闲而远离世俗生活的文化馆也纷纷改革，如在李贯通的《天缺一角》中，县文化馆在“以文养文、以副养文”的号召下，推掉临街的墙盖起了各种各样的店铺，院内原为县城一大雅景的杨树林也全部伐光，院子一半是几十张台球案子，一半搭起两个帐篷，一个常年放录像，一个用来演杂技、耍猴弄熊、展览古尸，跳芭蕾舞的馆员则承包了临街的一间房子，开起了“金鸡服装店”①；刘醒龙《菩提醉了》中的县文化馆的改革情形与《天缺一角》相似：将文化馆一楼大厅临街的墙全部打开，标价出租，搞美术的馆员则办起了“扬子江美术装潢广告公司”，而原本搞民间音乐、搞摄影或搞创作的文化馆领导，为了各自的权益无心于业务，整日纠缠于各种不择手段的明争暗斗之中。②

上述文化馆的种种“改革”，其实也意味着它一度在小城文化生活中的影响及作用的衰退，如同本书曾谈到的，文化馆的衰落，既影响到小城青年对某些高层文化艺术的追求，也是小城镇在现代化建设过程中所应该具有的文化功能缺失的一个重要表征。

现代剧团包括各个学校机关的文艺团体，在小城的文化生活中也曾经有着举足轻重的地位，如王安忆《小城之恋》中男女主人公所在的剧团，《荒山之恋》中金谷巷女孩参加的毛泽东思想宣传队、拉大提琴的他和他妻子所在的剧团以及他后来调去的歌舞团。另一个对这些文艺团体描述最多的作家当属林白，在她的《寂静与芬芳》、《致一九七五》等作品中，都可清晰地看到县或学校文艺宣传队的活动身影，它们或出现在锣鼓喧天、红旗招展的街头，或出现在礼堂、体育场、公社、工厂、林场、农场、五七干校，而沙街上那些既美丽又有着传奇色彩的女性大都曾是文艺队的骨干。上面提到的这些文艺团体的演出节目无一例外都与革命、颂歌等密切相关，如样板戏选场《白毛女》中的

---

① 李贯通：《天缺一角》，《大家》1996 年第 1 期。

② 刘醒龙：《菩提醉了》，《上海文学》1994 年第 4 期。

"北风吹"、《红色娘子军》中的"常青指路"、《红灯记》中的"痛说革命家史",舞蹈《唱支山歌给党听》、《阿佤人民唱新歌》、《红棉花开红万里》、《八月桂花遍地开》或《小战士》、《儿童团》、《艰苦岁月》等,这些文艺节目的普及,使得如薛舒《小镇故事》中尚在幼儿园的舒畅,也要练习跳忠字舞,并希望能搽上真的唇膏和胭脂做一回像琼花或小铁梅那样漂亮的女孩子。这些紧紧跟随着时代的节奏与旋律的文艺团体及演出节目,必然有着它们的时代性,如《小城之恋》中所写到的"'四人帮'的势头过去,然后,歌舞团的风头也过去了",当一个时代结束后,它们也逐渐淡出小城生活,一直到其中的一些节目成为红色经典,才再次出现在人们怀旧的视野中。

新的机关、团体在小城的出现,同时带来的自然还有现代文学时期小城中所未有的建筑,如体育场、礼堂,两者都可以用来开大会,也可以看文艺演出、看电影,当然前者主要的功能是打篮球,因此也叫球场或灯光球场,如《兄弟》中李光头和宋钢的第一次对话,就是在看宋凡平打篮球的灯光球场。礼堂因是机关或居民听报告、开大会、看演出的地方,往往成为当地的政治文化中心之一,就如同《致一九七五》中所写到的,但它最为吸引人的是看电影,因此在一些小城中电影院就是礼堂的代称。

电影院曾是许多小城的地标性建筑,是许多小城"唯一的娱乐设施,也是唯一的夜晚生活"(王安忆《临淮关》),许多小城小说也都描写过电影院的繁荣,如在《致一九七五》中,每部"过路片"的到来都是南流的盛大节日,人们又兴奋又快捷地吃完晚饭,都聚集在礼堂门口,这也是南流盛大的社交,因为全镇都是熟人,因此处处都是大声打招呼的声音。看电影成为许多人小城生活的美好回忆,在海男的《县城》中,1980 年代的电影院还是恋人们约会的地方,黄昏的电影院台阶上则"仿佛是电影似的时装舞台,呈现出小县城最时髦和摩登的一种现象",在那里,年轻人展示着烫发头、喇叭裤、高跟鞋。当然,在一些小城中,不仅有电影院还有传统的戏院,有现代的文工团也有演出传统戏曲的剧团,而在贾平凹笔下商州的许多镇子中,不一定有文工团、电影院,却一定会有秦腔剧团或皮影剧团。与大陆相同的是,看电影也应该曾是台湾小城人的一项重要文化活动,如黄春明《儿子的大玩偶》

中坤树由打扮成小丑的怪模样替戏院宣传电影广告、到骑三轮车做宣传;另如王幼华《两镇演谈》中的右镇就有四间戏院,而左镇一间历史甚为悠久的民族戏院,在镇公所及各学校未曾盖礼堂之前,也是办各种典礼、举行公祭和开民众游艺会的场所,为适应时代戏院几经整修,从绿色大叶片的电扇到中央系统冷气、泥土地面到塑胶地板、长排木椅到沙发扶手式的坐椅,电影片也由小银幕的黑白片到七十厘米七彩综艺体的大部头名片,老板还经常不惜重资购买第一轮或第二轮全省联映的大片,戏院门口的宣传看板则做得大红大绿,十年来一直维持着车水马龙的盛况,而且小说还特别描写了两镇人看电影《小城故事》时,完全投入其中的时而紧张时而愉快的情形。

一台收录机、一盒邓丽君的磁带,在文化馆、工人俱乐部或某人家中所跳的交谊舞,应是歌舞厅在小城出现的前奏,在电影院达到繁荣顶端的80年代,歌舞厅渐渐成为小城另一个新的娱乐场所,成为人们社交的另一个地方,如《伤痛故土》中所写到的"在小城,没有公园,百分之八十的人相互认识,就只有偷偷摸摸到舞厅在黑暗里耳鬓厮磨",这其实也间接说明,同看电影的全民参与性不同,歌舞厅从出现伊始似乎就成为检验人们思想"新"与"旧"的指标,如《县城》中写到的一个非常奇怪的现象:在舞厅中,看的人比跳舞的要多得多。尽管一些守旧的人慢慢也会去舞厅,它也因不断有新的设施项目如卡拉OK的增加而不断蜕变,舞厅在小城中始终没有那种全城人同看一部电影的普及性,也许是因为它在出现伊始就与男女之间的流言相伴随,如《县城》中的罗修因在舞厅中和陌生人跳舞而被传成是通过做舞伴赚钱,罗修也曾因这传言而受到深深的伤害,等到了《伤痛故土》所描写的90年代,玉贞的侄女一位电大的女学生,已公开在舞厅中陪舞赚小费。

与歌舞厅在小城中的发展情形类似的是发廊,前面曾经谈到,像《大老郑的女人》中的"广州发廊"在给小城带来时髦的发型、打扮、衣服的同时,还带来了新的生活方式及思想观念。歌舞厅、发廊、按摩院以及集美发、美容、洗浴按摩、卡拉OK、KTV甚至餐饮、住宿于一体的大型娱乐中心,在90年代后的小城中虽然逐渐增多,但也渐渐远离普通人的日常生活,成为城市消费文化的标志,而这时关于男女之间的流言,已成为这些场所中不言自明的特殊服务业,如贾兴安《阖岚镇沿革》中建设得“比城市还城市”的阖岚镇，是全县甚至全市改革开放的一面旗帜，当县委书记看到满街都是小姐、皮条客都拉到自己头上时，要求镇领导三天之内把镇里“拾掇干净”，镇长则认为这样会影响到镇里的餐饮娱乐业甚至整个“三产”，影响镇上的经济收入，在他看来“这些东西也是根据市场的需要，应运而生的，满足外来打工者的需要”①。

在小城中，歌舞厅等娱乐设施的兴盛似乎交替着电影院的衰落，当然这只是表象，电视的普及、录像厅的出现、人们欣赏口味的变化、国产电影的不景气等，可以说都是导致电影院衰落的原因。如《上种红菱下种藕》中华舍的电影院，也曾经非常繁荣，有了电视机后，电影院就不大有人去了，改成放录像，但是由于私人放的录像更多、更开放，录像厅也没人去了，电影院基本就算关了门，偶尔作为镇民大会的会场，或由穴头带来的歌舞杂技班的演出场所，最后被几个厂家借去，成了堆放东西的仓库。与电影或电影院衰落原因相似、但比电影更不景气的是传统戏曲，如前面曾谈到的《秦腔》中的县剧团和《沙河悲歌》中的野台歌仔戏，它们为了适应时代虽然也唱流行歌曲或进行色情演出，但最终都难以逃脱式微的命运，如果说电影院在大片及商业运作中尚有逐渐复苏的迹象或可能性，传统戏曲所面临的则是最为根本的受众的逐渐减少。此外，电影与传统戏曲的衰落并不一定表明小城中就不再有大型的公共建筑，如陈世旭《救灾记》中连教师工资都不能按时足额发放的县城，为了模仿大都市的“亮化”、“广场化”而大搞“形象工程”，也模仿省城建造起堂皇讲究的大剧院，剧院外的大广场上则有进口的草坪、西洋造型的路灯、一到晚上通体透明的塑料棕榈等。

当然，以上对当代大陆文学小城中空间意象与文化生活的描述，是在忽略小城之间发展不平衡的基础上取的公约数，小城之间发展的不平衡，一方面只是整个中国不平衡发展的投影，这也就是许多人曾提到的东南部沿海地区同西北部内陆地区存在着发展的时间差，从而形成了前现代、现代、后现代并存的局面；另一方面也同小城镇的具体

---

① 贾兴安：《阖岚镇沿革》，《钟山》2003 年第 2 期。

等级规模，即县级市、县城、乡镇、村镇等相关联。由此检视那些文学小城之间发展的不平衡，既体现在城镇的外观，亦体现在人们的文化娱乐、日常生活中，就地域而言，比如在现代文学时期茅盾笔下上海附近的小城中，已经有了公园这样的公共场所，而直到20世纪90年代，即使是一些县级市如《伤痛故土》中的庄河，却仍然没有现代城市所必不可少的公园；就小城的等级规模而言，前面提到的剧团、文化馆、大型的娱乐中心等大都在县城中，即使像华舍这样处于中国经济发展前沿的浙江小镇（离绍兴十五公里），虽然是厂房林立、满街都是大小老板，却依然缺少公共娱乐场所，因而使得镇碑附近、荒废了的电影院前的台阶上，成了外来打工者聚众聊天的地方，离华舍只有三公里的柯桥因更大更繁荣，则成了华舍人休闲娱乐的去处。而对于那些直到今天仍没有多大变化的小城来讲，与其他小城之间所存在的不平衡状态，也可能是由它所处的地域与等级双重决定的。

酒店的特殊功能

如果说茶馆在现代文学时期的社交功能、休闲娱乐功能，被当代小城中的电影院、歌舞厅等取代，它的另一种功能即当地的头面人物谈公事、吃讲茶、交流信息、做交易的功能，则被当代小城中或大或小的酒店（也可称之为餐馆、酒馆、饭店、饭馆等，这与各地的称谓习俗有关）所取代，而不是通常所认为的解决上述事情最应该去的场所——办公室。吴毅在《小镇喧嚣》一书中曾提到乡镇政府的“应酬政治”，其中的一个重要内容就是作为日常乡镇工作的一种延续方式的吃饭喝酒，具体讲就是宴请、招待上级领导、各种检查团、重要的客商或求人办事等，即所谓的“酒精（久经）考验”、“把肠胃交给党”，虽然吃饭喝酒可以在政府食堂里进行，但更为常见的带有工作午餐性质的吃饭或更具礼仪性的接待，则经常是在镇上的餐馆里进行的，而餐馆的经营者往往与政府机关关系特殊或者就是机关的干部，由此而将小镇的餐馆塑造成了一个“乡镇权力精英群体半制度化互动的结构化空间，这一空间的主要功能是利益型（即政治型）而非文化和休闲型的，除非因为各种红白喜事，居民需要到餐馆来包宴席，餐馆与乡镇民间生活基本上无缘"[①]。

在小城小说中,小城的酒店自然也有其社交、休闲的大众化的一面,如在鲁镇的咸亨酒店中尚且有着短衣帮或像孔乙己似的穷人的位置,即使在当代小城小说中,那些形形色色的酒店仍然具有大众空间的性质,如《许三观卖血记》中的胜利饭店,既是许三观每次卖血后都要光顾的地方,也是他追"油条西施"许玉兰时请她吃小笼包、馄饨的地方,同时也是不再卖血的许三观在年老时仍想吃一盘炒猪肝、喝二两黄酒的地方。因此,吴毅所谈的"主要功能是利益型"的餐馆与前面谈到的酒店所具有的"头面人物谈公事、吃讲茶、交流信息、做交易的功能",都是具体有所指的,它既包括吴毅所针对的那些外来人口不多、工商业不发达或等级规模较小的小镇中的餐馆、酒店,这样的小镇通常也只有一两家正规的餐馆或酒店,如华舍多的是茶馆改成的饭铺,只有新街上由原镇政府的一名小干事新起的"江南楼",是那些沿着柯华公路来的老板们光顾的地方(《上种红菱下种藕》);同时也指那些等级规模较大或工商业比较发达的小城中具有标志性的或有特殊关系的酒店,如《伤痛故土》中作为政府大酒店分店的华威酒店,是政府高层领导的私客接待站,李治邦《一切如新》中的县级市平阳,作为市委招待所的平阳饭店以及更为豪华的王府饭店的经理,都是市委书记张早强的亲戚。总之,无论是怎样的规模、等级,上述餐馆、酒店主要体现的便是吴毅基于社会调查而总结出的乡镇政府的"应酬政治"以及餐馆、酒店在其中的特殊功能,这一情形,在那些出现于90年代被称之为"现实主义冲击波"文学中的乡镇题材小说或反映县、乡、镇基层政府运作的作品中,都有着形象而生动的描写。

如凡一平《县长逸事》中桂西县的县长,为了避免接待人时喝酒过多,他发明了一道"攻坚菜",即一块巴掌大的牛肚,敬人酒时他一手拿酒一手夹牛肚,让对方任选一,强调说是当地少数民族敬贵客的传统方式,副省长到县里视察扶贫攻坚的情况,县长仍如法炮制,并解释扶贫攻坚是本县政府的首要任务,就像啃牛肚一样,越是难啃越要啃,把

① 吴毅:《小镇喧嚣——一个乡镇政治运作的演绎与阐释》,北京:三联书店,2007,第5、633页。

贫穷消灭掉，"攻坚菜"便由此得名。[①] 另如彭瑞高《本乡有案》中的第一人称叙述者"我"即塔城乡的副乡长关于乡官好做不好做的一段自白："上班下班，开会散会，点头摇头，谁不会"，这是好做；"酒席上，眼冒金星了还得一杯一杯干，没点工夫谁行"，这是不好做，因为这不好做，有时候当几个乡干面孔通红地从镇上饭馆出来，被乡民遇上时，乡民会说"你们不容易，为了全乡两万人，天天受这号罪，你们有吃有喝，就说明乡里有生意、有奔头"，乡民的态度，使得乡干们也就吃得更加心安理得了。[②] 此外像陈世旭《救灾记》中的城门镇是全县最穷的一个乡镇，但精神上却"蛮丰富"，那便是盛产黄段子，并成了一种风尚，由于镇上没有赚钱的工商业，做任何跟公益有关的事都需要集资，但集资到手后，先前许了要办的事也就没了影，头头脑脑们则忙忙碌碌地省内外、国内外考察个不停，今天换了套西装，明天有了只手机，脸上永远冒着酒意、泛着油光，有人便暗里把镇政府号召集资建校时写在墙上的标语"再穷不能穷教育，在苦不能苦孩子"改成"再穷不能穷领导，再苦不能苦嘴巴"[③]。

在《县长逸事》中，如果说还多多少少体现出对上述"应酬政治"的无奈与理解，那么到了陈世旭的《救灾记》，这一原本基于工作需要的"应酬政治"，则成了某些基层干部公饱私囊的遮羞布，而其中最耐人寻味、也最能体现这类作品的创作倾向的是《本乡有案》。这篇作品的耐人寻味处，一方面在于乡民对于乡干"吃喝"的"理解"：乡干有吃有喝说明乡里有生意、有奔头，乡干因这"理解"吃喝得更加心安理得，也便没有人去追究这些吃喝是否都是出于工作的需要；另一方面，因在酒店中玩女人被县公安局抓走的乡长苗志高，可以说是基层干部中腐化的典型代表，但塔城乡这些年在经济上上得快、乡民的日子好过多了，却又依赖于他的"能力强"。这两方面所体现出来的，便是论者在论及"现实主义冲击波"的乡镇题材小说时提到的"作品对经济与道德两难抉择的表述"，在刘醒龙的《分享艰难》、何申的《年前年后》、关仁山的《大雪无乡》等作品中，经济与道德的矛盾则表现为被各种事

① 凡一平：《县长逸事》，《青年文学》1999 年第 10 期。

② 彭瑞高：《本乡有案》，《上海文学》1996 年第 8 期。

③ 陈世旭：《救灾记》，《人民文学》2002 年第 8 期。

务(包括个人仕途的升迁)弄得焦头烂额却又的确想为地方上办些实事的基层干部如孔太平、李德林、陈凤珍,与经济能人如洪塔山、刘大肚子、潘老五之间的博弈,在论者看来"经济能人"的道德堕落是这类小说惯常的叙事模式之一,这一模式的设置虽流露出作家的隐忧,忧虑现代化发展的道德危机,但作品最终却选择了经济发展。①如孔太平为嫖娼被抓的客户求情,为作恶多端并强奸了自己表妹的洪塔山求情找关系以及让他继续当养殖场的经理等,这中间的逻辑是:经济效益决定一切,保住洪塔山才能保住养殖场保住镇里的经济。上述作品中经济与道德的矛盾,就如同查尔斯·泰勒(Charles Taylor)在《现代性之隐忧》中所分析的,工具主义理性的扩展,使得本应该由其他标准来确定的事情,却要按照效益或"代价—利益"分析来决定。② 洪塔山等经济能人在小城经济生活中所扮演的重要角色,便充分体现了工具主义理性扩展所带来的经济标准与道德标准之间的置换,作家在其间的两难选择以及最终的"选择了经济发展",固然是社会现实的真实反映,但也有论者认为,"现实主义冲击波"文学对社会现实的关注缺乏足够的穿透力,"一些本质性问题的畏避难免使作品显得浮光掠影,而作品常拖曳着的光明的'尾巴'又使现实困难与矛盾显得轻飘,这些都在一定程度上起到了遮掩现实矛盾的作用"③。论者对这类作品的评价同时也涉及她在该书"结语"中提到的另一个问题:文学究竟应该怎样对现实发言?

上面提到的作品中,处于叙事重心的基本上都是基层干部的"应酬政治",酒店在其中所扮演的虽然是吴毅所谓的"乡镇权力精英群体半制度化互动的结构化空间",但在作品的叙事中它的这一功能大都处于不言自明的背景之中,个中原因也许与学科有关。对于吴毅这样的社会学学者来讲,餐馆为他提供了一个"能够观察操控乡镇权威性秩序的人群的空间场所",透过这个场所,社会调查者"得以确知乡镇

---

① 许志英、丁帆主编:《中国新时期小说主潮》上卷,北京:人民文学出版社,2002,第604页。

② 〔加〕查尔斯·泰勒:《现代性之隐忧》,程炼译,北京:中央编译出版社,2001,第6页。

③ 参见唐欣:《权力镜像——近二十年官场小说研究》,北京:社会科学文献出版社,2006。

精英的构成及其网络化互动的密度和频度”，这一空间场所便因着特别的功能而得到关注；对于作家来讲，他所关注的重心基本上都是这一空间场所中的“人群”及其行为，而非空间场所本身，这里也涉及前面论者提到的“文学究竟应该怎样对现实发言”，其中也包括文学是否有必要在叙事中像政治学、经济学、社会学那样“寻求解决的方案”，而上述社会学学者与作家关注同一现象的角度的不同，也可说明文学同其他学科之间的区别，但对同一现象的关注，又说明两者之间存在着既有交集亦有对话与互释、互证的空间，尤其是对于文学研究而言，比如我在这里所提到的酒店在当代小城生活中的特殊功能，既受启发于吴毅所谈到的乡镇政府的“应酬政治”，但更为重要的是来自于对上述文学作品的阅读体验以及对于现当代小城小说的持续关注。这里不妨从小城小说及其研究的角度谈谈酒店的这一“特殊功能”。

前面曾经提到，由于现代文学时期或者说现代小城小说所表现出来的小城的简陋，使茶馆和酒店成为小城具有象征性的主要公共空间，随着社会的发展变迁，小城的公共设施也在不断增加、变化，与茶馆的逐渐淡出小城的日常生活或小城小说的写作视野不同，酒店在当代小城与小城写作中仍然是一个非常重要的公共空间。除此之外，酒店在当代小城中的特殊功能，一方面是针对小城自身的发展历史而言的，在现代小城小说中，当地头面人物谈公事、吃讲茶、交流信息、做交易的场所，除了厅堂、书房或烟塌等私人空间外，便是作为公共空间的茶馆，茶馆由于多种原因淡出了当代小城的日常生活，原本由茶馆所承担的功能，便由酒店来承担或取代了，而在现代小城小说中，却很少见到在酒店进行或解决上述事情的，这也许与酒店并未有茶馆的普及有关，同时也间接说明了在当时的小城中更多的是像咸亨酒店似的小酒馆或可以吃饭的饭铺、点心铺，而不是我们现在所认为的可以承办酒席的较正规的酒店，并且这些小酒馆、饭铺、点心铺的功能也主要是大众性的。所以说，透过酒店这同一空间场所在小城中的不同功能，我们便得以非常直观地感受到现当代中国小城及小城日常生活的变迁轨迹，作为空间意象，酒店与前面谈到的文化馆、电影院、歌舞厅等不同的是，后者在当代小城中的兴衰虽然也反映了小城文化生活的变迁，但由于文化馆、电影院、歌舞厅等的兴衰是与整个时代的变迁同声共气的，只是与妙妙等小城女性所感受到的流行时尚一样，总是要比大城市延迟或长或短的一段时间，因此，它们在文本中最终所反映的或最能说明的是当代中国社会文化发展变迁的轨迹，并不像茶馆与酒店那样在小城或文本中的功能，具有非常典型的小城特色，而这一小城特色同时所体现的则是酒店在当代小城的特殊功能的另一方面，即小城的地理位置。

其实，无论是社会学研究还是作家创作、文学研究，都注意到了并且特别强调小城所处的地理位置，如吴毅认为，乡镇社会所显现出来的若干生活模式及行为习性与基层治理所遭遇到的一些特殊问题，都与乡镇介于城乡之间的“边角性特点”有关，即作为介于城市和农村之间的社会，它与它们的不同不仅表现在经济生活上的交叉与共融，而且也表现在社会构成、生活模式、文化和人们行为习性上的交叉与共融，这不仅仅体现在它交融了两者所共有的一些经济与文化特点，更重要的是它作为一种典型的城市与乡村社会的边缘地带所具有的某些边缘或底边文化的特点，所以，作为农民社会和城市底层街角社会具有的一些共通弱点也表现得比较充分。[①] 另如彭瑞高在谈自己的《本乡有案》时曾指出，“这样的故事城市有，乡村也有，而我却把它放到了城乡之间。因为我觉得城乡结合部是这类故事发生的最典型的环境”。[②] 此外，研究者在论及“现实主义冲击波”文学的乡镇题材小说时，也曾谈到国家对小城镇的发展规划是以其理想状态的现代性设计为基础的，即小城镇被作为乡土中国的现代化途径必将引导中国乡村经济经由集体化、工业化途径实现全面的城市现代化，但是，文学的无意识流露却揭示了另一番不同的乡镇形态和乡镇意义，如在“现实主义冲击波”文学中，几乎所有的乡镇题材小说都是以乡镇政府机构为焦点，注目于基层的政府行为及政府间的权力关系制约，乡镇因此更多地被叙述为政治实体而非经济实体代表的现实存在，它其实更是政治的缓冲带而非经济的过渡带，加之前面提到的“经济与道德”的两难选择，由此而引出的一个疑问是“乡镇能否作为以及在何种程度上

---

① 吴毅：《小镇喧嚣——一个乡镇政治运作的演绎与阐释》，第 653、654 页。

② 彭瑞高：《切入城乡之间》，收入《上海第三届（994—1995）第四届（1996—1997）“长中篇小说优秀作品大奖”获奖作品集》，上海：上海文艺出版社，1999。

可以作为乡土中国现代转型的先行范例?"①

通过上面的引述不难发现,无论是吴毅概括的乡镇的"边角性特点"、彭瑞高提出的"城乡结合部",还是小城镇在"现实主义冲击波"文学中的特殊意义,与我反复谈的小城小说的独特价值以及小城新旧杂陈、兼容并包的多元化特征等思路,都是一致的,首先强调的都是小城介于城乡之间的这一地理位置,无论是乡镇社会表现得比较充分的城与乡的"一些共通弱点","城乡结合部"对待城市与乡村的矛盾态度,还是小城镇在国家理想状态的现代性设计中的"过渡带性质"以及在"现实主义冲击波"文学中所表现出来的"政治的缓冲带"作用等,所基于的都是小城独特的地理位置以及由此所形成的社会文化意义上的中介性与兼容性。就小城的公共设施或空间意象来讲,正是小城位于城乡之间的中介位置,影响或决定了小城所拥有的空间场所及其在小城中所扮演的各种不同功能,作为乡村的政治、经济、文化中心,小城自然有着乡村所未有的公共设施,但与城市相比,这些公共设施不仅少而且大都是简陋的,这"少"与"简陋"便有着因地制宜、因陋就简的意思,茶馆和酒店在小城公共空间中的象征意义便与此相关。随着时代的发展,尽管一些小城会建设得"比城市还城市",但正如本书曾指出的,建设中的小城与城市相比所呈现出的"微缩"、"粗粝些"、"强悍些"以及"一泻千里"、"一览无余",正是小城在社会的快速变迁中始终难脱"乡气"的一个表现,也即小城性格中"常"的体现,这同时也可以说是小城自身特色的一种体现,酒店在小城中与地理位置相关的特殊功能,便是在上述小城的"因陋就简"与小城的"自身特色"中显现出来的。

需要特别一提的是,酒店在大陆小城的日常生活及头面人物的"应酬政治"中的特殊功能,在台湾的小城小说中也有类似的体现。

如《两镇演谈》中所写到的,在两镇具有相当规模的饭店、餐馆将近二十家,"婚礼、寿诞、工厂年终时的尾牙、竞选时期的笼络都在这里大开宴席。地方上的人事纠纷、生意的磋谈、权益的冲突、当事人及缓和气氛的调解人、洽谈的中间人都会在这些场所摆平",而普通镇民则

---

① 许志英、丁帆主编:《中国新时期小说主潮》上卷,第602、603页。

多在夜市上由三合板搭成的饮食店内品尝不同风味的饮食。[1] 这里特别要谈的是酒店在台湾各级选举中的特殊功能。如在《两镇演谈》第二章中，专门用一节来描写两镇的省议员选举，在介绍了四位候选人的情况后，小说便用"在左镇酒楼"、"在右镇饭店"、"在流动不息的宴会里"三个片段式场景，来呈现候选人在觥著交错中使出浑身解数拜票的情形（P175）；另如在宋泽莱《乡选时的两个小角色》中坐落于南部滨海公路的海子清镇，参与五项公职人员选举的务渔派的郑肇财，不仅将竞选总部设在属于祖产的天天乐海鲜店，还听从心腹的建议，将海鲜店以半价开放给那些因没有充裕的钱上海鲜店却又喜欢谈天、喝酒、凑热闹的小公教人员，以此来博得这些人的好印象。通过海鲜店所谓的对小公教人员的开放以及海鲜店的格局——第一层是宽广的大厅式摆设，排开有三十几张的大桌子，"大约是用来给大团体聚餐的地方"；第二层是隔开的几个房间，"大约是给家族聚餐用的"；第三层是仿咖啡屋摆设，"自然这是商谈事业和商谈爱情的地方"——也可以发现，在台湾的小市集或小乡镇中，像天天乐海鲜店或上述两镇中具有相当规模的饭店、餐馆，也有着前述吴毅所概括的属于"乡镇权力精英群体半制度化互动的结构化空间"的性质，所不同的是，属于这一空间的"利益型（即政治型）而非文化和休闲型"的主要功能，主要是针对本地人而言的，像海子清这样出产鱼类的小镇，由于矗立着全省闻名的几家海鲜店，每到黄昏或假期，来自南部都会的众多小资产者都驾着车子来到这里吃海鲜。[2] 由此也可以看出，酒店在两岸小城的"应酬政治"中的特殊功能，所基于的仍然是这一空间最根本的吃饭喝酒的功能，而其中所体现的也有着一个注重、喜好饮食的民族的某些共性。

---

① 王幼华：《两镇演谈》，台北：时报文化，1984，第 98 页。

② 收入宋泽莱：《宋泽莱作品集·等待灯笼花开时》，台北：前卫出版社，1988。

第二节　从空间意象看两岸的小城文化

两岸小城空间意象的差异

当一一检视两岸小城小说中的公共设施或公共空间时，会发现除了具有很大普及性的电影院/戏院外，两岸当代小城中的主要公共空间竟存在着非常大的差异，这一差异性既体现在比较外在的公共设施的命名上，如大陆的幼儿园与台湾的幼稚园，另如同样是卖日用杂货的大陆的合作社/代销点与台湾的福利社，同时也体现在公共空间的经营方式与本质功能中，以及一方有而另一方未有的公共设施上，而造成差异的原因，则与两岸的社会性质、现代化发展的时间差、作品的写作或描写年代以及历史（如在宋泽莱《蓬莱志异》所描写的大多数小镇的风貌中，除了小镇的"传习"、"变动的世代里"的工业或现代气息外，也还有着遗留自日据时期的"特殊的风化"）、地域等因素相关；但共同之处在于，出现于台湾小城小说中的主要公共空间与前述大陆的空间意象一样，也有着非常鲜明的时代色彩。

前面曾经谈到，酒店在当代台湾小城中也存在着与大陆类似的特殊功能，但如果仅就酒店的经营方式或提供的服务来讲，在大陆，无论是因陋就简、有着小城特色的餐馆还是装饰豪华、努力与大城市看齐的大酒店，所能提供的服务都是与吃饭喝酒相关的，但是在台湾小城中，一些酒店中不仅有陪酒的酒女，而且也有各种形式的奏唱者。如《沙河悲歌》中被迫结束随歌剧团四处漂泊的生活而回到沙河的李文龙，为了谋生也为了"自己的存在"，便在乐天地和圆满两个酒家，用被视为"他的生命哲学"的乐器克拉里内德（即：黑管），为形形色色的客人吹奏"雨夜花"、"夜来香"、"望春风"、"补破网"等流行的民谣小调；在作品描写年代稍后的《两镇演谈》中，如右镇的钻石楼，则率先引进小型乐队、歌手，以及由各大城市流动来的歌星，在客人用餐饮酒时表演时下的流行歌曲助兴。当代台湾小城的酒店中所保有的奏唱形式，比较类似于大陆现代文学时期茶馆中的"打围鼓"、"讲圣谕"等娱乐活动，以及海男《县城》中所写到的有歌手唱流行歌曲或怀旧老歌的具有时代风格的新型茶馆，但与茶馆在大陆现代小城中的普及与独特地位不同，在台湾的小城小说中，却与大陆当代小城小说相似，很少见到茶馆的影子，[①]只是在宋泽莱《蓬莱志异》的个别篇章中可以看到"茶楼"、"茶座"，但这些场所又和大陆茶馆的风格是完全不同的，比如《春城的重逢》中的七喜茶座不仅有着美丽的灯饰、豪华的地毯，并且也是人们吃饭聚餐的地方，所以说名为"茶座"其实更像餐厅。如果一定要在台湾小城小说中找到与"茶"有些关系、且在台湾具有相当普及性、但又与大陆的茶馆不尽相同或完全不同的，应该是茶室。

尽管茶室在台湾同酒家、酒吧、舞厅、理发院、按摩院、KTV 等同属特种营业场所，但这并不表示这些公共场所就一定是特种行业，比如上面提到的右镇钻石楼的乐队、歌手就仅仅是演奏助兴，是商家的一种经营策略，并未有沙河镇酒家的酒女（也许"酒店"与"酒家"命名的微妙差异，就说明了两者本质功能的差异，与此相同的是，"茶室"与"茶馆"、"茶楼"、"茶社"等之间应也存在着因命名而导致的微妙差异），同样，茶室在台湾也必然有着与大陆传统的茶馆以及现在流行的茶艺馆等相同的功能，然而出现于当代台湾小城小说中的茶室，却无一例外的都与特种营业相关。如在《春秋茶室》中的民情纯朴的小镇上，唯一的茶室"春秋茶室"一直被看做是"肮脏的地方"，小孩从小就被告诫不要靠近那里，高中生"我"虽然不很明白茶室到底是干什么的，但也隐隐约约知道那是和"女人"有关的地方，等"我"认识了被卖到春秋茶室的山地少女陈美丽、并帮助不愿做色情服务的陈美丽逃离小镇后，茶室的神秘面纱也便慢慢揭开了。[②] 另在被许俊雅称之为"异色猥琐，风流沧桑"的《舞鹤淡水》中，作者专辟了"茶湖（注："湖"

---

① 有意味的是，盛产茶叶的台湾被认为饮茶之风也颇盛，然而在台湾的小城小说中却几乎未见诸如品茗谈心的场景，这除了与前述导致茶馆之淡出大陆当代小城小说的社会变迁等原因相同外，也可能与茶馆在台湾多分布于大都市或风景区以及小城小说的写作者较少关注这一公共场所等相关，后一个原因也可以用来解释茶馆在大陆小城小说的命运，即茶馆之淡出小城小说并不表明当代大陆的小城中就没有或少有茶馆，而也可能与作家对这一公共空间较少关注有关。

② 收入吴锦发：《青春三部曲：阁楼·春秋茶室·秋菊》，台北：联合文学出版社，2005。该小说发表于 1988 年。

即"壶")淡水"、"黑柳小A"、"性的蚀毁"等三节,来谈淡水的茶室与"地下"茶室的风光以及茶室女的风情,但作者的"醉翁之意"显然并不仅在于茶室与茶室女,比如在"淡水文化保存会"看来,能够与"新麦当文化"相对的便是"旧茶湖文化",在叙述者"我"看来,原以为"本份在开讲兼摸乳"的北海岸排名第一的淡水茶室,难逃"M堡、KTV、进口咖啡秀"等为代表的大都会文明的"捷(劫)运",但没想到地下茶室却再现"小镇风华",令那些"新兴吧间在淡水无立足之店"。① 这里仿佛又回到了舞鹤《悲伤》的主题,即对"现代性过程中逐渐消逝的淡水自然精神"的追悼之情,在《舞鹤淡水》中,茶室同老街老厝一样成为淡水"自然精神"之一种,而与大都会文明相抗衡的地下茶室,既名为"地下",便有着朝不保夕的命运,因此小说的最后一节便用"捷后淡水"来命名,赶时潮的都会男女坐在开着空调的咖啡馆中看落地窗框的山水自然,同《悲伤》中"我"坐在"千年老榕树下,眼看观音山水"或《舞鹤淡水》中"十年淡水我常坐在书房凝看纱门框着树与叶荫"已迥异其趣,小说也在"人常为消逝的美好而伤悲,悲伤不妨如实生活在现前当下,转眼又在伤逝中。为传统小镇的自然大方而惋惜,为文明淡水的小而精致而欢呼。小大都有可能成其美,文明是自然的造物"的貌似客观公允却颇耐人寻味或无可奈何(?)中结束了。

茶室在《春秋茶室》与《舞鹤淡水》中被赋予的不同功能——吞噬纯洁的罪恶之地、与大都会文明相对的传统文化或自然精神之象征,既反映了叙述者或作者对待这一公共空间的某种态度,其中也涉及因社会变迁所导致的这一公共空间在文本中所具有的某种功能,如茶室之所以被视为淡水的"自然精神",就在于它同"M堡、KTV、进口咖啡秀"等所代表的大都会文明存在着对立关系,并且是在"泛都市化"的过程中同老淡水一样面临着消失的境遇。此外,同前面分析大陆小城中的空间意象时一样,台湾小城中出现的一些新型或都市化的公共设施,与本地普通老百姓的日常生活基本上也是相隔膜的,就像"逗留捷后咖啡的多是赶来时潮淡水的都会男女"(《舞鹤淡水》中的"咖啡流"专指来自国外的咖啡连锁店如星巴克,并不同于宋泽莱《蓬莱志异》中

① 舞鹤:《舞鹤淡水》,台北:麦田出版社,2002。

一些小镇里的咖啡小屋,后者由于历史或者说时间的因素已融入当地的生活),而那些"不出船"的渔夫、"无田耕"的农夫所光顾的则是"地下淡水"的茶室,这也间接说明了即使在急遽的社会变迁中已经"泛都市化"了的小城,仍保留了它不同于都市生活的某些特性。

在大致相似的时间出现于两岸小城中的具有都市化的公共设施,如咖啡馆、美容院以及集美容美发、洗浴按摩、KTV 甚至餐饮、住宿于一体的大型娱乐中心等,表明了曾存在于两岸现代化过程中的时间差的缩短或渐趋消失,但如前所述,由于当代台湾小城小说的写作年代与描写年代比较集中的时期是 60—80 年代,当代大陆小城小说的写作年代虽然主要集中于"文革"结束之后,但描写年代却包括了整个 20 世纪直到本世纪初的各个不同年代,因此,通过小城小说来看两岸小城的公共空间,更多呈现的仍是本小节一开始就讲到的两者之间包括"时间差"在内的多种因素所导致的差异性。

黄锦树在谈陈映真的《忠孝公园》时曾特别指出,这篇小说"非常有意思"之处在于,把台湾寻求政治赔偿的台籍日本兵的历史问题和伪满洲国亲日汉奸的历史问题,在台湾一个"最常见的公共空间"——公园,"以忠孝命名者,国民党戒严时代的权力符号游戏"——里嘲谑地相遇。[①] 这里暂且不谈公园在这篇小说中的特别寓意,作为台湾"最常见的公共空间",公园亦是台湾小城小说中一个经常出现的公共空间,这可以通过写于并反映不同年代的小城小说一窥究竟,如在龙瑛宗写于日据时期的《植有木瓜树的小镇》中,在主人公陈有三看来"污秽"、"贫穷"、"萧条"的小镇,却也有着橡胶树、木瓜树等热带林亭亭高耸的供人散步、闲聊的公园;在黄春明写于 60 年代的《锣》、《儿子的大玩偶》等作品中,憨钦仔的居住地是在公园的防空洞里,而背着广告牌的坤树每日在大街小巷绕圈子时,也必定要经过公园路;在宋泽莱写于 70 年代的《小镇之姻》中(收入小说集《蓬莱志异》),位于岛中平原的茄冬小镇上,有着几个植物区的公园,糖厂对面的公园及公园的商店区,则是人们嬉游、购物、用餐、理容的热闹场所。而在陈映真

① 黄锦树:《序·撕裂年代的小说》,收入黄锦树主编:"三城记"之台北小说卷:《打个比方》,上海:上海文艺出版社,2006。

写于2000年前后的《忠孝公园》、《归乡》中，公园在文本中已不像在上述作品中只是构成小城布局的一部分或主人公生活的一个背景，除了前面提到的特别寓意外，无论是和镇的忠孝公园还是卓镇的三介宫公园，既是主人公活动的重要场所——打拳、做体操，也对故事情节的发展起着重要的推动作用，如《归乡》的一开篇、同时也是主人公杨斌——滞留大陆多年、返台探亲的台籍老兵——的出场，便是在三介宫公园的晨练中，杨斌因太极拳打得好引起周围打拳人的注意，在众人与他的攀谈、交往及他的回忆中，他的身世、小说的情节包括作者的诉求等便一一展现①；另外，在《忠孝公园》中，透过对忠孝公园的介绍，也可看到社会变迁的痕迹，如社区小公园忠孝公园虽然只种着十六株老樟树和六株木棉树，但一直有早起的老人来晨练，随着近五六年来停在公园旁的私人轿车的增多，最终竟将公园的出入口都堵着了，来公园活动手脚的人便逐渐减少，两年前便只剩下包括主人公“台籍日本兵”林标、“伪满洲国亲日汉奸”马正涛等在内的不到十个人来晨练。②

由公园在台湾的普及也可回看公园在大陆小城中的普遍缺乏，这其中固然有经济发展快与慢的因素，但是如果不通过小城小说看当下的大陆小城，类似于忠孝公园这样的公共场所，在大陆小城中也正在逐渐出现、增多；如果通过小城小说来看公园在大陆小城中的缺乏，除了经济因素外，应该还有着其他的原因。比如大陆的许多小城格局都比较小，那些与乡村较为接近的小镇通常只有一两条街道，并且与自然的山水风物融为一体，本身就像一个天然园林，是不是因此便没有修建狭小的人工公园的必要？当然这“也许”不能称其为理由，像宋泽莱《蓬莱志异》中的那些台湾中南部小镇，也大都有着美丽如画的风景，但仍还有着小公园，因此更具可能性的原因也许与人们的观念有关。比如在格非的《山河入梦》中，梅城县县长谭功达在50年代提议修建梅城公园时，副县长赵焕章却反对，理由是“梅城虽说是个县城，可这里的人大都靠种地、捕鱼为生。这些百姓比不得大城市的人，会

---

① 陈映真：《归乡》，北京：昆仑出版社，2001。

② 陈映真：《忠孝公园》，台北：洪范书店，2001。

变着法子玩。整天忙于生计，一天到晚骨头都累得散了架，哪还有什么心思去公园健身”，公园虽然在谭功达的坚持下建了起来，可即使在天朗气清的日子里也看不到什么游人，栽种的银杏和垂柳因无人照管大多枯死了，公园四周的围墙也早已被人拆了运回去盖房子了，望江亭的顶棚和木柱也被人拆走，只留下亭子中央的一个石墩。[①] 副县长赵焕章反对建公园的理由以及公园在梅城的遭遇，也许并不具有代表性，但却与费孝通先生在《小城镇 大问题》一文提到的建国后“化消费城为生产城”的主导政策以及人们当时观念中对“消费”、“享受”的负面看法等，都有某种潜在的联系，这在相当长的时间内或多或少会影响到小城对公园的修建，此外，在上述费孝通先生的文章中也曾谈到，吴江县的松陵镇在80年代初曾修了一座小公园，除了供人憩息外，还有一些石条凳可坐，青年男女也有个可以谈恋爱的地方，但有人因“有伤风化”而反对。[②] 尽管费孝通先生在这里忧心的，是作为农村文化中心的小城镇却缺少青年男女正常社交活动的公共设施，但这“有伤风化”的帽子大概也一度影响到了公园在小城的修建。

与公园在大陆小城小说中普遍缺乏而在台湾小城小说中比较常见相似的，是火车站。就交通设施而言，在当代大陆小城小说的描写中，小城中更为常见的是汽车站，当然，这不排除一些等级规模高的小城里既有汽车站又有火车站，如《伤痛故土》中的庄河；而一些偏僻地区的所谓汽车站开始也仅仅是在公路或国道旁有一个站牌而已，因着交通的便利才渐渐形成了与老街相对的新街，如芙蓉镇(《芙蓉镇》)、清风街(《秦腔》)。然而在当代台湾的小城小说中，火车及火车站可以说是比公园出现频率更高也更为常见的公共设施，它出现在不同世代的作家写作于不同时期的众多作品中。

比如，火车站是背着广告牌的坤树每天必须停留的地方(《儿子的大玩偶》)，是李文龙一直耿耿于怀的被送人的幼妹敏子离去的地方、同时也是他接学成归来的弟弟二郎时咳血致死的地方(《沙河悲歌》)；而火车则是那些离乡求学或回乡探亲者所搭乘的主要交通工

① 格非：《山河入梦》，北京：作家出版社，2007，第33、34页。

② 费孝通：《小城镇 大问题》，收入费孝通：《小城镇四记》，北京：新华出版社，1985。

具，像陈映真《故乡》中考取大学的“我”、李昂“鹿城故事”中在台北读书的李素、蔡素芬《橄榄树》中到淡水读书的祥浩、东年《落雨的小镇》中到小镇寻找故人的简、朱天文《安安的假期》中到外公家过暑假的安安，以及袁哲生《天顶的父》中，随着每隔七天一班停在烧水沟小火车站的火车来探望住在阿公阿妈家的“我”的老爸老妈；并因此，火车或火车站也成为一些小说情节发展的主要场景，如《落雨的小镇》始自简走下火车、在站台上询问，结束于找到安平的简在月台放弃回台北的最后一班夜车、决定留下改天再走，《淡水最后列车》不仅始自台北开往淡水、终于淡水开往台北的火车，火车同时也是在台北念高工的“我”与举止怪异的“施老头”相识、相交、相惜的重要场所。此外，火车站的兴衰、火车被其他交通工具所替代，亦成为社会变迁的重要见证，如在高速公路修建前，两镇镇民谁若乘火车到台北、台中等大都市去，“那可算是件相当体面、得意的事”，随着高速公路的通车，游览公司那原装进口的空调豪华车大受两镇镇民的欢迎，左镇的公路局和右镇的火车站便陡然冷清下来(《两镇演谈》)；而在与淡水有关的作品中，替代老火车的捷运成为新旧淡水与怀旧者心目中的淡水和当下淡水的重要分水岭，这就是何以朱天心会在淡水刚开始出现现代性发展迹象的80年代初，就用寓意深远的“淡水最后列车”来为自己的作品命名，[①]何以舞鹤会用“捷后淡水”为自己的《舞鹤淡水》划上句号，《橄榄树》中还特意描写了捷运通车后的火车站——昔日的火车站变成红砖堆砌的古典建筑、站后原来的漫草浅滩辟成河岸公园，在祥浩看来，行走在城市半空的捷运固然使城市的上半部显影，但搭火车所看到的下半部的景致却如过去读书的日子，是她不愿忘怀的记忆。[②]

同火车站一样有着鲜明时代印记的，是出现于台湾小城小说中的防空洞(并非是现在普遍用于民用目的或因民防措施而建造的防空

① 据记载，当1988年7月16日将全面停驶台北到淡水的北淡线时，络绎不绝的乘客于7月15日涌向北淡线各站，将连月来民众赶搭淡水最后列车的怀旧情绪带到最高点，而乘坐老火车看北淡线的旖旎风光，也成为老台湾情感的一部分，直到90年代中期，仍能产生如金门王与李炳辉“流浪到淡水”那悠闲温情而又带着乡土风味的曲调。见秦风编著：《岁月台湾1900—2000》，桂林：广西师范大学出版社，2005。而朱天心的这篇小说则发表于1984年。

② 蔡素芬：《橄榄树》，台北：联经出版社，1998，第224、226页。

洞）。这战时为防空袭（如二战或抗日战争时期）或平靖时期为预防战争（如两岸对峙时期）而挖的防空洞，应是大陆所有 70 年代前出生的人都不陌生的（军事）设施，随着战争的远去、平靖时期的日久，防空洞就如同大陆（小城）青年一度曾非常向往的当兵、读军校一样，成为战争文化的一个历史回音，这原本的军事设施或废弃、或派作他用如储物、或如台湾彰化县将防空洞改为 1895 抗日纪念馆。然而所不同的是，在当代大陆小城小说、即使是那些描写文革时期的作品中，从未见到防空洞的影子，而在当代台湾小城小说中，曾经的防空洞则因在人们的日常生活中仍被派作不同用处而成为小城的一个空间意象。

如上面提到的《锣》中憨钦仔所赖以栖身的防空洞；另如在施叔青、李昂两姊妹的鹿城小说中，都曾特意提到防空洞在主人公（童年）生活中的存在，如在施叔青《火鸡的故事》、《那些不毛的日子》中，都曾提到第一人称叙述者"我"家房屋前塌废一半的防空壕或"我"家门口的防空洞，在李昂的《果子狸与穿山甲》中，在主人公王齐芳扮家家酒的年龄，故乡小镇仍四处可见防空洞，兽医家附近的大防空洞，雨后蓄满水时经常浮着各式物件，便"好似所有遗失的东西，都会在淹水的'防空洞'里找到"，同时，这防空洞也成了"闹鬼"的所在，而王齐芳家后院深入地下的防空壕，既是她扮家家酒的地方，也是她一生嗜吃美食的父亲宰杀穿山甲、果子狸、伯劳鸟、海鳗、猴子等"野味"的地方，"八七水灾"后，灌满水的防空壕因招来众多蚊蝇，就被填平了。[①] 如果说古城鹿港的防空洞更多是战争的遗迹，在黄克全笔下位于福建沿海的金门小镇上，则"前线阵地，防范对岸大陆炮击、空袭的防空洞自然也是少不了的"（《洞中的脸》），但这样有着明确军事意义的防空洞，若散布在校区，便成了学生们追躲的理想场所，如若防空洞在老师的办公室下，则成了淘气学生偷听老师谈话的地方；除此之外，防空洞在黄克全的笔下，并非像在施叔青、李昂的笔下那样只与童年的点滴往事相关，如在《公审》中，位于万安堂旁的防空洞中竟发生了轮奸案，在《洞中的脸》中，防空洞也是"共党的情报分子"秘密活动的地方，而论者所强调的黄克全"金门小说"的意义也多在于此，如认为《洞中的

---

① 收入李昂：《鸳鸯春膳》，台北：联合文学出版社，2007。

脸》等作品所反映的“金门在长期的军管制度下,其人性被扭曲、被束约的”样貌,《公审》中镇民们对轮奸案的无动于衷等,既讨论了“人的疏离与荒谬存在”,也反映了金门的“旧有道德解体,新道德又荡然无存”的情况①;也或如有论者所总结的,黄克全“金门小说”中人物的种种愚昧、麻木、败德、怪异、虚无等,都与“金门的历史和现实所造就的特殊的社会环境、乡土氛围紧密相关”②。而防空洞在其中无疑扮演着一个相当重要的“角色”。

前面在分析大陆小城的空间意象时曾谈到,在现代文学时期的小城中,唯一的文化设施就是有一两所多是两级小学和高等小学的新式学校(更确切些说学校应该属于教育设施,但由于在当时简陋的小城中它们往往代表着有时也传播着新的文化,而将其视为文化设施),而在当代小城小说中,小城文化生活的丰富不仅在于出现了电影院、歌舞厅、文艺宣传队等文化设施及团体,而且在于有了专门负责文化工作的文化馆与文化局,求诸于当代台湾小城小说,除了电影院、歌舞厅等相似的文化设施外,台湾小城中则未见与上述大陆文艺宣传队、文化馆、文化局等相类似的机关团体,自然,两岸之间的差异是显而易见的,台湾小城也必然有其不同于大陆的文艺团体与文化设施。

如就文艺团体而言,像《沙河悲歌》中李文龙所追随的表演歌仔戏的叶德星歌剧团,在论者看来,歌仔戏所代表的“不仅是田庄人茶余饭后的娱乐节目,更有着深远意义的文化传统,因戏里所彰显的多为忠孝节义的传统道德,是乡人教育与信仰之来源,也是农村生活中不可或缺的部分”③。歌仔戏所具有的文化意义如同大陆的秦腔等传统戏曲一样,并不仅仅是“田庄人”或“农村生活”的重要娱乐节目,像叶德星歌剧团等歌仔戏剧团四处巡回演出的地方亦包括散布于各地的小市镇(其实,除了自搭舞台外,歌仔戏演出的戏院等也只有市镇中才有)如沙河,透过《散戏》(洪醒夫)、《最后夜戏》(陈若曦)、《失声画

---

① 见由叶石涛、彭瑞金、钟铁民参加的《黄克全小说座谈会》,收入黄克全:《太人性的小镇》,台中:晨星出版社,1992。

② 见朱双一:《近二十年台湾文学流脉——“战后新世代”文学论》,厦门:厦门大学出版社,1999,第 493 页。

③ 许俊雅:《台湾小说中的戏剧题材及写作技巧》,收入许俊雅:《见树又见林——文学看台湾》,台北:渤海堂文化公司,2005,第 169 页。

眉》(凌烟)等与歌仔戏相关的其他作品,也可发现,在那些文化生活相对贫乏的台湾小城中,歌仔戏在相当长一段时期内亦是小城人文化生活的一部分;伴随着歌仔戏或野台歌仔戏没落以至堕落的,是《沙河悲歌》中提到的时装话剧团等新的演出团体的出现,如林宜澐《人人爱读喜剧》中靠表演脱衣舞吸引观众的"丽丽艺术歌舞团",新的演出团体同歌仔戏剧团一样,也是在各县市巡回演出,除了表演内容、形式的不同外,它们与大陆的剧团、文工团等文艺团体不同之处还在于,后者都属于由机关单位负责管理的团体,它们则大多由私人组团,比较类似于大陆80年代后出现的如《上种红菱下种藕》中提到的由穴头带领的歌舞杂技班等。

就文化设施而言,当代大陆的小城中虽然小学、中学等教育设施已比较完备,但通常却很少有台湾小城中常见的大学与图书馆(只是在《伤痛故土》中提到玉贞的侄女就读的电大)。如《橄榄树》中祥浩就读的位于淡水的大学(当然在现实中,淡水不仅以山水闻名,亦是教育发达之地,仅大学就有好几座,也正是由于这山水、人文使得淡水与台湾文学结下了深厚的渊源),小说虽然未指明祥浩所上的大学,但根据小说对校园形貌的描述,可推知亦是朱天文、朱天心两姊妹曾经结下文学因缘的淡江大学,而台湾其他一些知名的大学如辅仁大学、中山大学、中原大学、东华大学等,也都在各县市的小城中建校。由于大学在小城的设立,在小城原有的文化风貌中自然也加入了大学校园的文化气氛(据介绍,位于中坜的中原大学带动了周围地区的商业发展,并在校区周围形成了颇具规模的"中原夜市"),如围绕着祥浩就读的大学校园,是林立的出租公寓、商店、餐厅、书店、相馆、服饰行、小吃摊子;照相馆的玻璃橱窗里摆出的巨幅女学士照,大都是从这个学校毕业、在演艺圈有了名气的女学生;由于学校位于山冈上,学生都以机车代步,因之校内外机车如林,校园外的学生社区充斥着机车马达的声音;到了晚上,校外的餐厅中会有学校社团合办的舞会,而祥浩也曾在无数个夜晚抱把吉他到校外的民歌餐厅唱歌;在淡海边观落日或赏月的人群中,自然也少不了这些洋溢着青春气息的大学生。

台湾小城中的大学虽然比较多,但小城写作所涉及的却很少,与此相似的是台湾小城中的图书馆,如《两镇演谈》在对左、右镇进行比较时仅提到——“右镇在道路的修筑，路灯，图书馆，下水道等公共设施的建设都较左镇为快速”；许正平《大路》中“我”大学毕业后所供职的虽然是某镇镇立图书馆（大陆的一些文化馆中会有阅览室），但也只是作为小镇“日子漫长而重复”的形象体现而略有提及。不过尽管如此，还是可以从侧面看到图书馆在台湾小城中的普及，只是图书馆在台湾小城的日常生活中的影响及作用，并未在小城小说中如大陆的文化馆似的得到较为充分的体现。

庙宇

前面在对两岸小城小说中出现的空间意象进行分析、比较时，特意漏掉了在台湾小城小说中出现频率最高、在台湾小城中具有相当普遍性的一个空间意象，那就是在台湾有着不同类型与称呼的庙宇，前者如妈祖庙、关帝庙、城隍庙、土地公祠、义民庙、三山国王庙等，后者如寺、庙、宫、岩、堂、庵、观、坛、祠、院等。台湾的庙宇之多，由施叔青、李昂笔下的鹿港就可见一斑，现已成为民俗观光特区的鹿港，有所谓“三步一小庙，五步一大庙”之说，在《鹿港历史散步地图》中列的导游景点中，寺庙几乎占了半数，其中据称是台湾唯一奉祀湄州祖庙开基圣母神像的天后宫，不仅是鹿港香火最盛的寺庙，由此分香出去的庙宇就有六百多座。因此，如果想在台湾小城小说中找到一个如茶馆那样在大陆现代文学时期的小城中最具典型性、象征性的空间意象，便是庙宇，因为它不仅关乎小城民众的精神信仰，同时还像大陆现代小城中的茶馆一样，拥有多种功能。

在当代台湾的小城小说中，绝大多数的作品都或多或少会有关于庙宇的描写。如在《锣》、《儿子的大玩偶》、《沙河悲歌》、《春秋茶室》等作品中，仅仅是在描述人物的行走路线时才提到。而在《两镇演谈》中，则非常详细地介绍了两镇重要庙宇的特点及历史沿革，如左镇义民庙的来源与台湾本土开发史有关，奉祀的是乾隆年间客籍人士协助大清朝讨平林爽文、戴春潮等人起事的勇士们，同时，义民庙里还供祀着代表“忠义千秋，威灵显赫，武德彪炳”的关公，和具有民间宗教特色的宇宙之神玄天上帝，后来经过整修扩建，庙里又增加了注生娘娘、三官大帝、观音菩萨等神祇，百余年来义民庙不断受着镇民的香火膜拜，成为镇民的精神中心；以漳泉州人为主体的右镇，主庙是奉祀天上圣母妈祖林默娘的慈云宫，据称已有三百年的历史，是明朝永历年间闽浙一带沿海的渔民渡海来台分灵至此的，庙的正殿前有两只一公尺高的青石狮，是台湾唯一在大陆琢磨后运来的石狮，慈云宫现供奉的神祇如同左镇的义民庙那般万神同座，除妈祖外，还有孔子公、关帝君、齐天大圣、观世音、玉皇大帝以及毛、赵两位王爷瘟神；两镇除了这两座主庙外，另有五圣宫、五谷庙、龙凤宫、光明寺、裕贤宫等十几座寺庙，几十座福德祠，几间擅行法事的乩童的小型神宫，和较晚来的天主教堂、长老教会、浸信会、真耶稣教派等。(P112—118)[①]通过叙述者对两镇庙宇的介绍，不仅可以感受到庙宇在台湾小城中的数量之多、之丰富，而且庙宇也成为识别台湾不同族群及族群特性、甚至不同族群作家的一个标识，如上述左镇的义民庙、右镇的慈云宫也即妈祖庙，便是客家人与福佬人最具代表性的寺庙，右镇之所以没有悬着“褒忠”、“忠胆千秋”的义民庙，是因为以福佬人为主的右镇“未曾替那些誓言推翻异族统治、汉贼不两立的草莽豪杰们盖庙，建立血食。而在正史的记载里，他们被称为反贼、乱党，与左镇的义民们命运不同”(P116)；而通过出现于钟理和、吴锦发、羊恕、袁哲生等小城小说中的土地公祠/土地庙，或七等生、黄春明、施叔青、李昂等小城小说中的妈祖庙，也可大致推出作家所属的族群或该小城的主体族群。

此外，通过两镇主庙所供奉的神祇的“万神同座”，也可大略看出台湾民间宗教信仰的某些特点，如右镇慈云宫的庙方为了满足不同信

---

① 这里特别要谈的是西方宗教在小城小说及小城中的情形，如《两镇演谈》在介绍两镇的宗教信仰时，虽然也提到了天主教堂、长老教会等，但也仅此而已，并无其他更多说明，在施叔青的《那些不毛的日子》、宋泽莱的《骨城素描》、舞鹤的《悲伤》、袁哲生的《天顶的父》等作品中，对小城中的教堂、牧师及家人、信教的民众等，则有着或多或少的描写，但与本土的宗教信仰相比，它/他们在小城中无疑处于少数和边缘的位置，如同《那些不毛的日子》中写到的，当“我”看着信徒们在教堂中一边祷告一边恸哭时，只觉不懂，当“我”走出教堂经过小巷回家，看见一个女人向暗处掷了什么东西后便急急走开，大概又是在祭送小草人时，“我”觉得“似乎这才是我的家乡”。在大陆现、当代小城小说中，也存在着与上述西方宗教在当代台湾小城小说中的相似或者说更为边缘的情形，在大陆众多的小城小说中，即使是略有提及的作品都非常少，着墨较多的当属李劼人的《死水微澜》与刘醒龙的《圣天门口》，两者都涉及西方宗教在中国(小城)的传播情形、在中国(小城)的影响等。小城小说所描写的虽不能代表现实的实际情况，但也必定能够反映一些实际问题。

徒们的要求、使信徒们不须到处奔波去别的庙宫祷祝，不仅将不同教派的神灵供奉于同一座寺庙中，并且将《西游记》中的美猴王、齐天大圣孙悟空也奉为神灵，这非常典型地体现了民间宗教信仰讲求实用性的一面——只要灵验，并不管你是何方“神”、“圣”；与此相关的则是宗教信仰功利性的一面，如《两镇演谈》中所写到的“这庙（注：即义民庙）充满了人的姓名，人的渴望，人的痕迹，人的要求”、“神明在无形地支配着镇民的心灵，镇民也毫不餍足向他要赐一己之福”（P115）。实用性与功利性其实也是历来中国民族宗教信仰或民间信仰的一个主要特点，如同我在分析大陆现代小城小说时曾谈到的，大多数中国人是“多神主义”者，即使是在一些信了“洋教”的教民看来，也不过是在各种菩萨神仙的保佑中多了一个“上帝”罢了，如在袁哲生的《天顶的父》中，为了省下读幼稚园的钱，“我”的阿公和武雄的阿爸在幼稚园开学前的一个礼拜天，决定加入基督教会，但其中的辩证关系在于，信仰某一宗教时带有的功利性初衷，并不表示信教者就不能成为一个虔诚的信徒，如《天顶的父》中“我”的阿公成为正式教友后，在“我”看来他应该算是一个很虔诚的信徒，理由是有一年的感恩节礼拜，“我”亲眼看到他把一张百元大钞塞进奉献袋里，“彼时，他的表情显得非常平静，眼神非常清澈，并不像是一时冲动或拿错钞票的样子”①。

但是另一方面，台湾民间信仰中的万物皆可成神、皆可崇拜的现象，即有论者指出的对岩石、老树、花草、枯骨、家禽家畜、泥土、家具等的顶礼膜拜，既有着原始宗教中自然崇拜或万物有灵的因素，也有着非常鲜明的闽台地域文化特色。② 这一情形在台湾的小城小说中也有相应的体现，如李昂《看得见的鬼》之“顶番婆的鬼”中，因传说有一穿白衣的女人曾为“二二八事件”中的逃离者引路，人们便到山区隘口焚烧纸钱，无意中发现躺在破裂岩石间的女子尸身，这女子尸身乃数百年前被官府残害致死的原住民女子，因一直埋于盐堆下，尸身浑身坚硬、缩成三尺多高，于是人们便建庙奉祭这女子尸身，30 年后，当“大

---

① 收入袁哲生：《秀才的手表》，台北，联合文学出版社，2004，第 87 页。

② 关于闽台民间信仰的研究可参见林国平：《闽台民间信仰源流》，福州：福建人民出版社，2003；文学方面的研究如朱双一：《台湾文学与中华地域文化》中的第三章第三节“台湾文学与宗教文化的演变”，厦门：鹭江出版社，2008。

家乐”、“六合彩”风靡全岛时，居于山间隘口小庙的女子尸身，同那些各式阴庙如“有应公大众公石头公大墓公万年公万善祠姑娘庙”以及一个经常在隘口徘徊的疯汉等一起，成为“陷入疯狂的金钱追逐游戏”的人们（不只鹿城人）膜拜的对象。[①]

以上关于台湾民间宗教信仰的特点的介绍，已涉及通过小城小说所体现出的庙宇在台湾繁盛的另一个方面，即除了小城中庙宇众多之外，庙宇在小城中还有着诸多无可替代的功能，如上面提到的“神明在无形地支配着镇民的心灵，镇民也毫不餍足向他要赐一己之福”，这其中固然有着功利性的一面，但也反映出庙宇或神明在镇民精神生活中的重要性。如《两镇演谈》中所分析的，随着经济的猛进和价值观点的不住变化，新的知识、新的生活方式，如潮水般不可遏阻地涌进两镇，农业社会因循的承续和缓慢的步调，跟不上工商社会的洪流和节奏，造成“无法调适、抑郁的人愈来愈多”，人们便在“灵异的境地里去搜寻庇护，命运的解答”，两镇的庙宇也相对的增加，且愈盖愈大、愈豪华，其中“新的世界观，奇特而荒诞的理论，邪异的神祇更能吸引住彷徨无靠的灵魂”（P119）。这里涉及的一个悖论是，宗教信仰固然如有的论者所言，成为“调整人际关系，消除暴戾之气，抚慰心灵伤痕，使社会走向和谐的一剂药方”[②]，但其中也存在着《两镇演谈》中所谈到的现象——“迷信以及过度的淫神滥祀，人与神棍之间的纠纷日渐增多，托附神的名义为恶敛财的犯罪日益增加”。因此有论者指出，若社会各界对此不予以重视，教团不仅无法扮演稳定人心的力量，甚至宗教自身也会变成社会的乱源之一。[③]

庙宇除了在小城民众的精神生活中具有重要作用外，在小城的日常生活中亦扮演着重要的角色，如庙宇前的场地通常还是小城的一个重要公共空间，如施叔青《那些不毛的日子》中写到——夏天晚上，（天德宫）宫口唯一的电线杆亮了起来，在光线所及的范围内，一群小孩坐在从家里搬来的小竹凳上，围成一个小圆圈，听林木荣讲他的鬼

① 收入李昂：《看得见的鬼》，台北：联合文学出版社，2004。

② 朱双一：《台湾文学与中华地域文化》，第197页。

③ 林修全：《当代台湾佛教五大道场的管理革命——以佛光山、慈济、法鼓山、中台山与灵敬山为例》，《新闻周刊》（台湾）2003年第884期。

故事;《两镇演谈》中写到——后起的地方绅士,哪一个的童年时期不曾在义民庙前的广场上行走、嬉戏呢;在朱天文的《童年往事》中,城隍庙庙口是阿哈等小孩打陀螺的地方,在袁哲生的《秀才的手表》中,土地庙庙埕那边是"我"和武雄他们打干药的地方。庙宇前不仅构成了不同世代的小城人童年往事的一部分,往往还是小城的一个商贩市集区,如吕秀莲《小镇余晖》中写到——庙是小镇的枢纽,庙前的马路便如大动脉,不是节庆拜拜的日子,只有孩童在庙埕那儿打陀螺、捉迷藏,庙埕一边是一字排开的卖香箔瓜的,一边是吃食摊贩,而"我"的父亲曾在妈祖庙前卖蚵仔煎,就如《淡水最后列车》中"我"的妈妈每天上午在龙山寺前摆面摊;而每逢祭典、做醮,如在两镇,大庙附近的街道会在几天前搭满上百个来自各地的流动摊贩的棚子,庙前舞台上是锣鼓喧天的迎神酬唱的歌仔戏、布袋戏、子弟戏,近年间电子乐器也加入了伴奏的行列,另如在宋泽莱《剑痕》(收入《蓬莱志异》)中的北港,每年三月,各地的信徒都拥到这里来进香,使整个镇终日氤氲在沉水香和爆竹的烟雾中,若大甲的进香团到来时,整个北港好像要掀腾起来,擎着香烛、满脸虔诚、红绿穿着的善男信女,徒步行走在街道上,像海潮般涌向妈祖庙。

上述宗教庆典时的演出活动,表明庙宇在台湾小城中,就像大陆现代小城小说中的茶馆一样,还有其文化功能,民众或信徒借娱神而自娱,从而丰富和改善了刻板印象中单调、重复的小城的日常生活;另一方面,在左镇整修扩建的义民庙中,还设有图书馆、老人同乐会、香客休息室等公共设施,因此可以说,庙宇以及庙宇前的街道或广场,也便成了台湾小城一个与文化(并不仅仅是宗教文化)相关的空间意象。

与庙宇周围的商业活动及宗教庆典相关的,还有论者谈到的台湾宗教文化的"经济产业化",即寺庙业带动了佛具业、香烛业、箔纸业、糕点业等相关行业的勃兴,寺庙附近甚至拓展为商业区,寺庙自始即成为地方商业活动中心,是人民生活不可或缺的一环,如上述《剑痕》中描写的北港朝天宫庙会的宗教民俗活动,在北港镇上各个商业单位的鼎立支持下已形成一系列相关的文化产业链,这集中体现在北港的铺会(商会)不惜以重金长期赞助艺阁的绕境活动。[①]“经济产业化”在小城小说中的体现,是李昂《素斋》中提到的为鹿城数一数二的老寺庙“新祖宫”的素斋,能在那里订桌的,除了偶一为之的要吃斋以消灾、还愿的人外,绝大多数自然都是有钱付得起的荤食者,如王齐芳一生嗜吃美食的父亲,吃斋是为其美味,而非为消灾、还愿。[②] 在文化与经济功能外,庙宇与小城的政治生活也有着相当关联,如《两镇演谈》中写到的“政治家们在庙前演讲竞选,运用庙宇的广大影响力”,两镇众多庙宇的董事长、基金会会长、管理委员,无不是地方的权势人物,每一庙宇所划分管辖的区域,域内人民的选票都受着“神意”的左右,而“神意”在竞选时自然眷顾其庙的支持人、董事、委员等。

庙宇在当代台湾小城中的诸多功能,与大陆现代小城小说中的相关描写具有某种承继性或相似性。如与台湾一样,大多数的现代小城中,也都会有一两所庙宇,它们除了供老百姓烧香拜佛、许愿还愿外,也往往是全城人进行各种活动的公共场所,如果园城里用来说书的城隍庙(《果园城记》),天回镇里赶场时用作商业交流的火神庙和关帝庙(李劼人《死水微澜》),和合乡里用来放映“宣传抗战”电影《大闹流沙河》的火神庙(沙汀《和合乡的第一场电影》);在一些小城中,也有将庙宇改用作学堂的,如废名《文公庙》里供着“文公菩萨”(即韩文公)的文公庙,《呼兰河传》里设在龙王庙里的农业学校、祖师庙里的高等小学、城隍庙里的清真学校;在沈从文的《新与旧》中,庙宇在小城中所拥有的功能颇接近于台湾宗教文化的“政治化”,如在清朝时,刽子手杀完人后,跑到城隍庙磕了头就钻进神桌下躲起来,随后县太爷也装模作样地来进香,上完香后一个探子忙跑来说西门外有一平民被杀,县太爷装出毫不知情的神气命令捉拿凶手,这时他便忙爬出来跪

---

① 见陈晖莉:《传承、变异与发展——台湾社会传统宗教文化的现代性转向》,《东南学术》2009 年第 3 期。特别值得一提的是,我自台湾小城小说的阅读经验而得来的一些体认,与该文对台湾宗教文化中的诸多现象的分析、总结,有众多“不谋而合”之处,另如该文分析的台湾宗教文化现代性转变的“政治化”(宗教信仰与地方政治势力结合等)、“社区化”(寺庙不仅是信众朝拜的场所,也是信徒日常生活中不可或缺的社区活动空间)等,这其实既说明庙宇及民间宗教信仰在小城中的种种体现,乃是整个台湾宗教文化的一个缩影,亦是本书曾谈到的小城在文本中所具有的社会缩影及象征功能的一个体现。

② 收入李昂:《鸳鸯春膳》,台北:联合文学出版社,2007。

在县太爷面前告罪，说是自己杀了人请求开恩，于是他得到了四十军棍和一包封赏，杀人的手续也就办完了。此外，与民间信仰相关的节庆庙会，在现代小城小说中也有一些描写，如沈从文《我的小学教育》中的镇篁，每逢二月八土地菩萨生日，街头巷尾便都是用来庆祝的木傀儡戏；萧红在《呼兰河传》中列举的呼兰河的“精神盛举”包括跳大神、跳秧歌、七月十五放河灯（盂兰会）、野台子戏、四月十八娘娘庙大会等，这其中除了跳秧歌是在正月十五为活人而预备的，其他盛举都不是为人而是“为鬼做的”，尽管在作者看来，人们看戏、逛庙会是“揩油借光”的意思，但其中所体现的仍然是庙宇及与民间信仰相关的庆典仪式等在小城日常生活中的重要性；另如在茅盾《赛会》中写到的，夏天大旱的时候，镇上便迎神求雨（又名“赛会”），人们敲锣打鼓、举着各色彩灯、抬着“周仓老爷”的轿子在街上游行，这一求雨的形式与钟理和《雨》中所描写的虽然不同——平安宫的广场上搭起一座坛，当天摆着香岸，上奉三山国王和观音菩萨，镇中几位年长的老人全身披麻戴孝跪在前排，后面是更多跪着的镇民，他们一律光着头，晒得面红耳赤，希望以此感动上天——但却类似于台湾的妈祖绕境活动，当然两者之间的性质与规模是不可比拟的。

在大陆现代小城小说中，也可看到与台湾的乩童相似的在人神之间起到媒介作用的人物形象。在上述的《两镇演谈》、《剑痕》等作品中，都有着乩童做法的描写，如右镇的乩童在祭典、王爷出巡的日子里，全身赤膊，随着锣鼓点摇晃身体，以一定的步伐跳动，扛着神轿疯狂的冲撞、摇动，直至筋疲力尽神志恍惚，在错乱的神经系统中寻觅诸神的形影，乃至用各种鲨鱼针、长针、单刀来砍杀皮肤、刺穿脸颊，以自虐事神，以血腥场面显示神之可怖可畏；与此相似的，是师陀《女巫》中的女巫，为了令人信服，她在行巫时也用着苦肉计：大碗喝酒，大块吞肉，哀号哭泣，像母虎般腾挪跳跃、喷出白沫、并口咬铡刀冲向街头，以此得到好奇的看客的一片喝彩；《呼兰河传》中描写的跳大神，虽然与乩童做法、女巫行巫时的形式不尽相同，但也同样处于一种激奋癫狂的状态中，如大神一围上红裙子就从头到脚哆嗦起来，哆嗦一阵后开始打颤，等神一下来，就好像有万马千军让她领导似的全身是劲，手中拿着鼓跳了起来。尽管有论者认为，《呼兰河传》中所描写的跳大神仪式——由是男性的“二神”代表人间且将人间话语传达给是女性的“大神”(萨满)、并将大神说出的“神旨神意”进行回答或予以强调——已经“汉化”,同东北原始土著民族的萨满仪式相比已经有所“变形”和“改装”,[①]但无论是乩童、巫术还是跳大神,无疑都保留了某些原始宗教的仪式或习俗,也是两岸民间宗教信仰中所存在的共通性的又一表现。

其实在大陆现代小城小说中,除了上述的与民间宗教信仰相关的庆典仪式外,着墨更多的是人们日常生活中的婚丧嫁娶仪式和四时八节(如春节、元宵节、清明节、端午节、中秋节)的各种庆祝活动,而有关这方面的描写,在两岸当代小城小说中则部分地(主要是年节的庆祝活动)保留在部分作家(如汪曾祺、林斤澜、贾平凹、王安忆、迟子建、王祯和、李昂、萧丽红等)的部分作品中,这也可以说是现、当代小城小说的一个不同之处。需要注意的是,现代小城小说中所描写的婚丧嫁娶仪式和四时八节的各种庆祝活动,其中占多数的正如《呼兰河传》中所写到的是“为鬼(神)做的”。由此也可以看出,这些民间日常生活中的仪式及活动,也都或多或少掺杂了传统宗教如佛教和道教的内容,或者也可以看做是传统宗教仪式的民间化、大众化和世俗化,因此它们也是民间信仰的一个重要组成部分,同前面谈到的与各种民间宗教信仰相关的庆典仪式一样,具有相同的性质。[②]

之所以特别强调上述当代台湾小城小说同大陆现代小城小说之间的承继性或相似性,并不是为有关台湾文学同现代文学之间的关系

---

① 逄增玉:《黑土地文化与东北作家群》,长沙:湖南教育出版社,1995,第153页。

② 钟敬文在《民俗学概论》(上海文艺出版社,1998)一书中,将“民间信仰”界定为民俗信仰,指在长期的历史发展过程中,在民众中自发产生的一套神灵崇拜观念、行为习惯和相应的仪式制度;宋兆麟在《巫与民间信仰》(中国华侨出版公司,1990)一书中则指出,“民间信仰”是一种极其复杂的宗教形态,指在各民族人民群众中广泛流行的,具有明显民族和地方特色的宗教信仰,其内涵十分丰富,既有比较古老的原始宗教及其变态,如巫教、萨满教等,又有许多人为宗教成分,如道教、佛教等。由此可以发现,本小节中所谈到的当代台湾与现代大陆小城小说中所描写的那些与宗教信仰相关的庆典仪式,接近于宋兆麟所界定的“民间信仰”,而现代小城小说中所描写的婚丧嫁娶仪式和四时八节的各种庆祝活动,则更接近于钟敬文的界定,因此,本书所使用的“民间宗教信仰”,则涵括了宋兆麟的“民间信仰”以及传统或正统的宗教信仰如道教、佛教以及外来的天主教、基督教等,本书所使用的“民间信仰”则是上述两位学者的界定的中和。

研究再提供新的论证,是由于在当代大陆小城小说中,除了在上面提到的汪曾祺等作家的部分作品中,或部分反映 1949 年之前的小城生活的作品中(如迟子建的《秧歌》),尚有着一些上述与民间信仰多多少少有些关联的节庆活动的描写外,其他大部分作品都很少涉及到这些节庆活动的描写,正因为如此,当代大陆小城小说或当代大陆小城中有着全民参与性的活动是前面曾谈到的看电影、开大会等,而并非现代大陆小城或当代台湾小城中的各种民间庆典活动,只有在骆宾基的《父女俩》、古华的《芙蓉镇》、路遥的《人生》、王安忆的《上种红菱下种藕》等有关赶集上会或过春节时的热闹场景的描写中,才可约略感觉到一些现代小城生活的气息。与此相关的是,就小城的空间意象而言,在大陆现代小城尤其是台湾小城的精神、文化及日常生活中有着重要作用的庙宇,在当代大陆小城小说尤其是反映当代生活的小城小说中,也处于基本缺失的状态,这其中的原因,与庙宇所在的位置有关,所谓"天下名山僧占尽",大陆的许多寺庙大都在山林中或城郊,如汪曾祺《受戒》中明海出家的全县第一大庙善因寺,就在东门外的林子里,因此钱穆在《略论中国社会学》一文中,将山林称之为"宗教区"。[①] 当然,更为主要的,则与民间信仰、习俗以及各种宗教信仰在当代中国的历史演变有关。

本章一开始曾谈到,在以村落为单位的中国社会史研究中,"庙宇"是"宗族"之外的另一个"核心词",这固然与中国社会史研究受到人类学"象征理论"的影响有关,但更重要的还在于庙宇在中国村落的广泛存在,所谓"村村皆有庙,无庙不成村"。但是正如论者所指出的,新中国成立后,在历次破除封建迷信及各种政治运动中,民间信仰不仅失去了存在的经济基础,而且也失去了生存空间,如村庙大多数被改作公用,村庙管理委员会、香会等都在被取缔之列,尤其是中共八届十一中全会后,国家开始对宗教采取破"四旧"政策,提出"彻底消灭一切宗教"、"解散一切宗教组织和宗教团体"、"取缔宗教职业者"、"彻底捣毁一切教堂寺庙"等,延续了数千年的民间信仰在强大的国家力量干预下出现了全面的断裂,直到十一届三中全会后,宗教信仰自

① 收入钱穆:《现代中国学术论衡》,北京:三联书店,2001。

由政策重新得到落实,民间信仰才得到了恢复。[①] 需要辨析的是,论者在这里谈论的虽然是村庙在新中国的历史演变,但城市与小城中的寺庙亦难以幸免于历次政治运动与"左"倾的宗教政策,并且论者在上文中所列举的寺庙,如浙江遂昌县有着闻名遐迩的"七月会"庙会的石练镇、浙江青田县有着香火旺盛的清真禅寺的阜山镇等,都属于本书所界定的"小城"的范畴,这一情况说明在社会学研究者那里,也往往将介于城乡之间的小城镇视为乡村的一部分。因此,寺庙在退出人们的日常生活的同时,也退出了不同社区(城市、小城、农村)的公共空间,虽然论者认为"左"倾政策对民间信仰的摧毁,只触及其物质层面而没有触及其精神层面,但通过庙宇在当代小城小说中的基本缺失,也可看出"左"倾政策影响的深远性,这也就是为什么尽管在十一届三中全会后民间宗教信仰得到了恢复并逐渐呈现出蓬勃发展的形势,被改作他用的寺庙也纷纷被收回、翻修、重建,但基本上写于新时期之后的当代小城小说对庙宇及相关庆典活动的关注,却依然非常少,且多是略一提及。如在孙惠芬的《伤痛故土》中,临海小镇青堆子逢年过节时天后宫庙下的戏台子上曾经好戏连台,但随着小镇的衰落也沉寂下来;郭小橹的《我心中的石头镇》中,在珊红时隔多年重回石头镇时,山头的妈祖庙依然飘着香火,只是妈祖娘娘的脸已经被香火熏黑了;另如在余华的《许三观卖血记》中,"大跃进"吃食堂时,小城中的天宁寺也改作食堂,寺里的和尚全戴上白帽子、围上白围裙成了大师傅;在贾平凹的《秦腔》中,清风街上原有的大清寺与土地庙,一个被改作公用、一个早已荒废,然而在修建市场时却在一棵苦楝树下挖出了早已丢失的土地公土地婆的石像,被人们看做是一种好兆头,于是又将土地公土地婆安放进了土地庙"神归其位";张炜的《刺猬歌》中写到,唐童的天童集团开发到哪里就要把庙和道观建到哪里,这样既受神灵保佑,又增加了旅游景点。

通过庙宇这一空间意象在两岸当代小城小说及小城中的不同"命运",也可看出两岸小城文化的差异。如前所述,在当代大陆的小城生

---

① 张祝平:《当代中国民间信仰的历史演变与依存逻辑》,《深圳大学学报》(人文社会科学版)2009年第6期。

活中扮演着重要角色的，是文化馆、电影院、歌舞厅、酒店等取代茶馆在现代小城中的诸多功能的公共空间，而这些公共空间在小城中的兴衰是与整个时代的变迁同声共气的，它们在文本中最终所反映的或最能说明的也是当代中国社会文化发展变迁的轨迹，由此而产生的疑问是：那么所谓的小城文化又体现在哪里？我在研究现代小城小说时，曾从"地域文化"、"传统与现代"的角度对小城的文化特性加以分析，最终以"复杂性"——即与城市、乡村既相同又相异的传统与现代、新与旧、中与西、城与乡的共存互渗——来加以概括，而本书也曾将小城的这一新旧杂陈、兼容并包的多元化特征与小城性格中的"常"一起，看做是小城不受时空限制的超稳定结构，但是在小城这一基本的文化特性之外，比如在具体的小城日常文化生活中，尽管仍有其"共存互渗"或多元化的一面，但从整体的流向上来看，呈现出来的便是由上述的公共空间的兴衰所体现的当代中国的社会文化变迁。具体地讲，可以将新时期之前的小城文化称看做"共和国文化"的投影，林白《致一九七五》所描写的文艺宣传队在各种场所的演出活动，便是其典型代表；而新时期之后的小城文化可看做"城市化"的投影，迟子建《世界上所有的夜晚》中对乌塘的观感——"与大城市的生活相差无二，不同的是它被微缩了，质地也就更粗粝些、强悍些"，可视为其典型代表，但如前面曾谈到的，因为小城的"学不像"城市或它始终难脱的"乡气"，使它又在"城市化"的潮流中仍保留着自身的某些特性，究其根本便在于小城的基本文化特性中的"超稳定结构"。

前面谈到的当代台湾与现代大陆小城中与民间信仰相关的种种庆典、活动、仪式，同小城中流传的那些传说、民谣和各种民间艺术等，都可看做是传统民间文化的组成部分。庙宇以及与其相关的庆典活动在当代台湾小城小说中的突显，不仅揭示出了当代台湾小城小说同现代大陆小城小说的承继性或相似性，也说明了传统民间文化在当代台湾小城文化中的存在，这一以庙宇为核心意象的传统民间文化，同《舞鹤淡水》中所描写的以"M 堡、KTV、进口咖啡秀"等所代表的大都会文明，以及有着台湾小城自身特色的"旧茶湖文化"、大学校园文化等一起，构成了当代台湾小城文化的基调，也正因为如此，当代台湾的小城文化便更能体现出上面所谈到的传统与现代、新与旧、中与西、城与乡等共存互渗的特性(当然,这其中的一个原因,与台湾小城小说的写作及描写时间多集中在60—80年代,即台湾由农业社会向工业社会发展的转型时期、以及转型完成后的工商社会的确立与膨胀期有关)。而如前所述,当代大陆小城文化所呈现出的这一特性,基于的主要是小城因介于城乡之间的地理位置而形成的小城文化特性中的“超稳定结构”,因为无论是“共和国文化”还是“城市化”,都是一种具有遮蔽性甚至是排他性的主流文化,而这两种文化所代表的则是当代中国的现代化过程,在这一强势文化的映衬下,尽管在反映当代生活的小城小说中也还有着传统民间文化、习俗的一些描写,但这些民间文化就如同《雾落》中麻姑在民俗博物馆中上台唱的山歌、《秦腔》中夏天智画的秦腔脸谱一样,因为在时代的快速变迁中面临着失传或消失的危险,因此只能成为民俗旅游中的一个象征性的文化符号或以“书”的形式留存下来。

余论　关于小城小说的片断思考

小城小说与台湾电影《海角七号》的"互看"

台湾电影《海角七号》(2008)之所以引起我的极大兴趣,除了宣传中提到其创下的台湾电影史中的诸多"最"之外,主要是因为这部影片的故事发生背景、也即实景拍摄所在地——台湾屏东县的恒春小镇,这使我即刻想到宋泽莱《蓬莱志异》中那些台湾中南部小城,还一度觉得《春城的重逢》里的常春小城的原型就是恒春。当然最根本的原因是基于我对小城小说的研究。因此,所谓小城小说与《海角七号》的"互看",其实是暂且搁置电影美学、搁置那些引起热议的争论话题(如影片中以六十多年前日据时期的那段异国恋情为主的一些日本元素,成为围绕影片所展开的激烈争论的焦点:或将这些日本元素看做崇日、亲日的表现,或是将其视作历史原因所造成的社会文化心态的客观再现,或将整部影片视作爱情片、励志片而不必过多敏感于其中的政治隐喻等),将《海角七号》作为一个同样是基于艺术虚构的小城文本,同两岸的小城小说进行一次互文性阅读。

《海角七号》以阿嘉的"我操你妈的台北"拉开了序幕,也拉开了他返乡的历程,同时也呐喊出了离乡打拼者的挫败与愤怒,这其中所涉及的,便是本书第四章曾谈到的小城青年与"离去—归来—再离去"或"离去—归来"的小说模式相对应的"(乡村)—小城(小镇—县城)—城市"或"小城—城市—小城"的人生轨迹。如前所述,在现代小城小说中,最初的"离去"往往在作品中隐去,正如这一小说模式也被命名为"归乡"模式,小说描写或得以展开的重心便是"归来",这一模式所具有的深刻内涵也主要是通过“归来”与“再离去”而得以揭示;在当代小城小说中,具有“离去—归来—再离去”的情节、结构模式的,主要是那些描写昔日生活、具有某种自传性或成长小说特点的作品,这些作品中的第一人称叙述者“我”大都通过考取自己理想或不理想的大学而离开小城,作品主要关注的是对昔日生活的回忆以及由假期或多年之后的归来穿插起的小城人事的变迁,而在具有“离去—归来”的情节、结构模式的作品中,主人公大都是那些因各种缘故没有继续学习深造者,与那些将第一阶段的“离去”推到后景或简单提及的作品不同,在这些作品中,主人公的第一次离乡大都有着较为详细的交代,并且在几经挫折、反复后大都选择或不得不回到故乡,他/她们的不“再离去”的归来或是小说情节展开的起始、或意味着小说的结束,因此,无论是“离去”还是“归来”于小说文本、于小说人物都具有同样的重要性。

由此而回看《海角七号》,除了由七封未曾寄出的情书所串联起的异国恋情的线索外,影片讲述的另一条主线是由自台北归来的阿嘉串联起来的,即还乡者阿嘉的第一阶段的“离去”也被推到了后景,而他在台北的情形也未正面提及,只是从影片开场他的摔吉他和咒骂以及随后的故事展开,可略知他曾作为乐团主唱在台北的受挫,也正是这一失意的归来,为随后的许多冲突埋下了伏笔,也表明“虚写”的第一阶段的“离去”同失意的“归来”在这部影片中也具有同样的重要性。

当然,这一“归乡”模式并不仅限于小城小说,它既是两岸现当代文学中常见的一个主题或创作模式,也是一个具有世界性的小说主题。与这一小说主题相关的,是被论者称之为“乡下人进城”的小说创作,如被视为乡土文学代表作家的陈映真、黄春明、王祯和等,一度都曾让自己笔下的乡土小人物来到了台北等大都市,于是有了《小林来台北》、《两个油漆匠》等作品;另如丁帆所指出的,随着越来越多的作为乡土的主体的农民离乡背井进入城市,乡土的边界开始扩大和膨胀,乡土文学的内涵也就相应地要扩展到“都市里的村庄”中去、扩展到“都市里的异乡者”的生存现实与精神灵魂的每一个角落中去。[1]

---

① 丁帆:《中国乡土小说生存的特殊背景与价值的失范》,《文艺研究》2005 年第 8 期。

丁帆在这里所强调的乡土文学内涵的扩展，所依据的其实也是黄春明等台湾作家曾经描写过的“乡下人进城”的题材或社会现象，只是由于两岸现代化发展的时间差，大陆这一人口向城市大迁徙的现象要晚于台湾。本书曾引用过的台湾学者黄俊杰所概括的战后台湾社会变迁的基本方向，亦是近现代中国发展的主轴，由此所带动的诸多社会变迁现象，也便成为上面提到的“还乡”模式、“乡下人进城”等文学现象得以产生的深层原因，而小说创作中的这两个主题或模式其实是相互关联的一个问题的两个方面，如果说“还乡”模式关注的重心是“归来”，那么后者侧重的则是人物离乡进城后的遭遇。

尽管通过林林总总的数字统计，不难看到上述社会变迁的基本方向在经济、文化、教育、基础建设等等方面的积极影响，但文学创作尤其是上面谈到的两类小说模式，更多的是从批判、反思的角度来反映这一社会变迁，即使是那些在城市打拼的成功者，也有着自我或精神上的失落，在此情形下的还乡虽不同于阿嘉式的失意归来，但仍不同程度地延续着自鲁迅、沈从文等现代作家已开始的乡土眷恋、文化回归或怀旧，以及对以城市为代表的现代社会的困惑与批判。其实这些眷恋、批判、矛盾或反省，都包含在黄俊杰所归纳的战后台湾文化变迁的内容之中，即“传统性与现代性的对蹠、本土化与国际化的抗衡、中国文化与西方文化的激荡”。

在《海角七号》中，有着不少与黄俊杰所归纳的三个架构或三组矛盾相对应的符号，比如载着拍外景广告的模特的巴士无法通过恒春的古城门，便是一个典型的现代与传统对蹠的象征画面；由小镇居民组成的摇滚乐团，因自称为“国宝”的弹月琴的茂伯的执意加入，又有着“中西合璧/对抗”的意味。影片也通过阿嘉的义父、镇民代表会主席洪国荣对用本地乐团负责为日本歌手演唱会暖场表演的极力争取，以及他的一些对白，如“山啊 BOT、土地 BOT、现在连海啊要 BOT”、“你们到这里当老板，我们的年轻人却到外面去打工”、“为什么这么美的海，却留不住人”、“我要把恒春镇放火烧掉，然后把所有年轻人叫回来重建恒春”等，表达了对本地利益被外来财团瓜分、年轻人纷纷离乡的不满和留守者孤寂的心情，但影片还是用幽默的风格、跨越时空的两段异国恋情，用海滩演唱会嘉年华式的场景和台湾光复后基隆港遣返日籍人士的感伤画面，化解或搁置了这些原本尖锐的社会问题。有研究者认为，相对于黄春明对“乡下人进城”小说的“尖刻”，他对乡土社会的浪漫式的“怀乡”，使他建立了一个绝对不可能实现的“温情的乌托邦”（如同对沈从文式的田园牧歌的评论），如让当了14年的妓女、带着无父的孩子返乡后的白梅（《看海的日子》），博得了村民极大的尊敬。[①] 其实这种温情在众多乡土文学作品中都或多或少地存在着，即使是在宋泽莱用“自然主义的精神”、以“申冤的心情”写下的“台湾的下层社会（农村、小镇、港市）的真相”的《蓬莱志异》中。而《海角七号》中阿嘉经过返乡初期的无所作为、与周遭人的冲突摩擦后，终于创作出新的歌曲，临时组成的本地乐团也演出成功，他也收获了意想不到的爱情，从而同大大、马拉桑等众多在小镇平凡却不乏精彩地生活着的小人物一起，成就了影片的励志性，如果从这个角度来看，《海角七号》所营造的氛围，与批评者所认为的黄春明式的浪漫的温情的乌托邦是相通的。

我在对中国现代文学中的小城小说研究的基础上，提出对当代台湾文学中的小城小说进行研究时，有学者认为对于已经成为“都市岛”的台湾而言，“小城”的意义、独特性又何在？我曾将小城的独特性概括为连接城市与乡村的“中介性”，本书也曾将小城的这一新旧杂陈、兼容并包的多元化特征与小城性格中的“常”一起，看做是小城不受时空限制的超稳定结构；此外，本书在通过空间意象来分析两岸的小城文化时曾指出，当代台湾的小城文化，比之大陆更能体现出传统与现代、新与旧、中与西、城与乡等共存互渗的特性，这其中的一个原因，与台湾小城小说的写作及描写时间多集中在60—80年代有关，也正是由于台湾小城写作中的这一时间特性，使得呈现于文本中的小城大多还有着尚未（完全）消失的古朴自然或安静悠闲的田园风味，最具代表性的就是朱天心、舞鹤、蔡素芬等作家的“淡水书写”。位于80年代台北附近的淡水尚且如此，更遑论其他的小城，这也许是大多数研究者之所以将台湾作家笔下的农村、市镇、渔村、港市等一同视为“乡土”的

---

① 吕正惠：《黄春明的困境——乡下人到城市以后怎么办》，收入吕正惠：《小说与社会》，台北：联经出版社，1989。

原因，此外，由于小城不受时空限制的“超稳定结构”，也使得“新人类”作家袁哲生笔下的“烧水沟”仍是一个“古意朴拙”的乡土世界，许正平《大路》中的小镇仍显得“陌生而荒凉”、“日子漫长而重复”。

因此，所谓“新旧杂陈、兼容并包的多元化特征”，在大多数台湾小城小说中并不具有典型性，表现更多的或者是尚未（完全）消失的田园风味，或者是前面曾谈到的三组矛盾的“对蹠”、“抗衡”、“激荡”而非融合，如黄春明《儿子的大玩偶》中出现在小镇街头的形象滑稽的广告人，虽被研究者看做是当代消费社会降临60年代台湾乡土以及社会转型的一个表征，但广告人所引起的全镇人猎奇似的围观，反而说明了“现代”仍外在于人们的日常生活以及社会转型的尚未完成。80年代后期，小城虽然日益拉近着与大都市的距离，但依旧有着无可替代的象征意义，诚如许俊雅在分析朱天心《淡水最后列车》时指出的，作者似乎有意识地“将淡水的人文环境理想化，用以与经济高度发展的台北市的文化缺席做对照”①。那么，在社会转型早已完成，被称作“都市岛”、“全球化”的当今的台湾小城，比之作家笔下的小城，又是怎样的情形呢？《海角七号》便以更为直观的影像方式，弥补或者说满足了由于空间距离以及文学资料欠缺所造成的遗憾及好奇。

在影片开始的部分，伴随着载广告模特的巴士、在街道上边走边打电话的镇民代表会主席、骑摩托车送邮件的阿嘉等的镜头的移动，展现了不少小城的市貌风情，小城一面有着楼房广告林立、各种车辆争先奔突的现代都市景观，而在这繁闹喧嚣之中，它还有着更为重要的另一面，除了那座充满历史感的标志性古城门，那些沿街摆设的摊贩、闲散地走在街上或坐在自家门口的人，以及一出街区便可看到的绿色田野和蔚蓝大海，又与讲究效率秩序、触目都是水泥丛林的现代都市形成了对比，而那个几乎是全镇人都参加的、使得影片的主要人物表露心迹的露天宴会，展示的也是不同于现代都市那充满冷漠和流动性的人际关系，而是类似于费孝通先生在《乡土中国》中所谈到的一个“熟悉的社会，一个没有陌生人的社会”。特别有意思的是，当镇民

① 许俊雅：《台湾文学中的淡水书写》，收入许俊雅：《见树又见林——文学看台湾》，台北：渤海堂文化公司，2005。

代表会打算招募乐手时，竟然是通过广播这一大陆观众曾经非常熟悉的方式，这虽比黄春明《锣》中替代憨钦仔打锣的装有扩大机的三轮车的沿街叫嚷进步许多，但仍有着一种温馨的前传媒时代的味道，镇民们扶老携幼聚在礼堂中遴选乐手的场景，也是这样的一种味道，吊诡的是，通过这样一种方式所要做的，却是为了组建替海滩演唱会暖场的摇滚乐团这一大众娱乐消费时代的典型元素。

影片通过这些画面、场景、细节所展现的当下的台湾小城风貌，可以说非常契合我所概括的“新旧杂陈、中西交汇，具有兼容并包的多元化特征”的小城特性。当然，这并不是说影片中就没有对蹠、冲突，如前所述，《海角七号》中有着不少与黄俊杰所归纳的三个架构或三组矛盾相对应的符号，载模特的巴士与古城门是一例，代表会主席洪国荣对本地利益的努力争取是一例，弹月琴的茂伯固执地要加入摇滚乐团也是一例，它们同那些属于中国的（或本土的）传统的（或前现代的）元素一道，既形成了恒春小城多元化的特性，也说明了所谓的“都市岛”并非是铁板一块，所谓的“全球化”也并不必然是整齐划一。尽管论者认为通讯的进步所带来的全球性空间导致了地区的趋同性，[①]台湾都市文学的倡导者也在强调“资讯的无远弗届”使得整个国家/地区形成了一个“广义的都市”，台湾90年代后的许多写作现象也在印证或利用着这一全球化、跨国性的都市空间，但《海角七号》所呈现出的小城的多元化特征，表明小城在交通、资讯、饮食起居等物质层面，也许与现代都市并无太大的差别，但在精神层面、文化层面仍保有着许多不同于现代都市的地方特色，而原住民马拉桑的加入乐团、本地乐团演出的成功、茂伯在演唱会上以月琴引着乐团成员演唱起第二首歌等，既象征性地表明了中与西、传统与现代等二元元素的有效融合，也可以诠释为本土/中国/传统文化仍有着反客为主、自我更新的生命力，二者看起来似乎是彼此矛盾，但却非常典型地体现了“本土化”与

---

① 参见〔英〕迈克·克朗：《文化地理学》，杨淑华、宋慧敏译，南京：南京大学出版社，2005。迈克·克朗还在该书中提到了“无地区性”的地方和“有地区性”的地方，区别在于前者的形式受“契约的孤独”所控制，个人或小群体与稍广泛一点的社会群体发生联系是通过有限的、特定的互动方式，而后者却存在着一个“有机的社交活动”，人与人之间有长期的固定关系，他们之间的交往不只是为了实现一时的某种需求功能。就人与人之间的关系而言，这里所谈的“有地区性”的地方，类似于费孝通所谈的“熟悉的社会”。

"全球化"、"地方性知识"与"全球化逻辑"之间的既对抗又"对话"的复杂关系。

由这一视角,可以重新对本书曾提到的小城小说或者说作家们对社会变迁中的小城建设的反映、反思及态度等加以审视。综合起来,作家们对小城建设的反映、反思基本上有两种情形,其一是认为在对城市的模仿中既未学"像"城市却又失去原有的个性特色,如孙惠芬《伤痛故土》中写到的"一个开放的正在建设"的庄河县城,既缺乏神秘感,同时也"没有乡村的古朴又缺乏城市的现代";其二是认为已经学"像"城市、成为城市的"翻版",如迟子建《世界上所有的夜晚》中的乌塘,贾兴安《阖岚镇沿革》中的阖岚镇,所依据的无非是商厦、超市、网吧、咖啡屋、美容院、霓虹灯等具有标志性的城市符号。与上述两种情形大致相对应的,是作家们对小城建设的两种态度,其一是具有怀旧倾向的批判,其二是较为客观的描述、呈现。但是,如果对小城建设的两种情形仔细加以分析的话,无论是学不"像"城市还是成为城市微缩了的"翻版",都包含着小城终究之不同于城市的自身特征,如同本书在分析空间意象时指出的,只有在小城中,皮条客才会找上酒足饭饱后在街上闲逛的县委书记拉客(《阖岚镇沿革》),才会在旅馆的招牌上公然写着'有小姐陪,价格面议'的字样(《世界上所有的夜晚》),平民百姓才会碰到、才会去注意到当地的领导干部们"面孔通红地"(《本乡有案》)或"微醉"(《伤痛故土》)地从酒店里走出来。因此,当全球化空间在不断侵蚀地区性时,小城因其"超稳定结构"所导致的"乡气"、学不"像"城市等,也不妨视为对"全球化"、"全球化逻辑"的一种对抗。

本书曾经谈到,作家们从审美的、感性的、人文的角度对现代性进行的反思,其实这与对全球化的反思是互为关联的,二者都包含着对本土化、地方性的强调,《上种红菱下种藕》对水乡小镇布局谐和平衡之美的欣赏,《舞鹤淡水》在"为传统小镇的自然大方而惋惜,为文明淡水的小而精致而欢呼。小大都有可能成其美,文明是自然的造物"的"辨证"结束,也都表现出了对传统与现代的融合的思考。如同本书在谈空间意象时曾分析过的,新时期之前的小城文化可称之为"共和国文化"的投影,新时期之后的小城文化可称之为"城市化"的投影,这表明历史记忆中的江南水乡早已不复存在,而舞鹤所痛惜失落的淡水自然精神,正如论者所指出的,恰恰是由一个开放性的港口转向封闭自守以后的淡水(许俊雅),而人们今天拼命要守护的素朴也曾经是当年的新潮(李娜),因此,如果现代性、全球化是难以回避的发展趋势(事实也的确如此,就像台湾在 2010 年底参与合并升格为直辖市的县,其所有县辖市、乡镇市将改为直辖市的区,这既是国际化大都市路线之体现,也意味着台湾的小城将因此而大幅减少),那么仅仅采取对抗的姿态显然是于事无补,在对融合的思考、对谐和平衡之美的追求中,“对话”将不失为一种尝试,就如同茂伯的固执地加入摇滚乐团、并于最终的反客为主。

仍回到《海角七号》,前面曾提到,那些原本尖锐的社会问题被影片整体的温情、幽默、乐观的氛围所化解,因此影片所呈现的多元文化在小城的融合并存,也可从这个角度来解释,但这种融合也应该与时代、地理位置等相关——如在社会转型完成后,曾经难以相容的对蹠、冲突已逐渐成为常态;而恒春之所以能保留那些本土特色,也许同它处于远离台北这样的大都市的地理位置有关。如果说是由于时代、地理位置等原因使最初的冲突趋于融合,使那些处于相对偏僻位置的小城尚能够暂时保留其本土性,那么那些尖锐的社会问题之被化解也只能是止于艺术,从现实层面来看,洪国荣所极力争取到的也仅仅是替日本歌星的演唱会暖场而已,仍然无法改变地方利益被外来财团瓜分、剩下一些“捡垃圾的差事”的局面;茂伯之自视为“国宝”,也说明了传统技艺的几近消失、后继乏人,由此也表明所谓的“对话”也许只不过是太过乐观的或一厢情愿的理想而已;影片结束时阿嘉的一句“留下来,或我跟你走”的爱情表白,也像许多“归乡”小说所揭示的:归来也意味着再离去,年轻人仍会离乡打拼,留下落寞的老人相依为伴。

影片所涉及的上述问题,也是小城小说曾涉及但也未过多关注或展开的。比如小城因所处地域及等级规模的不同而存在着不平衡的状态,这其实也是整个社会不平衡发展的一个投影,具体到小城小说,则表现为不同地域、等级的小城在市政建设、文化生活等方面的差异。而阿嘉有可能的再次离乡、洪国荣所感叹的“为什么这么美的海,却留不住人”,其潜台词便是年轻人向大城市的迁徙以及留守者的落寞心境,而在小城小说中,留守者除了洪国荣、阿嘉的妈妈等老人外,还有儿童,毕飞宇《哺乳期的女人》(《作家》1996年第8期)中的旺旺、《上种红菱下种藕》中的秧宝宝便是这样的留守儿童。相比于秧宝宝一年的寄居生活,七岁的旺旺一生下来便跟爷爷一起生活,他的父母和断桥镇上的所有年轻人一样,怀揣着挣大钱的梦想沿着水路消失得无影无踪,于是汇款单成了鳏父的儿女、成了独子旺旺的父母,虽然旺旺父母四处漂泊,为的是替旺旺挣下上大学、买房、成亲的钱,但无疑却忽略了孩子的情感需求,以为汇款单或让他吃到、玩到与电视广告同步的东西,就可以替代他们的缺席,留守生活给这个小男孩留下的阴影,表现在他对惠嫂的“袭击”,由于没有吃过母奶,旺旺被对门喂孩子吃奶的惠嫂的母性与奶香所吸引,一天他悄悄走过青石巷咬住了正在喂奶的惠嫂的乳房,旺旺的“袭击”换来的是整个断桥镇都传遍了的“流氓”行为和被爷爷打骂后的发高烧,出院后的旺旺被爷爷禁止再坐在石门槛上,他只能像幽灵一样躲在门缝背后偷看惠嫂喂奶,这小男孩的忧伤只有充满母性光辉的惠嫂能够理解,当他拒绝主动让他吃奶的惠嫂时说的“我不,不是我妈妈”和流下的眼泪,相信所打动的不仅仅是惠嫂一个人。

此外,与年轻人的离乡打拼、留下老人孩子守着家园的社会现象相关的,是有论者提到的“空心村”或一些小城镇的再度衰落。小镇在发展达到饱和后,精明的生意人便开始纷纷转到更大的城市做生意,并在这些地方为自己的孩子报上户口、物色学校(如旺旺的父母已在县城为他买下户口,秧宝宝的户口在绍兴,并将去那里的一所住宿小学读书),因此,留在离乡打拼者身后的,要么是“迟早要报废”的华舍这样的小镇,要么如贾平凹在《秦腔》“后记”中写到的,他那位于商州的故乡棣花街(也即《秦腔》中清风街的原型),镇上的人家十有八九迁居到国道边,老街几乎要废弃了,村镇里没有了精壮劳力,死了人“都熬煎抬不到坟里去”。

恒春的古城门、自称为国宝的茂伯所弹的月琴、马拉桑所推销的原住民的小米酒等,是影片中典型的本土的、传统的象征符号,它们和其他元素一起构成并参与了影片“本土化”与“全球化”、“地方性知识"与"全球化逻辑"之间的对抗与"对话",在小城小说中,与这三个象征符号相关联的,是小城在城市化建设中涉及到的文物古迹保护的问题以及传统民间文化在当代社会的没落。

新街与老街的并存是小城镇发展过程中最为常见的格局,古华的《芙蓉镇》、王安忆的《上种红菱下种藕》、张炜的《刺猬歌》等,都曾描写了新老街并存中一现代繁华、一古旧冷落的情形,只是随着时间的推移,这个有着权宜之计的格局会逐渐倾斜,以致于老街往往会最终消失或变得面目全非。如贾平凹中篇小说《废都》(《人民文学》1991年第6期)中的土城,曾是远古岁月里一个并不大的国都,在县改市的过程中,立志要做出一番政绩的新任市长,要拆掉那些曲里拐弯、破烂不堪的古街古宅,发展成又直又宽、有着两层楼的商业街;余华《兄弟》中写到,大亨李光头和县长陶青用了五年时间,拆掉了一个旧刘镇,创建了一个新刘镇,尽管"一些有识之士"说《三国演义》里的一个故事、《西游记》里的一个半故事、《水浒传》里的两个故事都发生在古老的刘镇。那些有着悠久历史的古城古镇在拆旧建新中必然会涉及到文物古迹保护的问题,相对于经济建设与城市现代化,文物古迹在新的城镇规划中要么如《废都》土城中的那口出甜水的古井,作为标志性的文物古迹被保留下来:修一个亭子供人参观,而古井所在的住过明朝一位翰林的旧宅以及旧宅所在的古街,将被拆掉重建(《海角七号》中的古城门也许就是这样一个标志性的文物古迹);要么因着旅游开发的需要,像《上种红菱下种藕》中的柯桥,将昔日的老街只留下"掐头去尾的一截,几领桥,供绍兴,杭州的旅行团来观光",甚至复制或制造出一些古迹来,如在淡水的拓宽工程中,老街、老厝、老聚落被纷纷拆迁,具有标志性的洋楼老大街坚持到世纪末,还是选择后退重建(《舞鹤淡水》),另如在韩寒的《小镇生活》(《萌芽》2000年第6期)中,那个古镇区的明清建筑虽保留完好但却缺少名人故居的江南小镇,镇政府为了吸引游客,将一棵柳树围起来,立碑说明是柳永《雨霖铃》里"杨柳岸,晓风残月"的唯一指定柳树,并将该柳树所在的弄堂改名为柳永弄。

有论者指出,人们越来越注重环境建设的象征意义,如马克思·韦伯所言,将"刻板的理性主义的铁笼子"改变成"虚构的富有魅力的橡皮笼子”,如迪斯尼乐园、度假胜地,象征意义使它们可称为是“面向他者”的,因此,许多旅游区卖给游客的是一个“正宗”的地方的形象,他们推出的最真实的地方,只是把当地的风俗进行了再创造,文化的多样性成了大众旅游业的一个地方色彩的供应商。[1] 而上述小城小说中涉及的文物古迹的保护问题及其在旅游开发中的重要性,都反映了这位论者的论述,需要反思的是,当“地方形象”或“地方色彩”只能以象征意义而被保留或体现出来,并且其深层的动力更多在于经济效益而非文物古迹等“地方色彩”的自身的文化价值,那么由此先验前提而突显的“本土化”或“地方性知识”,究竟又有多大的代表性,是否足以构成与“全球化”或“全球性逻辑”的对抗与对话?

与城市化建设中的文物古迹有着/扮演着同样命运的是传统民间文化,前面在分析小城知识青年的艺术理想时,曾谈到秦腔、歌仔戏等传统戏曲在当代社会的没落甚至堕落,此外像《世界上所有的夜晚》中陈绍纯唱的音调悲凉的无字民歌,也将随着陈绍纯的意外死亡而失传,《雾落》中麻姑在民俗博物馆中上台唱的山歌,虽然一度是民俗旅游中的一个“卖点”或节目,但随着雾落消失于长江的水底,麻姑的山歌也许也将因一座小城的消失而失传。鉴于此,也便有了“振兴”、“抢救”、“弘扬”传统民间文化的种种举措,如《秦腔》中的夏天智让儿子夏风帮自己出了一本《秦腔脸谱集》、白雪求丈夫(夏风)帮县秦腔剧团的王老师出张碟片等。当然,这些出于对民间文化的热爱而不求任何回报的民间“抢救”行为,在小城小说中毕竟是少数,其作用也十分有限,夏天智的书需要自己出钱购买、送人,白雪的请求则被夏风一口拒绝,而由政府等提倡的“振兴”、“弘扬”的民间文化,就如同上面提到的文物古迹一样,往往是经济战略中的一个“文化品牌”(《海角七号》中马拉桑推销的小米酒也有着同样的性质),并且难以避免地掺杂着各种利益权衡。但从另一面看,文物古迹或传统民间文化有时固然只是经济战略中的“文化品牌”,其中固然也掺杂着利益权衡,但就结果而言,它们若因此而得以保护,也不失为一个有效的途径,如薛舒

---

① 参见〔英〕迈克・克朗:《文化地理学》,杨淑华、宋慧敏译,南京:南京大学出版社,2005。

《哭歌》(《十月》2009年第1期)中随着大办葬礼的潮流而卷土重来的刘湾镇上的“哭歌”风俗,虽然是女主角小凤仙谋生的手段,但“丧葬礼仪服务公司”的负责人邱站长认为,为了在竞争中不被淘汰,“我们的产品质量要上乘”,而为了提高“产品质量”,他们到乡下收集那些过去流传过、现在差不多失传的民间哭歌段子,经过邱站长的整理,编写出一套《哭丈夫》、《哭娘舅》、《过奈何桥》等等的丧歌,因此在小凤仙看来,邱站长“应该是一个研究民俗文化的学者,是一个民歌艺术的挽救者、推广者”。

这里其实存在着一个悖论,在一个经济至上的消费时代,当文物古迹或传统民间文化只能以“文化品牌”的形式引起人们的注意,并或许因此而得以保存、流传,尽管其中难免会有着因地制宜的“再创造”或重新包装,但比起因无人关注而失传的结局,这附加了许多“内容”的“文化品牌”也还是有其意义的,况且我们今天所看到的文物古迹或传统民间文化,也必然会在代代相传中留下某一社会、时代的印记。

这里谈到的留守老人与儿童的问题、文物古迹与传统民间文化在当今社会的“命运”等,也体现了前述在对城镇布局的反思中所蕴涵的现代化发展过程中对人的忽略以及人文因素的缺失,而这些其实也反映了现代化建设过程中的另一种不平衡,这种不平衡所体现的也就是通常所讲的物质文明建设与精神文明建设没有同步发展,造成这种不平衡的一个原因就是本书在分析乡镇政府的“应酬政治”时所谈到的对利益、对经济效益追求的最大化。另外一个与上述问题相关、小城小说也曾涉及的,是小城在建设中的环境污染的问题,这一问题早在《芙蓉镇》(1981)中已有所涉及,如芙蓉镇在三中全会前后呈现出新气象的同时,也出现了新问题:车辆扬起的滚滚浊尘,汽车、厂房发出的噪音,被废渣废水污染了的芙蓉河、玉叶溪,由过去的绿荫夹岸、风光绮丽变成了寸草不生;而到了《刺猬歌》(2007)中,由唐童的天童集团和洋人合建的工厂,因不断冒出紫色的烟雾被当地人称为“紫烟大垒”,这大垒自此带来了无休无止的难闻气味,和排泄水所流之处鱼、庄稼等的死亡。有论者曾指出,文化或美学范畴的现代主义在后发国家的输入,都是在当地社会进入一段快速经济成长的现代化时期“之前”,而不是“之后”,对其的批判、评价,在某种程度上也都是先于事实的。[①] 与此相反的是,在社会范畴内对对现代性的反思则相对滞后,这是由于在很长一段时间内,被作为国家/地区发展目标的现代化是被毋庸置疑地全面肯定的,而它所带来的那些负面因素,或许是因为初露端倪而未引起应有的重视,如《古船》中地质勘探队丢失的那个能造成人类畸形、病变的装着镭的铅筒,虽给洼狸镇带来了恐慌,但作品还是在隋抱朴对洼狸镇粉丝工业的重新振兴、对未来的期盼中结束了;或许是因为发展的迫切被暂时搁置了,如查建英在《八十年代:访谈录》一书中提到张贤亮在一个“环境与文化”研讨会上的调侃:我呼吁全世界的投资商赶快上我们宁夏来搞污染,你们来污染我们才能脱贫哇![②]

虽然对现代性的反思相对滞后,许多作家在其创作中还是程度不同地涉及到相关的问题,上述由《海角七号》所引起的、串联起的种种问题及思考,可以说都包含在对现代性的反思中,同时也是在全球化趋势下所有后进国家必然会遇到的问题,相信也是发达国家曾经或正在面临的问题,如同其他有关现代性的讨论一样,这些问题只不过是有着“时程落差”的现代性在中国/台湾的发展踪迹。这里需要进一步思考的问题是,小城小说于此是否具有独特性?这里仍要回到本书反复提到的小城的“中介性”,或论者曾提到的小城镇在国家理想状态的现代性设计中的“乡镇过渡带性质”以及乡镇社会介于城乡之间的“边角性特点”等。[③] 这些观点所基于的都是小城镇独特的地理位置,就现代性而言,小城镇不仅集中了现代化建设或现代性所可能具有的种种现象,因为与城市、乡村的对比关系,又进一步放大了这些现象,从而使某些问题变得更为尖锐、突出,比如环境污染,由于大多数乡镇企业都集中在小城镇的外围,加之这些企业的生产技术及小城镇的基础设施、排污处理设施等相对落后,生态环境的恶化在小城镇就显得尤为触目惊心,这也是何以在《上种红菱下种藕》中,水乡小镇的河水

① 张诵圣:《现代主义、台湾文学和全球化趋势对文学体制的冲击》,《江苏大学学报》(社会科学版)2007 年第 4 期。

② 见查建英:《八十年代:访谈录》,北京:三联书店,2006,第 19 页。

③ 具体论述参见本书第七章第一节中的“酒店的特殊功能”。

人们早已不再使用,单是垃圾就能把华舍埋住。如果说中国的现代性如哈贝马斯所言是一项“未完成的工程”,那么在此过程中能否避免一些负面问题的重复出现,尽管不同领域的专家对此已有相当多的讨论、反思,而小城对这些问题的集中、放大,小城小说从审美、感性、人文的角度对这些问题的思考,必然为进一步反思、重构中国的现代性话语提供一个有益的参照范型。

由黄锦树小城小说的“归属”谈起

本书第二章在勾勒当代台湾小城小说的谱系时,曾将李永平、黄锦树等马华旅台作家列入当代台湾小城小说写作者的行列中(所依据的一方面是两人都长期居住台湾、并高度介入台湾的文学场,另一方面是两人的一些作品如李永平的《吉陵春秋》,黄锦树的《落雨的小镇》、《那个大雨滂沱的夜晚》、《繁华盛开的森林》、《火与土》、《年夜饭》、《一件小事》、《第四人称》等,都属于本书所界定的小城小说的范畴),并因此而特别强调了台湾小城小说的作家构成以及作品所呈现出的异于大陆小城小说写作的族群文化、地域文化等方面的独特性,但在本书的论述中,相对于李永平的《吉陵春秋》,黄锦树虽被列入台湾小城小说作家的行列,其上述作品则基本上是存而不论。由此而来的疑问是,同属于马华旅台作家的作品,为什么《吉陵春秋》被视为当代台湾小城小说的代表作而被频频提起,黄锦树的小城小说则被存而不论?对这个问题的回答,所关涉的已不仅仅是怎样界定台湾小城小说的问题,而是意味着要将小城小说放在更大的范围内——如华文文学——加以研究、思考,而这其中所关涉的许多问题又不仅限于小城小说的研究中。

当然,在本书曾列举的其他众多大陆或台湾的小城小说中,也都存在着略一提及而未曾展开论述的情况,但这些作品之被“存而不论”,主要是由于在本书的相关论题中它们不具有代表性或难以纳入到相关论题中,但与它们是否属于大陆或台湾的小城小说无关,更与作品的重要性、艺术价值等无关。而黄锦树的上述作品之所以被存而不论，一个最基本的顾虑或考虑是这些作品的故事背景大都不在台湾，这里所体现的是本书在勾勒当代台湾小城小说时的游移或矛盾：因为黄锦树小城小说中胶林小镇的“南洋”色彩而将其看做台湾小城小说的一个独特性，又同样因为“南洋”色彩而踌躇着是否该将它们归入“台湾”小城小说，与此相似的情形是陈若曦的《尹县长》，这篇反映大陆文革经验的小说，因为作家的身份也被列入台湾小城小说的行列，但在论述时同样也是因为难以找到合适的话语系统，或者说难以归入本书所讨论的许多话题而被搁置。与这两者的情形相反的则是李永平的《吉陵春秋》，尽管《吉陵春秋》中吉陵镇具体的地理位置一向令论者颇多揣测，但由于作品中扑面而来、俯拾皆是的“中国性”(Chineseness)，[①]尤其是常被论者称道的语言(如被黄锦树称为“其关键词为完美、纯粹”的《吉陵春秋》的“中国性”，除了“现代主义的经典之作”、“几近完美的现代主义形式”、“‘纯手工打造’的文学世界”外，还包括‘纯正中文’的语言操作”、“对古典白话中文的迷恋”，于是，“婆罗洲故乡被文字的原乡所覆盖”[②])，以及该作被张诵圣等众多论者视为台湾现代主义的经典之作等，使得本书在论述中从未考虑过吉陵镇的位置所在、也几乎完全忽略了李永平的马华身份(并不仅仅是因为他已入籍台湾)，而毫无疑义地将《吉陵春秋》看做当代台湾文学的组成部分，尽管其中仍点缀着一些“南洋”色彩如关于热天的描写，但诚如有论者所指出的，若非有足够的“在地知识”或“南洋经验”，普通的读者很难将这些“南洋色彩”同中国的某些地域区别开来，何况作

---

① 朱崇科在《从概念批判到本土关怀——略论世华文学研究中的问题意识》一文中(收入朱崇科：《考古文学“南洋”：新马华文文学与本土性》，第349页)，曾谈到“中国性”的复杂性，即它既可以表征在政治上的中国化概念，也可以在华侨华人研究界暗含华人特征/特性等，也可以指涉文化概念上的中国特质、中国特色等，在引述了朱耀伟在《谁的“中国性”?》一文中勾勒的1990年代两岸三地后殖民论述中中国性的不同姿态——1. 中国大陆：阐释中国的焦虑；2. 台湾：本土的迷思；3. 香港：混杂的边缘——后，提出了第四种中国性，即马华文学的中国性书写，认为这是大中国本土以外最能复杂呈现中国性的华文文学个案。在同文中他还提出了“复数中国性”(Chinesenesses)的概念，目的是要提醒注意并尊重中国性的复杂流变，和对区域华文文学本土性的尊重，并非是简单的多元中心的再现式强调。本文所谈的“中国性”采取了与朱文一样的文化内涵。

② 黄锦树：《与骆以军对谈》，收入黄锦树：《土与火》，台北：麦田出版社，2005，第314页。

者本身也在刻意模糊具体的地域指涉而突出吉陵的象征性。

如果从“中国性”的角度来看,《尹县长》之被存而不论的原因也许源于没有合适的话语系统,因为就故事背景及内容来讲,这篇小说自然并不缺乏“中国性”,而黄锦树小城小说之被存而不论的原因,则可以用“中国性”的淡薄来加以解释,即他的作品既有浓郁的“南洋”色彩,同时又缺乏李永平式的对“纯正中文”的文字修行和对想像中的文化中国的一往情深。而黄锦树作品中“中国性”的淡薄又与他的理论主张是相一致的,这便是在他的《马华文学与中国性》一书中体现出来的、经常被论者提及的他对马华文学的“中国性”的批判与反思,如担心中文中“中国性”的缠绕会让马华作家重新陷入中国文化脉动的迷思中,丧失了对书写语言的高度自觉与对自身书写身份的体认,或认为“中国性”是马华文学无力回应文化和政治现实挑战的重要原因之一,因而提出“去中国性”的策略。① 这里并不想加入黄锦树有关“中国性”论述的讨论之中,而需要警惕的是,因浓郁的“南洋”色彩与“中国性”的淡薄而将黄锦树的小城小说存而不论的思路,仿佛与台湾狭隘的本土论述不谋而合,也仿佛是大中原文化心态的典型体现,也即本书在纠结于黄锦树小城小说的归属时,无意中涉及到马华旅台作家群的归属问题和常被诟病的大陆研究者的心态问题。

就台湾狭隘的本土文学论述而言,可举一个与小城小说相关的例子,在由叶石涛、彭瑞金、钟铁民参与的“黄克全小说座谈会”的会谈记录中(收入黄克全的小说集《太人性的小镇》,台中:晨星出版社,1992),讨论者在对该小说集中的作品进行分析时,特别强调金门的地理位置及政治、经济环境等因素对黄克全写作的影响及在作品中的体现(不可否认,其中的一些观点颇发人深省,如本书第七章在谈论台湾小城中的“防空洞”时,曾引用的“金门在长期的军管制度下,其人性被扭曲、被束约的”样貌等观点),但令我惊讶的,是叶石涛、彭瑞金将金门、将黄克全的小说排除在台湾及台湾小说之外的论调,如叶石涛认为“金门并不属于台湾的一部分。将来当台湾人走向自决之路时,

---

① 相关论述参见朱崇科:《吊诡中国性——以黄锦树个案为中心》(《海南师范学院学报》社会科学版 2003 年第 2 期)、刘小新:《当代马华文学思潮与“承认的政治”》(《华侨大学学报》哲学社会科学版 2007 年第 4 期)。

金门应该不包括在内。纵然,金门全体人民愿意与台湾站在一起,但是其地理位置太靠近中国了,其未来命运将是如何?这正是黄克全小说要具有前瞻性,应该思考的问题"(P219),彭瑞金则在随后的讨论中讲到"今天站在台湾作家的立场,我们没有办法来决定金门人的前途,而台湾人也没有这个权利。包括黄克全的小说在内,我们也没有办法来决定黄克全的小说,是否该做为台湾小说的一部分"(P225)。在这样一个"去中国化"的语境中(这完全不同于前述黄锦树针对马华文学的"去中国性",事实上如他本人所言,"我也成了台湾去中国年代里少数积极迎战狭隘本土文学论述的人"),连黄克全及台湾出生、成长的外省第二代尚被追问作品是否应该属于台湾文学,马华旅台作家所遭遇的,便如论者所指出的,马华旅台文学很可能既进不了台湾文学史,又不被马华文学史所接纳,而成为马华文学与台湾文学的双重边缘角色,因为旅台作家如果不放弃其马华属性,只可能扮演台湾文坛外来的匆匆过客和"他者"角色,而在"正宗"的马华文学视域里,他们的"马华性"又变得十分可疑,一些马华文学论述已将他们划入台湾文学圈内,拒绝把他们纳入马华文学史框架;[①]同时也如黄锦树本人所言,"我们的写作两属(台湾/马华),但更可能两不属,因为两地都有各自的地方主义的本土派"[②]。

本书在踌躇于黄锦树的小城小说是否可以纳入台湾小城小说时,尽管也考虑到他对自己马华作家身份的强调和对"去中国性"的理论自觉,但更多还是来自于小说文本的阅读直觉,如前述的浓郁的"南洋"色彩与"中国性"的淡薄,由此而导致的存而不论与狭隘的本土论者将其排除在台湾文学之外,显然并没有任何关系,因为两者的初衷或出发点完全不同。我对当代台湾小城小说的研究肇始于对大陆小城小说的研究,如前所述,大陆小城小说作家的构成全部是土生土长的大陆人,被视为小城小说共性之一的地域文化色彩也都在大陆的范围内,由这样的研究基础注目于台湾小城小说,自然会有许多令人欣喜的新发现和从未遇到的新问题,《尹县长》与黄锦树的小城小说便是

---

① 刘小新:《马华旅台文学现象论》,《江苏大学学报》(社会科学版)2002 年第 2 期。

② 黄锦树:《与骆以军对谈》,第 317 页。

其中的个案,而这两个个案所揭示的"新问题"主要在于作品中小城的地理位置(大陆或"南洋")与作家所处身的文学场域(当代台湾)似乎无关,这便与上述的大陆小城小说的情形存在着差异性,并且这差异性同时也是相对于大多数台湾小城小说而言的,从而对原有的研究经验提出了挑战,即怎样处理包括上述现象在内的种种差异性,存而不论可以说是本书对这挑战的一个暂时的回避或应对策略。

但问题还在于,前面提到的黄锦树的小城小说,大都收入《土与火》中,而该小说集如朱天心在序中所提到的被认为"终于黄锦树有了大多以台湾为背景的小说",这里的"台湾背景",不仅在于他将小说的故事背景放在了台湾并关注台湾的社会世相,如《一件小事》描写了小镇上的越南移民及新娘,《土地公》在素描台北/台湾文坛、浓墨"大地震"的同时,也颇有自传色彩地写到"我"所定居的"遥远如异国的乡下"的小镇,其中可以为本书第七章的台湾小城的空间意象"庙宇"增加一个例证的,是小说中的"他"——一位有名的诗人、学者——当听到"我"卜居的小镇"几乎时时刻刻都可以看到灵堂"时,问"我"有没有常去各地的庙看看,因为"每一个小镇都有许多庙";此外,"台湾背景"也可以理解为他在主要以马来西亚为背景的小说中,如《火与土》、《第四人称》等,仍会提到第一人称叙述者"我"的留台身份,也即构成作品叙事模式的"离去—归来—再离去",或者如《繁华盛开的森林》中充满"美学的暴力"的场景在两个地域的交错出现。不仅如此,他的小城小说中(包括《土与火》之前的创作)也不乏对台湾文学的重写或戏仿,如写于1995年的《落雨的小镇》不仅与东年的小说同名,并且也以"寻找"为叙事架构:在东年的小说中,主人公简来到小镇寻找过去相识的"辫子姑娘"安平;在黄锦树的小说中,第一人称叙述者"我"寻找离家出走的妹子,而妹子可能去的地方则是"植有木瓜的小镇",这显然又出自日据时期龙瑛宗的《植有木瓜树的小镇》;另如收入《土与火》中的《年夜饭》,熟悉舞鹤作品的读者很容易在那些形形色色、行为举止怪异的房客身上,看出《逃兵二哥》、《拾骨》、《悲伤》等作品的影子。这些对台湾文学的戏仿之作,尽管和黄锦树其他的戏仿之作一起,被论者认为是表现了其对"马华文学史"的建构意向(黄万华),但也可以看做是他"台湾背景"或"台湾经验"的一种体现,正如他在《落雨的小镇》的得奖感言里写到的:"小说里下的是故乡的雨,而写作的当下,屋外下着的是淡水冬日寒凉的雨。"[①]

即便如此,上述作品与台湾其他小城小说之间的差异,如黄锦树自己所言"实在太鲜明太大了",也因此他认为不管入不入(台湾)籍,自己的文学属性"仍不免是外籍"。[②] 而这"差异"首先、依然体现的是他的"南洋"色彩,以及作为台湾文坛的"他者"角色。

所谓"南洋"色彩,指的是《火与土》、《第四人称》、《繁华盛开的森林》等主要以马来西亚为叙事核心的作品,这其中也包括对台湾文学有着有多重戏仿的《落雨的小镇》,这篇小说虽然与东年的小说有着相同的叙事架构,但在"我"的寻找过程中呈现的或者说作品主要想呈现的,却是一个又一个马来西亚有着历史/记忆忧伤的华人移民小镇,因此,在这些小说中,"台湾背景"很多时候只是提供了一个观察、思考"大马华人的处境"(黄锦树)的"距离"或"角度",而他的"台湾经验"则如他自己所言,当他"如人类学家般就近观察,获得在地知识"时,也令他"比其他旅台先辈及同辈更大规模的介入当代台湾文学的**论述场域**"[③](注:黑体为本书所加)。此外需要注意的是,黄锦树小城小说或"台湾背景"中的"南洋"色彩,也(许)与他写作风格的延续有关,如他认为相对于《吉陵春秋》的"完美、纯粹",他的《刻背》"同样作为中文现代主义未了的方案的一种实践",其关键词却是"残破、杂糅",其所针对的是"大马的当下现实"或"活生生的残酷现实",而这"残破、杂糅"可以从作品所描写的内容或现实层面理解,亦可以从作品的写作技法如后设、拼贴、戏仿等来理解,当然,这"残破、杂糅"同时也出现在他的以马来西亚或台湾为背景的包括小城小说在内的其他作品中。就内容或现实层面而言,如王德威曾指出的,"胶林小镇总是他构思的始原场景。潮湿凝腻的氛围,简陋质朴的市井人物,阴鸷凄迷,而且时泛杀机",在他的作品中,"杀气与乱离和死亡分不开"[④],而这"杀机"、

---

① 黄锦树:《与骆以军对谈》,第 317 页。

② 黄锦树:《跋:死在南方》,收入黄锦树:《死在南方》,济南:山东文艺出版社,2007。

③ 黄锦树:《与骆以军对谈》,第 317 页。

④ 王德威:《坏孩子黄锦树》,收入王德威:《当代小说二十家》,北京:三联书店,2006,第 374 页。

“杀气”体现在黄锦树的小城小说中，便是贯穿在《那个大雨滂沱的夜晚》、《繁华盛开的森林》、《年夜饭》等作品中的嗜杀、血腥、暴力；就写作技法而言，则主要体现在《落雨的小镇》、《年夜饭》等对台湾文学的戏仿之作中。所以说风格的延续，使得他的“台湾背景”的作品仍有着“南洋”的色彩，或者说“模糊”了作品的地域性，而这地域性又是确定某一国家/地区小城小说的关键指标，如前所述，《吉陵春秋》虽然也刻意模糊了具体的地域指涉，但仍有着鲜明的“中国性”，而黄锦树作品中地域性的“模糊”，指向的却是人们“刻板”印象中的“南洋”色彩。本书前面曾经谈到，两岸当代小城小说的主要创作手法是写实，而之所以很难从台湾的“新乡土小说”中辨识出小城小说，主要原因是由于后现代技法与精神的运用，使“新乡土小说”的故事背景经常处于虚悬或模糊的状态中（这里的“模糊”主要指的是很难从作品中辨识出小城背景，并不指地域色彩），黄锦树小城小说的归属问题，则从另一个角度说明了后现代手法与两岸小城小说的“无缘”。

所谓“他者”角色，一方面表现在《土地公》中“我”与台北/台湾的“距离感”，这“距离感”不仅仅在于“我”“并不在这个舞台的中心，且住在遥远如异国的乡下”，而是来自于一种身份的自觉或无意识；另一方面，还表现在他对某些主题/问题的一贯关注，如《一件小事》中描写的（越南）移民问题，同时还出现在他以马来西亚为背景的众多作品中，如被批评为“歧视外劳”的《非法移民》、《乌暗暝》，此外，当他与王德威编《原乡人——族群的故事》时，则特别讲到“今天的台湾，每个月增加一千名越南妻子，每年增加一万七千名外籍配偶；每三对结婚新人里，就有一对是跨国婚姻。每八名新生儿就有一人母亲是来自南洋或大陆。台湾外籍及大陆配偶已有三十一万人”[①]等。求诸其他台湾小城小说的作者甚至是其他台湾作家，很少见有对同一问题关注的，因而对移民问题的关注，可以说仍来自于黄锦树身份的自觉或无意识，这因身份的自觉或无意识而形成的“距离感”以及不同于在地作家的作品主题，便充分体现了他的“他者”角色，同时也形成了他自己所谓的“双乡结构”（即“也许最终记录了旅台大马华裔长期居留后的

① 见王德威、黄锦树编：《原乡人——族群的故事》，台北：麦田出版社，2004。

心灵历史"),也正是这"双乡结构",令他包括小城小说在内的有着或显或隐的"台湾背景"的作品,构成了与台湾文坛的差异性,尽管论者认为"脚踩两只船"使马华旅台作家"往往从双重身份中获得诸种优势"(刘小新),但也如黄锦树(相信也是许多旅台作家)所体会到的,"写作也不免需要两面作战——沦为大中国意识奴隶的过度中国性,向官方意识形态俯首的伪本土性或国民性"①。

如前所述,由于黄锦树小城小说同大陆及台湾小城小说之间的差异性,而踌躇于能否将其归入当代台湾文学或能否纳入到两岸小城小说的研究体系中,虽然与狭隘的本土论述无关,但也使我警醒于这其中是否暗含着"大中原文化心态"或者更为确切地说是"大中国文化心态",即我以肇始于大陆现代文学的小城小说研究扩及两岸当代文学时,尽管也注意到两岸小城小说的诸多差异性,但将两者放在一起进行言说的基点则是民族的、文化的共性,以及两者与中国现代文学的渊源关系,而黄锦树的小城小说之所以难以纳入到两岸的研究体系中,除了他的马华身份外,则在于这民族的、文化的共性的缺失或淡薄,前面谈到的黄锦树小城小说中的浓郁的"南洋"色彩与"中国性"的淡薄等,其实都在这一范畴之内。而之所以对所谓的"大中原文化心态"或"大中国文化心态"特别的敏感,主要是来自于在地华文文学学界对大陆学者的华文文学研究的批评,及大陆华文文学研究者对这个问题的自省,因黄锦树小城小说的归属而无意涉及到这一问题,使我可以从个人的体验对此发表一些看法。

"大中原文化心态"或"大中国文化心态"的形成自然有着复杂的政治、历史及个人的原因,如果仅从学术研究的操作层面看,大陆华文文学研究的困境除了资料的欠缺外,还在于与研究对象相关的在地知识、经验的欠缺,因为这些欠缺(而非"无知"或"盲目自大")便有可能在无意中形成令在地人所认为的"大中原文化心态"或"大中国文化心态"。今天看来,资料的欠缺尚有多种途径可以克服,而在地知识、经验的获得却较为困难,毕竟,很少有人能像黄锦树那样在台生活二十几年、"如人类学家般就近观察,获得在地知识",更何况在论者看

① 黄锦树:《与骆以军对谈》,第 323 页。

来，吉尔兹的“地方性知识”(Local Knowledge)概念的提出虽然有利于对抗知识的“全球化逻辑”，将底层社会的感性认识提升到规范认知的水平，但仍然还是知识人从思想的意义上对知识进行“分类”的结果，只有“地方感”是一种更接近于底层精英或民众自身的主体感受，因为感觉世界未必是一种可以明确把握的“知识系统”，而是一种在日常生活中积累起来的感觉经验，这种感觉经验在一定的区域内有效，越出此边界则会消失，所以不具备普遍意义，只具备区域性特征，不能用上层的规范性知识去描述它们，而只能从乡民自身的经验世界中去体验。① 如果从杨念群提出的“地方感”的角度看，那些自认为既可以“入其内”又可以“出其外”的研究者/知识人的研究，仍有其可质疑之处，这也可以解释何以黄锦树的“台湾背景”中仍有浓郁的“南洋”色彩。

那么，是否因为“在地知识”、“地方感”的难以获得就要放弃对华文文学的研究，这无论于学科的发展、工作的需要或“为稻粱谋”、个人的爱好等，显然都不具有可行性，接下来的问题便是怎样克服这一研究的困境，相信这也正是众多大陆华文文学研究者正在思考并于实际的研究中加以摸索、解决的问题，但不可否认的是，对于所有的研究来讲，“他者”的视角(或许是虚弱的、臆想的、隔靴搔痒的)始终是不可欠缺的，这也是为什么非在地(如台湾、新加坡、美国、欧洲、日本等)的大陆现当代文学研究，往往能给人以耳目一新之感，有时甚至影响、改变了大陆现当代文学研究的取向，反之，相信大陆的华文文学研究对于在地的学界来讲，亦有同样的作用。

回到黄锦树小城小说的归属，其实这一问题的关键，并非是上面谈到的“狭隘的本土论述”或“大中国文化心态”，而是当黄锦树的小城小说难以纳入到两岸小城小说的研究体系中时，是否应该考虑扩大小城小说的研究“范围”或“视角”？ 如骆以军在谈到黄锦树《刻背》之后新写的一系列作品时，认为不该“再被(或只被)又放在‘马华小说’的脉络巢臼里去谈”，但又想不出应该放在怎样的组合中讨论，而他心

① 参见杨念群：《“地方性知识”、“地方感”与“跨区域研究”的前景》(《天津社会科学》2004 年第 6 期)，这里引述的主要是吴毅在《小镇喧嚣——一个乡镇政治运作的演绎与阐释》(北京：三联书店，2007，第 652 页)一书中对杨念群观点的解释。

中浮现的是“舞鹤的《悲伤》、王安忆的《富萍》、李渝的《温州街的故事》。甚至张爱玲的《同学少年都不贱》,或朱天心的《漫游者》?”[①]尽管很难从骆以军列举的上述作品中发现它们的共性或可比性(回忆?怀旧? 历史/记忆?),因为共性或可比性通常是我们将“这些”作品而不是“那些”作品放在一起进行讨论的基础,但他这里涉及到的仍然是不同区域、不同时间的华文文学的研究“范围”或“视角”的问题,而所谓的研究“范围”或“视角”,既指对作品进行研究的地域范围如两岸、两岸四地(大陆、台湾、香港、新马)甚或世界范围等,也指与研究对象如小城小说相关的新的论题/视角,而新的论题/视角的发现或获得又往往意味着新的研究领域/范围的诞生,因此两者是一体两面或相互交叉的。但是,由于新的论题/视角的获得并非易事(这也是为什么本书会对黄锦树的小城小说存而不论),那么首先考虑的便是研究范围的扩大,即是否可以将小城小说的研究从两岸扩大到两岸四地或被称为“文学共同体”的世界华文文学领域,这样的设想自然颇鼓舞人心,因为这意味着我从大陆现代文学一路走来的小城小说研究的领域的扩大,也意味着小城小说所具有的研究潜能使它将介入到世界华文文学的研究中去,但如果将这理想的设想落于实处时,所面临的最基本的问题就是怎样进行跨区域比较研究,而这其中将涉及到的问题也正是世界华文文学自身所存在的问题。

无论是作为大陆的一个学科命名还是大陆以外的华文文学界的一个研究领域,在学理的探讨上,争议最多的主要是世界华文文学的概念及内涵问题,其中最受非议的是众多论者指出的“世界华文文学竟不包括中国大陆文学”,如有论者认为,这表明世界华文文学所强调的“多中心主义”并不意味着“各个中心的平等”,其中也可能暗含了“与文化大一统的宏大野心相对应的文学大一统的大中心理念,在遮蔽了区域华文文学个体差异性的同时,也掩盖了不同区域华文文学实质地位不均衡和个中的权力/话语体系与结构”[②];但另一方面也如周宁指出的,“在中国大陆讨论世界华文文学,不包括中国大陆,有排外

---

① 黄锦树:《与骆以军对谈》,第 316 页。

② 朱崇科:《从概念批判到本土关怀——略论世华文学研究中的问题意识》,收入朱崇科:《考古文学“南洋”:新马华文文学与本土性》,上海:上海三联书店,2008,第 349 页。

的自我中心主义之嫌，包括中国大陆，也有同心扩张的中心主义之嫌”[①]，个中尴尬，大概也只有大陆的华文文学研究者最能体会。这里想加以说明的是，不管认不认同“世界华文文学”的提法、也不管相关的争论如何激烈，在具体的研究中，该领域的研究者基本上仍是各有各的一个研究方向，如台港澳、东南亚、北美新移民等，并且其中如果与跨区域研究相关的，大多会以大陆或台湾文学为中心而同其他区域的华文文学进行比较，就成果数量而言，首推大陆与台湾文学之间的比较，即使是一直致力于“扩大中文小说世界的版图”，希望以语言——“不论称之为汉语，华语，华文，还是中文”——作为不同华人区域的作品进行互动对话的“最大公约数”的王德威教授，他的研究版图也仍未超出上面的两个范畴（这可从他的那些代表性著作如《想象中国的方法：历史·小说·叙事》、《众声喧哗以后：点评当代中文小说》、《当代小说二十家》等一窥究竟）。这说明世界华文文学虽然未将中国大陆包括在内，但在具体的研究中，中国大陆文学仍然是一个必然的参照，暂且不管这是否又暗含着大中心主义或情结，需要注意的是，这一研究现状——单纯的区域华文文学研究或以大陆、台湾文学为中心的比较研究以及二者之间的比较——同时也表明作为“文学共同体”的世界华文文学或“华语语系文学”（王德威），在理论设想上与具体研究中存在着一定程度的脱节，所反映的便是有论者指出的“整体意义上的世界华文文学概念，与国别框架下的华文文学创作的关系如何调节”（周宁）的问题，也即是上面提到的怎样进行跨区域比较研究的问题。

仍以黄锦树的小城小说为例，如果本书的研究对象只是台湾小城小说，那么就不存在任何能否纳入研究体系的困惑，因其旅台的身份，无论是将其作品视作马华旅台文学或马华文学，与台湾本土作家的小城小说之间都存在着对话的可能性，但因为本书是对两岸小城小说进行研究，黄锦树小城小说既异于大陆又异于台湾的独特性，使他难以纳入到基于对两者进行比较的研究体系中，如果如前面所言扩大小城小说的研究范围，但鉴于上述世界华文文学的研究现状，除非是从主

① 见周宁为朱崇科的《考古文学“南洋”：新马华文文学与本土性》一书所写的“序”。

题学或文类学的角度对某一类文学创作进行跨区域研究,如王德威教授令人耳目一新的《原乡神话的追逐者——沈从文、宋泽莱、莫言、李永平》一文,或以某一文学理论如后殖民、生态批评、文化研究、性别研究等为切入点,对多区域华文文学进行比较研究(由于个人阅读所限,这里未能找到一个具有代表性的研究个案),否则,所谓的跨区域研究便仅限于上述的一对一的比较。因此,以语言为"最大公约数"的世界华文文学,并不因为有作为共性的"语言"就一定具有进行比较研究的可能性,而对于小城小说的研究也同样如此,如果将小说的故事地点——小城——作为文学作品的最大公约数,那么小城小说将并不只存在于华文文学的创作中,仅在20世纪的世界文学中,就有两个非常著名的例子,一个是马尔克斯《百年孤独》中被看做是整个拉丁美洲几百年风云变幻的缩影的马贡多小镇,另一个是福克纳以他的家乡拉发耶迪县及县城奥克斯福镇为背景虚构的美国南方小城约克纳帕塔法县;如果在"小城"之外再加上语言的限制,小城小说也同样不只存在于大陆、台湾或马华,即使仅在大陆、台湾和马华之间进行研究,具体又将怎样操作呢,找出三者之间的共性与差异性、并分析其中的原因,以小城小说为切入点研究三者的文学与文化特性,或从某个角度如"离去—归来—再离去"的叙事模式、小城形象、空间意象等对三者进行比较研究等?其实本书关于两岸小城小说的研究思路便不外乎如此,既然这样,黄锦树的小城小说又为何不能纳入到本书的研究中呢?前面也曾提到一些原因,如与大陆和台湾小城小说之间的差异性,作品中民族的、文化的共性的缺失或淡薄等,其实这其中所涉及的一个根本问题就是被视作比较文学学科理论根基的"可比性",即将同一语言、不同区域的小城小说放在一起进行研究的可能/行性及价值和意义何在。尽管作为一个独立学科,世界华文文学并不属于比较文学(周宁认为世界华文文学研究"介乎总体文学研究与比较文学研究之间"),但它与比较文学之间仍存在着诸多的关联与交叉①,尤其是当面对跨区域的华文文学研究时,"可比性"或者说进行比较研究的可

---

① 两个学科之间的关系,可参见饶芃子的《海外华文文学与比较文学》、《海外华文文学研究的新视点——海外华文文学的比较文学意义》等文章,及赵冬梅的《从比较文学的角度谈华文文学研究》(《世界华文文学研究》第6辑)。

能/行性及价值和意义，依然是一个不能回避的问题。

上面提到的关于两岸或大陆、台湾、马华小城小说研究的思路，不能说没有其价值和意义，但也不能说就没有可以质疑的地方——如果说想要对两岸或三者的文学与文化特性进行研究，那么以小城小说为切入点是否最具代表性？如果不是最具代表性，这样进行研究的意义又何在，难道仅仅是为了研究小城小说而研究？诚如论者所言，人们往往把文学现象之间的相似之处当作了可比性，但是相似性并不等于可比性，“表面上的相似，不一定具有多高的研究价值，表面上风马牛不相及的事物有时却存在着内在的可比性；单纯地着眼于相似性，或者停留在相似点的表面罗列，比较研究就会流于肤浅，甚至导向错误”①。这里可以借以进一步反思和探讨的，其一，如果无限扩大小城小说的研究范围，小城或小城小说是否就成为那种“表面上的相似”；其二，单纯的相似点的表面罗列固然不可取，但有时即使研究对象之间存在着诸多差异性，也不意味着就一定有比较研究的价值，因为差异性同样也可能仅仅是表面的罗列，比如前面曾提到黄锦树小城小说同大陆与台湾小城小说之间的差异性，诸如“南洋”色彩、“中国性”淡薄、“他者”角色等，并将其作品中民族的、文化的共性的缺失或淡薄当作差异性形成的主要原因，那么是否就可以由这些差异性入手而进行分析、研究？但如果仔细推敲，无论是探讨这些差异性的原因还是分析这些差异性的具体体现，意义似乎都不大，因为这相对于大陆或台湾的差异性，如若放在马华文学或马华旅台文学的体系中，则具有相当的普遍性，同时也是论者经常谈及的区域华文文学本土性之体现，其中涉及的“出生地，求学及文学的舞台，祖辈的故乡”（黄锦树）等错综复杂的关系在文学中的“角力”、呈现等问题，既不仅仅限于小城小说，也不仅仅限于马华文学或马华旅台文学，这毋宁说是世界上所有移民后裔作家在创作时都有可能面临的问题，而这些问题也可以说是华文文学研究中的老生常谈或已成为后殖民流散时代的文学常识，因此，当对这样的差异性进行分析时，因缺乏新意或意义不大而自然不免流于表面；其三，不可否认的是，差异性往往是进行研究时最为吸引

① 见陈惇、刘象愚：《比较文学概论》，北京：北京师范大学出版社，2002，第25页。

人的地方，但差异性有时还需要一个限度，即表面上风马牛不相及的事物有时固然存在着内在的可比性，但如果没有任何限度的“风马牛不相及”，这样的比较有时难免会显得牵强和缺乏根基，也正是有这样的顾虑，我甚至未曾设想过将黄锦树的小城小说同大陆的小城小说进行比较，尽管两者远称不上“风马牛不相及”，因为毕竟还有着“小城”与“现代中文小说”的限度，但仍是觉得两者之间过大的差异性使得可能的比较会凌空虚蹈、流于虚无，而且所谓可能的比较，如写作手法、故乡对于创作的影响、某个文学意象、某个同为1960年代出生的作家等，则仍不免是老生常谈，但如果突破小城小说的限制，而是将黄锦树同大陆的某个/些作家、某创作现象等进行比较，则也许会有意外的收获。

比较文学中东西或中外文学之间的比较，除了有事实联系的文学现象之间的比较外，那些没有事实联系的文学现象之间进行比较时，所可能涉及到的与可比性相关的问题，基本上也都包含在了上述三点之中，因此对于华文文学研究来讲，比较文学相关研究中的得失，可以说是十分有益的鉴照，由此仍回到小城小说研究，考虑扩大研究范围自然无可厚非，也不是一定就没有可行性，但关键仍在于新的论题与视角，在跨区域或世界华文文学研究中，如果小城小说的介入不是促进新的问题的发现、不能引发对相关问题的更进一步的思考（就像由黄锦树小城小说的归属引发的思考一样），而仅仅是因为没有人从小城小说的角度进行研究，那这样的跨区域研究的价值将不可避免地被打上问号。

主要参考文献

论著

陈思和主编:《中国当代文学史教程》,上海:复旦大学出版社,1999。

陈思和:《中国新文学整体观》,上海:上海文艺出版社,2001。

陈思和:《谈虎谈兔》,桂林:广西师范大学出版社,2001。

陈思和:《不可一世论文学》,北京:人民文学出版社,2003。

陈晓明:《小说时评》,开封:河南大学出版社,2002。

陈晓明主编:《现代性与中国当代文学转型》,昆明:云南人民出版社,2003。

陈晓明:《中国当代文学主潮》,北京:北京大学出版社,2009。

陈平原、王德威主编:《北京:都市想象与文化记忆》,北京:北京大学出版社,2005。

戴锦华:《隐形书写——90年代中国文化研究》,南京:江苏人民出版社,1999。

丁帆等著:《中国大陆与台湾乡土小说比较史论》,南京:南京大学出版社,2001。

丁帆:《中国乡土小说史》,北京:北京大学出版社,2007。

董之林:《旧梦新知:"十七年"小说论稿》,桂林:广西师范大学出版社,2004。

费孝通:《小城镇四记》,北京:新华出版社,1985。

费孝通:《乡土中国·生育制度》,北京:北京大学出版社,1998。

顾朝林:《中国城镇体系——历史·现状·展望》,北京:商务印书馆,1992。

古远清:《当今台湾文学风貌》,南昌:江西高校出版社,2004。

贺雪峰:《新乡土中国:转型期乡村社会调查笔记》,桂林:广西师范大学出版社,2003。

洪子诚:《中国当代文学史》,北京:北京大学出版社,1999。

洪子诚:《问题与方法——中国当代文学史研究讲稿》,北京:三联书店,2002。

黄子平:《"灰阑"中的叙述》,上海:上海文艺出版社,2001。

黄树民:《林村的故事:1949年后的中国农村变革》,素兰、纳日碧力戈译,北京:三联书店,2002。

李泽厚、陈明:《浮生论学:李泽厚、陈明2001年对谈录》,北京:华夏出版社,2002。

李欧梵:《徘徊在现代和后现代之间》,上海:上海三联书店,2000。

李欧梵:《现代性的追求》,北京:三联书店,2000。

李欧梵:《上海摩登——一种新都市文化在中国1930—1945》,毛尖译,北京:北京大学出版社,2001。

黎湘萍:《台湾的忧郁》,北京:三联书店,1994。

黎湘萍:《文学台湾——台湾知识者的文学叙事与理论想像》,北京:人民文学出版社,2003。

林国平:《闽台民间信仰源流》,福州:福建人民出版社,2003。

刘登翰等主编:《台湾文学史》,福州:海峡文艺出版社,1991、1993。

刘登翰:《中华文化与闽台社会——闽台文化关系论纲》,福州:福建人民出版社,2002。

刘登翰:《华文文学:跨域的建构》,福州:福建人民出版社,2007。

刘小枫:《现代性社会理论绪论》,上海:上海三联书店,1998。

刘小枫:《沉重的肉身——现代性伦理的叙事纬语》,上海:上海人民出版社,1999。

罗婷等著:《女性主义文学批评在西方与中国》,北京:中国社会科学出版社,2004。

吕正惠、赵遐秋主编:《台湾新文学思潮史纲》,北京:昆仑出版社,2002。

马重奇:《闽台方言的源流与嬗变》,福州:福建人民出版社,2002。

南帆:《文学的维度》,上海:上海三联书店,1998。

南帆:《后革命的转移》,北京:北京大学出版社,2005。

钱穆:《中国文化史导论》修订本,北京:商务印书馆,1994。

钱穆:《现代中国学术论衡》,北京:三联书店,2001。

钱理群、温儒敏、吴福辉:《中国现代文学三十年》,北京:北京大学出版社,1998。

秦风编著:《岁月台湾1900—2000》,桂林:广西师范大学出版社,2005。

申丹:《叙述学与小说文体学研究》,北京:北京大学出版社,1998。

申丹、韩加明、王丽亚:《英美小说叙事理论研究》,北京:北京大学出版社,2003。

唐欣:《权力镜像——近二十年官场小说研究》,北京:社会科学文献出版社,2006。

唐小兵编:《再解读——大众文艺与意识形态》增订版,北京:北京大学出版社,2007。

王晓明主编:《二十世纪中国文学史论》,上海:东方出版中心,1997 年。

王晓明主编:《批评空间的开创——二十世纪中国文学研究》,上海:东方出版中心,1998。

王晓明:《半张脸的神话》,桂林:广西师范大学出版社,2003。

汪晖:《汪晖自选集》,桂林:广西师范大学出版社,1997。

汪晖:《死火重温》,北京:人民文学出版社,2000。

王宁编:《全球化与文化:西方与中国》,北京:北京大学出版社,2002。

王安忆:《王安忆说》,长沙:湖南文艺出版社,2003。

王艳芳:《女性写作与自我认同》,北京:中国社会科学出版社,2006。

吴毅:《小镇喧嚣——一个乡镇政治运作的演绎与阐释》,北京:三联书店,2007。

肖成:《日据时期台湾社会图谱——1920—1945 台湾小说研究》,北京:九州出版社,2004。

熊家良:《现代中国的小城文化与小城文学》,北京:中国社会科学出版社,2007。

许子东:《为了忘却的集体记忆——解读 50 篇文革小说》,上海:上海三联书店,2000。

许志英、丁帆主编:《中国新时期小说主潮》,北京:人民文学出版社,2002。

薛毅主编:《乡土中国与文化研究》,上海:上海书店出版社,2008。

杨匡汉主编:《中国文化中的台湾文学》,武汉:长江文艺出版社,2002。

杨家栋、秦兴方、单宜虎:《农村城镇化与生态安全》,北京:社会科学文献出版社,2005。

乐黛云、张辉主编:《文化传递与文学形象》,北京:北京大学出版社,1999。

查建英:《八十年代:访谈录》,北京:三联书店,2006。

张业松:《个人情境》,济南:山东友谊出版社,1997。

张英进:《中国现代文学与电影中的城市》,秦立彦译,南京:江苏人民出版社,2007。

张柠:《叙事的智慧》,济南:山东友谊出版社,1997。

张柠:《土地的黄昏——中国乡村经验的微观权力分析》,北京:东方出版社,2005。

张柠:《中国当代文学与文化研究》,北京:北京师范大学出版社,2008。

张文红:《伦理叙事与叙事伦理——90年代小说的文本实践》,北京:社会科学文献出版社,2006。

赵园:《北京:城与人》,上海:上海人民出版社,1991。

赵毅衡:《当说者被说的时候:比较叙述学导论》,北京:中国人民大学出版社,1998。

赵稀方:《小说香港》,北京:三联书店,2003。

赵冬梅:《小城故事——中国现代文学中的小城小说》,北京:人民文学出版社,2006。

朱双一:《近二十年台湾文学流脉——"战后新世代"文学论》,厦门:厦门大学出版社,1999。

朱双一、张羽:《海峡两岸新文学思潮的渊源和比较》,厦门:厦门大学出版社,2006。

朱双一:《台湾文学与地域文化》,厦门:鹭江出版社,2008。

朱立立:《知识人的精神私史——台湾现代派小说的一种解读》,上海:上海三联书店,2004。

朱崇科:《考古文学"南洋":新马华文文学与本土性》,上海:上海三联书店,2008。

陈绍馨:《台湾的人口变迁与社会变迁》,台北:联经出版社,1979。

陈义芝主编:《台湾现代小说史综论》,台北:联经出版社,1998。

陈昭英:《台湾文学与本土化运动》,台北:正中书局,1998。

陈昭英:《台湾儒学的当代课题:本土性与现代性》,北京:中国社会科学出版社,2001。

陈阳德:《台湾乡镇市与区级政府之比较研究》,台北:五南图书出版公司,1999。

范铭如:《像一盒巧克力——当代文学文学评论》,台北县:INK印刻出版有限公司,2005。

范铭如:《文学地理:台湾小说的空间阅读》,台北:麦田出版社,2008。

龚鹏程主编:《台湾的社会与文学》,台北:东大图书出版公司,1995。

台湾师范大学国文系主编:《解严以来台湾文学国际学术研讨会论文集》,台北:万卷楼图书有限公司,2000。

胡台丽、许木柱、叶光辉主编:《情感、情绪与文化:台湾社会的文化心理研究》,台北:"中央"研究院民族学研究所,2002。

黄俊杰:《战后台湾的转型及其展望》,台北:正中书局,1995。

黄俊杰:《儒学与现代台湾》,北京:中国社会科学出版社,2001。

黄锦树:《马华文学与中国性》,台北:元尊文化,1998。

黄锦树:《谎言或真理的技艺——当代中文小说论集》,台北:麦田出版社,2003。

李瑞腾主编:《台湾文学二十年集·评论二十家》,台北:九歌出版社,1998。

李亦园:《田野图像·我的人类学生涯》,新店:力绪文化事业有限公司,1999。

廖炳惠:《回顾现代:后现代与后殖民论文集》,台北:麦田出版社,2004。

连横:《台湾通史》,南宁:广西人民出版社,2005。

林水福编:《两岸后现代文学研讨会论文集》,台北:辅仁大学外语学院,1998。

刘亮雅:《后现代与后殖民:解严以来台湾小说专论》,台北:麦田出版社,2006。

吕正惠:《小说与社会》,台北:联经出版社,1988。

吕正惠:《文学经典与文化认同》,台北:九歌出版社,1995。

吕正惠:《殖民地的伤痕:台湾文学问题》,台北:人间出版社,2002。

梅家玲编:《性别论述与台湾小说》,台北:麦田出版社,2000。

梅家玲:《性别,还是家国?:五〇与八、九〇年代台湾小说论》,台北:麦田出版社,2004。

孟樊、林燿德主编:《世纪末偏航——八〇年代台湾文学论》,台北:时报文化,1990。

彭小妍:《"历史有很多漏洞":从张我军到李昂》,台北:"中央"研究院中国文哲研究所筹备处,2000。

齐邦媛:《雾渐渐散的时候:台湾文学五十年》,台北:九歌出版社,1998。

青年文学会议论文集《2006:台湾作家的地理书写与文学体验》,台北:"国家"台湾文学馆筹备处,2007。

邱贵芬:《"(不)同国女人"聒噪——访谈当代台湾女作家》,台北:元尊文化,1998。

邱贵芬主编:《日据以来台湾女作家小说选读》,台北:女书文化,2001。

邱贵芬:《后殖民及其外》,台北:麦田出版,2003。

瞿海源、章英华主编:《台湾社会与文化变迁》,台北:"中央"研究院民族学研究所,1986。

施淑:《两岸文学论集》,台北:新地文学出版社,1997。

王德威:《想像中国的方法:历史·小说·叙事》,北京:三联书店,1998。

王德威:《众声喧哗以后:点评当代中文小说》,台北:麦田出版社,2001。

王德威:《历史与怪兽——历史·暴力·叙事》,台北:麦田出版社,2004。

王德威编选、导读:《台湾:从文学看历史》,台北:麦田出版社,2005。

王德威:《如此繁华·王德威自选集》,香港:天地图书有限公司,2005。

王德威:《当代小说二十家》,北京:三联书店,2006。

尉天骢主编:《乡土文学讨论集》,台北:远景出版社,1978。

萧国和:《台湾农业兴衰四〇年》,台北:自立晚报社,1987。

许俊雅:《台湾文学论——从现代到当代》,台北:南天书局,1997。

许俊雅:《台湾文学散论》,台北:文史哲出版社,2004。

许俊雅:《见树又见林——文学看台湾》,台北:渤海堂文化公司,2005。

许琇祯:《台湾当代小说纵论·解严前后(1977—1997)》,台北:五南图书出版公司,2001。

杨照:《文学、社会与历史想像——战后文学史散论》,台北:联合文学出版社,1995。

张诵圣:《文学场域的变迁》,台北:联合文学出版社,2001。

张大春:《小说稗类》,台北:联合文学出版社,1998。

郑明娳总编:《当代台湾文学评论大系》,台北:正中书局,1993。

郑明娳主编:《当代台湾女性文学论》,台北:时报文化,1993。

郑明娳主编:《当代台湾政治文学论》,台北:时报文化,1994。

郑明娳主编:《当代台湾都市文学论》,台北:时报文化,1995。

“中国”论坛编辑委员会主编:《台湾地区社会变迁与文化发展》,台北:“中国”论坛出版,1984。

庄英章:《林圯埔:一个台湾市镇的社会经济发展史》,台北:“中央”研究院民族学研究所,1977。

周英雄、刘纪惠编:《书写台湾——文学史、后殖民与后现代》,台北:麦田出版社,2000。

〔美〕爱德华·W.萨义德:《知识分子论》,单德兴译、陆建德校,北京:三联书店,2002。

〔美〕爱德华·W.萨义德:《文化与帝国主义》,李琨译,北京:三联书店,2003。

〔英〕安东尼·吉登斯:《现代性与自我认同——现代晚期的自我与社会》,赵旭东、方文译,北京:三联书店,1998。

〔英〕安东尼·吉登斯:《现代性的后果》,田禾译、黄平校,北京:译林出版社,2006。

〔俄〕巴赫金:《巴赫金全集》,石家庄:河北教育出版社,1998。

〔德〕本雅明:《发达资本主义时代的抒情诗人》,张旭东、魏文生译,北京:三联书店,1989。

〔加〕查尔斯·泰勒:《现代性之隐忧》,程炼译,北京:中央编译出版社,2001。

〔美〕弗·杰姆逊:《后现代主义与文化理论》,唐小兵译,北京:北京大学出版社,1997。

〔美〕J.希利斯·米勒:《重申结构主义》,郭英剑译,北京:中国社会科学出版社,1998。

〔美〕克利福德·吉尔兹:《地方性知识——阐释人类学论文集》,王海龙、张家瑄译,北京:中央编译出版社,2000。

〔法〕列维—斯特劳斯:《结构人类学》,张祖建译,北京:中国人民大学出版社,2006。

〔法〕列维—斯特劳斯:《野性的思维》,李幼蒸译,北京:中国人民大学出版社,2006。

〔美〕马泰·卡林内斯基库:《现代性的五副面孔》,顾爱彬等译,北京:商务印书馆,2002。

〔英〕迈克·克朗:《文化地理学》,杨淑华、宋慧敏译,南京:南京大学出版社,2005。

〔法〕米歇尔·福柯:《疯癫与文明》,刘北成、杨远婴译,北京:三联书店,2003。

〔捷克〕米兰·昆德拉:《被背叛的遗嘱》,余中先译,上海:上海译文出版社,2003。

〔加〕诺思罗普·弗莱:《批评的解剖》,陈慧、袁宪军、吴伟仁译,吴持哲校译,天津:百花文艺出版社,2006。

〔英〕齐格蒙·鲍曼:《立法者与阐释者——论现代性、后现代性与知识分子》,洪涛译,上海:上海人民出版社,2000。

〔美〕理查德·罗蒂:《偶然、反讽与团结》,徐文瑞译,北京:商务印书馆,2005。

〔美〕罗伯特·休斯:《文学结构主义》,刘豫译,北京:三联书店,1988。

〔英〕特里·伊格尔顿:《历史的政治、哲学、爱欲》,马海良译,北京:中国社会科学出版社,1999。

〔英〕特里·伊格尔顿:《现象学,阐释学,接受理论——当代西方文艺理论》,王逢振译,南京:江苏教育出版社,2006。

〔美〕威廉·富特·怀特:《街角社会》,黄育馥译,北京:商务印书馆,2007。

吕同六主编:《20世纪世界小说理论经典》,北京:华夏出版社,1995。

罗钢、刘象愚主编:《后殖民主义文化理论》,北京:中国社会科学出版社,1999。

《文化研究读本》,北京:中国社会科学出版社,2000。

张京媛主编:《当代女性主义文学批评》,北京:北京大学出版社,1992。

《新历史主义与文学批评》,北京:北京大学出版社,1993。

《后殖民理论与文化批评》,北京:北京大学出版社,1999。

期刊/单篇论文

毕晓华:《一九八七年,诗歌从县城出发》,《读书》2005年12月。

陈思和:《关于"都市文学"的议论兼谈几篇作品——"三城记"之上海小说卷序》,《当代作家评论》2005年第6期。

陈晓明:《城市文学:无法现身的"他者"》,《文艺研究》2006年第1期。

陈晓明:《遗忘与召回:现代传统与当代作家》,《当代作家评论》2007年第6期。

陈晖莉:《传承、变异与发展——台湾社会传统宗教文化的现代性转向》,《东南学术》2009年第3期。

贺桂梅:《三个女人与三座城市——世纪之交"怀旧"视野中的城市书写》,《南方文坛》2005年第4期。

洪治纲:《想象的溃败与重铸》,《南方文坛》2003年第5期。

洪治纲:《"底层写作"的来路与归途——对一种文学研究现象的盘点与思考》,《小说评论》2009年第4期。

黄锦树:《序·撕裂年代的小说》,收入黄锦树主编:"三城记"之台北小说卷《打个比方》,上海:上海文艺出版社,2006。

贾平凹、郜元宝:《关于〈秦腔〉和乡土文学的对谈》,《上海文学》2005年第7期。

李陀:《腐烂的焦虑》,《读书》2006年第1期。

李云雷:《"底层叙事"中的艺术问题——陈应松访谈》,《上海文学》2007年第11期。

刘小新:《上世纪末台湾文论的后现代论争与后殖民转向》,《华文文学》2008年第4期。

孟繁华:《百年中国的主流文学——乡土文学/农村题材/新乡土文学的历史演变》,《天津社会科学》2009年第2期。

南帆等:《底层经验的文学表述如何可能?》,《上海文学》2005年第11期。

王尧:《关于"底层写作"的若干质疑》,《当代作家评论》2008 年第 4 期。

尉天骢:《小市镇人物的困境与救赎——黄春明小说简论》,《世界华文文学论坛》1998 年第 4 期。

尉天骢:《读陈映真、黄春明、王祯和乡土小说的随想——代序》,收入陈映真:《归乡》,北京:昆仑出版社,2001。

魏微:《都市、小城、乡村——小说的资源》,《作品》2005 年第 3 期。

徐则臣:《70 后的写作及可能性之一——在韩国外国语大学的演讲》,《山花》2009 年第 5 期。

杨念群:《"地方性知识"、"地方感"与"跨区域研究"的前景》,《天津社会科学》2004 年第 6 期。

张汉良:《现代诗的田园模式》,收入张汉良:《现代诗论衡》,台北:幼狮文化事业公司,1979。

张清华:《十年新历史主义文学思潮回顾》,《钟山》1998 年第 4 期。

张诵圣:《现代主义、台湾文学和全球化趋势对文学体制的冲击》,《江苏大学学报》(社会科学版)2007 年第 4 期。

张祝平:《当代中国民间信仰的历史演变与依存逻辑》,《深圳大学学报》(人文社会科学版)2009 年第 6 期。

朱寿桐:《论现代都市文学的期诣指数与识名现象——兼论上海作为都市空域的文学意义》,《社会科学辑刊》2009 年第 3 期。

学位论文

李娜:《舞鹤创作与现代台湾》,复旦大学 2004 年度博士论文。

章妮:《三城文学:都市乡土的空间想像》,山东大学 2006 年度博士论文。

作品

毕飞宇:《沿途的秘密》,北京:昆仑出版社,2002。

毕飞宇:《玉米》,南京:江苏文艺出版社,2005。

陈世旭:《将军镇》,上海:上海文艺出版社,1998。

陈世旭:《救灾记》,《人民文学》2002 年第 8 期。

陈染:《陈染文集》,南京:江苏文艺出版社,1996。

池莉:《预谋杀人:池莉小说近作集》,北京:中国社会科学出版社,1993。

迟子建:《迟子建文集》,南京:江苏文艺出版社,1997。

迟子建:《世界上所有的夜晚》,广州:花城出版社,2010。

凡一平:《县长逸事》,《青年文学》1999 年第 10 期。

方格子:《李市的早晨》,《西湖》2006 年第 6 期。

格非:《戒指花》,《天涯》2003 年第 2 期。

格非:《山河入梦》,北京:作家出版社,2007。

古华:《芙蓉镇》,北京:人民文学出版社,1981。

鬼子:《艰难行走》,北京:昆仑出版社,2002。

鬼子:《大年夜》,《人民文学》2004 年第 9 期。

郭小橹:《我心中的石头镇》,上海:上海文艺出版社,2003。

海男:《县城》,北京:人民文学出版社,2004。

韩东:《小城好汉之英特迈往》,上海:上海人民出版社,2007。

韩寒:《小镇生活》,《萌芽》2000 年第 6 期。

贾平凹:《贾平凹文集》,西安:陕西人民出版社,2008。

贾兴安:《阖岚镇沿革》,《钟山》2003 年第 2 期。

柯云路:《新星》,北京:人民文学出版社,1985。

李贯通:《天缺一角》,《大家》1996 年第 1 期。

李约热:《李壮回家》,《上海文学》2004 年第 6 期。

林斤澜:《十年矮凳》,长春:时代文艺出版社,2001。

林白:《林白文集》,南京:江苏文艺出版社,1997。

林白:《致一九七五》,南京:江苏文艺出版社,2007。

刘玉民:《骚动之秋》,北京:人民文学出版社,1991。

刘醒龙:《菩提醉了》,《上海文学》1994 年第 4 期。

刘醒龙:《圣天门口》,北京:人民文学出版社,2005。

路遥:《人生》,北京:中国青年出版社,1982。

鲁敏:《纸醉》,南京:江苏人民出版社,2008。

彭瑞高:《本乡有案》,《上海文学》1996 年第 8 期。

青羊主编:《分享艰难:新社会问题小说大系》,北京:中国电影出版社,1996。

苏童:《私宴》,《上海文学》2004 年第 7 期。

孙惠芬:《伤痛故土》,《青年文学》1996 年第 11 期。

孙惠芬:《城乡之间》,北京:昆仑出版社,2004。

孙方友:《孙方友新笔记体小说“小镇人物”系列》,郑州:河南文艺出版社,2009。

铁凝:《阿拉伯树胶》,《人民文学》2004 年第 1 期。

汪增祺:《汪增祺文集·汪增祺小说卷》,南宁:广西人民出版社,2006。

王安忆:《三恋:王安忆小说》,杭州:浙江文艺出版社,2001。

王安忆:《上种红菱下种藕》,海口:南海出版公司,2002。

王安忆:《妙妙》,《上海文学》1991 年第 2 期。

王安忆:《临淮关》,《上海文学》2004 年第 7 期。

魏微:《大老郑的女人》,《人民文学》2003 年第 4 期。

魏微:《姊妹》,《中国作家》2006 年第 1 期。

温亚军:《落果》,沈阳:春风文艺出版社,2009。

徐则臣:《鸭子是怎么飞上天的》,北京:作家出版社,2006。

徐则臣:《人间烟火》,沈阳:春风文艺出版社,2009。

薛荣:《沙家浜》,《江南》2003 年第 1 期。

薛舒:《记忆刘湾》,《收获》2002 年第 2 期。

薛舒:《小镇故事》,《飞天》2007 年第 9 期。

薛舒:《残镇》,上海:上海文艺出版社,2008。

薛舒:《哭歌》,《十月》2009 年第 1 期。

姚鄂梅:《雾落》,南京:江苏文艺出版社,2008。

余华:《许三观卖血记》,上海:上海文艺出版社,2004。

余华:《兄弟》上部,上海:上海文艺出版社,2005。

余华:《兄弟》下部,上海:上海文艺出版社,2006。

张炜:《古船》,北京:人民文学出版社,1987。

张炜:《刺猬歌》,北京:人民文学出版社,2007。

蔡素芬:《橄榄树》,台北:联经出版社,1998。

陈映真:《陈映真作品集》,台北:人间出版社,1988。

陈映真:《忠孝公园》,台北:洪范书店,2001。

陈若曦:《尹县长》,台北:远景出版社,1977。

东年:《落雨的小镇》,台北:联经出版社,1977。

黄春明:《黄春明小说选》,福州:福建人民出版社,1985。

黄春明:《黄春明作品集》,台北:联合文学出版社,2009。

黄凡、林燿德主编:《新世代小说大系》,台北:希代书版公司,1989。

黄克全:《太人性的小镇》,台中:晨星出版社,1992。

黄锦树:《土与火》,台北:麦田出版社,2005。

黄锦树:《死在南方》,济南:山东文艺出版社,2007。

季季:《月亮的背面》,台北:大地出版社,1900。

季季:《季季集》,台北:前卫出版社,1993。

李昂:《花季》,台北:洪范书店,1985。

李昂:《杀夫 · 鹿城故事》,西安:华岳文艺出版社,1988。

李昂:《看得见的鬼》,台北:联合文学出版社,2004。

李昂:《鸳鸯春膳》,台北:联合文学出版社,2007。

李永平:《吉陵春秋》,台北:洪范书店,1986。

林宜澐:《人人爱读喜剧》,台北:远流出版社,1990。

吕秀莲:《小镇余晖》,收入《这三个女人》,台北:自立晚报社,1985。

齐邦媛主编:《中华现代文学大系·小说卷》,台北:九歌出版社,1989。

七等生:《七等生全集》,台北:远景出版社,2000。

施淑主编:《日据时代台湾小说选》,台北:麦田出版社,2007。

施叔青:《那些不毛的日子》,台北:洪范书店,1988。

施叔青:《行过洛津》,台北:时报文化,2003。

宋泽莱:《救世主在骨城》,贵阳:贵州人民出版社,1985。

宋泽莱:《宋泽莱作品集》,台北:前卫出版社,1988。

苏绍连:《台湾乡镇小孩》(诗集),台北:九歌出版社,2001。

王祯和:《玫瑰玫瑰我爱你》,台北:洪范书店,1994。

王祯和:《来春姨悲秋》,北京:昆仑出版社,2001。

王祯和:《香格里拉·王祯和自选集》,台北:洪范书店,2004。

王幼华:《两镇演谈》,台北:时报文化,1984。

吴锦发:《青春三部曲:阁楼·春秋茶室·秋菊》,台北:联合文学出版社,2005。

舞鹤:《悲伤》,收入《拾骨》,高雄:春晖出版社,1995。

舞鹤:《舞鹤淡水》,台北:麦田出版社,2002。

萧丽红:《桂花巷》,台北:联经出版社,1977。

萧丽红:《千江有水千江月》,北京:人民文学出版社,2006。

萧飒:《小镇医生的爱情》,哈尔滨:北方文艺出版社,1987。

许正平:《大路》,《台港文学选刊》2005 年第 9 期。

羊恕:《太平市场大事记》,台北:远流出版社,1990。

袁哲生:《秀才的手表》,台北,联合文学出版社,2004。

郑清文:《郑清文短篇小说全集》,台北:麦田出版社,1998。

钟理和:《雨》,台北:远景出版社,1988。

朱天文:《安安的假期》、《童年往事》,收入《炎夏之都》,上海:上海文艺出版社,2001。

朱天心:《淡水最后列车》,收入《我记得……》,台北:远流出版社,1989。